O Último Testamento

OBRAS DO AUTOR PUBLICADAS PELA EDITORA RECORD

O código dos justos
O último testamento

SAM BOURNE

O Último Testamento

Tradução de
RODRIGO CHIA

EDITORA RECORD
RIO DE JANEIRO • SÃO PAULO
2008

CIP-Brasil. Catalogação-na-fonte
Sindicato Nacional dos Editores de Livros, RJ.

Bourne, Sam, 1967-
B778u O último testamento / Sam Bourne; tradução de Rodrigo Chia. – Rio de Janeiro: Record, 2008.

Tradução de: The last testament
ISBN 978-85-01-08112-4

1. Romance inglês. I. Chia, Rodrigo, 1977-. II. Título.

08-3272 CDD – 823
CDU – 821.111-3

Título original inglês:
THE LAST TESTAMENT

Editoração eletrônica: Abreu's System

Direitos exclusivos de publicação em língua portuguesa somente para o Brasil adquiridos pela
EDITORA RECORD LTDA.
Rua Argentina 171 – Rio de Janeiro, RJ – 20921-380 – Tel.: 2585-2000
que se reserva a propriedade literária desta tradução

Impresso no Brasil

ISBN 978-85-01-08112-4

PEDIDOS PELO REEMBOLSO POSTAL
Caixa Postal 23.052
Rio de Janeiro, RJ – 20922-970

CÓPIA NÃO AUTORIZADA É CRIME
ABDR ASSOCIAÇÃO BRASILEIRA DE DIREITOS REPROGRÁFICOS
RESPEITE O DIREITO AUTORAL
EDITORA AFILIADA

Para meu pai, uma prova de meu amor
e de minha eterna admiração.

PRÓLOGO

BAGDÁ, ABRIL DE 2003

A multidão agora empurrava com mais força, como se sentisse cheiro de sangue. As pessoas abriam passagem por sob a arcada. O peso conjunto pressionou as altas portas de carvalho até levá-las ao chão. Salam acompanhou a correria. Não foi uma decisão: simplesmente fazia parte de uma fera em movimento, formada por homens, mulheres e crianças, algumas até mais jovens do que ele. Tratava-se de um animal coletivo que agora soltava um rugido poderoso.

A turba irrompeu no primeiro amplo salão. O vidro dos compartimentos de exposição brilhava sob a luz prateada do luar que atravessava as janelas quase na altura do teto. Houve uma breve pausa, como se a fera estivesse tomando fôlego. Salam e os outros bagdalis contemplaram a cena à sua frente. O Museu Nacional de Antiguidades, que fora o tesouro de Saddam, repleto de jóias da Mesopotâmia, agora estava escancarado. Não havia guardas à vista. Os últimos funcionários do museu tinham abandonado seus postos horas antes, e os seguranças restantes fugiram assim que avistaram aquela horda.

O breve momento de silêncio foi interrompido por uma marretada que despedaçou um vidro. Com a deixa, um barulho ensurdecedor imediatamente tomou conta do salão, à medida que um após o outro começavam a brandir pistolas, machados, facas, porretes e até pedaços de metal tirados de sucatas de automóveis — qualquer coisa que ajudasse a arrancar aqueles valiosos objetos antigos de suas caixas.

Os vidros não paravam de se despedaçar. Estátuas de marfim tombadas; pratos de cerâmica transformados em pó ao se chocarem com o chão. No ambiente normalmente tomado pelo silêncio típico dos museus, ecoavam os estrondos de pedras e vidros se quebrando e até de tiros disparados pelos mais impacientes contra fechaduras que se recusavam a ceder a um pé-de-cabra. Salam notou dois homens bem-vestidos preparando-se para usar metodicamente um cortador de vidro profissional.

O chão tremia a cada vez que uma onda de pessoas invadia o museu, ignorando a primeira sala de exposição, em busca de algo novo para pilhar em outra parte. Eles trombavam com aqueles que, ansiosos por sair, empurravam seus preciosos butins em carrinhos e bicicletas ou sofriam sob caixotes pesados e caixas de papelão. Salam reconheceu um amigo de seu pai correndo para fora com o rosto vermelho e os bolsos cheios.

A pulsação de Salam estava acelerada. Em seus 15 anos, ele nunca vira pessoas se comportando daquela forma. Até alguns dias antes, todos os seus conhecidos caminhavam lentamente, de cabeça baixa, olhando para o outro lado. No Iraque de Saddam, sabia-se que era melhor não quebrar as regras, nem chamar atenção. Agora, aquelas mesmas pessoas — seus vizinhos — pareciam selvagens em sua cobiça, roubando tudo em que conseguiam botar as mãos e destruindo o resto.

Salam enfiou a mão numa caixa quebrada para apanhar um colar feito de pedras laranja e âmbar. Alguém, porém, segurou seu braço antes que pudesse alcançá-lo. Uma mulher de meia-idade, de olhos brilhantes, impediu Salam com a mão esquerda e pegou o colar para si com a direita. Ele recuou.

Para Salam, era uma cena de pilhagem de uma cidade antiga: uma orgia movida não pela lascívia, mas pela ganância. A cobiça fazia os participantes se contorcerem, saciando um apetite reprimido por décadas. De repente, ele foi empurrado para a frente mais uma vez: um novo grupo de saqueadores chegava e abria caminho até a escadaria.

Salam foi jogado para o lado pelas pessoas que desciam a escada. Espalhara-se um rumor de que os funcionários do museu haviam escondido os objetos mais valiosos no porão. Ele viu um grupo de homens diante de uma porta que, claramente, acabara de ser arrancada das dobradiças. Atrás, havia uma parede recém-construída com blocos de concreto, ainda cheirando a cimento fresco. Primeiro, um, depois, dois homens começaram a golpear os blocos com martelos. Outros juntaram-se a eles com barras de ferro e até com os próprios ombros. Eles viraram-se para Salam.

— Vamos lá!

Entregaram-lhe um pé de mesa de metal.

Levou pouco tempo para a parede erguida às pressas ceder como um castelo de areia desmoronando sob a ação das ondas. O líder do grupo passou pelo buraco e, imediatamente, começou a rir, sendo seguido pelos outros. Logo Salam descobriu a causa da alegria. A sala estava cheia de tesouros: esculturas de princesas e reis em pedra; gravuras de carneiros e bois; estátuas de deusas robustas e mulheres núbias; vasos de cerâmica, urnas e tigelas. Havia sapatos cor de cobre, fragmentos de tapeçaria e, na parede, frisos com cenas de soldados lutando numa guerra esquecida.

Salam conseguiu enxergar algumas das identificações ainda presas àqueles tesouros escondidos. Uma delas indicava uma "lira da cidade suméria de Ur, ostentando uma cabeça de touro folheada a ouro, de 2.400 a.C.". A peça foi rapidamente carregada para fora. Adiante, havia uma "tigela votiva de calcário, originária de Warka, de 3.000 a.C.". Salam assistiu a seu desaparecimento numa sacola de mão. Uma "estátua representando o rei Entemena de Ur, de 2.430 a.C.", foi erguida por dois homens, enquanto um terceiro apontava o caminho pelo buraco recém-aberto na parede. Salam lembrou-se do que lhe ensinaram na escola: o Museu de Bagdá abrigava tesouros de 5 mil anos de idade. "No interior daquele museu, não reside só a história do Iraque", dissera seu professor, "mas a história de toda a humanidade."

Agora, o museu era não mais que uma feira livre, com os fregueses revirando todos os produtos. Ali, porém, não havia tomates amassados ou pimentões machucados, mas obras de arte e utensílios que sobreviveram desde o nascimento da civilização.

Salam ouviu vozes exaltadas: dois dos líderes discutiam. Um deu um tapa no outro, e os dois se atracaram, derrubando uma estante de metal repleta de vasos. Então apareceu alguém com uma faca. Salam foi empurrado com força, pelas costas, na direção do conflito. Por instinto, ele se virou, passou pelo buraco na parede e saiu correndo.

Salam desceu as escadas. Havia tumulto ao fim de cada lance. Todas as 18 galerias do museu eram saqueadas naquele instante. O barulho o deixava assustado.

Ele continuou descendo, vencendo os degraus, até deixar a multidão para trás. Ninguém se interessara em ir tão longe com a quantidade de objetos à mão nos níveis superiores. Ali, estaria em segurança.

Salam empurrou uma porta, que abriu com facilidade. Em meio à escuridão, conseguiu ver algumas caixas de papel viradas — o conteúdo cobria o chão. Quem quer que tivesse passado pelo local, decidira não demorar: era apenas um escritório. Salam notou fios cortados, pendurados como as raízes de uma árvore arrancada da terra. Alguém roubara os telefones e o aparelho de fax — e abandonara o resto.

"Talvez tenham deixado algo passar", pensou Salam. Ele arrancou as gavetas da mesa, na esperança de encontrar uma caneta de ouro ou mesmo uma caixa de dinheiro. Tudo que achou, porém, foram algumas folhas antigas de papel.

Havia uma gaveta maior na parte de baixo: ele faria uma última tentativa e iria embora. Trancada.

Seguia em direção à porta quando prendeu o pé numa fenda perto da mesa. Ao olhar para baixo, viu uma pedra solta. Era muito azar: todas as outras estavam perfeitamente encaixadas. Sem pensar, Salam enfiou os dedos na brecha e arrancou a pedra. Como estava muito escuro, tateou embaixo, e sua mão mergulhou num buraco estreito e fundo.

Agora ele podia sentir algo sólido e frio. Era uma caixa de latão. Finalmente, dinheiro!

Ele tinha de se deitar no chão, com o rosto encostado nas pedras, para conseguir esticar o braço o bastante. Seus dedos esforçavam-se para agarrar o alvo. Era difícil levantar a caixa, mas, depois de um tempo, ele conseguiu. Estava trancada; seu conteúdo parecia muito silencioso para moedas e muito pesado para notas.

Salam ficou de pé e, no escuro, olhou ao redor, até encontrar o que acreditava ser um abridor de cartas sobre a mesa. Ele o enfiou por baixo da tampa e o forçou para soltar o metal. Repetiu a operação pelo restante daquele lado, abrindo a caixa como se fosse uma lata de atum. Depois, virando-a, poderia fazer o objeto sair. Seu coração estava acelerado.

Assim que viu o conteúdo, ficou decepcionado. Era uma tábua de argila, com rabiscos ilegíveis gravados, exatamente como tantas outras que vira naquela noite — muitas das quais viraram poeira ao caírem no chão. Salam estava prestes a descartar o objeto, mas hesitou. Se um funcionário do museu fora tão longe para esconder aquele pedaço de argila, talvez tivesse algum valor.

Salam subiu as escadas correndo até se deparar com a luz do luar. Ele saíra nos fundos do museu, onde podia ver uma nova horda de saqueadores invadindo o lugar. Esperou uma oportunidade para passar pelas portas arrebentadas e, correndo sem parar, mergulhou na noite de Bagdá, carregando um tesouro cujo verdadeiro valor nunca descobriria.

CAPÍTULO UM

TEL AVIV, NOITE DE SÁBADO, MUITOS ANOS DEPOIS

O grupo de sempre estava ali. Os esquerdistas radicais, os caras que deixaram o cabelo crescer depois de passarem um ano viajando pela Índia, as garotas com piercings de diamante no nariz, as pessoas que costumavam aparecer para aquelas reuniões de sábado à noite. Cantariam as músicas de sempre — "Shir l'shalom", a Canção da Paz — e segurariam os objetos de apoio: as velas protegidas pelas mãos ou retratos do homem, Yitzhak Rabin, o herói assassinado que dera nome àquele pedaço de solo sagrado tantos anos antes. Formariam o grupo restrito da Praça Rabin, distribuindo folhetos e adesivos ou dedilhando violões suavemente, deixando que as melodias vagassem no ar quente da noite do Mediterrâneo.

Além do núcleo habitual, havia rostos novos, menos familiares. Para os veteranos em manifestações pela paz, a presença mais surpreendente era a dos *Mizrachim*, judeus proletários do Norte da África que chegaram a pé de algumas das cidades mais pobres de Israel. Havia muito tempo estavam entre os eleitores que defendiam ações militares. "Conhecemos os árabes", diziam, referindo-se a suas raízes no Marrocos, na Tunísia e no Iraque. "Sabemos como são de verdade." Duros e permanentemente cautelosos em relação aos vizinhos palestinos, em sua maioria ridicularizavam os esquerdistas que apareciam em manifestações daquele tipo. Mas estavam lá.

As câmeras de TV — de emissoras israelenses, da BBC, da CNN e de todas as grandes redes internacionais — mostravam a multidão, revelando outros rostos inesperados. Faixas em russo eram erguidas por imigrantes da antiga União Soviética — outro eleitorado tradicionalmente intransigente. Um cinegrafista da NBC conseguiu uma tomada que fez seu diretor vibrar de empolgação: um homem de quipá, o chapéu usado pelos judeus religiosos, ao lado de uma mulher negra nascida na Etiópia, ambos com os rostos iluminados pelas velas que levavam nas mãos.

Algumas fileiras atrás, sem chamar a atenção da câmera, encontrava-se um homem mais velho, de expressão séria. A determinação deixava seu rosto tenso. Ele verificou algo sob o paletó: ainda estava lá.

Num palanque erguido especialmente para a ocasião, uma fila de repórteres descrevia a cena para audiências de todo o mundo. Um correspondente americano falava mais alto do que os outros.

"Estamos em Tel Aviv para o que se considera uma noite histórica para israelenses e palestinos. Em poucos dias, os líderes dos dois povos deverão se encontrar em Washington — no gramado da Casa Branca — para assinar um acordo que, finalmente, porá fim a mais de um século de conflito. Os dois lados negociam neste exato momento, em conversas a portas fechadas, a menos de uma hora de distância, em Jerusalém. Eles estão tentando chegar a um consenso quanto aos detalhes de um acordo de paz. E o local das negociações não poderia ser mais simbólico, Katie. É a Casa de Governo, o antigo quartel-general dos britânicos quando estavam no poder, situada na fronteira entre a área leste de Jerusalém, árabe, e a área oeste, predominantemente judaica.

Mas hoje as atenções estão concentradas aqui, em Tel Aviv. O primeiro-ministro de Israel convocou esta manifestação para dizer 'Ken l'Shalom' ou 'Sim para a paz', uma manobra política idealizada para mostrar ao mundo, e aos céticos entre seu próprio povo, que tem apoio para concluir um acordo com o inimigo histórico de Israel.

No entanto, para alguns opositores engajados e raivosos, ele não tem direito de assumir os compromissos que aparentemente estão sendo oferecidos — devolver terras na Cisjordânia, remover assentamentos judaicos nesses territórios ocupados e, acima de tudo, dividir Jerusalém. Esse é o maior obstáculo, Katie. Israel, até agora, tem insistido que Jerusalém deve continuar sendo sua capital, uma única cidade, por toda a eternidade. Para os inimigos do primeiro-ministro, essa é uma ordem sagrada, que ele está prestes a desrespeitar. Espere um pouco. Parece que o líder israelense acaba de chegar..."

Uma espécie de eletricidade percorreu a multidão. Milhares de pessoas viraram-se para o palco. Caminhando na direção do microfone, estava o vice-primeiro-ministro, que recebeu uma educada salva de palmas. A platéia sabia que, embora fosse formalmente colega de partido do primeiro-ministro, ele também era, havia muito tempo, um de seus mais implacáveis rivais.

Ele falou por tempo demais e só recebeu aplausos quando pronunciou as palavras "Para concluir...". Finalmente, apresentou o líder, ressaltando suas realizações, saudando-o como um homem de paz e estendendo-lhe o braço para chamá-lo ao palco. Quando ele apareceu, a grande aglomeração humana explodiu. Cerca de trezentas mil pessoas aplaudiam, batiam o pé e gritavam em aprovação. Não expressavam amor por ele, mas sim pelo que estava prestes a fazer — algo que, pelo senso comum, só ele poderia fazer. Ninguém mais tinha a credibilidade necessária para realizar os sacrifícios exigidos. Em questão de dias, todos esperavam, poria um fim ao conflito que marcara as vidas de cada indivíduo presente.

Tinha quase 70 anos e era um herói de quatro guerras de Israel. Se usasse todas as medalhas que recebera, seu corpo penderia para a frente. No entanto, a única lembrança de sua vida militar era que mancava de maneira pronunciada da perna direita. Estava na política havia vinte anos, mas ainda pensava como soldado. A imprensa sempre o descrevera como um falcão, permanentemente desconfiado dos pacifistas e de seus planos. Agora, porém, repetia para si que as coisas eram diferentes. Havia uma oportunidade.

— Estamos cansados — começou ele, silenciando a multidão. — Estamos cansados de lutar todos os dias, cansados de vestir o uniforme de soldado, cansados de fazer nossas crianças, meninos e meninas, carregarem armas e pilotarem tanques, quando mal saíram da escola. Lutamos, lutamos e lutamos, mas estamos cansados. Estamos cansados de governar um povo que nunca quis ser governado por nós.

Enquanto ele discursava, o homem sério avançava pelo meio da multidão, com a respiração acelerada.

— *Slicha* — repetia sem parar, tirando um ombro ou um braço de seu caminho. — Com licença.

Ele tinha os cabelos de um cinza prateado e o peito embarrilado. Não era mais jovem que o primeiro-ministro. As investidas contra a multidão deixavam-no exausto; o suor começava a manchar a gola de sua camisa. A impressão era de que estava atrasado para pegar um trem.

Ele seguia adiante, empurrando as pessoas. O guarda à paisana na terceira fila foi o primeiro a notá-lo e, imediatamente, sussurrou um aviso ao microfone escondido na manga. A equipe de segurança que isolava o palco entrou em estado de alerta e passou a perscrutar os rostos diante de si. Não precisaram de muito tempo para localizá-lo. Ele não se esforçava para ser discreto.

O policial à paisana estava a poucos metros dele.

— *Adoni, adoni* — gritou. — Senhor, senhor. — E então o reconheceu. — Sr. Guttman. Sr. Guttman, por favor.

Aquilo fez algumas pessoas virarem-se para trás. Elas também o reconheceram. O professor Shimon Guttman, catedrático e visionário, ou verborrágico e direitista demagogo, dependendo do ponto de vista. Sempre na TV e nos programas de entrevistas do rádio. Tornara-se conhecido alguns anos antes, quando Israel saíra de Gaza: ele acampara no telhado de um assentamento judeu, afirmando que era um crime os soldados israelenses devolverem terras a "terroristas, ladrões e assassinos árabes".

Ele seguia em frente, espremendo-se ao lado de uma mulher que tinha o filho nos ombros.

— Senhor, pare aí mesmo! — gritou o guarda.

Guttman o ignorou.

O policial passou a fazer sua própria incursão no meio da multidão, enfiando-se num pequeno grupo de adolescentes. Pensou em puxar a arma, mas descartou a opção: aquilo provocaria pânico. Gritou novamente. Sua voz foi imediatamente sufocada por aplausos prolongados.

— Não amamos os palestinos, e eles não nos amam — dizia o primeiro-ministro. — Nunca os amaremos, e eles nunca nos amarão...

O guarda permanecia a três fileiras de Guttman, que avançava na direção do palanque. Estava numa linha reta atrás dele; uma esticada mais longa de braço bastaria para agarrá-lo. Porém, a multidão era mais compacta naquele ponto. Era mais difícil passar. O policial ficou na ponta dos pés e projetou-se à frente, mas só conseguiu raspar nos ombros do professor.

De onde estava, Guttman já podia ser ouvido do palco. Ele olhou para o primeiro-ministro, que chegava ao clímax de seu discurso.

— Kobi! — gritou, usando um apelido esquecido havia muito tempo. — Kobi!

Seus olhos estavam saltados; seu rosto, avermelhado. Homens da segurança aproximavam-se de todas as direções: dois de cada lado e o guarda que vinha de trás. Estavam prontos para agarrá-lo e jogá-lo ao chão, como tinham aprendido, quando um sexto agente, posicionado à direita do palco, notou um movimento repentino. Talvez fosse apenas um ato reflexo — era impossível saber ao certo —, mas Guttman, ainda lançando um olhar maníaco sobre o primeiro-ministro, parecia pegar alguma coisa na parte de dentro do paletó.

O primeiro tiro foi bem na cabeça — como treinara uma centena de vezes. Era necessário acertar a cabeça para garantir paralisia imediata. Nenhum reflexo muscular capaz de disparar uma bomba suicida; nenhum segundo final de vida em que o suspeito pudesse apertar o gatilho. Os guarda-costas assistiram à cabeça grisalha de Shimon Guttman explodir como uma melancia, com massa cinzenta e sangue respingando nas pessoas ao redor.

Em questão de segundos, o primeiro-ministro fora retirado do palco e cercado por membros da segurança, que o empurraram na direção de um carro. A multidão, que gritava e aplaudia trinta segundos antes, passara a tremer de pânico. Gritos eram ouvidos enquanto as pessoas que estavam na frente tentavam se afastar da visão terrível do homem morto. Com ajuda de suas armas, a polícia formou um cordão de isolamento em torno do corpo, mas a pressão da massa era quase insuportável. Gente gritava e corria no desespero de sair do local.

Abrindo caminho contra o fluxo, havia dois oficiais militares graduados do destacamento do primeiro-ministro, determinados a vencer o cordão improvisado e chegar ao pretenso assassino. Um dos oficiais mostrou um distintivo e, passando por baixo dos braços de um policial, entrou no pequeno espaço livre mantido ao redor do corpo.

Havia muito pouco da cabeça do morto, mas o resto do corpo estava praticamente intacto. Ele caíra de bruços. O oficial moveu o corpo inerte e o que viu o deixou pálido.

Não eram os ossos despedaçados ou as cavidades vazias dos olhos; ele já vira tudo aquilo. Eram as mãos do homem, ou melhor, sua mão direita. Os dedos, ainda fechados, não seguravam uma arma, mas um pedaço de papel, agora encharcado de sangue. Aquele homem não pretendera alcançar uma arma, e sim uma anotação. Shimon Guttman não quisera matar o primeiro-ministro. Ele desejara lhe contar algo.

CAPÍTULO DOIS

WASHINGTON, DOMINGO, 9h

— Hoje é um grande dia, querida.

— Ahn?

— Vamos, meu amor, é hora de levantar.

— Nãooooo.

— Tudo bem. Um, dois, três. E os lençóis...

— Ei!

Maggie Costello ergueu-se um pouco, agarrou o edredom e puxou-o sobre seu corpo, assegurando-se, desta vez, de cobrir também a cabeça. Ela odiava as manhãs e considerava o sono extra dos domingos um direito protegido pela Constituição.

Edward era diferente. Estava acordado fazia provavelmente duas horas. Mas não era assim quando se conheceram: nos tempos da África, no Congo, ele podia passar a noite acordado, exatamente como ela. No entanto, quando se mudaram, adaptou-se muito rápido. Agora era um Homem de Washington: saía de casa pouco depois das 6h. Olhando de lado, com o rosto espremido no travesseiro, Maggie viu que ele vestia short e camiseta de corrida, ambos encharcados. Ela continuava inconsciente, e ele já saíra para sua corrida no Rock Creek Park.

— Vamos levantar! — berrou ele, do banheiro. — Tirei o dia inteiro para mobiliar o apartamento. Primeiro, iremos à Crate and Barrel, depois à Bed Bath & Beyond e, finalmente, à Macy's. Está tudo planejado.

— O dia inteiro, não — murmurou Maggie, consciente de que sua voz era incompreensível.

Ela tinha um compromisso de manhã — um horário para clientes que nunca conseguiam tempo livre durante a semana.

— Na verdade, não é o dia inteiro — gritou Edward, com o barulho do chuveiro tornando sua voz quase inaudível. — Antes você tem aquele compromisso de manhã. Lembra?

Maggie fingiu-se de surda e, ainda deitada, alcançou o controle remoto. Se tivesse de se levantar naquele horário medonho, queria pelo menos aproveitar. Os programas de entrevista de domingo. Ao botar na ABC, o resumo do dia já começara.

"Nervos à flor da pele em Jerusalém, depois de um incidente violento durante uma manifestação pela paz, ontem à noite, no que pareceu ser uma tentativa frustrada de assassinato do primeiro-ministro. A preocupação é grande em relação ao impacto dos últimos acontecimentos sobre o processo de paz no Oriente Médio, quando havia esperança de um avanço significativo em..."

— Querida, falando sério. Eles vão chegar em 20 minutos.

Ela pegou o controle e aumentou o volume. O programa alternava entre correspondentes em Jerusalém e na Casa Branca, explicando que o governo americano estava tomando medidas para garantir que todas as partes envolvidas mantivessem a calma e prosseguissem com as negociações. "Que pesadelo", pensou Maggie. O evento público de última hora ameaçando arruinar toda a confiança construída, todo o progresso alcançado pacientemente. Ela imaginou a situação dos negociadores responsáveis por conduzir israelenses e palestinos àquele estágio. Não nos grandes políticos, os secretários de Estado e ministros das Relações Exteriores que entraram em cena na última hora, mas nos negociadores de bastidores, os que fizeram o trabalho duro por meses, até anos. Ela pensou em sua frustração e angústia. "Coitados".

"São 9h15 na Costa Leste..."

— Ei, eu estava assistindo!

— Você não tem tempo. — Como se quisesse enfatizar a observação, Edward se secava na frente do aparelho de TV, bloqueando a visão da tela.

— Por que, de repente, está tão preocupado com minha agenda?

Ele segurou a toalha e encarou Maggie.

— Porque me importo com você, amor, e não quero seu dia começando do jeito errado. Se você começar atrasada, vai ficar atrasada o dia inteiro. Devia me agradecer.

— Certo — disse Maggie, finalmente se arrastando para fora da cama. — Obrigada.

— Além disso, não precisa mais acompanhar esse assunto. Não é mais problema seu, é?

Ela olhou para ele. Estava muito diferente do homem de calça gasta e camisa pólo que conhecera três anos antes. Ainda era atraente, com traços firmes e robustos, mas, como ela teria dito nos tempos de escola em Dublin, havia "tomado um belo banho" desde a mudança para Washington. Como funcionário do Departamento de Comércio, tratando de comércio internacional, ele se apresentava de barba feita e camisa Brooks Brothers cuidadosamente passada. Os sapatos estavam sempre engraxados. Era uma criatura da capital, não muito diferente dos outros homens brancos sem graça que encontravam nos almoços e coquetéis que freqüentavam, agora que ele fazia parte da Washington oficial.

Naqueles tempos, só ela sabia que, sob o exterior convencional, estava o sujeito bem-intencionado, de barba malfeita e cabelos desgrenhados, colaborador de uma agência humanitária que distribuía alimentos, por quem se apaixonara.

Não ficaram juntos imediatamente. Edward fora transferido para a América do Sul logo depois de se conhecerem. Quando ele voltara à África, ela se mudara para os Bálcãs. Era assim que funcionava para pessoas como eles: um risco ocupacional. Desse modo, permanecera pouco mais do que uma faísca, um sentimento de quem-sabe-um-dia, até se reencontrarem havia pouco mais de um ano, novamente na África. Ela estava perdida depois do episódio sobre o qual quase nunca falavam, e ele a amparou. Por aquilo, Maggie nunca deixaria de ser grata.

Aos tropeços, ela entrou no chuveiro. Ainda se secava quando o interfone tocou: os clientes aguardavam na portaria do prédio. Ela abriu a porta. Levando em conta o tempo da viagem de elevador, teria cerca de 1 minuto para se vestir. Prendeu o cabelo num prático rabo-de-cavalo e botou uma camisa cinza, folgada, que caiu por sobre a calça jeans. Depois, abriu a porta do armário e pegou o primeiro par de sapatos sem salto que viu pela frente.

Sobrara o tempo exato para uma olhadinha no espelho diante da porta. Nada muito fora do lugar, nada que alguém fosse notar. Era um hábito desde que chegara a Washington. "Vestida para sumir", definira sua irmã mais nova, Liz, durante uma visita. "Olhe só para você. Tudo cinza e preto. E pulôveres que serviriam de barraca para uma família. Você se veste como uma pessoa muito *gorda*, sabia, Maggie? Você tem esse corpo sensacional, e ninguém repara. É como se seu corpo estivesse numa operação secreta." Liz, blogueira e aspirante a romancista, gargalhava com sua própria piada.

Maggie mandava a irmã sumir, mas sabia que ela tinha certa razão. "É melhor para o trabalho", explicava. "Numa situação envolvendo um casal, o mediador deve ser um pedaço de vidro através do qual marido e mulher possam se enxergar, para que se concentrem um no outro, e não em você."

Liz não se convencia. Ela achava que Maggie lera aquela conversa mole num livro. E estava certa.

Maggie também não tinha coragem de revelar que seu novo visual também era a preferência do namorado. Primeiro com pequenas dicas, depois mais abertamente, Edward encorajara Maggie a começar a prender o cabelo e a se livrar das camisas justas, calças apertadas e saias na altura do joelho que formavam seu antigo guarda-roupa urbano. Ele usava um argumento específico para cada item: "Você fica melhor com aquela cor" ou "Acho que esse é mais apropriado". E soava sincero. Apesar disso, ela não podia deixar de notar que todas suas intervenções conduziam-na a uma mesma direção: mais recatada e menos sexy.

Ela não deixava escapar uma palavra sobre aquilo para Liz. Sua irmã desenvolvera uma antipatia imediata e irracional por Edward e não precisava de mais munição. Além disso, não seria justo com ele. Se Maggie se vestia de modo diferente, fora por decisão própria, tomada em parte por uma razão que ela não revelara a Liz — e nunca revelaria. Não havia dúvida de que Maggie já se vestira de maneira sensual. Mas aonde aquilo a levara? Ela não cometeria aquele erro novamente.

Maggie abriu a porta para Kathy e Brett George e mostrou-lhes o caminho até o cômodo reservado para tais ocasiões. Eles faziam parte do programa de casais idealizado pelas autoridades do estado da Virgínia, uma nova oportunidade de "esfriar a cabeça", em que maridos e esposas eram obrigados a passar por um mediador antes de receberem o divórcio. Normalmente, seis sessões bastavam para que o casal acertasse os termos da separação sem necessidade de recorrer a um advogado, o que os ajudava a poupar sofrimento e dinheiro. Esse era o objetivo.

Maggie sinalizou para que se sentassem e relembrou até onde chegaram na semana anterior e quais eram as questões importantes pendentes. Depois, como se ela tivesse dado um tiro de largada, o casal começou a se agredir com uma fúria que não se manifestara desde o dia em que apareceram pela primeira vez.

— Querida, não me importo em deixar a casa com você. Nem o carro. Só tenho algumas condições...

— Que eu fique em casa e tome conta dos seus filhos.

— Nossos filhos, Kathy. Nossos.

Eles estavam entrando na casa dos 40 — talvez fossem sete ou oito anos mais velhos do que Maggie —, mas pareciam vir de outra geração, talvez até de outro planeta. Ela ouvira, sem entender, as discussões sobre quem teria o direito de usar a casa de veraneio em New Hampshire, o que acabara num bate-boca de grandes proporções sobre se Kathy fora uma boa nora para o pai de Brett quando o velho estivera doente. Kathy, por sua vez, insistira que Brett se portava de modo invariavelmente grosseiro quando seus pais os visitavam.

Maggie estava prestes a perder a paciência com o casal George. Os dois estiveram sentados no sofá, trocando agressões, por quatro semanas seguidas, sem dar um mínimo de atenção a suas palavras. Ela tentara com delicadeza, falando pouco e oferecendo um gesto gentil aqui e ali. Ela tentara pôr a mão na massa, intervindo a cada mudança de rumo, direcionando e canalizando a conversa como um rio que passasse pelo meio da sala. A segunda opção era sua preferida: lançar perguntas e dar opiniões, sem se importar se a madame torceria o nariz ou se o Sr. Incomodado se remexeria em seu lugar. Mas aquilo também não parecia funcionar. Eles continuavam na mesma situação confusa da primeira vez.

— Maggie, você viu o que ele fez? Vê o que ele sempre faz?

Ouvir aquele casal deixava Maggie desesperada por ter aceitado a mudança. Fizera sentido no começo. "Mediadora", dizia a oferta de trabalho. Era exatamente sua especialidade. Certo, a área não era aquela a que estava acostumada, mas mediação não deixava de ser mediação. Que diferença poderia haver? E, além disso, ela não suportaria voltar a seu antigo trabalho. Ficara apavorada ao ver o que acontecia quando alguém falhava.

Mas aqueles dois estavam quase a convencendo de que cometera um erro.

— Escute, Maggie, espero que isso seja para valer. Aceito sem problemas pagar qualquer pensão que consideremos razoável. Não sou pão-duro. Vou fazer o cheque. Só tenho uma condição...

— Ele quer me controlar!

— Minha condição, Maggie, é muito simples, muito simples mesmo. Se Kathy quiser receber dinheiro meu para a criação de nossos filhos, em outras palavras, se ela quiser que eu efetivamente lhe *pague* para criá-los, então espero que ela não tenha outro trabalho ao mesmo tempo.

— Ele não vai pagar pensão, a não ser que eu desista da minha carreira! Você está ouvindo isso, Maggie?

Maggie sentia algo que não percebera antes na voz de Kathy. Como um errante que avista um novo caminho, ela decidiu segui-lo e ver aonde a levaria.

— E por que acha que ele desejaria que desistisse de sua carreira, Kathy?

— Ah, isso é ridículo.

— Brett, a pergunta foi dirigida a Kathy.

— Não sei. Ele diz que é melhor para as crianças.

— Mas você acha que tem a ver com outra coisa.

— Sim.

— Ah, pelo amor de Deus... — interrompeu Brett, mais uma vez.

— Continue, Kathy.

— Às vezes, acho que, que... Acho que Brett de certa forma gosta que eu seja dependente.

— Entendo. — Maggie notou o silêncio de Brett. — E por que isso ocorre?

— Não sei. Bem, talvez ele goste que eu seja fraca ou algo parecido. Você sabe que a primeira mulher dele era alcoólatra, não sabe? Agora, você também sabe que, assim que ela melhorou, Brett a deixou?

— É ultrajante envolver Julie nessa história!

Maggie fazia anotações, sem tirar os olhos do casal. Era um truque que aprendera durante negociações de outro tipo, muito tempo antes.

— Edward, o que tem a dizer sobre tudo isso?

— Perdão?

— Desculpe-me. Brett. Me perdoe Brett. Como você vê isso, essa sugestão de que, de alguma maneira, está tentando manter Kathy enfraquecida? Creio que foi essa a palavra usada por ela: fraca.

Brett falou por algum tempo. Negou a acusação e insistiu que queria deixar Julie havia pelo menos dois anos, mas não achava certo fazê-lo antes que estivesse recuperada. Maggie assentia, mas estava distraída. Primeiro, o interfone tocou enquanto Brett falava; depois, ouviram-se diversas vozes masculinas, de Edward e mais duas ou três pessoas que ela não reconhecia. E, para piorar, Maggie cometera um lapso verbal. Ela ficou imaginando se Kathy e Brett haviam notado.

Arrependida por ter entrado naquele assunto — mais adequado a um terapeuta do que a um mediador — Maggie decidiu fazer uma radical mudança de rumo. "Muito bem", pensou, "precisamos chegar a um acordo".

— Brett, quais são suas exigências básicas?

— Como?

— Suas exigências básicas. Os pontos em que você, definitivamente, não fará concessões. Escreva aqui. — Ela jogou um bloquinho de papel e depois um lápis, um pouco forte demais para o gosto de Brett. — Você também, Kathy. Exigências. Vamos lá. Escreva.

Em instantes, os dois começaram a escrever. Maggie sentia-se de volta à escola, em Dublin: verão, semana de provas, freiras rondando para verificar se ela não estava colando de Mairead Breen. Mas agora ela era uma das freiras. "Finalmente um momento de sossego", pensou.

Observou o casal à sua frente: duas pessoas que, um dia, estiveram tão apaixonadas que decidiram dividir tudo e até criar três novas vidas. Quando ela reencontrara Edward, depois... depois... de tudo o que acontecera, passara a sonhar com um futuro parecido para si. Nada mais de zonas de guerra, de salas secretas de reunião em hotéis, de jornadas de 24 horas alimentadas a café e cigarros. Depois dos 35, ela se ajeitaria e levaria uma vida familiar. Com um atraso de 15 anos em relação às garotas com que freqüentara a escola, era verdade, mas teria uma família e uma vida.

— Acabou, Brett? E você, Kathy?

— Há muita coisa para escrever.

— Lembrem-se de que nem tudo é uma exigência básica. Vocês devem ser seletivos. Muito bem, Kathy. Diga quais são suas três exigências.

— Três? Está brincando?

— Seja seletiva, não se esqueça.

— Tudo bem. — Kathy começou a morder a ponta do lápis, até perceber que não era uma caneta e tirá-lo da boca. — Pensão. Meus filhos precisam de segurança financeira.

— Certo.

— E a casa. Tenho de ficar com a casa, para que as crianças não sejam submetidas a uma mudança.

— Mais uma.

— Custódia plena das crianças, obviamente. Vou ficar com elas. Não há como negociar isso.

— Pelo amor de Deus, Kathy...

— Ainda não, Brett. Primeiro me conte suas exigências.

— Já falamos disso milhares de vezes...

— Desse jeito, não. Preciso de três.

— Quero as crianças comigo no Dia de Ação de Graças, para poderem jantar com meus pais. Quero isso.

— Muito bem.

— E livre acesso. Para que eu possa ligar e dizer, sei lá, "Ei, Joey, os Redskins vão jogar hoje, quer ir comigo?". Quero poder fazer isso sem ter de avisar com três semanas de antecedência. Acesso quando eu quiser.

— Nem pensar...

— Kathy, agora não. Qual é a terceira?

— Tenho mais algumas...

— Vamos ficar em três.

— É a mesma que já mencionei antes. Nada de pensão, a não ser que Kathy seja mãe em tempo integral.

— Não acha que essa é apenas uma forma de dizer não à primeira exigência de Kathy? Não vale bloquear as exigências dela.

— Certo. Vou colocar de outra forma. Só pagarei pensão se receber um serviço cinco estrelas em troca de meu dinheiro. Isso significa que a mãe de meus filhos tem de cuidar deles.

— Não é justo! Está usando nossos filhos para me obrigar a desistir de minha carreira.

Os dois começaram a discutir de novo, gritando e ignorando Maggie. "Exatamente como nos velhos tempos", pensou ela, sorrindo. Estava acostumada àquele tipo de coisa. Negociar um divórcio entre pessoas que não se suportavam, que queriam acabar uma com a outra. Uma imagem veio à sua cabeça, mas ela a afastou rapidamente.

Porém, a imagem foi útil. Maggie teve uma idéia, ou melhor, conseguiu enxergar algo que não percebera até então.

— Muito bem, Brett e Kathy. Acabo de tomar uma decisão. Estes encontros tornaram-se inúteis. São uma perda de tempo. Do meu e do de vocês. Vamos encerrar tudo por aqui — disse Maggie, fechando a pasta sobre seu colo.

No sofá à sua frente, os dois pararam de prestar atenção um ao outro e voltaram-se para ela. Ela sentia os olhares, mas os ignorava, fingindo ler os papéis que tinha em mãos.

— Não precisam se preocupar com a papelada. Vou entregar tudo às autoridades estaduais amanhã. Vocês dois têm advogados, não têm? É claro que sim. Bem, eles vão cuidar de tudo a partir de agora.

Maggie, então, levantou-se e fez menção de os levar até a porta. Brett parecia preso ao sofá; Kathy estava de queixo caído. Depois de algum tempo, Brett conseguiu falar:

— Você não pode, não pode fazer isso.

— Fazer o que, exatamente? — perguntou Maggie, de costas, enquanto colocava a pasta de volta na estante atrás dela.

— Você não pode simplesmente nos *abandonar*!

Kathy entrou na conversa:

— Precisamos de você, Maggie. Não há como superarmos isso sem você.

— Ah, não se preocupem. Os advogados vão resolver tudo.

Maggie continuou andando pela sala e evitando contato visual. Ela ouviu o interfone tocar novamente e o som de outra pessoa ou pessoas entrando e saindo do apartamento. O que estava acontecendo?

— Eles vão acabar com nós dois. Vão arrancar todo o nosso dinheiro e tornar tudo isso um pesadelo maior ainda! — disse Brett. Estava funcionando. — Escute — continuou ele. — Vamos resolver isso. É uma promessa. Não é, Kathy?

— Sim.

— Tudo bem? — perguntou Brett. — Estamos prometendo. Vamos resolver isso. Aqui mesmo.

— Acho que é tarde demais. Havíamos combinado um prazo para resolver tudo...

— Não, não diga isso, Maggie. — Agora era Kathy que implorava. — Não falta muita coisa. Você ouviu as exigências. Não estamos tão distantes.

Maggie virou-se:

— Vou dar 10 minutos a vocês.

Na verdade, foram necessários 15 minutos. No entanto, quando saíram do escritório de Maggie e mergulharam na manhã ensolarada de setembro em Washington, Kathy e Brett George haviam decidido dividir as despesas com as crianças de maneira proporcional às suas rendas. Brett pagaria mais porque ganhava mais. E a contribuição financeira de Kathy ficaria em zero se ela deixasse suas atividades profissionais para cuidar das crianças. A partir daquele instante, ele seria obrigado a pagar mesmo se ela continuasse a trabalhar fora, mas ela teria um verdadeiro incentivo para ficar em casa. As crianças viveriam na casa a que estavam acostumadas, menos a cada dois fins de semana e sempre que elas ou o pai sentissem vontade de se ver. A regra seria não haver regras rígidas. Antes de irem embora, eles abraçaram Maggie e, para surpresa de todos, também um ao outro.

Maggie deixou o corpo cair numa cadeira e se permitiu um leve sorriso de satisfação. Seria aquela a forma de compensar o que fizera mais de um ano antes? Um pedacinho de cada vez, casal por casal, diminuindo a quantidade de dor existente no mundo? Por um instante, a idéia pareceu reconfortante — até ela ponderar quanto tempo levaria. Para compensar todas as vidas perdidas por culpa sua e daquele maldito erro, seria necessário permanecer naquela sala por toda a eternidade. E mesmo assim não seria suficiente.

Ela conferiu o relógio: tinha de sair. Edward devia estar esperando do lado de fora, pronto para invadir todas as lojas de produtos para o lar de Washington, na tentativa de equipar a casa deles, ainda sem cara de ninho de um casal.

Ao abrir a porta, teve uma surpresa. Folheando uma de suas edições antigas da *Vogue*, numa pequena área que servia de sala de espera, estava um homem com cheiro de Washington. A exemplo de Edward, ele vestia o traje completo da capital: camisa de botões, blazer azul sapato social. Em pleno domingo. Maggie não o identificou, o que não significava que não o conhecia. Um dos problemas dos homens de Washington era que todos tinham a mesma aparência.

— Bom-dia. Você tem horário marcado?

— Não. É uma espécie de emergência. Não vai demorar muito.

Uma emergência? Do que ele estava falando? Ela percorreu o corredor e chegou à porta da cozinha. Lá, encontrou Edward, que assinava num aparelho eletrônico segurado por um homem com uniforme de entregador.

— Edward, o que está acontecendo?

Ele pareceu empalidecer.

— Ah, querida, posso explicar tudo. Eu tinha de me livrar delas. Elas ocupavam muito espaço, deixavam tudo desarrumado. Então resolvi agir. Elas se foram.

— Do que você está falando?

— Daquelas caixas que estavam na sala de estudos há quase um ano. Você disse que as arrumaria, mas nunca cumpriu a palavra. Agora esse gentil senhor colocou tudo no caminhão, e elas vão para o lixo.

Maggie observou o homem de uniforme, que olhava para baixo, e entendeu o que acontecera. Mas não conseguia acreditar. Ela passou correndo por Edward, abriu a porta da sala de estudos e viu que o espaço num dos cantos estava vazio, com o carpete mais compacto onde ficavam as duas caixas e numa tonalidade diferente do resto. Voltou correndo para a cozinha.

— Seu desgraçado! Naquelas caixas estavam minhas, minhas... cartas e fotografias e... toda minha maldita vida! E você simplesmente JOGOU TUDO FORA?

Maggie correu até a porta da frente. No entanto, certamente prevendo problemas, o cara do lixo já desaparecera. Dizendo palavrões, ela apertava o botão do elevador insistentemente.

— Vamos, vamos — murmurava, por entre dentes cerrados.

Quando o elevador abriu as portas, ela praticamente o forçou a descer mais rápido. Assim que chegou ao térreo, Maggie se espremeu para sair, correu até a entrada principal do prédio e alcançou a rua. Olhou para a esquerda, a direita e a esquerda novamente antes de avistar um furgão verde se afastando. Maggie correu a toda velocidade e ficou a poucos metros do veículo. Ela agitava os braços, como alguém orientando o tráfego depois de um acidente de trânsito. Mas era tarde demais. O furgão acelerou e sumiu. Tudo que conseguira era parte de um número de telefone e o que parecia ser o nome da empresa: National Removals.

Maggie subiu correndo e agarrou o telefone nervosamente. Seus dedos tremiam enquanto pressionavam os botões. Ela ligou para a lista telefônica e solicitou um número. A atendente o encontrou e perguntou se devia fazer a ligação. Três toques, quatro, cinco. Uma gravação: "Lamentamos, mas nosso escritório não abre aos domingos. Funcionamos de segunda a sexta..." Se ela esperasse até o dia seguinte, seria tarde demais: eles teriam destruído as caixas e tudo que havia dentro.

Ao voltar à cozinha, encontrou Edward de pé, com ar desafiador. Ela começou num tom sereno:

— Você simplesmente jogou as caixas fora.

— Isso mesmo. Elas faziam este lugar parecer um pardieiro. Todo aquele lixo, aquela bobagem sentimental. Você precisa esquecer isso. Você precisa seguir com a vida.

— Mas, mas...

Maggie não olhava para ele. Com os olhos fixos no chão, tentava digerir o que acabara de acontecer. Não só as cartas de seus pais e as fotos da Irlanda, mas também as anotações que fizera durante negociações cruciais e memorandos confidenciais rabiscados por líderes rebeldes e funcionários da ONU. Aquelas caixas continham o trabalho de sua vida. E agora estavam numa caçamba de lixo.

— Fiz isso por você, Maggie. Aquele mundo não é mais seu mundo. Ele seguiu em frente sem você. Tem de fazer o mesmo. Precisa se adaptar à sua vida atual, do jeito que ela é. Nossa vida.

Então aquela era a razão de sua determinação em trancá-la no escritório de manhã. E ela achando que seu desejo era apenas garantir um início pontual para o dia. Ela chegara até a lhe agradecer! A verdade era que ele só queria garantir que o lixeiro entrasse e saísse sem permitir que Maggie o impedisse. Pela primeira vez, ela encarou seu olhar. Calmamente, como se não acreditasse nas próprias palavras, disse:

— Você quer destruir quem eu sou.

Ele olhou-a, confuso, antes de finalmente apontar para o outro lado do apartamento. Numa voz completamente fria, avisou:

— Acho que há uma pessoa esperando por você.

Maggie saiu vacilante da sala, sem conseguir absorver o que ocorrera. Como pudera fazer uma coisa daquelas sem sua permissão, sem sequer conversar com ela? Ele odiava tanto a Maggie Costello que conhecera um dia a ponto de desejar apagar cada traço dela, substituí-la por uma pessoa diferente, meiga e submissa?

Ela ficou parada na área que servia como sala de espera, com a cabeça rodando. O homem vestido de azul continuava ali. Agora folheava a *Atlantic Monthly*.

— Momento inoportuno? Sinto muito.

— Não, não — disse Maggie, num fiapo de voz. Quase por hábito, perguntou: — Sua esposa vem?

Ele deu um sorriso curioso.

— Ela deve estar aqui em pouco tempo.

Maggie pediu-lhe que entrasse no escritório.

— Disse que era uma espécie de emergência. — Ela estava se esforçando para lembrar do caso, para se lembrar se ele era um dos poucos clientes a quem dissera que poderiam procurá-la a qualquer hora.

— Sim. O problema é que estou com dificuldades para me adaptar.

— A quê?

— À vida aqui. À normalidade.

— Onde você vivia antes?

— Em todos os lugares. Viajava de um lugar arruinado a outro. Sempre pensando estar fazendo o bem, sempre tentando tornar o mundo um lugar melhor e toda essa palhaçada.

— Você é médico?

— Pode-se dizer que sim. Tento salvar vidas.

— E agora acha difícil se acostumar a estar de volta em casa? — perguntou Maggie, sentindo a tensão se espalhar por seus músculos.

— Em casa? Isso é uma piada. Não sei mais o que é casa. Não sou de Washington. Não moro em minha cidade há quase vinte anos. Sempre na estrada, em aviões, em quartos de hotel, dormindo em depósitos.

— Mas não é por isso que está achando difícil se adaptar.

— Não. Acho que sinto falta da adrenalina. Da emoção. Soa estranho, não?

— Continue.

Maggie estava se lembrando de tudo que havia nas caixas. Uma carta de agradecimento escrita a mão pelo primeiro-ministro britânico após as negociações sobre Kosovo. Uma estimada foto com o homem que amara quando tinha vinte e poucos anos.

— Antes, tudo que eu fazia parecia ter muita importância. Havia muita coisa em jogo. Agora, nada chega perto. É tudo tão banal.

Maggie olhou bem para o homem. Enquanto as palavras saíam, seus olhos permaneciam frios e inexpressivos. Ela passou a se sentir incomodada com sua presença.

— Pode falar mais sobre o trabalho que fazia?

— Comecei numa organização humanitária na África, trabalhando durante uma guerra civil particularmente violenta. De alguma forma, totalmente por acaso, acabei sendo uma das poucas pessoas que conseguiam dialogar com os dois lados. A ONU começou a me usar como emissário. E consegui resultados.

A história deixou Maggie arrepiada. Sua cabeça estava a mil, pensando se devia chamar Edward, ainda que aquilo fosse a última coisa que desejava.

— Depois de um tempo, acabei me tornando um tipo de diplomata não-oficial, um mediador profissional — prosseguiu o homem. — O governo americano me contratou para atuar num processo de paz que havia estagnado. E uma coisa levou a outra. No fim, eles passaram a me enviar a todas as partes do mundo, para participar de negociações de paz em impasse. Eles me chamavam de "Fechador". Eu era a pessoa capaz de fechar os acordos.

Ela conseguiria fugir dali? Mas algo lhe sugeriu que sequer olhasse para a porta: não queria provocar aquele homem.

— E depois, o que aconteceu? — Sua voz não revelava nada. Anos de prática.

— Eu era o melhor na minha área — respondeu o homem. — Era mandado a todos os cantos. Belgrado, Bagdá. De volta à África. — Maggie engoliu em seco. — E então cometi um erro.

— Onde?

— Na África.

— Quem é você, afinal? — perguntou Maggie, sem elevar o tom de voz.

— Acho que sabe quem eu sou.

— Não, não sei. Conte-me: quem é você e o que quer? Conte-me agora ou vou chamar a polícia.

— Você sabe quem eu sou, Maggie. Sabe muito bem. Eu sou você.

CAPÍTULO TRÊS

WASHINGTON, DOMINGO, 10h43

Não foi uma surpresa. Maggie soube no momento em que ele mencionara a África e a ONU. Ela ouvira a história de sua própria vida como se fosse a daquele homem. Era um truque sujo.

No entanto, aquela não era a razão de seu nervosismo; ela estava acostumada a lidar com pessoas esquisitas. Aquele homem parecia saber tudo sobre sua vida. Até sobre seu — como ele chamara? — erro.

— Não estou aqui para insultar você.

— Mas também não está aqui atrás de mediação num caso de divórcio, não é mesmo?

— Não tenho uma esposa da qual possa me divorciar. Sou como você era. Casado com o trabalho.

— E qual seria esse trabalho, exatamente?

— Trabalho para as mesmas pessoas para quem você trabalhava. O governo do Estados Unidos. Meu nome é Judd Bonham. — apresentou-se, estendendo a mão.

Maggie ignorou o gesto e, lentamente, caminhou para trás, procurando a cadeira. Estava vacilante. Primeiro, Edward e as caixas; depois, aquilo. No início, pensara que se tratasse de um maluco psicopata, um marido abandonado que a culpava por seu divórcio. Não era muito difícil achar toda sua história de vida no Google e aparecer ali para assustá-la. Mas ela se enganara. Ele estava ali numa missão oficial. O que poderia ser? Maggie não fizera nenhum trabalho para a CIA ou o Departamento de Estado desde... aquilo. Mais de um ano se passara e ela cortara todas as ligações desde então. Nenhum telefonema, nenhuma carta. Nada. Por ela, sequer estaria vivendo nos malditos Estados Unidos. Não poderia ter voltado à Irlanda — seria impossível encarar a situação —, porém pensara em viver com Liz em Londres. Em vez disso, acabara na porcaria de Washington, bem no estômago da besta. Para ficar com Edward.

— Tenho de admitir: você não perdeu a prática — disse Bonham. Ela olhou para ele. — Você ainda é boa. O velho truque do avião na pista. Os motores em alta rotação, prontos para decolar a qualquer momento. Adoro essa técnica.

— Do que está falando?

— De seu último compromisso, com Kathy e Brett. Ameaçar abandonar as partes: eles deviam ensinar isso na escola de negociadores. Clinton não fez o mesmo em Camp David? Deixar o helicóptero pronto para partir, hélices girando. O mediador diz que ele, ou ela, vai embora, e as partes ficam assustadas. Dão-se conta do quanto precisam de você e do quanto precisam das negociações. De repente, percebem que qualquer acordo que possam fechar fora da sala seria pior. E tudo isso une as partes, deixa-as desesperadas para seguir com as negociações. Vocês mediadores chamam isso de "projeto compartilhado", não é? Algo assim. Elas até se juntam contra um inimigo comum: você. Genial.

— Estava ouvindo a conversa.

— É o treinamento, o que posso fazer?

— Imbecil.

— Gosto de como diz isso. *Imbecil.* Você diz de um jeito sensual.

— Saia daqui.

— Embora eu reconheça que, hoje em dia, você não recorra tanto à sensualidade. Nada mais daquele hábito de deixar os cabelos caírem por sobre os olhos. Isso é influência de Edward?

— Vá embora.

— Ah, irei, sim. Mas antes tenho uma pequena proposta a fazer. — Maggie encarou-o duramente. — Não se preocupe, não é esse tipo de proposta. Não que eu não me sentisse tentado, caso você venha a se cansar de Edward...

— Vou chamar a polícia — disse ela, buscando o telefone.

— Não vai, não. E nós dois sabemos por quê.

Aquelas palavras fizeram-na parar e pôr o telefone de volta no lugar. Ele sabia sobre seu "erro". E contaria a alguém. Ao *Washington Post*, a um blog — não importava. A verdadeira razão de seu exílio, então do conhecimento apenas de pessoas bem informadas no meio diplomático, iria a público. O que restava de sua reputação seria arruinado.

— O que você quer? — perguntou, quase num sussurro.

— Queremos que você saia da aposentadoria.

— Não.

— Calma. Lembre-se da primeira regra em qualquer negociação: é preciso escutar.

— Não estou negociando com você. Quero que suma daqui.

— As pessoas para as quais trabalho tendem a não aceitar um não como resposta.

— E para quem, exatamente, você trabalha? "O governo dos Estados Unidos" é um pouco vago.

— Digamos que isso chegou tão perto do topo quanto é possível nesta cidade. Você sabe que tem uma boa reputação. Miss Costello.

— Bem, pode lhes dizer que fiquei lisonjeada. Mas a resposta é não.

— Sequer ficou curiosa?

— Não, não fiquei. Não faço mais esse tipo de trabalho. Agora trabalho aqui. Faço mediação entre maridos e mulheres. E não cuido de casos de emergência. O que significa que você tem 1 minuto para se levantar e ir embora.

— Não vou subestimar sua inteligência, Maggie. Você lê os jornais. Sabe o que está acontecendo em Jerusalém. Estamos muito perto de um acordo. — Ele representou a distância com o polegar e o indicador. — Nunca estivemos tão perto. — Maggie o ignorou. — E você também sabe o que aconteceu ontem. Um ataque ao primeiro-ministro. Ou algo que pareceu um ataque. A segurança acabou matando um crítico do processo de paz. Pode arruinar tudo.

— A resposta é não.

— Os donos do poder acham que essa é uma oportunidade muito valiosa para ser desperdiçada. Precisam que você entre em campo e cumpra seu papel. Use seu talento. Vamos lá, você ainda sabe fazer as coisas. Acabei de ouvir. E isso é algo realmente importante. Paz no Oriente Médio, meu Deus. Como poderia se omitir? É o troféu mais importante, o World Series dos processos de paz!

— Não jogo beisebol.

— Não, claro. — A voz de Bonham estava mais calma, e seu tom, diferente. Maggie notou uma mudança de tática. — O que estou dizendo é que você é uma mediadora. É sua vez. Nasceu para fazer isso. É boa nisso e adora esse tipo de coisa. É a chance de voltar ao trabalho que tanto ama. No nível mais alto possível.

Ela pensou nas imagens que vira na televisão de manhã e na sensação que tivera, porém sem admitir nem para si mesma. Inveja. Ela invejara os homens e mulheres sentados à mesa de negociação em Jerusalém, as pessoas encarregadas da mais importante e emocionante das tarefas: intermediar a paz. Imaginara tudo no momento em que começou a assistir à notícia. Como pescadores quando fisgam um espécime raro e valioso, eles aplicariam, ao mesmo tempo, enorme força e grande delicadeza. Puxariam com toda força num momento, depois recuariam, dando mais linha. Saberiam quando a vara se curvaria e o que a faria quebrar. Era um trabalho exigente, para pessoas talentosas. Mas também era a atividade mais estimulante que conhecia.

Bonham podia ler seus pensamentos.

— Você deve sentir falta. Não seria humana se não sentisse. Tudo bem, aconselhar casais tem seu valor, sem dúvida. Mas não é a mesma coisa, não é mesmo? Você nunca vai sentir a emoção que sentiu em Dayton ou em Genebra. Aqui, não. Ou acha que vai?

Maggie sentiu vontade de balançar a cabeça, concordando com ele. Aquele homem parecia conhecer sua mente melhor do que ela própria. Mas Maggie resistiu, virando-se na direção da janela.

— Não que isso seja algum tipo de esporte para você — continuou Bonham. — Sei que não é. Nunca foi. Claro que gosta do desafio profissional. Mas esse era um fator secundário. Vinha depois do *objetivo*. A busca pela paz. Você é uma das poucas pessoas no mundo que sabem a importância desses esforços, o que pode acontecer se as coisas falharem. — O erro. — E poucos casos são mais importantes que esse, Maggie. Milhares de israelenses e palestinos já morreram nesse conflito. E ele segue em frente, sempre. Por toda nossa vida. E continuará. Daqui a dez anos, você ligará a televisão e ainda haverá meninos palestinos atingidos por bombardeios em parques e adolescentes israelenses despedaçados em ônibus.

— E você acha que é capaz de acabar com isso?

— Eu? *Eu* não posso acabar com isso. Não posso acabar com nada. Mas você pode.

— Não acredito nisso. Não acredito mais.

— Ora, vamos. Você não mudou tanto.

— Escute, eu não me esqueci de repente que as pessoas estão morrendo naquela região e em muitas outras. Sei muito bem quantas mortes e assassinatos acontecem em todos os malditos cantos deste planeta. A questão é que descobri que não posso fazer nada a respeito. Portanto, é melhor que eu permaneça fora disso.

— A Casa Branca não concorda.

— Bem, a Casa Branca pode ir para o inferno.

Bonham permaneceu calado, como se estivesse analisando a presa. Depois de algum tempo, falou:

— Isso tudo é por causa... do que aconteceu, não é? — Maggie olhou pela janela, tentando evitar as lágrimas. — Ouça, Maggie, sabemos do que aconteceu lá. Você cometeu um erro grosseiro. Mas se trata de uma única mancha num currículo excepcional. O entendimento da Casa Branca é de que você já pagou sua penitência. E você não ajuda ninguém permanecendo afastada dessa forma. Não está salvando a vida de ninguém aqui. É hora de voltar.

— Está dizendo que fui perdoada?

— Estou dizendo que é hora de seguir em frente. Mas, sim, se preferir assim, está perdoada.

Pela primeira vez, Maggie olhou-o nos olhos.

— E se eu não tiver perdoado a mim mesma?

— Ah, esse é um problema diferente. Mas não deve ser muito difícil para você. É uma especialidade dos católicos, não? Pagar um pecado por meio do arrependimento. Aquela história toda de redenção. Então, está é sua chance.

— Não é tão simples assim.

— Verdade. Você não vai trazer de volta as vidas perdidas por causa do que ocorreu. Seu erro. Mas pode evitar a perda de muitas outras vidas. E isso deve valer alguma coisa, não acha? — Ela estava pronta para contar que prometera a Edward que nunca mais viajaria. Mas preferiu ficar calada. — A escolha é sua, Maggie. Se achar que nada mais importa, a não ser sua vida aqui, seu relacionamento aqui — Ela sabia que ele ouvira a discussão na cozinha. —, vai me ignorar e me mandar embora. Mas, se sentir falta do trabalho que nasceu para fazer, se preocupar com um conflito que disseminou tanto ódio pelo mundo, se quiser fazer as coisas do modo certo, responderá que sim.

— Explique-me uma coisa — disse ela, depois de um longo intervalo. — Por que a visita à minha casa? Por que essa palhaçada toda de disfarce, de fingir ser um cliente?

— Tentamos o telefone, mas você não retornou nossas ligações. Achei que não fosse me deixar entrar.

— Vocês ligaram?

— Deixamos mensagens por toda a tarde de ontem. Também deixamos algumas hoje de manhã cedo.

— Mas... — balbuciou ela. — Maggie tinha certeza de que verificara a secretária eletrônica e não encontrara mensagem alguma.

— Talvez alguém tenha apagado as mensagens antes de você as ouvir.

Ela sentiu o ar lhe escapar dos pulmões. *Edward.*

Judd jogou um envelope pesado sobre a mesa.

— Passagens aéreas e informações sobre o assunto. O avião para Tel Aviv parte hoje à tarde. A escolha é sua, Maggie.

CAPÍTULO QUATRO

JERUSALÉM, SÁBADO, 23h10

Reuniões noturnas eram tradição naquele gabinete. Ben-Gurion tivera o hábito nos anos 1950, discutindo e decidindo por toda a madrugada; Golda também costumava trabalhar à noite, principalmente depois que os egípcios realizaram o ataque surpresa no Yom Kippur, em 1973 — diz a lenda que, durante vários dias, a velha senhora mal dormia. De alguma forma, a sala, com a solitária cadeira de espaldar alto, reservada ao primeiro-ministro, era perfeita para aquele tipo de encontro. Era pequena e íntima, com dois sofás formando um L, onde conselheiros e auxiliares podiam se sentar e conversar por horas. A mesa era prática: projetada para ser usada e não para impressionar. Rabin costumava sentar-se ali, sozinho, a altas horas da noite, para escrever com sua própria caneta-tinteiro cartas a pais de soldados — o que, em Israel, significava todas as mães e pais da nação.

Rabin se fora havia muito tempo, levando consigo os cinzeiros que acompanhavam seu costume de fumar sem parar. O atual encarregado preferia, nos momentos de tensão, mastigar sementes de girassol, algo que o aproximava de motoristas de ônibus e comerciantes de todo o país. Ele fez um sinal para que o representante do Shin Bet, o serviço secreto de Israel, começasse a falar:

— Primeiro-ministro, o homem morto era Shimon Guttman. Todos sabemos de quem se trata: escritor e ativista, 71 anos. Os primeiros relatos de que estava armado foram desmentidos. Nossos investigadores não encontraram qualquer sinal de que carregasse uma arma. O exame do corpo mostrou que ele foi morto por uma bala no cérebro. — Ao ouvir a descrição, o primeiro-ministro fez uma cara de desagrado e depois abriu mais uma semente com os dentes. — Como sabe, ele segurava um bilhete escrito a mão, destinado ao senhor. Segundo a inteligência, levará alguns dias para recuperar o conteúdo. As palavras foram cobertas pelo sangue...

O primeiro-ministro gesticulou para que parasse. O chefe do Shin Bet afastou a folha de papel que estava consultando. O vice-primeiro-ministro olhava para o chão; os ministros das Relações Exteriores e da Defesa observavam o primeiro-ministro, tentando avaliar sua reação. Ninguém queria ser o primeiro a se pronunciar.

Amir Tal, assessor especial do primeiro-ministro e o mais jovem na sala, resolveu quebrar o silêncio:

— Claramente, isso tem implicações políticas imediatas. Para começar, seremos bombardeados... — O primeiro-ministro franziu a testa. — Perdão. Seremos criticados por cometer um grave erro, matar um homem inocente. Esse tipo de ataque pode acontecer a qualquer momento. Em segundo lugar, como estamos a ponto de assinar um acordo de paz, isso tornará as coisas muito mais difíceis. A direita já estava nervosa; agora quer reivindicar seu primeiro mártir. Insiste que não é coincidência. Guttman era um de nossos críticos mais ferrenhos. E não fomos seu único alvo. Ele dizia as mesmas coisas durante as negociações de Oslo e de Camp David: "Qualquer um que discute a paz com os árabes é um criminoso que deveria ser julgado por traição." A rede Arutz Sheva disse há cerca de uma hora: "Agora conhecemos o plano do governo; eles querem silenciar as vozes dissonantes a bala."

— É possível que estejam certos? — perguntou o ministro das Relações Exteriores, evitando encarar o primeiro-ministro.

— Como?

— Não estou dizendo que matamos o homem deliberadamente; apenas que pode não ter sido uma coincidência. Pode ter sido deliberado no outro sentido, no sentido contrário do que a Arutz Sheva está afirmando?

— O que quer dizer?

— Teria sido uma armação? Guttman sabia como as coisas funcionam. Ninguém pode sair correndo na direção do primeiro-ministro, aos berros, e depois enfiar a mão no paletó. Ele era esperto. Sabia o que aconteceria.

— Está sugerindo que...

— Sim. Estou me perguntando se Guttman *queria* ser baleado. Se ele estava nos incitando, nos desafiando a matar um famoso opositor do governo.

— Isso é loucura.

— Será? Estamos falando de um indivíduo que, por toda sua vida, se dedicou aos atos mais espetaculares, aos grandes protestos. E agora, finalmente, chegou o momento: estamos perto de celebrar a paz com os árabes, de entregar as regiões sagradas da Judéia e Samaria. Para evitar uma desgraça desse tipo, um fanático como Guttman teria de recorrer ao ato mais espetacular possível. Um capaz de realmente mobilizar a direita.

— E sacrificaria a própria vida?

— Sim, sacrificaria.

Eram as duas primeiras palavras do primeiro-ministro desde o início da reunião. Até então, permanecera em silêncio, acompanhando a discussão. Aquele era seu estilo. Primeiro, ouvir os argumentos discordantes entre os membros de sua corte. Depois, enchê-los de perguntas. "Então, como devemos reagir? Quais são nossas opções?" O gabinete estivera se preparando para aquelas perguntas. Porém, o primeiro-ministro apenas se inclinara para a frente, sem dizer nada, abrindo outra semente salgada. Até aquelas palavras: "Sim, sacrificaria."

Depois de uma longa pausa, como se completasse um raciocínio que estivera se desenrolando em sua cabeça, ele completou:

— Conheço esse homem. Muito bem.

O chefe do Estado-Maior, usando calças verde-oliva impecáveis e camisa bege, com a boina presa sob a divisa — uniforme dos soldados cujo campo de batalha era a política —, quebrou o silêncio com o que lhe pareceu uma questão relacionada ao assunto. Perguntou o que todos na sala, e todos que ouviram os relatos de testemunhas na TV, queriam saber desde o início:

— Por que ele o chamou de Kobi?

— Ah — reagiu o primeiro-ministro.

— Achei que ele o odiasse profundamente. Mas aí ele aparece falando como se fossem velhos amigos.

— Rav Aluf, você, mais do que qualquer outra pessoa, deveria saber a resposta para essa pergunta. — O primeiro-ministro recostou-se, embora ainda mantivesse o olhar perdido no meio do caminho, em vez de dirigido aos colegas. — Kobi é o homem que fui muito tempo atrás. — O ministro da Defesa se mexeu na cadeira, lançando um olhar ao general. — Era assim que meus amigos me chamavam. No exército. Formávamos uma boa unidade, uma das melhores. Em 1967, conquistamos uma colina sozinhos: trinta e poucos homens. E sabe quem foi o mais corajoso, muito mais do que eu, apesar do que nosso Amir costuma dizer aos jornais? Um jovem estudante da Universidade Hebraica chamado Shimon Guttman.

CAPÍTULO CINCO

JERUSALÉM, SEGUNDA-FEIRA, 9h28

Pela primeira vez desde que chegara as pessoas que inspecionavam sua bagagem eram árabes. Todos que encontrara desde o pouso de seu vôo noturno, ao amanhecer, eram judeus israelenses. Agora, na entrada do consulado americano da rua Agron, aguardava pela triagem realizada por árabes palestinos — ainda que usando camisas bordadas com o brasão dos Estados Unidos. Normalmente, uma funcionária do governo americano, como ela mais uma vez se tornara, receberia sinal para seguir em frente. Mas aquela era uma época de tensão redobrada, explicou o motorista, por isso levaria mais tempo. Um dos guardas queria que Maggie entregasse o celular; um superior, contudo, afastou-o do local.

Maggie foi conduzida a uma pequena sala de segurança, onde havia um fuzileiro naval, atrás de um vidro grosso, observando uma fileira de monitores de TV. Enquanto olhava para as imagens trêmulas, repassava seu encontro com Judd Bonham pela décima vez. Ele a manipulara como um mestre, fazendo todas as jogadas que ela própria faria. Bonham apelara à sua consciência e massageara seu ego, do mesmo modo que ela agira com delegados, embaixadores e assessores de presidentes. Ele fizera uma ameaça, revelando o que sabia, mas também oferecera uma recompensa. E, exatamente como dizia o manual, esta última tivera como objetivo tocar o ponto mais fraco da parte relutante: no caso dela, o desejo de apagar o passado. A regra era sempre tentar descobrir a maior vulnerabilidade do outro participante. Era doloroso perceber que a sua era tão óbvia.

Bonham devia saber que seria uma tarefa fácil. Primeiro, um pouco de intimidação branda; depois, uma aparência de gentileza e empatia. Era o modelo clássico. O interrogador da polícia chuta a cadeira para longe e, em seguida, bota a mão no ombro do suspeito e promete acabar com o sofrimento. Policial bom e policial mau — ainda que incorporados na mesma pessoa. Ela fizera aquilo um milhão de vezes.

Maggie fixou o olhar no fuzileiro naval. Mal conseguia acreditar que voltara a tudo aquilo. Por instinto, examinou o cenário diante de si. Era natural que os cuidados mais importantes de segurança fossem confiados a um americano. A escolha de funcionários locais também tinha uma razão. O uso de palestinos ressaltava que o consulado em Jerusalém era a missão americana na Palestina: uma operação completamente diferente da embaixada em Tel Aviv, que representava os americanos perante os israelenses.

Uma porta abriu-se e revelou um homem alto e louro.

— Bem-vinda ao hospício! Sou Jim Davis, cônsul. Prazer em vê-la. — Ele estendeu a mão. — Como pode ver, trabalhamos nos dois prédios mais bonitos que o Departamento de Estado possui em todo o mundo — disse, enquanto entravam num amplo jardim quadrado que ficava diante de uma grandiosa casa colonial.

O barulho da rua Agron não os alcançava mais. O único som que escutavam era a melodia assobiada por um jardineiro idoso, que estava curvado para podar uma roseira.

— E essa é nossa mais nova aquisição: o Monastério dos Padres Lazaristas.

Davis apontou para a esquerda, mostrando uma construção que parecia parte igreja, parte fortaleza. Era modesta. Não havia campanários exagerados ou torres extravagantes, mas todas as janelas em arco eram ornamentadas com tijolos ao redor, como se fossem reforçadas contra fogo inimigo. E tudo era construído com a mesma pedra áspera e sem cor que dominava a cidade. Todos os prédios — casas, escritórios, hotéis e supermercados — eram feitos daquele material. "Pedra de Jerusalém", explicara o motorista que a buscara no aeroporto. "É a lei, é a lei!", dissera, virando o rosto de barba rala por sobre o ombro, o que levou Maggie a apontar nervosamente para a rua, na esperança de que ele prestasse atenção ao caminho.

Ela já estivera naquele lugar, algumas vezes, quase uma década antes. Mas nunca se aproximara da ação. A Casa Branca cuidava daquele assunto. Permitia que os bem-intencionados do Departamento de Estado atuassem na África, no Timor Leste e, às vezes, nos Bálcãs. O Oriente Médio, porém, era a missão mais glamorosa, a grande tarefa diplomática, o único assunto internacional que aparecia regularmente nas primeiras páginas. Por isso, Maggie sempre fora mantida longe.

Olhou para cima, protegendo os olhos com a palma da mão. A luz do dia era muito forte; refletia com força naquelas pedras cor de areia. Um monastério em Jerusalém. Devia estar ali havia séculos, desde a época das Cruzadas. Para Maggie, lembrava o convento de seu tempo de escola.

— Assumimos o monastério pouco tempo atrás — explicou Davis. De modo pouco comum para um diplomata experiente, seu sotaque do Sul permanecia inalterado. — Os frades, ou padres, para ser mais exato, desocuparam a maior parte da construção. Alguns ainda ocupam um pequeno espaço que permanecerá sob seu controle. O resto pertence aos Estados Unidos da América.

Ele balbuciava, confuso — uma reação masculina à qual Maggie estava acostumada. Percebera aquilo nos olhos de Davis assim que o cumprimentara: o momento inicial de surpresa, seguido pela tentativa de se recompor e pelo esforço de concentração para agir normalmente. Ela pensara que tudo mudaria ao se aproximar dos 40, que atrairia menos a atenção masculina. Porém, mesmo com roupas mais discretas, a reação permanecia praticamente igual. Ela ainda era alta, com 1,75m, e continuava bastante em forma. Tinha cabelos castanhos cheios que, quando soltos, caíam sobre os ombros.

— A situação é a seguinte. — Chegaram a uma fileira de cadeiras de ferro, sob a sombra de ciprestes. — Como sabe, a Casa Branca está convencida de que esta é a semana. O objetivo é conseguir um acordo de paz permanente a ser assinado no Jardim das Rosas em alguns dias. Antes do dia da eleição.

— Acho que o presidente prefere chamar de dia da reeleição — disse Maggie. — Ele vai conseguir o que deseja?

— Bem, temos duas delegações na Casa de Governo, sentadas uma diante da outra, há quase duas semanas. É um avanço inédito.

— O quê? Que eles estejam conversando há duas semanas?

— Não, estou falando de negociações no próprio local.

— Certo. Desculpe-me. — Maggie respirou fundo. Precisaria de um tempo; estava enferrujada.

— Nunca aconteceu antes. Aconteceu em Camp David, Rio Wye, Madri, Oslo. Mas nunca aqui. Camp David tem sido evitado desde 2000. Então, a Casa Branca, em sua imensa sabedoria, decidiu que seria uma boa opção que as partes negociassem em seu próprio quintal.

— E estão negociando?

— Claro que não. Poderíamos ter lhes avisado isso antes. Esses caras estão vazando mais informações para a imprensa do que conversando entre si. Não se pode bloquear a mídia quando se está bem no meio da zona de conflito.

— E a Casa Branca seguiu em frente assim mesmo?

— É o show deles. Mas, acredite em mim, eles correm para nós toda vez que alguém espirra.

— Então não há nada de diferente.

— Como?

— Esqueça. Quer dizer que o Departamento de Estado está tendo de fazer parte do trabalho pesado?

— Parte? Eu diria a maioria. Mas todo mundo vem tentando se meter. União Européia, ONU, britânicos. Países árabes, Indonésia, Malásia. Temos milhões de muçulmanos ansiosos, à espera do que vai acontecer. Imãs e mulás, daqui e do outro lado do mundo, estão rezando para que esta seja a vanguarda de uma guerra entre o Islã e o Ocidente. Exércitos estão sendo mobilizados no mundo árabe. Se acharem que os palestinos estão sendo forçados a aceitar um acordo desvantajoso, uma espécie de rendição ao malvado Ocidente, então não teremos mais apenas alguns insatisfeitos em Gaza ou manifestações esporádicas em Damasco. Toda a região vai explodir. — Ele representou uma nuvem de cogumelo com as mãos. — E aí teremos a Terceira Guerra Mundial. — Um gesto de Maggie com a cabeça mostrou a Davis que sua pequena explicação dramática funcionara. — Até aqui, as coisas saíram bem. Mas agora é a hora da decisão, de resolver os impasses, e as partes estão ficando impacientes.

— Eles ainda não falaram sobre refugiados e Jerusalém? — Maggie queria mostrar que entendia o código. Como toda profissão, a diplomacia tinha seu jargão, e a diplomacia do Oriente Médio tinha seu próprio dialeto. Depois de um ano a milhares de quilômetros dali, ela torcia para ser capaz de acompanhar as coisas.

— Foi feito um grande trabalho de base em relação ao direito de retorno — respondeu Davis. — Mas vou lhe dar uma dica: não seja ouvida dizendo essas palavras ou os israelenses vão acabar com você. Não se trata de um "direito", e sim de uma pretensão. E não se trata da "casa" dos palestinos, porque esta é a terra natal do povo judeu, blablablá. Você sabe como é.

Embora tenha assentido, Maggie não estava mais ouvindo. Lembrava da discussão com Edward. Ele sequer tentara negar que apagara as mensagens de Judd: apenas alegara que fizera tudo pelo seu bem. Ela ficara furiosa e o acusara de tentar prendê-la, domesticá-la como uma esposa típica de Washington, com um trabalho medíocre em terapia de casais. Edward estava rejeitando quem ela realmente era ou, pelo menos, fora. Segundo ele, Maggie devorara muitos manuais de aconselhamento e agora estava apenas usando o que aprendera. Ela enxergara um tipo de estranha determinação dele em evitar que ela superasse o que acontecera na África, como se fosse conveniente sua permanência na condição em que se encontrava no início da relação: destruída.

Depois daquilo, não havia muito a ser dito, e nenhum dos dois dissera nada. Ela arrumara as malas rapidamente e partira para o aeroporto. Sentia culpa ao se lembrar de tudo que Edward fizera em seus momentos mais difíceis. E sentia imensa tristeza ao ver que sua tentativa de levar uma vida normal se desintegrara de maneira tão espetacular. Apesar disso, não podia dizer, honestamente, que sentia ter cometido um erro. Por que, afinal, nunca abrira aquelas caixas? Ela sabia o que diria se a situação envolvesse outra pessoa: que, inconscientemente, estava hesitando, evitando assumir plenamente a vida ao lado de Edward. Como uma criança que se recusa a tirar o casaco na escola, aquelas caixas, esperando para serem abertas, eram seu modo de dizer que estava apenas de passagem.

Assim, ela entrara no avião, observara Washington enquanto a cidade ficava para trás, imaginando Edward lá embaixo, e depois se distraíra imediatamente com o relatório de trezentas páginas preparado por Bonham.

— Então você pode imaginar como essa história de assassinato deixou as pessoas ainda mais nervosas — disse Davis. — Nos melhores momentos, eles já vivem no limite, mas agora a situação é ainda pior. É por isso que mandaram a cavalaria. — Ele fez um gesto na direção de Maggie. — Para fechar os acordos.

— Certo. Mas ainda não posso entrar.

— Como assim?

— Washington acha que o clima se "deteriorou" durante as poucas horas de minha viagem. Aparentemente, ainda não está "no ponto" de eu entrar.

— Ah, certo.

— Por enquanto, minha função imediata é manter todos calmos. De modo geral, manter as clientelas do nosso lado.

— Ah, as "clientelas". — Davis fez um sinal de aspas com os dedos. — Bem, depois do que aconteceu ontem à noite, a direita israelense é quem mais precisa de afago. Estão todos muito agitados, dizendo que o sujeito morto é um mártir.

— Eles acham que foi intencional?

— Estão dizendo tudo que se possa imaginar. — De repente, o rosto de Davis foi tomado por uma expressão de compreensão. — Então é por isso que você vai à casa de *shiva*.

— Vou aonde?

— À casa de luto. Acabei de receber um recado de que você deve ir, como representante não-oficial. Parece que foram os israelenses que pediram. O gesto mostra respeito pelo homem. É uma prova de que ele não foi morto por se opor ao processo de paz "apoiado pelos Estados Unidos"; prova de que ninguém o via como inimigo.

— E não pode ser muito oficial porque, do contrário, pareceria que apoiamos seus pontos de vista.

— Isso. Eles acham que pode ajudar a acalmar as coisas.

— E nós concordamos.

— Sim. O funeral foi hoje de manhã, assim que liberaram o corpo da autópsia. As coisas funcionam rápido por aqui. Questão religiosa, como todo o resto. Mas o *shiva* continuará por toda a semana. Você já deve ter os detalhes em seu BlackBerry.

— Hum, acho que não tenho um BlackBerry.

— Ah, sem problemas. O pessoal das Comunicações consegue um para você. Eu vou...

— Quero dizer que não costumo usar um BlackBerry. Nunca usei. Deixa você muito preso. Significa que está ouvindo Washington, Londres ou quem quer que seja, quando deveria estar ouvindo as pessoas na sala de negociações. Não agüento essas coisas.

— Tudo bem — disse David, como se Maggie tivesse confessado ser viciada em heroína.

— Se eu pudesse, nem usaria um celular, pela mesma razão.

Davis ignorou o comentário.

— Seu hotel fica a um quarteirão daqui. Pode tomar um banho e, depois, o motorista a levará até lá. O nome da viúva é Rachel.

CAPÍTULO SEIS

JERUSALÉM, SEGUNDA-FEIRA, 19h27

A rua estava lotada. Havia carros estacionados em ambos os lados, com as rodas sobre as calçadas. Dava para notar que aquele era um bairro rico: as árvores eram frondosas, e a maioria dos carros, BMWs e Mercedes. O motorista encontrava dificuldade para avançar, apesar da discreta bandeira dos Estados Unidos se agitando no capô. Em Washington, já estava ficando frio. Ali, ainda fazia calor à noite, e havia um perfume doce persistente vindo das árvores.

O caminho até o prédio estava tomado de pessoas até a porta da frente. Enquanto passava, Maggie mais uma vez notou os olhares de vários dos homens na fila, que a seguiam em sua trajetória.

— Você é da embaixada, certo? Dos Estados Unidos? — perguntou um homem diante da porta. Ela não percebeu se era empregado ou parente. Mas, claramente, sabia que ela viria. — Entre, por favor.

Maggie entrou no que normalmente seria apenas uma sala ampla. Agora estava cheia de gente, como o metrô na hora do rush. Sua altura era uma vantagem. Podia ver a multidão de cabeças — as masculinas cobertas por quipás — e, à frente, um homem de barba, que devia ser um rabino.

— *Yitgadal, v'Yitkadash...*

Todos na sala silenciaram para ouvir aquela oração murmurada aos mortos. Em seguida, o rabino pronunciou algumas frases em hebraico, às vezes virando-se para três pessoas sentadas em cadeiras estranhamente baixas. Pelos olhos vermelhos e narizes escorrendo, Maggie imaginou que fossem a família de Guttman: viúva, filho e filha. Dos três, apenas o filho não derramava lágrimas. Mantinha o rosto voltado para a frente, os olhos escuros secos.

Maggie sentia a presença da multidão atrás de si. Não estava segura quanto ao que devia fazer. Tinha de esperar sua vez de falar com a família, mas as pessoas na sala estavam se levantando. Levaria uma hora para chegar à parte da frente. No entanto, se ela fosse embora naquele momento, o ato poderia ser interpretado — e relatado — como desrespeitoso. Além disso, também não podia começar uma conversa com estranhos. Aquilo não era uma festa.

Ela sorria educadamente enquanto avançava. Sua altura e o terninho que usava sugeria à maioria dos presentes de que se tratava de uma pessoa importante, e as pessoas abriam caminho. (Usar aquela roupa lhe causava uma sensação estranha: fazia muito tempo que não se vestia daquele modo.) Ainda assim, ela só conseguia se mover lentamente.

O caminho foi interrompido por uma grande estante. Na verdade, todo o ambiente parecia repleto de livros. Havia um vaso ou prato de cerâmica aqui e ali, inclusive um com um deslumbrante desenho azul, mas, essencialmente, os livros dominavam o espaço. Estavam em todas as paredes, do chão ao teto.

O aperto deixava seu rosto próximo o suficiente para que pudesse ler os títulos. A maioria estava em hebraico, mas havia uma fileira de livros de política americana, entre os quais várias das obras neoconservadoras que um dia dominaram a lista dos mais vendidos do *New York Times*. *Terrorism: How the West Can Win*. *Inside the New Jihad*. *The Coming Clash*.

The Gathering Storm. Ela sentiu que entendia o Sr. Guttman. Afinal, em Washington não faltavam pessoas que compartilhavam de suas posições políticas. Maggie conhecera mais de uma delas, em recepções. Enquanto Edward cumpria as formalidades, ela observava, como se estivesse a distância, mesmo quando se encontrava bem ao seu lado. A lembrança mal surgira em sua cabeça e ela sentiu uma pontada. *Edward*.

— Venha, por favor. Venha. — Seu anfitrião extra-oficial reaparecera e agora chamava Maggie para perto. As pessoas formavam uma fila para cumprimentar os parentes de luto. Ela tentou ouvir o que os da frente diziam, mas não entendia nada. Hebraico.

Finalmente, chegou a vez de Maggie cumprimentar a família, baixando a cabeça em respeito diante de cada um e tentando dar aos lábios o formato da compaixão. Primeiro, a filha, que lhe concedeu apenas um breve momento de contato visual. Parecia ter 40 e poucos anos. Seus cabelos eram negros e curtos, entremeados por algumas mechas brancas. Uma mulher atraente que, a julgar pelo rosto, devia ser extremamente sensata. Maggie concluiu que era ela quem mandava ali.

Depois, veio o filho. Meio em pé, meio sentado, ele encarou Maggie friamente. Era alto. Estava vestido de modo mais casual do que se esperaria num momento de luto: jeans escuro e camisa branca, ambos de aparência cara. Os cabelos cheios também eram bem cortados. Pela forma que as pessoas o cercavam, parecia ser bem-sucedido ou importante por alguma razão. Chegava aos 40 e não havia sinal de esposa.

Por último, a viúva. O homem que conduzia Maggie se curvou para que a mulher pudesse ouvi-lo. Constrangido, falou em inglês:

— Sra. Guttman, esta moça vem dos Estados Unidos. Da Casa Branca, do presidente.

Maggie pensou em corrigi-lo, mas desistiu.

— Sinto muito pela sua perda — disse, curvando-se ainda mais que o homem e estendendo a mão. — Queremos que saiba que o povo americano está rezando pela senhora e pela sua família.

De repente, a viúva ergueu os olhos. Seu cabelo era tingido de preto, e os olhos tinham quase a mesma cor. Ela segurou Maggie pelo pulso, obrigando-a a encarar seus olhos escuros, úmidos e atentos.

— Você vem em nome do presidente dos Estados Unidos?

— Bem...

— Você sabe que meu marido tinha um recado importante. Para o primeiro-ministro.

— Fui informada disso. É uma tragédia enorme...

— Não, você não entendeu. Essa mensagem. Ele estava tentando levá-la a Kobi fazia dias. Ligou para o gabinete, foi até a Knesset. Mas não o deixavam chegar perto. Aquilo o enlouquecia. — A pressão no pulso de Maggie aumentava.

— Por favor, não fique nervosa...

— Como se chama?

— Maggie Costello.

— A mensagem dele era urgente, Srta. Costello. Uma questão de vida ou morte. Não somente a vida dele ou a de Kobi, mas as vidas de todos neste país, nesta região inteira. Ele tinha visto uma coisa, Srta. Costello.

— Por favor, Sra. Guttman... — tentou interromper o homem, sem sucesso.

Maggie aproximou-se mais um pouco.

— A senhora disse que ele tinha visto algo?

— Sim. Um documento, talvez uma carta, alguma coisa assim. Não sei direito. Mas era algo muito importante. Nos três últimos dias de sua vida, ele não dormiu. Apenas repetia a mesma coisa sem parar: "Kobi precisa saber disso, Kobi precisa saber disso."

— Kobi? O primeiro-ministro?

— Isso, isso. Você tem de entender. O que ele precisava dizer a Kobi ainda precisa ser dito. Meu marido não era idiota. Sabia o risco que estava correndo. Mas, para ele, não havia nada mais importante. Precisava contar a Kobi o que tinha visto.

— E o que era?

— *Ima, dai kvar!* — disse o filho, com voz firme, a voz de um homem acostumado a dar ordens. — *Mãe, já é o bastante.*

— Ele não me contou. Só sei que era um documento, alguma coisa escrita. E ele disse: "Isso vai mudar tudo." Foi isso que disse: "Isso vai mudar tudo."

— O que vai mudar tudo? — perguntou Maggie.

O filho se levantou.

— Não sei. Ele não queria me contar. Segundo ele, para minha segurança.

— Sua *segurança*?

— Eu conhecia meu marido. Era um homem sério. Não teria um ataque e sairia correndo e gritando para o primeiro-ministro. Se ele tinha algo a dizer, devia ser exatamente como Shimon definiu: uma questão de vida ou morte.

CAPÍTULO SETE

BEITIN, CISJORDÂNIA, TERÇA-FEIRA, 9h32

Não precisaria ficar muito tempo ali. Apenas 10 minutos no escritório. Pegar os papéis e ir embora.

"Escritório" não era bem a palavra certa. Os dois cadeados pesados na porta de metal eram prova daquilo. "Sala de trabalho" seria mais adequado, talvez até "depósito". O cheiro em seu interior parecia o de um galpão de jardinagem. Ao se acenderem as lâmpadas fluorescentes, tornaram-se visíveis prateleiras repletas não de papéis, arquivos ou discos de computador, mas de caixas de papelão. E, dentro destas, havia fragmentos de cerâmica antiga, material que Ahmed Nour desenterrara daquela mesma aldeia.

Trabalhava daquela maneira em toda escavação. Montava uma base o mais perto possível do lugar para permitir o transporte, a catalogação e o armazenamento imediatos. Se pudesse, faria o trabalho diariamente: até pedaços queimados de cerâmica deixados para trás desapareciam rapidamente. Os saqueadores eram a praga dos arqueólogos do mundo inteiro.

Ahmed chegou à sua mesa: modesta e de metal, como se pertencesse a um mestre-de-obras. "Não é muito diferente", pensou. "Ambos atuamos no negócio de moradias. Ele constrói novas, e eu desenterro antigas".

Os papéis de que precisava para a reunião com o Departamento de Antiguidades e Patrimônio Cultural da Autoridade Palestina estavam ali, numa pilha bem-arrumada. "Minha doce Huda", pensou. Sua jovem protegida deixara tudo em ordem: o formulário para renovação da autorização, para que pudesse continuar escavando em Beitin, e o formulário de pedido de recursos, implorando por dinheiro para realizar a tarefa. Huda passara a cuidar de todo o contato com o mundo exterior. Sem a distração de telefonemas, e-mails ou ruídos de rádio e TV, ele podia se dedicar inteiramente ao trabalho. Quando trabalhava duro, conseguia se isolar completamente da modernidade.

Aquele fim de semana fora exatamente assim, e ele continuaria durante toda a semana, se não fosse pela maldita reunião. O chefe do Departamento de Antiguidades era um ignorante. Sem formação em arqueologia, era pouco mais que um político enganador. A barba indicava que a política em questão era do novo estilo: religioso.

— Minha prioridade, Dr. Nour, é a glorificação de nossa herança islâmica — explicara na primeira reunião.

Nada surpreendente. Metade do novo governo pertencia ao Hamas. Em outras palavras: pagamos por tudo que for do século VII em diante; se quiser procurar qualquer coisa mais antiga, faça-o por sua conta.

Ahmed não deixava de perceber a ironia. Ele já fora um herói para a classe política palestina. Era membro-fundador de um grupo de pesquisadores que, décadas antes, insistira em enxergar o que havia debaixo da terra de um modo radicalmente diferente. Até então, desde as expedições de Edward Robinson, no século XIX, os que chegavam com pás àquela região buscavam uma única coisa: a Bíblia. Não estavam interessados na Palestina ou nas pessoas que viveram ali por milhares de anos. Estavam atrás da Terra Santa.

Obviamente, eram estrangeiros, americanos ou europeus. Chegavam a Jafa ou a Jerusalém atordoados pelas escrituras, ansiosos por conhecer a rota percorrida por Abraão e para ver o túmulo de Cristo. Almejavam encontrar vestígios dos ancestrais israelitas ou dos primeiros cristãos. Palestinos, antigos ou modernos, eram irrelevantes.

A nova geração, a que Ahmed pertencia, era treinada em arqueologia bíblica — como se houvesse outro tipo ali —, mas logo desenvolveu idéias próprias. Na década de 1960, muitos deles ajudaram uma equipe de pesquisadores da Bíblia Luterana vinda de Illinois, numa escavação em Tell Ta'anach, um monte próximo a Jenin, na Cisjordânia. A empolgação era tamanha que os americanos trabalharam na área por vários anos. Ta'anach era mencionada na Bíblia como uma das cidades cananéias conquistadas por Josué, líder militar dos israelitas.

Ahmed e seus colegas, no entanto, começaram a ver algo diferente. Eles retornaram ao sítio com as atenções voltadas não à bíblica Ta'anach, mas à aldeia palestina ao pé do monte: Ti'innik. Os novos arqueólogos queriam aprender tudo que pudessem sobre a vida cotidiana naquela comunidade simples que permanecera no mesmo lugar pela maior parte dos últimos cinco mil anos. Cada movimento da pá representava uma declaração política: aquela seria uma escavação palestina da Palestina.

Aquilo pôs Ahmed Nour no centro do incipiente movimento nacionalista palestino. Em segredo, foi informado de que a Organização para a Libertação da Palestina, à época ainda secreta, proibida e comandada do exterior, aprovava seu trabalho. Estimulava o "orgulho nacional" e provava, num momento em que a maioria dos líderes israelenses insistia em negar até a existência de um povo palestino, que as comunidades que habitavam aquelas terras tinham as raízes mais profundas possíveis.

Sua reputação só fez crescer quando liderou um grupo de estudantes numa escavação num campo de refugiados abandonado. A descoberta de lixo, latas de sardinha velhas e sacos de plástico revelara o estilo de vida de pessoas de apenas uma geração antes, que partiram em fuga em 1948. E o trabalho em Beitin impulsionou ainda mais sua fama.

Outros pesquisadores se empolgaram ao identificar aquele lugar como a Betel da Bíblia, local em que Abraão, a caminho do sul, parou e erigiu um altar onde Jacó repousou a cabeça num travesseiro de pedra e sonhou com os anjos subindo e descendo uma escada. Ahmed, porém, estava determinado a analisar não só as ruínas ao redor de Beitin, mas a própria aldeia. A pequena Beitin fora governada por gregos, romanos, bizantinos e otomanos. Fora cristã e muçulmana: no fim do século XIX, uma mesquita fora construída sobre as ruínas de uma igreja bizantina. Ainda se podia identificar os resquícios de uma torre grega, um monastério bizantino e um castelo da época das Cruzadas. As três coisas. Na visão de Ahmed, aquela era a beleza da Palestina. Mesmo num canto esquecido como Beitin, era possível ver a história do mundo, uma camada sobre a outra.

Diante daquela lembrança, teve uma idéia. Pegou uma das caixas mais novas, contendo as descobertas mais recentes do sítio. Examinou o interior e torceu o nariz diante do cheiro de mofo: crânios humanos do início da Idade do Bronze, alguns de cinco mil anos atrás, potes e panelas. Ele sorriu. Sabia que podia fazer melhor, que podia voltar ainda mais no tempo. Abriu um armário onde estavam as ferramentas de pedra e ossos de animais encontrados em Beitin nos anos 1950, identificados como de cinco mil anos antes de Cristo. Ahmed contaria ao imbecil do Departamento de Antiguidades sobre os vestígios de sangue localizados, um claro sinal de rituais de sacrifício, o que estabelecia Beitin como antigo local de um templo cananeu. Com uma pontada de culpa, pensou que talvez aquilo fosse apelar para o velho joguinho da Bíblia, mas precisava usar tudo que tivesse ao alcance.

Mesmo assim poderia não surtir efeito. Sem dúvida, o homem do Hamas se animaria com a referência à mesquita do século XIX e bocejaria com o resto. Ou talvez houvesse uma chance de ele ver Beitin como o que realmente era, um lugar repleto da história daquela terra.

Na ponta dos pés, esticando-se para botar a caixa mais valiosa de volta na prateleira superior do armário, Ahmed ouviu um ruído metálico.

— Quem está aí? Huda?

Nenhuma resposta. Provavelmente não era nada. Ele devia ter deixado a porta de metal que levava à sala de trabalho entreaberta, e o vento a empurrara. Não importava. Depois de lacrar a caixa, partiria.

Então ouviu outro ruído. Daquela vez, não havia dúvidas: um passo. Ao se virar, Ahmed viu dois homens se aproximando. Ambos usavam capuzes que escondiam completamente seus rostos. O mais alto ergueu um dedo e, de modo quase teatral, encostou-o nos lábios. *Shhhhh.*

— O quê? O que está acontecendo? — perguntou Ahmed, com os joelhos se dobrando.

— Você vem conosco — disse o homem alto, com um sotaque estranho. — Agora!

Então, pela primeira vez, Ahmed viu a arma apontada bem em sua direção.

CAPÍTULO OITO

CONSULADO AMERICANO, JERUSALÉM, TERÇA-FEIRA, 14h14

— A informação que temos é de que o corpo, crivado de balas, foi deixado por dois homens encapuzados na praça principal de Ramala por volta das 10h45, hora local. O cadáver foi erguido e exibido para a multidão por cerca de 15 minutos e depois levado pelos mesmos homens.

— Execução de colaborador?

— Exatamente. — O chefe da base da CIA virou-se para Maggie, disposto a dar explicações adicionais à nova aluna da turma. — Essa é a punição padrão aplicada pelos palestinos a qualquer palestino considerado culpado de colaboração com a inteligência israelense. Geralmente, são acusados de avisar Israel do paradeiro de terroristas procurados ou de informar quando um ataque acontecerá.

— Qual foi a reação de Israel? — A pergunta vinha de um aparelho telefônico colocado no centro da mesa de madeira polida. Era a voz do Secretário de Estado, em Washington. Ele delegara a missão de comandar a última etapa de negociações *in loco* a seu subsecretário. Queria manter-se a distância, para o caso de um fracasso.

— Até agora, estão bastante quietos. Algumas bobagens sugerindo que os palestinos devem provar que acreditam no domínio da lei. Mas isso foi dito por um porta-voz de baixo escalão, ao ser cobrado durante uma coletiva. Nada vindo dos figurões. Acho que eles querem tratar isso como um assunto interno...

— Não há risco de interromperem as negociações?

— Acreditamos que não, senhor.

— A não ser que estejam atrás de uma desculpa.

— O que não é o caso neste momento — interveio o subsecretário, elevando a voz para ser ouvido. — As negociações estão muito difíceis, mas ninguém pretende abandoná-las.

— Ainda a questão dos refugiados?

— Sim. E Jerusalém.

— Lembre-se de que não podemos deixar isso se arrastar para sempre. Se não tomarmos cuidado, será um atraso aqui, outro ali, e antes que possamos perceber...

— ... estaremos em novembro. — Quem completou o raciocínio foi Bruce Miller, oficialmente intitulado assessor político do presidente, mas na verdade seu *consigliere* de maior confiança, a seu lado desde a primeira candidatura a procurador-geral, na Geórgia, mais de 25 anos antes. Eles passavam mais tempo juntos do que com suas esposas. A presença de Miller em Jerusalém confirmava o que todos já sabiam: aquele esforço pela paz era inseparável da política interna dos Estados Unidos.

— Boa-tarde, Bruce.

Maggie notou uma humildade repentina no tom do secretário de Estado.

— Eu ia mesmo concordar com você — disse Miller.

A voz do assessor misturava o típico sotaque sulista ao efeito do chiclete de nicotina que mascava de manhã até a noite. Ele largara o cigarro 11 anos antes, com ajuda de uma variedade de repositores de nicotina. O emplastro ficara para trás, mas o chiclete se tornara seu novo vício.

— Quero dizer, eles só tiveram sessenta anos para encontrar uma resposta para essa história toda — prosseguiu Miller. — Meu Deus! Não podemos continuar nesse jogo para sempre.

Seu corpo franzino estava curvado para deixar a boca mais próxima do telefone. Em alguns momentos, o pescoço parecia sobressair, fazendo as duas mechas de cabelo que cobriam sua cabeça calva voarem. Maggie tentava visualizar o que aquilo lembrava. Seria um frango, com a cabeça indo e voltando, numa cadência? Ou um boxeador furioso num ringue ilegal, numa rua escura da velha Dublin, pronto para jogar sujo se fosse necessário? Era hipnótico observá-lo.

— Estamos sempre dizendo — continuou Miller, enquanto apontava para um aparelho de TV no canto, que mostrava imagens da Fox News sem áudio — que isso deve se resolver esta semana. Se nada acontecer, voltamos para o começo do tabuleiro. O problema é que não há um lugar assim no Oriente Médio. Não existe! Você nunca pode ficar parado. Se você faz uma cagada aqui, tem de voltar para casa. Vejam o que aconteceu depois de Camp David. Os israelenses atirando em árabes na rua, e os árabes detonando todos os cafés de Jerusalém. Porque as pessoas sentadas naquelas cadeiras tentaram acertar as coisas, mas eles ferraram tudo.

Houve silêncio dos dois lados da linha. Eles sabiam do que se tratava: uma repreensão vinda de cima. E, sem dúvida, outras se seguiriam.

— Temos mais informações sobre a execução do colaborador — disse o homem da CIA, numa tentativa de acalmar os ânimos.

— Sim? — disse o secretário de Estado.

— Como disse antes, normalmente um incidente desse tipo não causaria discussão alguma. No auge da última intifada, essas execuções sumárias aconteciam o tempo todo, num ritmo próximo a uma por semana. Mas, como as partes estão supostamente num cessar-fogo, mesmo uma violação interna como essa pode se transformar...

— Esses são os antecedentes. Você disse que tinha mais informações — observou Miller, transmitindo outra mensagem do chefe: "Vá direto ao assunto, não temos tempo a perder."

— Apenas algumas coisas estranhas. Primeiro, o homem morto tinha quase 70 anos. Uma idade mais avançada que a normal, que costuma ser próxima à dos próprios militantes. — Miller franziu a testa. *Militantes.* — Ou melhor, dos próprios terroristas. Segundo, conversamos com nossos colegas israelenses hoje e eles nos contaram que esse homem era exatamente o que parecia ser: um velho arqueólogo. Até onde sabem, ele não lhes prestou nenhum serviço.

— Então os palestinos pegaram o cara errado?

— É possível, senhor secretário. As mortes por erro na identificação não são incomuns por aqui. Mas existem outras possibilidades.

— Por exemplo...

— Pode ser obra de uma facção rebelde. A segurança tem estado tão rígida em Israel que não há como realizar uma ofensiva terrorista agora... — O representante da CIA enfatizou a palavra "terrorista", em respeito a Miller. — Então, matar um dos seus, especialmente um palestino inocente e respeitado como Nour, é uma das melhores opções. Dissemina a discórdia entre os palestinos e pode induzir os israelenses a interromper as negociações. Desestabiliza o processo.

— Parece uma possibilidade remota — comentou Miller, ainda curvado e concentrado. — Israel pode dizer que os palestinos não têm leis e não podem governar um estado próprio. Mas a opinião pública israelense nunca engoliria. Interromper todo o processo de paz porque um árabe foi executado? Impossível. O que mais temos?

— A outra coisa estranha está relacionada a relatos de testemunhas oculares que estavam na Praça Manara, em Ramala. Os homens de capuz quase não falavam, mas, quando o faziam, apresentavam um sotaque estranho.

— Que tipo de sotaque?

— Não possuo essa informação, senhor. Lamento.

— Poderiam ser israelenses?

— É uma possibilidade.

Miller recostou-se na cadeira, tirou os óculos e olhou para o teto.

— Meu Deus! O que estamos dizendo? Que isso pode ser uma operação secreta do exército israelense?

— Bem, sabemos que Israel sempre teve unidades secretas. Codinomes Cereja e Sansão. Forças especiais que se vestem como árabes. Pode ser mais uma de suas operações.

Esfregando os olhos, Miller perguntou:

— E por que diabos eles fariam algo desse tipo?

— Como eu disse, pode ser uma tentativa de desestabilizar o processo de paz. É sabido que alguns integrantes das forças militares israelenses são fortemente contrários às concessões que o primeiro-ministro pretende fazer...

— E, se isso viesse a público, os palestinos ficariam tão furiosos que abandonariam as negociações. O assassinato de um de seus heróis nacionais.

— Isso. Mesmo que a Autoridade Palestina estivesse disposta a ser tolerante, o povo nas ruas não permitiria.

— Essa seria a razão da revelação acidental-de-propósito do sotaque — disse Miller, quase ininteligível por causa do chiclete.

— É uma das linhas de investigação que estamos seguindo.

— Isso é como uma maldita sala de espelhos! — Miller deixou o corpo afundar na cadeira. — Já tínhamos israelenses e palestinos prontos para pularem uns nos pescoços dos outros. E agora também temos sabotadores em ambos os lados.

— No mínimo, temos uma possibilidade. É por isso que estamos analisando com atenção o assassinato de Guttman.

— O que uma coisa tem a ver com a outra?

— Estamos fazendo averiguações sobre a equipe de segurança que protege o primeiro-ministro para verificar se houve alguma infiltração.

Não podemos descartar um cenário em que o homem que atirou em Guttman tenha feito isso deliberadamente, atendendo a outros interesses.

Maggie aproximou-se do telefone, pronta para mencionar seu estranho encontro com a viúva de Guttman, na noite anterior. "A mensagem dele era urgente, Srta. Costello. Uma questão de vida ou morte". Talvez soasse inoportuno mencionar aquilo ali. Por outro lado...

Era tarde demais. Miller estava se levantando.

— Muito bem, companheiros, acho que já temos Oliver Stone demais para uma reunião só. Secretário, vamos continuar forçando as negociações deste lado, como se mais nada estivesse acontecendo. Está de acordo?

— Naturalmente.

— Posso contar com o senhor para informar o presidente?

— Sim, claro.

Todos na sala, incluindo o próprio secretário de Estado a 11 mil quilômetros, sabiam que aquela era uma gentileza vazia: Miller e o presidente conversavam uma dezena de vezes antes do café-da-manhã, mesmo separados por muitos fusos horários. Se alguém tivesse de informar o presidente, seria ele, provavelmente em poucos minutos.

— Mais alguma coisa? — perguntou Miller. Ele olhou para Maggie, que balançou a cabeça negativamente, e depois para o cônsul, que fez o mesmo. — Muito bem.

Os participantes se dispersaram, ansiosos para mostrar ao homem da Casa Branca que estavam com pressa de voltar ao trabalho. Maggie seguiu Davis.

Todos saíram rápido demais para ver Miller pegar o celular ou ouvir as três palavras curtas e articuladas sussurradas numa ligação para Washington: "Tudo caminhando bem."

CAPÍTULO NOVE

JERUSALÉM, TERÇA-FEIRA, 15h17

Maggie foi até a sala preparada para ela por Davis — um espaço de trabalho destinado aos visitantes do Departamento de Estado. Havia apenas uma mesa, um telefone e um computador. Era tudo de que precisava.

Ela fechou a porta e, para começar, verificou o e-mail. Havia uma mensagem de Liz, em resposta a um recado de Maggie na secretária eletrônica, avisando-a da viagem repentina a Jerusalém.

Assunto: *É isso aí, garota!*

> *Então, quer dizer que minha irmã séria finalmente mergulhou no meu mundo louco. Sabia que agora você é um personagem do Second Life? Aquela coisa virtual em que eu gasto tempo DEMAIS. Sério. Você está num negócio de simulação de negociações de paz no Oriente Médio. Até parece com você, embora eu ache que lhe deram um traseiro desmerecido. Segue o link. Dê uma olhada...*

Curiosa, Maggie clicou no link. Liz mencionara o Second Life algumas vezes, insistindo que não se tratava apenas de outro jogo idiota, mas de algo virtual que se somava ao mundo real. Ela adorava aquilo e pregava a outros sobre como era possível viajar e conhecer pessoas — não ogros ou matadores de dragões, mas pessoas reais — sem sair do computador. Embora a descrição parecesse horrível a Maggie, sua curiosidade fora provocada. O que Liz queria dizer com ser um "personagem"? O "negócio de simulação de negociações de paz" ela entendera: havia muitas ações do tipo na internet, nas quais universitários representavam papéis nas mais recentes rodadas de negociações no Oriente Médio. Era impressionante que já soubessem de sua presença em Jerusalém. Ela supôs que houvesse saído uma nota num dos jornais de Israel.

A ampulheta permaneceu na tela por um tempo, até congelar, derrotada. Apareceu uma mensagem sobre um bloqueio de segurança feito pela rede do consulado. "Deixa para lá", pensou Maggie. "Vejo isso em outra hora."

De volta à caixa de entrada, ela percebeu que não havia mensagens de Edward. Pensou se tudo acabaria daquela forma; se os dois nunca mais se falariam, a não ser para combinar a retirada do que restara de suas coisas — o que, graças a ele, não era muito.

Maggie fechou o e-mail e, por hábito, acessou os sites do *New York Times* e do *Washington Post*. O *Times* trazia uma matéria sobre o incidente de sábado à noite, com um perfil do homem morto. Feliz por encontrar uma distração, ela leu o texto inteiro.

Shimon Guttman ganhou notoriedade pela primeira vez durante a Guerra dos Seis Dias, em 1967, em que, segundo depoimentos, atuou com distinção militar. Aproveitando a oportunidade de tirar o máximo do recém-adquirido controle dos territórios da Judéia e Samaria, na Cisjordânia, por parte de Israel, Guttman integrou o grupo de ativistas que ficou famoso por encontrar uma forma engenhosa de restabelecer a presença judaica na cidade majoritariamente árabe de Hebron. Disfarçados de turistas, reservaram quartos num hotel palestino, pretensamente para oferecer um jantar de Pessach. Uma vez instalados, recusaram-se a ir embora. Na queda-de-braço com as autoridades israelenses, Guttman teve papel de destaque na comunicação, insistindo que a conexão judaica com Hebron era mais forte do que com qualquer outro lugar em Israel. "É aqui que está o Carvalho de Abraão, a árvore ancestral em que Avraham Avinu, Abraão nosso patriarca, montou sua tenda", disse a repórteres em 1968. "Aqui está o Túmulo dos Patriarcas, onde Abraão, Isaac e Jacó estão enterrados. Sem Hebron, não somos nada." No fim, Guttman e seus companheiros ativistas fecharam um acordo com as autoridades israelenses, trocando o hotel por uma colina a nordeste de Hebron, onde estabeleceram o assentamento judeu de Kiryat Arba. Esse posto avançado no alto do morro acabou se transformando na cidade moderna que existe hoje, embora cresçam as especulações a respeito de seu destino no âmbito do novo acordo de paz que pode ser assinado ainda esta semana.

"Isso explicaria tudo", pensou Maggie. Guttman estava preocupado porque o assentamento fundado por ele poderia ser cedido aos palestinos, ao lado de dezenas de outras cidades e vilarejos judaicos que Israel caminhava para entregar. Ele tentara convencer o primeiro-ministro a mudar de idéia. E, obviamente, apreciava os gestos dramáticos. Alguns anos atrás, subira num telhado em Gaza, e, uma geração inteira antes, assumira o controle de um hotel em Hebron. *Habituado a performances artísticas.*

Depois de uma busca no Google, ela entrou em vários sites com notícias em inglês sobre Israel. Todas contavam histórias parecidas. Guttman fora um herói de guerra e depois se transformara num extremista de direita com uma queda por ações cinematográficas. Num dos sites, havia um vídeo, aparentemente de um protesto: Guttman à frente de uma multidão, numa colina cheia de areia, todos agitando bandeiras de Israel. Maggie concluiu que devia ser um assentamento — no início da construção ou da retirada.

Ele fora uma figura imponente, com mechas de cabelo grisalho se agitando ao vento e uma barriga protuberante se projetando por cima da calça. Ocupava toda a fotografia. "Os palestinos precisam analisar a história", dizia no vídeo. "Porque a história diz com toda clareza: os judeus chegaram aqui primeiro. Esta terra nos pertence. Por inteiro."

Tudo parecia muito claro. Era um radical, determinado a dar sua última cartada apelando diretamente ao primeiro-ministro. Chegara perto demais e acabara alvejado. Simples.

No entanto, havia algo no que Rachel Guttman dissera, e na forma como dissera, que incomodava Maggie. Ela afirmara que o marido *vira* alguma coisa — "um documento, uma carta" — que mudaria tudo, nos três últimos dias de sua vida. Maggie observou seu pulso, que a viúva agarrara com tanta força. Pobre mulher. Atingida pela dor de modo tão intenso a ponto de perder o controle diante de uma completa estranha. Maggie conhecera outras pessoas que, ao perderem pessoas amadas, tentaram loucamente encontrar um significado mais nobre nas mortes violentas de seus maridos, esposas, mães ou filhos. Afirmavam que o morto, de alguma forma, antevira a própria morte; que estava perto de realizar um último grande feito; que estava determinado a fazer tudo certo. Talvez Rachel Guttman estivesse sofrendo da mesma fantasia melancólica. Maggie esfregou o pulso.

Uma batida na porta. Sem esperar pela resposta, Davis entrou.

— Muito bem, os Estados Unidos decidiram usar sua arma secreta.

— Ah, é? E qual seria essa arma?

— Você.

Davis explicou que, como se temia, a delegação palestina à Casa de Governo estava ameaçando se retirar devido à morte do arqueólogo. Eles suspeitavam da participação de Israel.

— Precisamos que você os faça mudar de idéia. O subsecretário quer vê-la em 5 minutos.

Maggie recolheu sua papelada e se virou para desligar o computador. Prestes a fechar a janela que mostrava o site do jornal israelense *Haaretz*, o último que consultara atrás de informações sobre Guttman, resolveu dar uma rápida olhada na primeira página, em busca de novidades acerca do caso Nour.

Havia uma matéria. Ela leu por alto. A versão era de uma simples execução de colaborador; nenhuma menção a um possível envolvimento de Israel. Porém, o texto era acompanhado de uma foto do morto, aparentemente retirada de um álbum de família. O arqueólogo, dono de um grosso bigode, sorria para a câmera, segurando um copo. Um braço cobria seu ombro, como se houvesse um amigo fora da foto.

Maggie levantou-se para acompanhar Davis, mas algo a fez retornar à imagem na tela. Notara algo familiar, embora não fosse capaz de identificar do que se tratava. Os olhos de Nour, examinados com atenção, não revelavam nada. O que ela percebera na foto? Por um instante, Maggie acreditou ter captado alguma coisa, só para deixar o que quer que fosse escapar de novo. Porém, voltaria a ver aquilo — e muito mais cedo do que esperava.

CAPÍTULO DEZ

RAMALA, CISJORDÂNIA, TERÇA-FEIRA, 16h46

A primeira surpresa foi causada pela rapidez da viagem. Ela entrara num dos Land Cruisers pretos do consulado apenas 15 minutos antes, mas o motorista, o sargento da Marinha Kevin Lee, dizia que já estavam cruzando a Linha Verde, fora de Israel no sentido estrito e dentro das terras que o país passara a controlar depois da Guerra dos Seis Dias, em 1967.

Tratava-se, contudo, de uma fronteira invisível. Não havia sinais, guardas ou placas de boas-vindas. Em vez disso, o lugar parecia mais uma área residencial de Jerusalém: um prédio de apartamentos depois do outro, tudo construído com aquela pedra lisa e reluzente. De repente, Lee fez um gesto.

— Esta é Pisgat Ze'ev. Nem as pessoas que vivem aqui se dão conta de que estão do outro lado da Linha Verde. — Ele virou-se para Maggie. — Talvez não queiram se dar conta.

Maggie olhou pela janela. Não surpreendia que aquela negociação toda fosse um pesadelo. O plano previa que Jerusalém fosse dividida entre os dois lados — os Estados Unidos preferiam o eufemismo "compartilhada" — e se tornasse uma capital para os dois países. Porém, naquele momento, ela entendia que dividir a cidade seria impossível: as áreas leste e oeste de Jerusalém eram como árvores que cresceram muito próximas e acabaram se entrelaçando; não podiam ser separadas.

— Agora você vai entender melhor — disse Lee, num instante em que a estrada começava a fazer uma curva. — Pisgat Ze'ev de um lado — indicou, apontando para a direita. — E Beit Hanina do outro.

Era fácil notar a diferença. O lado árabe era quase uma terra devastada: casas inacabadas feitas de blocos de concreto, com os vergalhões aparecendo como tendões rompidos; ruas tomadas por buracos e mato, ladeadas por barris de óleo enferrujados. Do outro lado, Pisgat Ze'ev apresentava caminhos retos e calçadas bem cuidadas. Poderia se passar por um subúrbio americano, gravado numa pedra bíblica.

— É muito simples. A infra-estrutura aqui é ótima. E ali é uma porcaria.

Eles passaram o resto da viagem em silêncio. O olhar de Maggie penetrava na paisagem ao redor. Por mais que se lessem relatórios e estudos, nada substituía ver a realidade ao vivo. Fora assim em Belfast e na Bósnia. E era da mesma forma ali.

— Espere — disse Lee, subitamente, prestando atenção à frente. — O que temos aqui?

Havia duas fileiras de pessoas nos dois lados da estrada.

— Podemos parar? — perguntou Maggie. — Quero dar uma olhada.

Lee parou no acostamento coberto por pedrinhas.

— Permita-me sair primeiro, senhora. Para ver se é seguro.

Senhora. Maggie tentou adivinhar a diferença entre sua idade e a do sargento Lee. Ele não devia ter mais de 22 anos; ela era, em tese, velha o bastante para ser sua mãe.

— Muito bem, Srta. Costello. Acho que está seguro.

Ao descer do carro, Maggie viu pessoas formando uma fileira que se estendia a partir da margem da estrada, descia pelo morro e sumia na distância. No outro lado, a mesma coisa. Algumas pessoas empunhavam faixas, enquanto outras estavam de mãos dadas. Era uma corrente humana, interrompida apenas pela estrada.

Então ela entendeu. Todos estavam vestidos de laranja, a cor do movimento criado para fazer oposição ao processo de paz. *A sangue e fogo, Yariv partirá*, dizia uma faixa. *Prendam os traidores*, pedia outra. A primeira trazia um retrato do primeiro-ministro usando o tradicional *keffiyeh* palestino na cabeça. A segunda mostrava Yariv vestindo um uniforme de oficial nazista, incluindo a sigla SS no colarinho.

A mulher que segurava a faixa com a foto do primeiro-ministro de *keffiyeh* notou o olhar de Maggie.

— Quer salvar Jerusalém? Este é o jeito! — gritou, com um sotaque de Nova York. Maggie se aproximou. — Nós somos o "Abraço em Jerusalém" — explicou a mulher, entregando um folheto. — Estamos formando uma corrente humana em torno da eterna e indivisível capital do povo judeu. Continuaremos aqui até Yariv e todos os outros criminosos irem embora e nossa cidade estar novamente em segurança. — Maggie assentiu, e a mulher baixou a voz, como se estivesse recrutando uma companheira de conspiração. — Se dependesse de mim, nos chamaríamos "Tirem as Mãos de Jerusalém". Mas não se pode ter tudo. Você devia passar um tempo aqui para ver como os verdadeiros israelenses se sentem em relação a essa grande traição.

Maggie apontou para o carro, assumindo uma expressão de desculpa. Enquanto caminhava de volta, ouviu uma música subindo o morro. Estava fora de compasso, apesar do esforço das pessoas em diferentes lugares para cantar juntas, mas mesmo assim era uma melodia bonita e impressionante.

Depois de ser apressada pelo sargento Lee, já de volta à estrada, Maggie ficou pensando no que vira. Contra uma oposição tão dedicada, Yariv não tinha chance. Mesmo que conseguisse uma última tentativa com os palestinos, precisava dominar seu próprio povo. Um povo disposto a cercar uma cidade inteira, dia e noite, durante semanas ou até meses.

Eles logo chegaram a uma rodovia de asfalto impecável, sem movimento, à exceção de alguns jipes da ONU e veículos beges das Forças de Defesa de Israel, as FDI. Todos os outros carros, segundo Lee, pertenciam a colonos judeus.

— Onde estão os palestinos?

— Eles têm de encontrar outro jeito de transitar. É por isso que chamam isto aqui de desvio. Serve para desviar deles.

Lee reduziu a velocidade e entrou na fila de carros que esperavam para passar pelo posto de controle. Uma placa em inglês indicava quem tinha autorização para se aproximar: organismos internacionais, equipes médicas, ambulâncias, imprensa. Abaixo, um aviso em tom ameaçador: "Pare aqui! Espere ser chamado pelo soldado!"

O motorista pegou o passaporte de Maggie, baixou o vidro e entregou o documento ao guarda. Ela esticou a cabeça até o banco do passageiro para examinar o rosto do soldado. Era um homem magro, de pele escura, com alguns raros pêlos no rosto. Não devia ter mais de 18 anos.

Eles receberam autorização para prosseguir e logo passaram por um grande prédio vazio que Lee identificou como o hotel City Inn. Estava todo cravejado de balas.

— Na segunda intifada, os confrontos neste local duraram semanas. As FDI levaram séculos para expulsar os palestinos. — Ele se virou para trás e sorriu. — Ouvi dizer que as diárias estão muito baratas agora.

Passados poucos minutos de viagem pelos subúrbios de Israel, eles chegaram a um país diferente. Os prédios eram feitos da mesma pedra branca que se destacava em Jerusalém, mas tudo parecia mais sujo e abandonado. As placas estavam em árabe e inglês: Al-Rami Motors, Al-Aqsa Islamic Bank. Maggie viu uma fileira de cadeiras de vime numa esquina, ocupadas por jovens que passavam o tempo, com cigarros na boca. Os móveis estavam à venda. Caminhando pela rua, tentando evitar os buracos, crianças voltavam da escola, carregando mochilas de tamanhos desproporcionais. Ela desviou o olhar.

Colados nos muros e vitrines de lojas abandonadas, havia pôsteres mostrando rostos de meninos e homens, emoldurados pelo verde, branco, vermelho e preto da bandeira palestina.

— Mártires — explicou Lee.

— Homens-bomba?

— Sim, mas nem todos. Também há crianças que estavam atirando em colonos ou tentando lançar mísseis.

De repente, o carro caiu num buraco. Maggie continuou olhando pela janela. Ali, como em quase todos os lugares em que trabalhara, os dois lados acabaram matando crianças. A impressão era de que todos que matavam e que morriam eram jovens. Ela sempre soubera daquilo, mas nos últimos anos não conseguia pensar em outra coisa. Uma vez após a outra, em diferentes lugares, testemunhara a situação — e aquilo a deixava muito mal. Uma imagem, a mesma de sempre, não saía de sua cabeça. Maggie teve de fechar os olhos para afastar o pensamento.

Espremeram-se por ruas lotadas e passaram por um café repleto de mulheres com lenços pretos na cabeça. Lee desviou de alguns carrinhos de frutas puxados por meninos. Peras, maçãs, morangos e kiwis. Todo mundo andava pela rua: pessoas, carros, animais. O trânsito era lento e barulhento; as buzinas não cessavam um instante.

— Chegamos — disse Lee.

O carro parara diante de um edifício que parecia diferente dos demais: era firme, de pedras limpas e vidros bem conservados. Maggie viu uma placa de agradecimento ao governo do Japão e à União Européia. Um ministério.

Dentro do prédio, eles foram conduzidos a um gabinete espaçoso, onde havia um longo sofá em forma de L. O recinto era muito grande para os móveis que continha. Maggie suspeitou que o desejo de grandiosidade determinara o tamanho, passando por cima da praticidade e da necessidade.

Um sujeito atarracado trouxe duas xícaras de chá de hortelã para Maggie e seu guarda-costas fuzileiro naval. Ela vira muitos homens como ele no caminho, sentados como motoristas num ponto de táxi, fumando e bebendo café ou chá. Oficialmente, deveriam ser "seguranças". Na realidade, porém, formavam um grupo conhecido em vários outros cantos do mundo: aproveitadores abençoados com um cunhado ou primo que arranjara uma vaga na folha de pagamento do Estado.

— O Sr. Al-Shafi está esperando. Venham, por favor, venham.

Maggie pegou sua maleta de couro preto e acompanhou o guia, passando a uma sala menor. Decorada com mais simplicidade, parecia um local de trabalho propriamente dito. Ocupando um sofá e cadeiras espalhadas, havia diversos assessores e funcionários. Na parede, um retrato de Yasser Arafat e um calendário com o mapa da Palestina inteira — não apenas a Cisjordânia e a Faixa de Gaza, mas também Israel. Uma declaração ideológica típica da linha-dura.

Khalil al-Shafi levantou-se da cadeira para cumprimentar Maggie.

— Srta. Costello, soube que voltou da aposentadoria para vir aqui e acabar com a briga entre as crianças.

A brincadeira e as informações internas reveladas não a surpreenderam. O relatório de Davis alertara para que ela esperasse um negociador inteligente. Tendo passado mais de uma década numa prisão israelense, condenado não só pelas habituais acusações de terrorismo mas também por casos de morte, ele se tornara um símbolo da "luta". Aprendera hebraico com os próprios carcereiros e depois inglês. Posteriormente, passara a emitir, por meio da mulher, declarações mensais — às vezes chamados às armas, às vezes análises racionais, às vezes sutis manobras diplomáticas. Sua libertação pelos israelenses, três meses antes, fora o sinal mais sério de que o progresso era possível.

Desde então, Al-Shafi passara a ser reconhecido como o líder de fato de pelo menos metade da nação palestina: aqueles que não apoiavam o Hamas, mas se identificavam com os nacionalistas seculares do movimento Fatah, de Arafat. Embora ele não possuísse um título oficial — ainda havia um secretário-geral e um presidente —, nada no lado do Fatah acontecia sem sua participação.

Maggie tentou fazer uma leitura de seu interlocutor. As fotos de um rosto barbado, de traços amplos e rústicos, levaram-na a esperar um homem de briga, não alguém sofisticado. Mas o sujeito diante dela tinha um refinamento surpreendente.

— Recebi um recado de que valeria a pena, de que vocês e os israelenses estão perto de um acordo.

— "Estavam" é a palavra certa.

— Não estão mais?

— Não se os israelenses continuarem nos matando para fazer joguinhos.

— Matando vocês?

— Ahmed Nour nunca seria morto por um palestino.

— O senhor parece muito seguro disso. Pelo que me disseram, os palestinos mataram um número considerável de outros palestinos ao longo dos anos.

Ele lançou um olhar frio sobre Maggie, que reagiu com um sorriso. Ela estava acostumada àquilo. Na verdade, fizera de propósito: queria mostrar dureza logo de início, para que ninguém caísse na tentação de tratá-la como uma mulher fraca.

— Nenhum palestino mataria um herói nacional como Ahmed Nour. Seu trabalho era motivo de orgulho para todos nós e um desafio direto à hegemonia e ao domínio israelense.

Maggie lembrou-se de que Al-Shafi completara um doutorado em ciência política enquanto estivera preso.

— Mas quem pode afirmar em que outras atividades ele estava envolvido?

— Acredite em mim. Ele seria a última pessoa no mundo a colaborar com os israelenses.

— Ah, espere um pouco. Sabemos que ele não era um grande fã do novo governo. Ele não suportava o Hamas.

— Está bem informada, Srta. Costello. Mas Ahmed Nour entendia que agora temos um governo de unidade nacional na Palestina. Quando o Fatah formou a coalizão com o Hamas, Ahmed aceitou.

— O que mais ele poderia dizer publicamente? Que eu saiba, colaboradores não usam camisetas com a palavra "colaborador" estampada no peito.

Al-Shafi aproximou-se e, sem piscar, encarou Maggie.

— Escute bem, Srta. Costello. Conheço meu povo e sei reconhecer quem é um traidor e quem não é. Colaboradores são jovens ou pobres ou desesperados. Ou guardam algum segredo desonroso. Ou precisam de algo que os israelenses possuem. Nenhum desses casos se aplica a Ahmed Nour. Além disso...

— Ele não sabia de nada. — De repente, Maggie percebeu o óbvio. — Era um pesquisador já de certa idade. Não tinha informações a oferecer.

— Sim, exatamente. — Al-Shafi estava intrigado, à procura de uma armadilha. A americana se deixara convencer rápido demais. — É por isso que os assassinos devem ser israelenses.

— E isso também explicaria o sotaque estranho.

— Exatamente. Então você concorda comigo?

— E qual seria a motivação deles?

— A mesma dos últimos cem anos! Os sionistas dizem que desejam paz, mas não é verdade. A paz os deixa assustados. Sempre que chegam perto de um acordo, voltam atrás. Desta vez, querem que *nós* voltemos atrás. Por isso, matam os nossos, para deixar as pessoas enfurecidas. Assim, os palestinos não permitirão que seus líderes apertem a mão do inimigo sionista!

— Se os israelenses realmente quisessem causar agitação entre os palestinos, não matariam um grande número de pessoas, em vez de apenas um velho?

— Mas os sionistas são muito espertos! Se eles lançarem uma bomba, o mundo os recriminará. Agindo como estão, o mundo põe a culpa em nós!

Alguma coisa no tom de Al-Shafi causou estranheza a Maggie. O que seria? Um sinal de falsidade, a voz um pouco alta demais. Ela ouvira aquilo antes. Uma vez, em Belgrado, um oficial sérvio falara no mesmo tom afetado. *Claro.* Al-Shafi não estava falando para ela. Estava *representando um papel.* Sua verdadeira audiência eram os outros homens presentes na sala.

— Dr. Al-Shafi, seria possível conversarmos em particular?

Al-Shafi olhou para os funcionários em volta e, com um breve aceno, pediu que se retirassem. Após uma barulheira de papéis e xícaras sendo recolhidos, eles finalmente ficaram a sós.

— Obrigada. Há algo que queira me contar? — perguntou Maggie.

— Contei tudo que penso. — A voz soava mais contida.

— O senhor me disse que acredita que os homens responsáveis pela morte de Ahmed Nour, ontem, são agentes israelenses disfarçados.

— Sim.

— Mas não acredita de verdade nisso, acredita? Há alguma coisa que não queira dizer na frente dos seus colegas?

— É assim que negocia a paz, Srta. Costello? Lendo as mentes dos homens que estão lutando? - perguntou Al-Shafi, com um sorriso desanimado.

— Não tente me agradar, Dr. Al-Shafi — disse Maggie, retribuindo o sorriso. — O senhor suspeita do Hamas, não é mesmo? — Interpretando o silêncio como uma confirmação, ela continuou pressionando. — Mas por quê? Porque ele criticava o movimento?

— Lembra-se do que o Talibã fez no Afeganistão, pouco antes do 11 de Setembro? Algo que chamou a atenção do mundo inteiro?

— Eles destruíram aqueles budas gigantes esculpidos nas montanhas.

— Correto. E por que fizeram isso? Porque as estátuas provavam que existia algo antes do Islã, uma civilização mais antiga que o Profeta. É algo que os fanáticos não suportam.

— Acha que o Hamas mataria Ahmed só por causa disso, porque ele encontrou alguns vasos e panelas que antecedem o Islã?

Al-Shafi soltou um suspiro e deixou o corpo cair na cadeira.

— Srta. Costello, não se trata só do Hamas. Eles estão sob pressão de islamitas do mundo inteiro, que os chamam de traidores simplesmente por negociarem com Israel.

— A Al-Qaeda?

— Entre outros. Eles estão acompanhando de perto o que acontece aqui. É possível que o Hamas tenha sentido que precisava mostrar os colhões, se me permite a expressão, matando um pesquisador que tinha descoberto o tipo errado de verdade.

— Mas por que eles fariam parecer uma execução de colaborador? Certamente, prefeririam mostrar a ação como uma execução de Estado, se quisessem fortalecer sua posição diante da Al-Qaeda. — Maggie fez uma pausa. — A não ser que também quisessem que parecesse uma ação de Israel, para que os palestinos ficassem irritados demais para seguir em frente com o acordo de paz. Isso é possível?

— Também pensei nisso. Talvez o Hamas esteja ficando com medo.

Maggie sorriu. Embora ela fosse sempre cautelosa com primeiras impressões, a expressão de angústia no rosto daquele homem e a maneira como sua mente parecia em conflito faziam-na confiar nele. Al-Shafi alisou a barba, e Maggie tentou decifrar sua expressão.

— Há mais alguma coisa, não há?

Ele ergueu os olhos e a encarou. Ela não desviou o olhar, nem rompeu o silêncio. Depois de algum tempo, Al-Shafi se levantou e começou a caminhar, olhando para os pés.

— O filho de Ahmed Nour veio me ver há uma hora. Estava muito nervoso.

— É compreensível.

— Ele contou que tinha revirado as coisas do pai, nesta tarde, em busca de uma explicação. Encontrou algumas cartas, algumas mensagens eletrônicas. Entre elas uma muito estranha de uma pessoa que ele não conhece.

— Ele conversou com colegas do pai? Talvez seja alguém com quem tenha trabalhado.

— Naturalmente. Mas a assistente de Nour também não reconheceu o nome. E era ela quem cuidava desses assuntos.

— Talvez ele estivesse tendo um caso.

— É um nome de homem.

Maggie começou a se preocupar, mas pensou um pouco melhor antes de falar.

— E o filho acredita que essa pessoa pode estar de alguma maneira envolvida na morte do pai? — Al-Shafi confirmou com um gesto. — Que essa pessoa pode até ser a responsável pelo assassinato? — Um movimento quase imperceptível com a cabeça. — De que tipo de pessoa estamos falando?

Al-Shafi olhou na direção da porta, preocupado com a possibilidade de alguém estar ouvindo.

— O e-mail foi enviado por um árabe.

CAPÍTULO ONZE

JERUSALÉM, TERÇA-FEIRA, 20h19

Maggie estava deitada em sua cama no David Citadel. O hotel era imenso, construído com uma versão moderna e polida da pedra de Jerusalém. E, pelo que notara, ficava lotado de cristãos americanos. Ela vira um grupo formar um círculo, de olhos fechados, no saguão do hotel, enquanto o guia israelense observava, pacientemente.

Davis providenciara sua acomodação no David Citadel. Ficava a uma quadra do consulado; ela conseguia ver a rua Agron da janela. Lee a levara de volta de Ramala ao entardecer, atravessando uma estrada ainda mais vazia do que antes. Ambos permaneceram em silêncio durante o trajeto. Maggie estivera pensando, esforçando-se ao máximo para não achar que aquela missão, em vez de destinada a salvar sua reputação, estava condenada ao fracasso.

O que Judd Bonham classificara como uma mera questão de fechar o negócio estava desandando e se transformando em outro revés no Oriente Médio. Não havia registro de quantas vezes aqueles dois povos pareceram prontos para celebrar a paz apenas para fracassarem e mergulharem novamente na guerra. A cada vez, a violência voltara mais intensa. Maggie não queria pensar no inferno que viria se, nos dias seguintes, ocorresse um novo fracasso. Ela aprendera a reconhecer os sinais, e assassinatos de grande repercussão em ambos os lados, a despeito das circunstâncias, eram um aviso confiável de que havia problemas sérios à espera.

Ela esticou o braço até o frigobar. Depois de esvaziar uma miniatura de uísque num copo, foi até a mesa e olhou pela janela. Viu um homem sair da loja de conveniência do outro lado da rua carregando uma sacola plástica. Dentro dela, devia haver uma garrafa de leite, talvez um pote de mel. Um homem que voltava para casa à noite.

Embora trivial, a imagem fascinou Maggie. Por alguma razão, atividades simples e rotineiras como aquela estavam fora de seu alcance. Ela invejava o homem que voltava para casa com uma garrafa de leite para dar às crianças enquanto contava uma história de ninar. Provavelmente fazia a mesma coisa todas as noites. De algum modo, ele seguia naquela rotina sem pensar em viver outras experiências.

Depois de esvaziar o copo, ela considerou ligar para Edward. Imaginou se o número do telefone apareceria no aparelho e se ele atenderia. Pensou no que os dois diriam; se ele pediria desculpas pelo que fizera ou se esperaria desculpas dela por ter ido a Jerusalém. Maggie permaneceu sentada e tomou mais uma miniatura e meia de uísque, enquanto as palavras de Edward dois dias antes, disparadas na cozinha do apartamento em Washington, davam voltas em sua cabeça. Estaria ele certo ao dizer que ela sempre fugia, que era incapaz de se dedicar por tempo suficiente até que algo desse certo? Talvez estivesse. Talvez uma pessoa normal houvesse superado o que acontecera no ano anterior e seguido em frente com a vida.

Maggie ligou pelo celular para que ele soubesse quem era e tivesse uma chance caso não quisesse atender. Ao primeiro toque, ela conferiu as horas: 13h30 em Washington. Ele atendeu.

— Maggie. — Não foi uma pergunta, nem uma saudação. Apenas uma constatação.

— Oi, Edward.

— Como vão as coisas em Jerusalém? — Uma pausa. — Já salvou o mundo?

— Eu queria conversar.

— Agora não é um bom momento, Maggie. — Ela podia ouvir o ruído de talheres e instrumentos de corda ao fundo. *Almoço no La Colline*, imaginou.

— Só preciso de 2 minutos.

Maggie ouviu o som abafado de Edward pedindo licença para se afastar da mesa, puxando a cadeira e procurando um canto mais silencioso para conversar. Na verdade, aquilo não o devia incomodar muito: interromper uma refeição para atender uma ligação urgente era rotina em Washington — uma maneira de sinalizar sua importância.

— Pronto — disse ele, finalmente. — *Pode falar*.

— Queria conversar sobre como as coisas vão ficar entre nós.

— Bem, eu esperava que você recuperasse a razão e voltasse para casa. Então poderíamos tratar do resto.

— Recuperasse a razão?

— Ah, por favor, Maggie. Não pode estar levando a sério essa história de fazer o papel de negociadora da paz.

Maggie fechou os olhos. Ela não reagiria à provocação.

— Preciso saber que você entende por que fiquei tão irritada. Por causa das caixas...

— Escute, não tenho tempo...

— Porque, se você não entende, se não consegue entender...

— O que vai acontecer, Maggie? O quê? — perguntou Edward, erguendo a voz, o que devia estar atraindo a atenção das pessoas no restaurante.

— Eu não vou saber como...

— O quê? Como continuaremos juntos? Acho que já passamos desse ponto. Você não acha? Acho que você tomou a decisão no momento em que entrou no avião.

— Edward...

— Eu lhe ofereci uma vida aqui, Maggie. E você não quis.

— Não podemos conversar direito?

— Não tenho mais nada a dizer, Maggie. Preciso ir.

Ela ouviu um clique e, momentos depois, uma gravação: *A outra pessoa desligou. Por favor, tente mais tarde. A outra pessoa desligou. Por favor, tente mais tarde.*

Maggie achou que fosse chorar, mas sentiu algo pior. Uma aflição começou a se espalhar por seu corpo; seu peito parecia estar se transformando em concreto. Então ela curvou-se para a frente e apoiou os cotovelos nos joelhos. Estava acabado. Sua tentativa de levar uma vida normal falhara. E ela estava mais uma vez num quarto de hotel, no exterior, sozinha.

A causa de tudo aquilo era o que acontecera no ano anterior, não havia dúvida. Ela acreditara que seu relacionamento com Edward poderia destruir o fantasma, mas, no fim das contas, acontecera o contrário. Maggie levantou a cabeça e observou a noite de Jerusalém. Percebeu que poderia ficar ali, paralisada e de olhos vidrados, por toda a noite. A perspectiva era atraente, e ela se rendeu por quase uma hora.

No entanto, foi outro sentimento que aflorou, uma impressão de que ela recebera uma chance de se libertar dos acontecimentos terríveis de um ano antes, de equilibrar as coisas de alguma forma. Para aproveitar a oportunidade, Maggie teria de fazer algo que já fizera muitas vezes: afastar seus sentimentos e se concentrar apenas no trabalho. Precisava se certificar de que cumpriria aquela missão. Não podia se dar ao luxo de falhar.

"Muito bem, qual é o problema?", perguntou a si mesma, enquanto lavava o rosto, abrindo o caminho para o recomeço. Oposição interna em ambos os lados, motivada por dois assassinatos: Guttman e Nour. A prioridade era descobrir a verdade nos dois casos e dar um jeito de assegurar aos dois públicos que não havia razão para preocupação e que as negociações deviam prosseguir.

Maggie consultou o site do *Haaretz* novamente e viu a mesma foto que encontrara 5 horas mais cedo. Ahmed Nour com um sorriso enigmático. Murmurou:

— O que aconteceu com você? Todo esse processo de paz vai fracassar por sua causa?

Ela fizera o máximo que pudera na conversa com Al-Shafi, pedindo-lhe que mantivesse a fé e insistisse no processo de paz. Assegurara que, se o Hamas estivesse vacilante, os Estados Unidos poderiam tomar medidas para mantê-los no mesmo caminho. Enfatizara a convicção absoluta de Washington na seriedade de Israel, na possibilidade de os palestinos terem um estado próprio numa questão de dias. Dissera que ele carregava uma responsabilidade histórica e naquele exato momento, por acaso, olhara para o retrato de Arafat.

Não havia como saber se a argumentação funcionara. Ele a conduzira à saída discretamente e reunira os assessores e colegas novamente no escritório. Maggie compreendia que Al-Shafi estava acuado. Ele suspeitava dos parceiros de coalizão do Hamas e até da lealdade de seu grupo mais próximo. Temia estar sendo levado a uma armadilha; temia que, ao estender a mão aos israelenses, fosse acusado de traição pelos islamitas. Se pudesse expor o Fatah como um boneco nas mãos de Israel, o Hamas garantiria o domínio da situação por décadas. Al-Shafi não passara 17 anos numa prisão israelense para aquilo.

Ela ficou olhando para a foto de Nour como se seus olhos pudessem penetrar nos dele e arrancar as respostas de que precisava. Se pudessem resolver o mistério do assassinato, arrumar a casa e tirar esse problema do caminho, talvez as coisas retomassem o rumo.

Rolando a página para baixo, Maggie notou que o *Haaretz* publicara uma longa "homenagem" à vida de Shimon Guttman. A quantidade de links ao lado do texto indicava que o assunto ainda tinha grande destaque. "Líderes de assentamentos exigem investigação oficial da morte de Guttman", dizia uma manchete. "Rabino militante pede uma maldição para a equipe de segurança do primeiro-ministro", relatava outra.

Ela fez uma leitura rápida do perfil mais detalhado. Havia muitas informações conhecidas: as histórias de guerra do início; a postura franca e obstinada; a retórica provocadora. Mas o texto incluía outras histórias e citações mais longas. Maggie já passara da metade e estava prestes a desistir quando viu algo:

Na campanha de 1967 e posteriormente, Guttman mostrou que devia muito aos antigos heróis israelenses Moshe Dayan e Yigal Yadin. A exemplo deles, combinava bravura militar e uma paixão de pesquisador pela história ancestral de sua terra. Tornou-se o que a sociedade educada chama de arqueólogo de força — e os palestinos chamam de saqueador a bordo de um tanque. Cada colina conquistada e cada aldeia tomada eram vistas não como casas de um tabuleiro de xadrez, mas como sítios de escavação. Guttman trocava o rifle por uma pá e começava a cavar. Seus admiradores — e inimigos — diziam que ele juntara uma coleção de grande relevância, com uma variedade de peças de milhares de anos. Todas tinham uma característica em comum: confirmavam a presença ininterrupta dos judeus na região...

Maggie abriu outra miniatura de uísque escocês. Talvez fosse apenas coincidência. Guttman e Nour: ambos arqueólogos, ambos nacionalistas e ambos assassinados, com um intervalo de menos de um dia. Ela continuou lendo:

...embora fosse autodidata, tornou-se uma autoridade de respeito, com uma rara especialização em inscrições antigas. Teria ele pegado atalhos, éticos e legais, para ampliar seu acervo? Provavelmente. Mas

aquele era o homem, o último sionista valente, um aventureiro que pertencia à geração de 1948, talvez até à de 1908...

Dois homens, de idades não muito diferentes, cavando buracos na Terra Santa para provar que ela pertencia a eles, à sua tribo. Maggie disse a si mesma que era uma coincidência. Mas, ainda assim, era estranho. Um assassinato irritara a direita israelense, outro acirrara os ânimos dos radicais palestinos. Agora, ambos ameaçavam acabar com a maior esperança de paz que os dois países veriam antes do Juízo Final.

Maggie olhou para o frigobar, pensando se devia encher o copo mais uma vez. Voltou a se concentrar no monitor e abriu uma janela do Google. Tentou uma nova combinação de palavras: *Shimon Guttman arqueólogo.*

A página mostrou muitos resultados. Um perfil de uma década antes no *Jerusalem Post* e uma transcrição de entrevista à rede canadense CBC, num assentamento da Cisjordânia, descrevendo os palestinos como "intrusos" e "falsa nação". Ambos faziam referências passageiras ao que o *Post* chamava de "dedicação patriótica à escavação do passado judeu".

Depois vinha a *Minerva,* Revista Internacional de Arte Antiga e Arqueologia. Como não conseguiu encontrar referências de destaque a Guttman, Maggie fez uma busca. Mesmo assim, a menção era quase imperceptível. Havia apenas o nome, em fonte pequena e em itálico, ao lado de outro, no pé de um artigo que anunciava a descoberta de um incomum vaso de oração originário da cidade bíblica de Nineveh.

Maggie percorreu o texto em busca de... ela não sabia o quê. Toda aquela conversa de "adornos" e "mosaicos" e "escrita cuneiforme". Talvez não houvesse nada de interessante. Ela coçou a testa, apertou o botão de desligamento rápido e se preparou para encerrar a sessão.

Entretanto, a máquina se recusou a desligar. Em vez disso, perguntou se ela queria fechar todas as páginas que estavam abertas. O cursor já se dirigia ao "sim" quando Maggie viu novamente o nome de Guttman, em fonte pequena e em itálico. Pela primeira vez, porém, reparou no nome ao lado: Ehud Ramon.

Talvez aquele homem soubesse de alguma coisa. Ela pesquisou o nome no Google. Só obteve três resultados relevantes, sendo um deles outra referência na *Minerva*. Nos três casos, também aparecia o nome de Shimon Guttman. Não havia nada relacionado apenas a Ehud Ramon.

Ela acabou encontrando um banco de dados de arqueólogos israelenses e digitou Ehud Ramon no campo de busca. Encontrou muitos Ehuds e um Ramon, mas nenhum Ehud Ramon. O mesmo aconteceu no site do Instituto Arqueológico Americano. Quem era aquele homem, ligado a Guttman, mas do qual não havia rastro?

Então, finalmente, ela viu. Sentiu um arrepio, enquanto procurava caneta e papel. Escreveu o mais rápido possível, com medo de perder a informação. Com certeza, aquele nome, aparentemente de um pesquisador israelense ou americano, não poderia ser... No entanto, lá estava, bem diante de seus olhos. Não havia um Ehud Ramon. Ou melhor, havia, mas não era seu nome verdadeiro. Tratava-se de um anagrama, exatamente como aqueles que Maggie resolvia com incrível velocidade, durante a adolescência, em tardes intermináveis de domingo no convento. Ehud Ramon era um pesquisador comprometido com a exumação de segredos da terra. Porém, era o parceiro mais improvável para Shimon Guttman, fanático direitista e sionista e inimigo declarado dos palestinos. Afinal, Ehud Ramon era Ahmed Nour.

CAPÍTULO DOZE

BAGDÁ, ABRIL DE 2003

Salam fora à escola naquela manhã mais por hábito que por obrigação. Não acreditava, realmente, que haveria aulas normais, mas resolveu se garantir. Sob o regime de Saddam, matar aula era, a exemplo de qualquer outro ato de desobediência, um risco que ninguém que dava valor à vida estava disposto a correr. Ainda que Saddam estivesse em fuga, com sua estátua na Praça do Paraíso derrubada diante das câmeras de TV, entre a maioria dos bagdalis a cautela alimentada ao longo de 24 anos permanecia viva. Salam não era o único que já sonhara com o ditador se erguendo como Poseidon do rio Tigre, encharcado e furioso, exigindo que seus súditos se ajoelhassem.

Assim, Salam foi à escola. Obviamente, outros sofreram do mesmo temor: metade de seus colegas estava correndo do lado de fora, jogando bola ou espalhando boatos. Não havia demonstração explícita de alegria. Muitos professores eram do partido Baath — funcionários públicos que apoiavam o governo — e seria um risco fazer algo desse tipo. No entanto, Salam sentia uma energia nervosa, uma centelha que parecia atravessar todos no local. Era uma sensação nova, que ninguém ali seria capaz de explicar. Se conhecessem as palavras e se afastassem o medo que alimentavam, teriam dito que estavam, pela primeira vez, animados com a perspectiva de futuro.

Ahmed, o falastrão da turma, aproximou-se, dando uma olhadinha para trás por sobre o ombro.

— Onde você estava ontem à noite? — perguntou.

— Em lugar nenhum. Estava em casa. — Era o reflexo do medo.

— Adivinhe onde eu estava.

— Não sei.

— Tente adivinhar.

— Com a Salima?

— Não, idiota! Tente de novo.

— Não sei. Dá uma pista.

— Estava conseguindo uma fortuna para mim, cara.

— Estava trabalhando?

— Pode-se dizer que sim. Ah, trabalhei muito na noite passada. Consegui mais dinheiro do que você vai ver na vida inteira.

— Como? — perguntou Salam, baixinho, embora Ahmed estivesse falando alto, sem preocupação.

Ahmed deu um largo sorriso, mostrando os dentes.

— Numa loja cheia dos produtos mais valiosos do mundo. Havia uma grande promoção ontem à noite: leve tudo que quiser, de graça!

— Você estava no museu!

— Isso — respondeu Ahmed, com um sorriso orgulhoso de jovem homem de negócios. Salam notou a penugem no queixo de Ahmed e imaginou que o amigo estava tentando fazer crescer uma barba.

— O que você pegou?

— Ah, isso seria contar vantagem, não seria? Mas, como diz o Profeta, que esteja em paz, "os quintais acumulados de ouro e prata aformoseiam-se para os homens". Posso dizer que é o meu caso.

— Você pegou ouro e prata?

— E muitas outras coisas que abrilhantam um homem.

— Ficou quanto tempo lá?

— A noite toda. Voltei cinco vezes. Depois da primeira, passei a usar um carrinho de mão.

Salam observou o sorriso de Ahmed e tomou a decisão de não revelar que também estivera no museu na noite anterior. Não porque temesse a lei — não havia mais lei — ou uma punição do Baath, mas porque se sentia envergonhado. Ele não pegara nada do Museu Nacional, além de um único pedaço de argila sem valor. Salam queria amaldiçoar Deus por tê-lo feito tão covarde. Como sempre, fora fraco, fugindo do perigo e permitindo que outros passassem à sua frente a caminho da glória. Era a mesma coisa no campo de futebol, onde nunca entrava em divididas, mantendo a distância, cautelosamente, para evitar problemas. Agora, aquele hábito lhe custara uma fortuna. Por sua vez, Ahmed se tornaria um milionário e talvez até fugisse do Iraque para viver como um príncipe em Dubai ou, quem sabe, nos Estados Unidos.

Naquela noite, Salam olhou debaixo da cama sem qualquer vestígio da excitação que sentira de manhã. O produto do saque estava no mesmo lugar, mas agora ele o via como um objeto banal e inútil. Imaginou a coleção de taças de rubi e estatuetas gravadas em ouro de Ahmed e se amaldiçoou. Por que ele não encontrara tesouros como aqueles? Por que fora remexer num porão escuro, quando os tesouros mais deslumbrantes da Babilônia estavam à disposição? A culpa era do azar. Ou do destino. Ou de ambos, para assegurar que, em qualquer caso, Salam al-Askari fosse um perdedor.

— O que é isso?

Instintivamente, Salam curvou-se sobre a tábua de argila, como se tivesse levado um soco. Mas não adiantou. Sua irmã de 9 anos vira o objeto.

— O que é isso? — insistiu ela.

— O que é o quê?

— Essa coisa. No seu colo.

— Ah, isso aqui. Não é nada. Ganhei na escola hoje.

— Você disse que não teve aula.

— E não tive mesmo. Ganhei isso do lado de fora...

Num segundo, Leila já saíra do quarto e estava pulando pelo corredor, em direção à cozinha.

— Papai! Papai! Salam está com uma coisa que não é dele, Salam está com uma coisa que não é dele!

Salam olhou para o teto: estava ferrado. Levaria uma surra, e por nada, por um punhado de poeira sem valor. Segurou a tábua, subiu na cadeira ao lado da cama e começou a mexer na janela. A idéia era jogar o pedaço de argila fora e encerrar o assunto.

— Salam!

Ao se virar, ele encontrou o pai na porta, com a mão a caminho da fivela do cinto. Continuou virado para a janela, agora se esforçando mais, sentindo os dedos tremerem. A janela estava emperrada; não conseguia abri-la mais do que 2 centímetros, apesar de toda a força que fazia.

De repente, Salam sentiu uma mão agarrando seu pulso e puxando seu braço para trás. Podia sentir a respiração do pai. Enquanto os dois se debatiam, Salam permanecia determinado a abrir a janela para arremessar aquela porcaria no chão.

A cadeira em que estava começou a balançar; a pressão do pai era muito forte. Salam pressentiu que ia cair de costas.

Ele tombou com força e soltou um grito de dor por causa do impacto na base de sua coluna. Logo percebeu que aquele fora o único barulho. Não houvera estardalhaço, nada se quebrando contra o chão de pedra. Apesar disso, a tábua de argila não estava mais em suas mãos. Ao levantar a cabeça, viu o pai recolher o objeto calmamente da cama em que caíra.

— Pai, isso é...

— Quieto!

— Consegui no...

— Cale a boca!

Aquilo tudo fora um grande erro desde o início. Agora Salam desejava nunca ter posto os pés naquele museu. Começou a explicar como se deixara levar pela empolgação da noite anterior, como se deixara levar pela multidão, como tropeçara naquela tábua, como todo mundo levara alguma coisa. Então, por que ele não deveria fazer o mesmo?

Seu pai não estava ouvindo; examinava o objeto, virando-o de um lado para o outro nas mãos. Prestou muita atenção ao "envelope" de argila que continha a tábua.

— O que foi, pai?

O homem encarou o filho.

— Fique calado.

Em seguida, deixou o quarto de Salam, andando devagar e com extremo cuidado, sem tirar os olhos do objeto que levava nas mãos. Pouco depois, o garoto ouviu a voz abafada do pai ao telefone.

Sem coragem de se arriscar a sair do quarto, para não despertar o nervosismo do pai novamente, Salam se encolheu ao pé da cama, agradecendo a Alá por ter sido poupado de uma surra — ao menos temporariamente. Permaneceu naquela posição por alguns minutos, até ouvir o pai abrir a porta do apartamento e sair. Pensou na tábua antiga que fora sua por menos de um dia e soube, naquele momento, que nunca mais a veria.

CAPÍTULO TREZE

JERUSALÉM, TERÇA-FEIRA, 20h45

Amir Tal bateu duas vezes à porta, com força, e depois, sem esperar a resposta, entrou no gabinete do primeiro-ministro. A cadeira de Yaakov Yariv estava virada para o outro lado. Tal só conseguia ver os fios grisalhos em sua cabeça. Perguntou-se, como em outras vezes, se o homem estaria tirando uma soneca.

— *Rosh Ha'memshalah?*

A cadeira girou imediatamente, mostrando que o primeiro-ministro estava de olhos abertos e atento. Entretanto, Tal percebeu que não havia caneta em suas mãos ou qualquer documento pela metade sobre a mesa. Nenhum sinal, enfim, de que não estivesse dormindo. Provavelmente um truque que o chefe aprendera no exército.

— Senhor, tenho algumas notícias importantes. Os peritos dizem que decifraram o bilhete deixado por Shimon Guttman. Removeram o sangue e outros materiais humanos e agora o texto pode ser lido. O laboratório enviará os resultados em alguns minutos.

— Quem mais sabe disso?

— Ninguém mais, senhor.

Outra batida à porta anunciou o vice-primeiro-ministro.

— Soube que há novidades. Algo do laboratório?

O primeiro-ministro lançou um olhar contrariado sobre Tal.

— Convoque uma reunião para cá em 15 minutos. É bom que Ben-Ari também participe.

Yariv tirou da gaveta o texto em que trabalhara pelas últimas 24 horas. Minutado na Casa Branca, trazia anotações feitas à mão pelo próprio presidente americano. Todos investiram tanto tempo naquilo que Yariv reconhecia facilmente a letra curiosamente inclinada. O presidente resumira os pontos do acordo e os itens remanescentes de divergência. Yariv tinha de admitir: ele fizera um trabalho brilhante, enfatizando os primeiros com inteligência e diluindo os últimos de tal forma que não passavam de poucas palavras. O primeiro-ministro suspirou profundamente enquanto pensava que as frases curtas — algumas descrevendo faixas de terra de menos de dois metros, menores que um canteiro de grama — provavelmente pareciam, para pessoas não-envolvidas no assunto, meras questões técnicas, detalhes que poderiam ser resolvidos por duas equipes de advogados. Yariv sabia, porém, que cada uma delas, na verdade, tinha potencial para representar a diferença entre a esperada tranqüilidade para seu povo e outra geração manchada por sangue e lágrimas.

Quando ouviu a chegada de Tal e dos outros, Yariv guardou o papel de volta na gaveta e, ao mesmo tempo, pegou um pacote de *garinim*, as sementes de girassol que eram sua marca registrada. Nenhum de seus companheiros de gabinete vira a minuta do presidente americano. Nem veriam, até que ele e seu colega palestino alcançassem um consenso. Não havia razão para enfrentar uma revolta do gabinete por causa de um acordo de paz hipotético: deixaria aquela etapa para a hora da verdade. Com um gesto, Yariv pediu a Tal que desse início à reunião.

— Cavalheiros, os cientistas do Mazap, o Departamento de Identificação Criminal, trabalharam sem parar para enxergar além do sangue e dos fragmentos de tecido e revelar a mensagem que Shimon Guttman queria levar ao primeiro-ministro. Eles alertaram que esta versão é provisória, pendente de testes definitivos...

O ministro da Defesa, Yossi Ben-Ari, limpou a garganta e começou a mexer no solidéu em sua cabeça. Era um modelo de crochê, sinal de que Ben-Ari não era apenas religioso, mas também membro de um movimento específico, o sionismo. Não lhe interessavam o terno preto e a camisa branca dos ultra-ortodoxos, que em grande parte tinham pouco interesse, ou mesmo eram hostis, num estado secular. Ao contrário, Ben-Ari era um israelense moderno e vigoroso, além de um nacionalista feroz, líder de um partido cuja principal crença era a de que Israel devia ter as fronteiras mais extensas e vastas possíveis. Guttman o acusara de ser um traidor de sua causa pelo simples fato de ter um lugar no gabinete de Yariv, opinião compartilhada pelo restante do movimento dos colonos mais radicais. Ben-Ari acreditava estar fazendo um trabalho patriótico vital, atuando como freio para que Yariv não "vendesse o direito de nascença do povo judeu por uma ninharia", como gostava de dizer. Ele impediria que Yariv entregasse terras de grande significado histórico ou pelo menos manteria essas perdas em níveis mínimos. E, se o primeiro-ministro fosse longe demais, Ben-Ari simplesmente deixaria o gabinete, desmontando a frágil coalizão, tratada ironicamente pela imprensa como "governo de desunidade nacional". Aquilo lhe dava enorme poder de veto, mas havia um custo: se fizesse uso dele, Yossi Ben-Ari seria visto por Israel e pelo mundo inteiro, para sempre, como o homem que impedira a paz.

Tal percebeu a inquietude e entendeu o que significava. Ele foi direto ao ponto.

— No fim das contas, era mais que um bilhete. Era uma carta. Guttman tinha escrito nos dois lados do papel, numa letra pequena e confusa, razão pela qual os peritos levaram tanto tempo para decifrar o conteúdo. Vou ler o que diz:

Meu querido Kobi,

Sou seu adversário há mais tempo do que fui seu irmão em armas. Disse coisas duras sobre você, assim como você sobre mim. Tem boas razões para não confiar em mim. Talvez tenha sido por isso que todas as tentativas que fiz de contatá-lo foram bloqueadas. Então, recorri à medida desesperada desta noite. Não podia correr o risco de entregar esta carta a alguém do seu pessoal, para que fosse jogada no lixo. Perdoe-me.

Escrevo porque testemunhei algo que não posso ignorar. Se visse o que eu vi, você entenderia. Sofreria uma mudança profunda — bem como tudo que você planeja fazer.

Venho considerando dividir essa informação com a opinião pública, usando os meios de comunicação. Mas acredito que você tenha o direito de saber antes. Por causa disso, tentei manter a informação em segredo. Um segredo tão poderoso que mudará o rumo da história. Dará novas formas a esta parte do mundo e, como conseqüência, ao mundo inteiro.

Kobi, não sou um homem histérico, a despeito do que possa ter visto na televisão. Talvez tenha cometido exageros algumas vezes, na política, mas não estou exagerando agora. Esse segredo me faz temer pela minha vida. A informação que contém é permanente, porém, à luz de tudo que você está fazendo, torna-se incrivelmente urgente. Não me abandone, não me mantenha afastado. Ouça o que tenho a dizer: vou lhe contar tudo, não vou esconder nada. Mas só vou contar a você. Depois de ouvir, você entenderá. Vai tremer como eu — como se o próprio Deus tivesse lhe dirigido a palavra.

Meu número está abaixo. Por favor, Kobi, ligue esta noite. Pelo nosso compromisso.

Shimon

Tal pôs o papel sobre a mesa, em silêncio, consciente de que havia uma nova atmosfera na sala, que ele não queria perturbar com atitudes bruscas. Notou o vice-primeiro-ministro e o ministro da Defesa trocando olhares e depois interrompendo o contato. Percebeu também que não tinha coragem de encarar o chefe e que não tinha idéia de como o primeiro-ministro reagiria. O silêncio prevaleceu.

— Está claro que ele havia perdido a razão — disse o vice-primeiro-ministro Avram Mossek. — Um caso agudo de Síndrome de Jerusalém.

O termo referia-se a uma conhecida condição clínica, citada por psiquiatras para descrever as pessoas que perdiam a cabeça na Cidade Sagrada. Eram vistas em toda parte, da Via Dolorosa às ruelas do Bairro Judeu, geralmente homens e jovens, com a barba, as sandálias e os olhos vidrados de quem acredita ser capaz de ouvir as vozes dos anjos.

Ben-Ari ignorou o comentário; não era hora de defender o fervor religioso.

— Posso ver isso? — perguntou a Tal, apontando para a carta. Seus olhos examinaram o texto rapidamente. — Esse tom sequer parece ser de Guttman. Ele não era um homem particularmente religioso. Seguramente um nacionalista, mas não religioso. Apesar disso, aqui ele sugere ter conversado com o próprio Deus. E cita a liturgia do *Rosh Hashaná*: "Não me abandone, não me mantenha afastado." Eu não seria tão enfático quanto Mossek, mas talvez Guttman estivesse mesmo fora de si.

Todos viraram-se para Yariv, à espera de seu veredicto. Uma palavra, um gesto, e o assunto seria esquecido. Mas, em vez disso, ele apenas botou outra semente de girassol na boca e continuou observando a cópia do texto entregue por Tal.

Como de hábito, o assessor achou o silêncio desagradável e decidiu interrompê-lo.

— Um aspecto curioso: ele disse que "tentou" manter a informação em segredo, o que sugere que pode não ter conseguido. Se decidirmos levar isso adiante, teremos de descobrir com quem mais Guttman conversou. Amigos, parentes... Quem sabe, apesar do que diz a respeito da mídia, alguns jornalistas de direita. Com certeza, ele conhecia muitos. Segundo ponto: a parte em que fala sobre temer por sua vida pode causar problemas. Para nós. Se a direita tomar conhecimento dessa carta, pode alimentar suas teorias conspiratórias. Um homem que, segundo nós, foi morto por acidente temia por sua vida. Terceiro ponto: o texto aborda claramente o processo de paz. "À luz de tudo que você está fazendo", diz ele. E acrescenta que o senhor, primeiro-ministro, "tremeria" se soubesse do que ele sabia. A sugestão é de que o senhor perceberia que está cometendo um grande erro e não seguiria em frente.

— Guttman era contra o processo de paz. Grande novidade — comentou Mossek, secamente.

Yariv ergueu a mão e se curvou para a frente.

— Essas não são palavras de um homem enlouquecido. Sim, são palavras cheias de urgência e veemência, mas não são incoerentes. Também não se trata da carta de um mártir, apesar da previsão de sua própria morte. Se fosse, ele teria falado de maneira mais clara e explícita sobre a traição de entregar territórios e tudo o mais. Escreveria um texto para incitar seus aliados. O texto é muito — o primeiro-ministro parou e passou a língua nos dentes, à procura da palavra certa — enigmático para esse fim. Não. Acredito que seja exatamente o que ele diz: uma carta de um homem desesperado para me contar alguma coisa. Nossa tarefa imediata é garantir que ninguém deixe vazar uma palavra do conteúdo dessa carta. Amir dirá que os exames foram inconclusivos, que não se consegue distinguir nenhuma palavra. Se uma sílaba sequer dessa carta vazar, destituirei vocês dois de seus cargos e os substituirei por seus rivais mais ferrenhos de partido. — Mossek e Ben-Ari sentiram-se acuados, surpreendidos pela demonstração repentina de desconfiança, interpretada por ambos como reflexo de uma raiva sufocada. — E Amir contará à imprensa que vocês revelaram um segredo de Estado crucial ao inimigo durante as negociações de paz.

Se intencionalmente ou por pura incompetência, caberá à imprensa decidir. Enquanto isso, Amir, está claro que Shimon Guttman guardava um segredo pelo qual estava disposto a sacrificar a vida. Sua missão é descobrir esse segredo.

CAPÍTULO QUATORZE

JERUSALÉM, TERÇA-FEIRA, 22h01

Ela não devia ir a lugar algum sem o motorista oficial, mas não havia tempo para aquilo. Além disso, sua intuição a aconselhava a fazer a visita com discrição, e era difícil ser discreto dentro de um Land Cruiser blindado. Assim, Maggie se dirigiu a Bet Hakerem num táxi branco comum.

Tudo acontecera rapidamente. Decifrado o anagrama, as coisas se encaixaram. Ela examinara a foto de Nour atentamente para descobrir o que chamara sua atenção na primeira vez em que a vira. Observara seus olhos, como antes, mas depois seu foco mudara para o fundo da imagem.

Nour estava claramente num recinto fechado — numa casa e não num lugar de trabalho — diante de uma estante. Havia desenhos rebuscados de flores em azul e verde. Maggie clicou na imagem para ampliá-la e notou que não se tratava de papel de parede, como imaginara de início, mas sim uma pintura num prato de cerâmica, descansando numa prateleira, bem atrás do ombro de Nour.

Claro. Ela já vira aquele desenho; aliás, ficara deslumbrada com sua beleza. Ela o conhecera apenas 24 horas antes, ao prestar condolências numa visita à casa de Shimon Guttman. Num ambiente repleto de livros, o prato de cerâmica se destacara. E, de repente, lá estava Nour, diante de um prato idêntico. Seria possível que os dois tivessem encontrado juntos a cerâmica e cada um guardado um prato? Aqueles dois homens que a política transformara em inimigos jurados seriam, na verdade, parceiros?

Maggie sorriu ao pensar naquilo. O chefe da base da CIA classificara a morte como típica execução de colaborador. Ele podia até estar certo, mas não tinha idéia do tipo de colaboração em questão.

Após analisar a peça de cerâmica, ela reparara novamente no braço sem corpo sobre o ombro de Nour. Seria possível que a foto houvesse sido tirada em frente à mesma estante que Maggie vira na noite de segunda-feira, bem ali em Jerusalém? Aquele braço em volta do palestino pertenceria ao grande falcão israelense Shimon Guttman?

Maggie chegara a pegar o celular para informar Davis de sua descoberta. Ou, passando a um nível superior, contatar diretamente o subsecretário de Estado, que a designara para se encontrar com Khalil al-Shafi. Ela, contudo, pensara melhor. O que, exatamente, tinha em mãos? Uma coincidência bastante estranha, era verdade, mas longe de ser evidência de qualquer coisa. Por outro lado, as chances de realmente haver um Ehud Ramon trabalhando numa universidade, em algum lugar do mundo, sem registro no Google, eram praticamente zero.

Na realidade, a ligação entre os dois homens mortos a atraíra por causa da conversa que tivera, na casa em luto, com Rachel Guttman. E, até então, ela não falara sobre aquilo com ninguém. Se questionada, diria que não levara a sério as palavras da velha mulher; que as interpretara como meros delírios de uma viúva traumatizada. Era, no mínimo, uma meia verdade. Mas as palavras da Sra. Guttman não saíam de sua cabeça. E, depois, surgira a ligação — se realmente fosse uma ligação — com o palestino morto.

Era muita especulação para informar aos colegas, pelo menos naquele estágio. Maggie não queria que pensassem que seu recolhimento a transformara numa obcecada por teorias conspiratórias. Ao mesmo tempo, não podia deixar aquilo de lado. A solução era realizar a visita, descobrir o que pudesse e depois apresentar os resultados a seus superiores. O chefe da base da CIA seria o interlocutor natural: ela deveria lhe contar o que sabia, e ele poderia tentar desvendar o significado. Bastava fazer algumas perguntas à viúva de Guttman.

A decisão fora tomada menos de meia hora antes de o táxi virar a esquina da rua em que Guttman morava: logo ela teria as respostas.

— Pode parar. Vou andando daqui — disse ao motorista.

O grupo que mantinha vigília desde a noite de sábado — direitistas e assentados determinados a manter a pressão sobre o governo — tornara-se menor. Uns poucos ativistas seguravam velas a uma distância respeitosa da casa.

Maggie conferiu as horas. Era tarde para uma visita daquele tipo, sem aviso, mas alguma coisa lhe dizia que Rachel Guttman não estaria dormindo.

Ela procurou uma campainha. Acabou achando um interfone com um rabisco em hebraico que ela supôs ser o nome da família. O toque foi breve para minimizar o incômodo. Nenhuma resposta.

As luzes, porém, estavam acesas, e ela podia ouvir um disco tocando. Uma melodia sombria e melancólica. Maggie supôs que fosse Mahler. Sem dúvida, havia alguém em casa. Ela tentou a argola de ferro; primeiro de leve, depois com mais firmeza. Na segunda batida, a porta cedeu um pouco. Fora deixada apenas encostada, como nas casas de luto de Dublin, abertas a todos os visitantes, dia e noite.

Não havia ninguém na entrada, mas se podia sentir um calor na casa. Maggie percebia até um cheiro de comida no ar.

— Olá? Sra. Guttman?

Mais uma vez, sem resposta. Talvez a velha senhora tivesse caído no sono, sentada na cadeira. Hesitante, Maggie entrou, sem querer invadir a privacidade de uma estranha. Logo estava na sala principal, que na noite anterior recebera centenas de pessoas. Precisou de alguns instantes para se situar, mas em pouco tempo o encontrou. Ali, entre volumes altos com capa de couro, estava o prato de cerâmica. Não havia dúvida: o desenho era idêntico ao estampado na foto de Ahmed Nour no jornal.

Ela tentou de novo:

— Olá?

Nenhuma resposta. Maggie ficou confusa. A casa estava aberta, e todos os sinais indicavam a presença de uma pessoa.

Depois de olhar o prato novamente, ela deu as costas para a sala e tentou acompanhar o calor e o cheiro. Seguiu por um corredor e acabou numa porta que parecia levar à cozinha.

Maggie empurrou-a, mas estava fechada. Após bater uma vez, sussurrou:

— Sra. Guttman? É Maggie Costello. Nos conhecemos ontem.

Enquanto falava, girou a maçaneta e empurrou a porta. Tentou enxergar algo no escuro. Seus olhos precisaram de alguns segundos para se ajustar e revelar os contornos de uma mesa e cadeiras num canto, todas vazias. Ela virou-se para o lado da pia e da bancada. Ninguém.

Só então resolveu olhar para baixo, onde encontrou uma forma que parecia ser a de um corpo. Maggie se agachou para ver melhor, mas não havia dúvida.

No chão, frio e sem vida, com a mão apertada em torno de um pequeno frasco vazio de comprimidos, estava o corpo de Rachel Guttman.

CAPÍTULO QUINZE

BAGDÁ, ABRIL DE 2003

Tudo que ele tinha era um rumor. Seu meio-irmão o mencionara na garagem, no dia anterior. Mas ele não arriscaria perguntar sobre o assunto agora. Se o fizesse, a única coisa que conseguiria seria um pedido de explicações e em pouco tempo o assunto chegaria à sua esposa. E ele nunca saberia o fim da história.

Não, teria de descobrir sozinho. Sabia onde ficava o café: logo depois do mercado de frutas da rua Mutannabi. Aparentemente, todos andavam freqüentando o lugar.

Abdel-Aziz al-Askari pegou um lugar perto do fundo, um posto de observação que lhe permitiria ver quem entrava e quem saía. Pediu um chá de hortelã, servido fervente, num *stikkam*, um copo estreito da altura de um dedo indicador. Olhou ao redor: alguns freqüentadores antigos jogando *sheshbesh*; muitos pitando seus cachimbos *nargileh*; um grupo reunido diante de uma TV que exibia imagens da estátua derrubada de Saddam, aparentemente repetidas sem parar. Eram todos homens, e o volume da conversa estava mais alto do que o habitual, mas não havia sinal da grande euforia que ele imaginara para aquele dia. Libertação! A queda do ditador! Ele prenunciara um êxtase marcado por gritos e danças; abraços espontâneos entre estranhos na rua. Vira a si mesmo beijando belas mulheres, todos se abraçando ao prazer absoluto da situação.

Mas tudo estava acontecendo de modo diferente. Na dúvida, as pessoas tentavam se conter. O que ocorreria se a polícia secreta invadisse o lugar anunciando a derrota dos americanos e informando que qualquer um que tivesse dado um simples sorriso ao saber da suposta queda de Saddam seria enforcado? Afinal, poucos acreditavam que o odiado *Mahabarat* houvesse simplesmente desaparecido da noite para o dia. E se as imagens da Al-Arabiya não passassem de um boato bem elaborado, planejado por Uday e Qusay para testar o povo iraquiano, para eliminar os desleais ao regime? E se Saddam não tivesse sumido?

Por isso, os freqüentadores do lugar, como os de todos os outros lugares na cidade, apenas assistiam e esperavam. Conversavam com alegria, mas ainda não estavam dispostos a se comprometer. Mesmo aqueles que viam a repetição das cenas da Praça do Paraíso limitavam-se a comentários neutros e banais.

— Com certeza, esse é um acontecimento histórico — disse um homem.

— As pessoas verão isso no mundo inteiro — comentou outro.

Ambos deixavam aberta a possibilidade de acrescentar que se tratava de um "ato perverso de contra-revolucionários sionistas que deveriam ser punidos imediatamente".

Abdel-Aziz tomava seu chá e apalpava a mochila de Salam para se assegurar de que a descoberta do filho continuava lá dentro. Estava no local havia cerca de 15 minutos quando um homem mais jovem, na casa dos 30, entrou, com um ar sorridente e confiante.

— Boa-tarde, meus irmãos! — disse, radiante. — Como estão os negócios? — perguntou, dando uma risada alta.

Houve alguns acenos e até algumas mãos se esticaram para cumprimentá-lo.

— Seja bem-vindo, Mahmoud — saudou um dos homens.

"Mahmoud". Abdel-Aziz limpou a garganta. "Deve ser ele. Tenho de aproveitar a oportunidade, conversar com ele agora mesmo. Não, não devo parecer muito ansioso."

Era tarde demais. O recém-chegado, usando jaqueta de couro e uma espécie de bracelete, já identificara Abdel-Aziz, estabelecendo contato visual.

— Olá, meu amigo. Está procurando por alguém?

— Estou procurando por Mahmoud.

— Bem, talvez eu possa ajudar. — Virou-se para a entrada do café e fingiu gritar. — Mahmoud! Mahmoud! — Em seguida, voltou-se novamente para Abdel-Aziz. — Espere aí! Eu estou bem aqui — disse, o rosto se desfazendo numa risada exagerada e dissimulada.

— Ouvi dizer que você...

— O que você ouviu dizer?

— Que pessoas que...

— O que andaram dizendo sobre Mahmoud, hein?

— Desculpe-me. Talvez eu tenha cometido um erro.

Abdel-Aziz levantou-se para ir embora, mas a mão de Mahmoud segurou seu braço e o empurrou de volta à cadeira. O homem tinha uma força surpreendente.

— Notei que está carregando algo bem pesado nessa mochila. É algo que queira mostrar a Mahmoud?

— Meu filho conseguiu isso. Ontem. Do...

— Do mesmo lugar que todo mundo. Não se preocupe, não vou contar a ninguém. Isso seria ruim para você, para mim, para os negócios. — Uma repetição da risada falsa. Depois, repentinamente, o sorriso sumiu. — Ruim para seu filho, também.

Abdel-Aziz queria sair daquele lugar; não confiava nem um pouco naquele homem. Deu uma olhada nos outros presentes ao café. A maioria assistia à TV — uma cobertura ao vivo de uma coletiva do exército americano, direto do centro de comando em Doha, no Catar. Estavam anunciando a captura de outro palácio presidencial.

— Então, vamos fazer negócio?

— É seguro? Mostrar-lhe aqui mesmo?

Mahmoud puxou a cadeira de Abdel-Aziz num só movimento, fazendo com que seus ombros ficassem lado a lado. Agora estavam de costas para o resto dos fregueses. Entre os dois, a pequena tábua quadrada ficava fora do campo de visão de curiosos.

— Deixe-me ver.

Abdel-Aziz abriu a mochila, afastou a aba de couro e entregou-a para a inspeção de Mahmoud.

— Tire o objeto daí.

— Não sei se...

— Se quiser fazer negócio, tem de deixar Mahmoud ver a mercadoria.

Abdel-Aziz pôs a mochila sobre a mesa e, lentamente, deixou o objeto deslizar para fora. A expressão de Mahmoud não mudou em nada. Ele esticou o braço e, sem pedir autorização, tirou a tábua do envelope.

— Muito bem.

— Muito bem?

— Sim, já pode guardá-la.

— Não está interessado?

— Geralmente, Mahmoud não teria interesse nessa porcaria. Pedaços de argila como esses custam um centavo a dezena.

— Mas e a inscrição nela...

— Quem se importa com inscrições? São só alguns rabiscos. Pode ser uma lista de compras. Quem se importa com o que uma velha queria do peixeiro há dez mil anos?

— Mas...

— Mas — disse Mahmoud, erguendo um dedo, para que ele ficasse em silêncio. — Mas a tábua vem num envelope. E há uma certa peculiaridade nele. Ofereço 20 dólares.

— Vinte?

— Esperava mais?

— Isso vem do Museu Nacional...

— Ahn, ahn, ahn... — O dedo se ergueu outra vez. — Lembre-se: Mahmoud não quer saber mais do que o necessário. Isso aí pertence à sua família há muitas gerações e, diante dos... bem... últimos acontecimentos, você acha que é hora de vendê-lo.

— Mas deve ser muito raro.

— Temo que não, meu caro...

— Meu nome é Abdel-Aziz. — *Droga*. Por que dissera seu nome verdadeiro?

— Existem milhares de itens como esse circulando por Bagdá neste momento. Eu poderia sair e encontrar vários parecidos. Bastaria estalar os dedos. — Ele estalou, só como demonstração. — Se quiser fazer negócio com outra pessoa... — ameaçou, ficando de pé.

Foi a vez de Abdel-Aziz estender o braço para detê-lo.

— Por favor. Quem sabe, 25 dólares?

— Sinto muito. Vinte já é demais.

— Tenho família. Um filho, uma filha...

— Entendo. Como parece ser um bom homem, lhe farei um favor. Pagarei 22 dólares. Mahmoud deve estar louco: agora não terá lucro. Em vez disso, deixará você rico!

Os dois apertaram as mãos. Mahmoud levantou-se e pediu um saco plástico ao dono do café. Assim que foi atendido, botou a tábua dentro e contou 22 dólares americanos de um grosso maço de notas sujas, entregando o dinheiro a Abdel-Aziz. Este deixou o café imediatamente, com a mochila do filho pendurada no ombro, leve e completamente vazia.

CAPÍTULO DEZESSEIS

JERUSALÉM, TERÇA-FEIRA, 22h13

Maggie já vira muitos cadáveres antes. Fizera parte da missão de uma ONG que tinha como objetivo negociar um cessar-fogo no Congo, onde os únicos itens baratos e abundantes eram corpos humanos — quatro milhões de mortos em poucos anos. Podiam ser encontrados em matas, atrás de arbustos, à beira de estradas, tão comuns quanto flores.

No entanto, nunca estivera àquela distância de um corpo tão... fresco. O calor que parecia emanar da pele do cadáver enquanto Maggie tocava suas costas a assustava e confundia. Ela sentiu um arrepio e, por instinto, tentou puxar o braço da mulher e levantá-la, para que não ficasse jogada ali, como se fosse um, um... cadáver.

Naquele momento, ouviu um ranger nas tábuas do lado de fora, provocado por um passo. Maggie queria gritar por ajuda, mas um ato reflexo conteve sua garganta e evitou que as palavras saíssem.

Agora os passos se aproximavam, e Maggie não conseguia se mexer. A porta da cozinha se abriu. Ao olhar para cima, viu o vulto de um homem no vão da porta e, na sombra, o contorno nítido de uma arma.

***

Ela aprendera uma lição com os bloqueios de estrada no Afeganistão: quando se tem uma arma apontada em sua direção, a única reação é levantar os braços e não se mover. Se tiver de falar, faça-o com calma.

Com as mãos para cima, Maggie fixou os olhos no cano do revólver apontado para ela. Na escuridão, não enxergava quase nada.

O braço do homem fez um movimento repentino: Maggie se mexeu na tentativa de se proteger de um disparo. Em vez de atirar, ele esticou o braço para o lado esquerdo, até achar o interruptor de luz. Então ela o viu — e ele viu a mulher sem vida deitada no chão.

— *Eema?*

O homem caiu de joelhos; a arma escapou de suas mãos. Ele repetiu a reação de Maggie, puxando o braço, tocando o corpo. Ajoelhado, deixou a cabeça encostar nas costas do cadáver, balançando a cabeça de uma forma que Maggie nunca vira. Era como se toda pequena parte de seu ser estivesse chorando.

— Acredite em mim. Encontrei-a aqui há menos de 3 minutos — disse Maggie, torcendo para que o homem a reconhecesse tão rapidamente quanto ela o reconhecera.

Ele não disse nada. Apenas permaneceu curvado sobre o corpo inerte da mãe. Discretamente, Maggie saiu de seu caminho e se aproximou da porta.

O rosto do homem continuava escondido; a cabeça tremia num soluço seco sobre o corpo da mulher. Mas a mão se mexia, à procura do revólver que caíra. Maggie ficou paralisada, enquanto o braço dele subia num arco lento, quase mecânico, até que, mesmo às cegas, a arma estava apontada bem para a sua cabeça.

Ela fugiu.

Num instante, abrira a porta da cozinha e saíra em disparada pelo corredor, alcançando a entrada da casa. Ele não seria louco o bastante para atirar... ou seria?

Foi então que ouviu o zumbido que aprendera a temer no fundo de seu coração. Estranhamente, o som veio antes do estampido da arma sendo disparada, embora, como lembraria depois, aquilo não fizesse sentido. No entanto, foi o zumbido, o ar atravessado pela bala, que a fez parar. No meio do corredor, de frente para a porta, ela congelou.

— Vire-se.

Maggie obedeceu. Mil pensamentos passavam por sua cabeça. Um deles, quase eufórico, veio primeiro. "Ótimo. Agora terei uma chance para explicar tudo!" Porém, pouco depois, uma previsão mais sombria. "A dor o deixou fora de si! Ele não vai ouvir uma palavra da minha boca!"

Mesmo assim, ela tentou. Negociar, percebia agora, era uma reação automática, até quando sua vida estava em jogo.

— Eu estava tentando salvá-la. — Ele ergueu a arma para que ficasse apontada bem para o rosto dela. — Vim aqui contar uma coisa a sua mãe. Sobre seu pai. A porta da frente estava aberta. E então a encontrei lá dentro.

Maggie permanecia sob a mira do homem. Curiosamente, ele parecia incomodado com a arma, embora demonstrasse perícia no manejo. Com certeza, tinha um físico adequado: era alto e possuía grandes músculos, completamente retesados naquele momento. Mas seus olhos não correspondiam aos de alguém acostumado a atirar; eram curiosos demais, do tipo que prefere pesquisar as páginas de um livro a fixar um alvo. O nariz e a boca aparentavam firmeza, mas também sugeriam diálogo e dúvidas. Maggie concluiu que aquele era um homem mais disposto a conversar do que a atirar. Ou, pelo menos, disposto a escutar.

— Por favor — começou Maggie, confiando em sua avaliação. — Eu vim aqui ajudar. Se tivesse vindo fazer mal, acha que simplesmente ficaria parada aqui? Eu não devia estar usando uma máscara para que não vissem meu rosto? Não teria uma arma? Não teria tentado matar você na primeira oportunidade? — A arma balançou, como conseqüência de um leve tremor na mão que a segurava. — Eu juro: foi outra pessoa que fez isso. Não fui eu.

Lentamente, como o ponteiro de um relógio preguiçoso, o braço baixou; a arma afastou-se gradualmente de sua direção. Porém, só quando ele já estava com o braço ao lado do corpo por um minuto, Maggie teve coragem de se mexer.

Ela aproximou-se devagar, sem interromper o contato visual. Então, surpreendeu a ambos ao esticar os braços e entendê-los em torno de seus ombros, até que ele estivesse, ainda tenso e imóvel, envolvido por um abraço. Ela se manteve assim por um minuto, depois outro e mais outro, até que o ritmo de seu coração começou a diminuir. Ele permanecia duro como pedra.

Depois de algum tempo, Maggie o convenceu a se sentar, repetindo que ele sofrera um choque terrível e, por isso, precisava de tempo para absorver os acontecimentos e pensar com mais clareza. Ela sabia que não estava sendo ouvida. Contudo, tinha esperança de que, a exemplo de outros homens enfurecidos que encontrara na vida, ele ao menos se tranqüilizasse com o som de sua voz. Queria lhe oferecer uma xícara de chá ou um copo de água, mas aquilo estava fora de cogitação. Para tanto, seria necessário voltar à cozinha.

Foi ele quem decidiu encarar a cena novamente.

— Quero vê-la — disse.

Passados 5 minutos, Maggie ouviu um urro de dor quase animalesco. Correu para a cozinha, onde encontrou o corpo de Rachel Guttman ainda caído no chão. O filho estava de pé, perto dela, mas seu rosto trocara a palidez anterior por uma vermelhidão intensa.

— O que foi? — perguntou ela.

Ele estendeu o braço. Em sua mão, havia uma folha de papel. Maggie deu um passo à frente para pegá-la.

אבי כל כך מצטערת שאבי עןשה לכם את זה

Ani kol kach mitsta'eret sh'ani osah l'chem et zeh.

Uma frase impressa em hebraico.

— Eu não sei...

— Diz o seguinte: "Sinto muito por fazer isso a todos vocês."

— Certo.

— Não está certo. Está errado!

— Não consigo entender.

— Isso tudo é MENTIRA!

O tom de voz assustou Maggie.

— O objetivo disso é nos convencer de que minha mãe se matou. Ela nunca, nunca faria algo desse tipo. Nunca.

Maggie desejou que os dois estivessem na sala, sentados. Que espécie de loucura ele poderia fazer naquela situação, com a mãe morta a seus pés? Ela ainda nem tivera coragem de perguntar seu nome.

— Minha mãe dedicou a vida inteira a cuidar de nós. E desde sábado estava desesperada para fazer alguma coisa, tomar uma atitude. Você mesma viu. Lembra-se de como a segurou? Ela queria sua ajuda, para terminar o que quer que meu pai houvesse começado. Porque acreditava que havia alguma coisa importante em jogo.

— Uma questão de vida ou morte — completou Maggie.

Ao se lembrar das palavras de Rachel Guttman, e da forma como a velha mulher agarrara seu pulso, Maggie sentiu uma pontada de culpa. Aquela senhora tentara conquistá-la como aliada, e ela não fizera nada.

— Exato. É possível que uma pessoa peça que alguma coisa seja feita e depois — ele apontou para o corpo no chão, sem conseguir olhá-lo — faça isso?

— Talvez ela tenha desistido. Perdido as esperanças. Talvez tenha se desiludido porque ninguém a estava ouvindo.

— Aí ela digitou um bilhete no computador? Logo minha mãe, que não sabia nem ligar a TV? E pedindo desculpas a "todos" nós? Sem chamar a mim e a minha irmã pelos nossos nomes ou ao menos se dirigindo a nós "dois"? Acredite: conheço minha mãe. Ela não fez isso.

— Então quem é o responsável?

— Não sei, mas alguém muito, muito doente...

Ele parou de falar antes que se engasgasse. Agora estava bem próximo de Maggie, quase a encobrindo. Seu cabelo cheio parecia mais desarrumado que no dia anterior — talvez tivesse passado as últimas 24 horas correndo os dedos pela cabeça. Ela o imaginou curvado pela dor, segurando a cabeça com as mãos. E isso antes de aquele fato terrível acontecer a sua mãe.

Ele se recompôs.

— Doente e também muito estúpido. Um bilhete de despedida impresso?

— Por que alguém desejaria matar sua mãe?

— Pela mesma razão que minha mãe queria conversar com você. Não se lembra? Ela disse que meu pai sabia de algo muito importante, algo que mudaria tudo. Está lembrada?

— Sim.

— Alguém achou que ela também soubesse. E decidiram matá-la antes que contasse a outras pessoas.

— Mas ela garantiu que não sabia o que era. Disse que seu pai não queria contar. Para a própria segurança dela.

— Sei disso. Só que o responsável por isto não estava tão certo.

— Entendo. — Sem querer, Maggie olhou para o chão. — Você não acha que devemos chamar a polícia ou talvez uma ambulância?

— Primeiro você vai me contar por que veio aqui.

— Bem... agora parece algo ridículo. Não era nada urgente. E você tem tanta coisa de que cuidar...

— Não acredito que alguém que trabalha para o governo americano vá à casa de uma pessoa, tarde da noite, sem ter um bom motivo. Então me conte o assunto de que precisava tratar com a minha mãe.

— Talvez seja melhor eu ir embora, deixá-lo um pouco a sós.

Ele a puxou pelo braço, segurando seu pulso, exatamente como a mãe fizera no dia anterior.

— Você tem de me contar o que sabe. Eu... eu...

Numa situação normal, Maggie daria um tapa num homem que a agarrasse daquela forma. Mas estava claro que não se tratava de uma agressão, e sim de um ato de desespero. A compostura — até uma certa arrogância — que ela vira um dia antes desaparecera. Pela primeira vez, Maggie notou os olhos daquele filho em luto ficarem úmidos.

— Se confiar em mim o bastante para me dizer seu nome, contarei tudo que sei.

— Me chamo Uri.

— Muito bem, Uri. Meu nome é Maggie. Maggie Costello. Vamos nos sentar e conversar.

Calmamente, Maggie encheu um copo com água da torneira e ofereceu a Uri. Em seguida, levou-o para fora da cozinha e o fez sentar. Ainda sentia a adrenalina no corpo.

— Você acredita que o que aconteceu aqui esta noite tem alguma relação com a informação em poder de seu pai. — Uri Guttman concordou com um gesto. — Acha que ele foi morto propositalmente por causa disso?

— Não sei. Algumas pessoas dizem que sim. Eu não sei. Mas lhe garanto uma coisa: vou descobrir quem fez isso à minha família. Vou encontrá-los e obrigá-los a pagar por isso.

Maggie teve vontade de lhe dizer que a morte de sua mãe provavelmente fora resultado de uma dor intensa e terrível. Seu pai fora morto acidentalmente e agora sua mãe se suicidara — simples assim. Mas não conseguiu dizer nada porque não estava segura daquilo.

Em vez disso, ela contou o que acabara de descobrir. Que Ahmed Nour, o arqueólogo palestino morto na manhã daquele dia, trabalhara secretamente com seu pai.

De início, Uri se recusou a acreditar. Ficou sentado na cadeira, fingindo um sorriso, dolorido e amargo. Disse mais de uma vez que era impossível. Um anagrama? Era um absurdo. Porém, depois que Maggie explicou que seu pai e Nour tinham especialização em arqueologia bíblica e falou sobre a coincidência envolvendo o raro desenho na cerâmica, ele caiu num silêncio. Estava claro que Maggie não poderia ter feito uma revelação mais chocante a respeito de Shimon Guttman. Uma amante por toda a vida, uma namorada adolescente, outra família. Aparentemente, Uri poderia aceitar qualquer uma dessas revelações com mais facilidade do que o fato de seu pai haver trabalhado em colaboração com um palestino.

— Ouça. Se eu estiver certa, isso significa que pode mesmo haver algo acontecendo. Qualquer que seja o segredo que seu pai guardava, parece levar grande perigo àqueles que o conhecem.

— Mas minha mãe não sabia de nada.

— Como você mesmo disse, talvez o responsável por isso não soubesse disso. Ou não estivesse disposto a correr o risco.

— Acha que as mesmas pessoas que mataram esse palestino mataram minha mãe?

— Não sei.

— Porque, se for esse o caso, sei quem será o próximo a morrer.

— Quem?

— Eu.

CAPÍTULO DEZESSETE

BAGDÁ, ABRIL DE 2003

Mahmoud se arrependia da decisão. Estava acima daquele tipo de trabalho, disse a si mesmo, enquanto era arremessado ao ar mais uma vez, caindo sobre o duro assento de plástico do ônibus, ao passar pelo milésimo buraco da estrada. Ele era o chefão que contratava os transportadores, mas lá estava, atuando como um modesto entregador. Dez horas de estrada e ainda faltavam cinco dentro daquele ônibus caindo aos pedaços, que era chamado, ironicamente, de Foguete do Deserto.

Nas últimas semanas, ele vinha trabalhando num novo plano de negócios. O esquema consistia em sentar-se num café na rua Mutannabi e esperar que as peças aparecessem — e, graças a Alá, elas apareciam. Depois, passava-as adiante por meio de um dos inúmeros garotos que se multiplicavam como ratos no esgoto desde a queda de Saddam. Mahmoud espantava-se com a repentina proliferação daqueles adolescentes empreendedores. Ninguém planejara nada; nada fora discutido. Não houvera treinamento, nem sugestão de que seria possível ganhar dinheiro no dia em que você-sabe-quem caísse. No entanto, eles continuavam surgindo de todas as vielas e becos infestados de pulgas.

A agilidade era a marca do negócio; o celular, o meio de comunicação preferido. Mahmoud ligava, por exemplo, para Tariq, que sabia de um carregamento indo para a Jordânia naquela noite, e avisava que precisava transportar alguns itens. Em seguida, entregava as peças a um dos garotos, que atravessava a cidade com elas. Tariq passava o material a outro transportador, que pegava o Foguete do Deserto até Amã. Lá, o garoto se encontrava com Al-Naasri ou um de seus concorrentes entre os grandes negociadores jordanianos. Al-Naasri oferecia determinado valor, e o entregador voltava com o dinheiro ao Iraque. Graças à rede de comunicações, os transportadores não se arriscavam a tentar embolsar uma parte do pagamento. Em todo caso, havia muitas valas prontas para recebê-los ao longo do Tigre.

Mahmoud lucrava com aquilo havia algum tempo. Os negócios não paravam desde a queda da estátua, mas seu envolvimento vinha de antes. Embora ninguém tocasse no assunto, nem mesmo em voz baixa, existia certo — como dizer? — *movimento* de antiguidades desde a primeira guerra, a mãe de todas as batalhas, em 1991. Até então, nunca se ouvira falar de saques. O bombardeio americano afrouxou um pouco o controle; nem Saddam conseguia vigiar tudo com mísseis de cruzeiro caindo do céu. Não que criminosos não fossem punidos com rigor. Mahmoud, como todos os "negociantes" no Iraque, lembrava-se do destino de 11 homens condenados por serrarem o rosto de um magnífico touro alado da Mesopotâmia — o animal inteiro era muito pesado para ser removido. Saddam tomou providências para garantir que todos soubessem que ele assinara a sentença de morte pessoalmente. E, ao seu estilo característico, foi ele próprio quem determinou que os ladrões tivessem o mesmo destino dado à imponente criatura de bronze. Com perícia, o carrasco usou uma serra elétrica para separar o rosto de cada um dos condenados. E todos à espera de suas próprias mortes eram obrigados a assistir às dos comparsas. Quando o décimo primeiro foi morto, já testemunhara dez vezes seguidas a punição que lhe aguardava.

Apesar da intimidação, algumas peças saíam do país. Mahmoud não vira com seus olhos, mas ouvira falar de um pedaço de relevo retirado do antigo Palácio de Ninrode. De modo intenso, para o gosto de Mahmoud, o relevo mostrava escravos acorrentados. A imagem transportada clandestinamente ao Ocidente pelo povo sufocado do Iraque era um símbolo da situação.

Desde aquela época, a rota passava pela Jordânia, e o canal, em ambas as épocas, era a família Al-Naasri. A movimentação de tesouros por aquele caminho nunca fora tão intensa. Eram jóias e vasos de todas as eras da humanidade: assírios e babilônios; sumérios e persas; gregos. O mais comum era o tráfico de fragmentos, embora se contasse uma lenda de que, uma vez, os garotos de Tariq carregaram uma estátua inteira, escondendo-a no bagageiro do Foguete do Deserto. Aparentemente, deram um ou dois dólares ao motorista e contaram que se tratava apenas de um cadáver. Aquela era a confusa moralidade em Bagdá na primavera de 2003.

Mahmoud enviara uma dezena de transportadores a Amã na última quinzena, todos fazendo o mesmo caminho que ele percorrera diversas vezes quando começou no ramo. Mas algo lhe dizia que precisava fazer uma visita pessoalmente. Tinha de ficar cara a cara com Al-Naasri. Com o crescimento dos negócios naquele ritmo, e as somas envolvidas, haveria novas oportunidades, que exigiriam novas regras. Mahmoud não queria ser o idiota. Queria se assegurar de que Al-Naasri estava jogando limpo.

Assim, ele encheu uma bolsa de mão com os três ou quatro itens mais recentes: um par de brasões antigos, a tábua de argila que comprara do homem nervoso no café e a *pièce de résistance*, um par de brincos dourados em forma de folha, cuja idade era impossível de se calcular com precisão, mas que seu avaliador estimara em 4.500 anos. Mahmoud não deixaria aquilo nas mãos de um menino de 14 anos, cheio de espinhas na cara, morador de Saddam City. Uma ótima razão para passar 15 horas dentro da batedeira barulhenta chamada Foguete do Deserto.

Ele caíra no sono nas horas finais da viagem, acordando repentinamente com o tranco que o ônibus deu ao parar. A bolsa estivera todo o tempo em seu colo, com as alças enroladas em seu pulso, para o caso de a ralé ao redor começar a ter idéias. Antes mesmo de abrir os olhos, Mahmoud apalpara a bolsa, conferindo se podia sentir as formas em seu interior, e averiguara o peso. Quanto aos brincos, estavam num lugar totalmente seguro.

Era meia-noite quando Mahmoud desceu do ônibus. Só se deu conta do fedor lá dentro quando já estava do lado de fora, com o cheiro sendo liberado em ondas à medida que os passageiros mergulhavam na noite. Ele inspirou o ar de Amã, sentindo-se agitado por estar em um lugar que não era Bagdá. Sua passagem anterior pela cidade fora ainda mais emocionante: manuseando notas que não tinham o rosto *dele* estampado, vendo estátuas que representavam outros homens que não *ele*. Ali também não havia eleições de verdade, mas pelo menos os jordanianos não precisavam se envergonhar aclamando um tirano com uma votação de cem por cento.

Um dos garotos de Al-Naasri esperava por ele, entediado e distraído perto da grade. Ao vê-lo, não disse nada e, sem se oferecer para carregar a mala de Mahmoud — não que Mahmoud fosse permitir —, iniciou a caminhada pela rua Rei Hussein. Em pouco tempo, começaram a aparecer placas para o Anfiteatro Romano, o que significava a proximidade do *souk*. Enquanto seguiam por ruas estreitas de paralelepípedo, o garoto acelerou o passo; Mahmoud teve de correr para acompanhá-lo. "Algum tipo de pressão psicológica", deduziu.

Àquela hora da noite, a maior parte das lojas estava fechada, com as portas de aço baixadas. O garoto andava pelo mercado, virando ora para a esquerda ora para a direita, num ritmo tão veloz que Mahmoud sabia que jamais encontraria a saída sozinho. Ele enfiou a mão por baixo da jaqueta, sob o braço, para verificar se o punhal estava no lugar, dentro do estojo de couro.

Depois de um tempo, Mahmoud sentiu um cheiro de pão pita recém-saído do forno. Devia haver uma padaria por perto. De fato, a seqüência de fileiras de lojas fechadas foi interrompida por um conjunto de luzes, logo que chegaram à esquina seguinte. Uma música esquisita tocava no rádio; homens sentados do lado de fora bebiam café em pequenas xícaras e chá em copos de vidro. Mahmoud respirou aliviado. Era um ambiente familiar.

O garoto entrou, e Mahmoud o seguiu. Eles foram até a mesa de um homem que estava sozinho. O transportador fez um gesto e saiu tão rápido quanto aparecera. Desde o primeiro momento, não dissera uma palavra.

Mahmoud não reconheceu o homem sentado à mesa. Era muito jovem; mais jovem do que ele.

— Desculpe-me, mas acho que há um mal-entendido. Estou à procura do Sr. Al-Naasri.

— Mahmoud?

— Sim, sou eu.

— Sou Nawaf al-Naasri. Sou filho de meu pai. Venha comigo.

O homem conduziu Mahmoud para fora do café, e os dois pegaram outra via estreita. "Ele pode me esfaquear aqui mesmo, pegar minha bolsa e ninguém saberá", pensou Mahmoud.

Em vez disso, Nawal bateu de leve numa porta de aço. Em poucos segundos, a porta começou a subir, aparentemente movida por um mecanismo elétrico. Lá dentro, lâmpadas fluorescentes se acenderam e revelaram o interior de uma loja de lembranças: grandes mostruários de vidro e 57 variedades de porcarias.

— Venha, venha. Aceita um chá?

Mahmoud gesticulou que sim, enquanto analisava as mercadorias. Mostradores de relógio sobre pedaços de madeira polida; potes com areia colorida; e garrafas com água "certificada" do rio Jordão. Era tudo lixo, sem dúvida dirigido à clientela de cristãos peregrinos. Mahmoud achava que um dia aquela porcaria estaria à venda em Bagdá: "Procedência garantida dos Jardins da Babilônia." Um dia, as lojas de quinquilharias do Iraque teriam o mesmo papel daquelas na Jordânia: servir de fachada para o mercado de antiguidades.

— Mahmoud! Que prazer.

Ele virou-se e viu Al-Naasri, o pai, exibindo um largo sorriso. Mahmoud, que tinha bom olho para roupas, notou que o jordaniano usava um terno bem cortado, com um caimento perfeito. Sentiu vergonha da jaqueta preta de couro que vestia, gasta e amarrotada depois da interminável viagem de ônibus. Porém, não se tratava só do terno: Al-Naasri exibia o brilho proporcionado pela riqueza. O fluxo de tesouros de Bagdá começara poucas semanas antes, mas parecia já haver transformado Jaafar al-Naasri. Talvez grandes quantidades de dinheiro tivessem um efeito acelerado. Se aquilo era verdade ou não, Mahmoud pretendia descobrir por conta própria.

— Então, meu amigo, a que devo esta honra?

— Achei que podíamos nos encontrar para uma xícara de café, quem sabe um pedaço de bolo. Para conversar sobre os velhos tempos.

Al-Naasri olhou para o filho, que remexia em alguma coisa nos fundos da loja.

— Tinha me esquecido de que nosso amigo de Bagdá é um brincalhão! — Ele voltou-se novamente para Mahmoud, ainda sorrindo. — Você terá de me desculpar, Mahmoud, por preferir ir direto ao assunto. É tarde e sou um homem muito ocupado.

— É claro. — Mahmoud tentou sorrir também: queria aprender com aquele homem rico, imitá-lo. Enfiou o braço na bolsa e retirou um dos brasões que um primo lhe entregara poucas horas depois do que chamava de a grande inauguração do museu. Outros chegaram a ele depois, lascados e danificados; nenhum estava em tão bom estado.

Al-Naasri pegou o objeto, sentindo o peso com as mãos, avaliando sua genuinidade. Em seguida, tirou um par de óculos meia-lua do bolso da camisa.

— É verdadeiro, eu garanto. Mahmoud não passaria 15 horas chacoalhando num ônibus por causa de um falso...

Com um olhar por cima dos óculos, Al-Naasri o fez parar. Sua expressão pedia silêncio. O jordaniano queria se concentrar.

— Muito bem — disse, finalmente. — O que mais você tem?

Mahmoud mostrou-lhe o segundo brasão, maior e mais adornado. Ele planejara a seqüência de apresentação dos itens para ir elevando a expectativa até o grande clímax.

Depois de submeter o brasão à mesma análise minuciosa, Al-Naasri pôs o objeto na mesa, para poder examinar Mahmoud com igual cuidado.

— Fez um bom trabalho, meu amigo. Confesso-me impressionado. Eu estaria certo em achar que a melhor parte ainda está por vir? — perguntou, mostrando os dentes outra vez.

— Está certo, sim, meu amigo.

Mahmoud enfiou as duas mãos na bolsa em seu colo para pegar a tábua de argila que chegara a ele alguns dias antes no café. Al-Naasri estendeu os braços para receber a peça. Ele segurou o envelope com uma das mãos e puxou a tábua com a outra. De súbito, chamou pelo filho, gritando por sobre o ombro.

— Meu monóculo, por favor!

Nawaf trouxe a lente do joalheiro, que Al-Naasri habilmente ajustou a seu olho esquerdo. Ele curvou-se sobre a mesa, estudando o objeto mais de perto. Soltou um murmúrio baixinho, mas não disse nada.

— Então, o que acha? — perguntou Mahmoud, sem conseguir se conter.

Al-Naasri endireitou o corpo, ainda usando o monóculo, o que deixava seu olho ridiculamente grande.

— Acho que você ganhou o direito de conhecer a coleção Al-Naasri — disse ele, deixando o monóculo cair em sua mão.

Sem esperar uma ordem, Nawaf começou a destrancar a porta atrás do balcão da loja, que parecia levar a um depósito. Todos os grandes negociantes trabalhavam daquela maneira: jóias baratas à venda na frente e as mercadorias realmente valiosas atrás. Apressado, Mahmoud guardou suas coisas na bolsa e se levantou.

Em fila, os três entraram numa sala cheia de caixas de papelão e dois rolos gigantes de plástico-bolha. Era ali, sem dúvida, que o tesouro estava guardado. Mas os Al-Naasri não pararam; nem chegaram a acender a luz. O pai à sua frente e o filho atrás continuaram andando até uma segunda porta. Esta era mais robusta e mais bem guardada. Al-Naasri usou três chaves para abri-la.

Para surpresa de Mahmoud, a porta levava a um espaço ao ar livre; ele sentiu uma leve brisa fria no rosto. Depois de descerem alguns degraus, os três homens chegaram a um quintal de tamanho razoável.

— Você trouxe a pá, Nawaf?

Ao virar-se, Mahmoud viu o jovem segurando uma pá de metal. Instintivamente, pegou o punhal e deu uma estocada no ar, na direção de Nawaf.

— Ah, meu querido irmão, não seja ridículo! — disse Jaafar al-Naasri, rindo, ao perceber a expressão assustada de Mahmoud. — Nawaf não vai atacá-lo. A pá é para que ele possa lhe mostrar nossa coleção.

A cabeça de Mahmoud dava voltas. Confuso e sem dormir, ele reparou que aquele terreno infértil, na verdade, estava coberto de terra marrom revolvida, como se fosse uma horta. Agora, instruído pelo pai e aparentemente alheio à reação de Mahmoud, Nawaf estava em cima da terra, cavando.

— O que está acontecendo?

— Espere para ver.

Os dois ficaram assistindo a Nawaf cavando, num ritmo tranqüilo. Mahmoud notou os músculos no braço do jovem.

Lentamente, uma forma começou a sair da terra. Nawaf acelerou o ritmo por um tempo, depois largou a pá, abaixou-se e passou a cavar com as mãos. Sob o luar, Mahmoud conseguiu distinguir a figura de um tipo de animal. Nawaf gesticulou para que se aproximassem.

Ao chegar mais perto, Mahmoud pôde ver com clareza. Saindo do chão, havia uma estátua, um carneiro sentado nas patas traseiras, com as da frente agarradas ao tronco de uma árvore delgada e os chifres em meio a flores exuberantes. À medida que Nawaf revolvia o solo, e com ajuda da luz das estrelas, Mahmoud viu que aquela extraordinária escultura era feita de peças delicadas de cobre, prata e ouro.

Mahmoud estava perplexo. Al-Naasri sorriu.

— Está reconhecendo, não está? Talvez já tenha visto nos jornais. — Sem condições de falar, Mahmoud apenas balançou a cabeça. — É o carneiro preso no arbusto, encontrado na Cova da Morte, em Ur — explicou Al-Naasri, divertindo-se com a situação. — Você provavelmente já o viu em alguma visita escolar ao Museu Nacional quando era criança. Eu, pelo menos, vi. Era um dos destaques.

— E agora ele está aqui?

— Não acabou de vê-lo com seus próprios olhos?

— Está me mostrando isso para provar que o que eu trouxe não tem valor, não é isso? Quer humilhar Mahmoud com a comparação.

— Absolutamente, meu amigo. Você se preocupa demais. Estou lhe mostrando isso para que saiba entre que belezas viverá no futuro.

Mahmoud deu um sorriso de alívio.

— Fala sério? Acha que as peças que eu trouxe merecem ser mantidas aqui, com a coleção? — Ele gostava de imaginar ter certa cumplicidade com aquele homem, de se sentir à altura daquele gênio dos negócios.

— Não apenas as peças, Mahmoud. Planejo manter *você* aqui.

Com um movimento quase imperceptível, ele sinalizou para o filho agir, exatamente como fora planejado. Mahmoud tentou alcançar o punhal, mas era tarde: a pá já batera em sua cabeça, jogando-o ao chão. Soltou um último suspiro antes de Nawaf golpeá-lo mais duas vezes com a pá como garantia.

— Nossa própria Cova da Morte — murmurou Jaafar al-Naasri, para si mesmo. — Tire as roupas dele e o enterre — ordenou ao filho. — Imediatamente.

Jaafar al-Naasri pegou a bolsa, verificou se os brasões e a tábua de argila estavam no lugar e dirigiu-se para dentro. Ele abria a segunda tranca da porta quando ouviu risadas altas. Ao se virar, viu Nawaf diante do cadáver, balançando o corpo alegremente.

Al-Naasri voltou para perto do filho. Inicialmente, não entendeu a piada, até que Nawaf apontou para o peito do homem morto. Ali, cintilando sob a luz das estrelas, presos a cada mamilo de Mahmoud, estavam dois belos brincos de ouro. Mahmoud achara que aquele seria o esconderijo perfeito. A revelação dos últimos tesouros seria o *grand finale*. E realmente foi.

CAPÍTULO DEZOITO

JERUSALÉM, MANHÃ DE QUARTA-FEIRA, 9h45

Ela encontrou Uri no Restobar Café. Não que ele tenha usado esse nome. "Encontre-me no café que se chamava momento", dissera Uri, num recado deixado na caixa postal de seu celular. Ela não entendera. Seria algum tipo de charada filosófica? Um café que se chamava momento?

Maggie pedira ajuda ao recepcionista do hotel, que pareceu entender a pergunta perfeitamente, orientando-a a "sair do hotel, subir a ladeira e pegar a segunda...".

— Mas o que significa isso?

— O nome do lugar era Moment Café. Foi alvo de um ataque alguns anos atrás. Homem-bomba. — Ele pronunciou ambos os B. — Então eles trocaram o nome.

— E, como ninguém se lembra do novo nome, as pessoas dizem "café que se chamava momento".

— Exatamente — respondeu o recepcionista, sorrindo.

Uri já estava esperando, numa mesa de canto, quase debruçado sobre uma xícara de café. Ele nem encostara na bebida. Com a barba por fazer, tinha a aparência de alguém que não dormia havia dias. Maggie sentou-se de frente para ele e esperou um contato visual. Depois de um tempo, desistiu.

— Então, quando será o enterro?

— Não sei. Devia ter sido hoje. Mas a polícia não liberou o corpo de mamãe. Autópsia. Não deve acontecer antes de sexta-feira.

— Entendo.

— Isso apesar de eles garantirem que não há nada a ser investigado.

— O que quer dizer?

— Quero dizer... — Ele ergueu a cabeça, encarando Maggie pela primeira vez. Seus olhos, de um negro intenso, tinham contornos vermelhos. Mesmo naquele estado, era incrivelmente bonito, algo que Maggie constatou com certo embaraço. Ela fez um esforço para desviar o olhar. — Quero dizer que eles insistem em que se trata de suicídio.

— Você contou a eles o que pensa?

— Repeti inúmeras vezes que não tenho dúvidas de que minha mãe não se matou. Mas eles dizem que os comprimidos pertenciam a ela. E que não havia sinal de invasão.

— Essa parte é verdade.

— Isso não significa nada. A porta da frente ficou aberta a semana inteira. Desde que meu pai... — A voz de Uri foi sumindo, e ele voltou a olhar para o café.

— Mas você tem certeza de que ela não fez isso. — Maggie não conseguia pronunciar a palavra morte, muito menos assassinato. Não na frente dele.

— Sem sombra de dúvida. Minha mãe, não. — Ele ergueu os olhos novamente. — Meu pai talvez. É o tipo de prova de coragem que ele seria capaz de realizar. O grande gesto heróico para chamar a atenção de todos...

— Uri...

— Sabe, é culpa dele.

— Você não acredita nisso.

— Não, acredito sim. Sempre fomos obrigados a sofrer por causa de suas crenças malucas. Quando éramos crianças, ele sempre estava preso, ou na TV, ou gritando com alguém. Sabe como é viver assim para uma criança?

Maggie pensou nos próprios pais. O mais perto que eles chegaram de defender uma causa política fora quando seu pai renunciara à cadeira no conselho do Clube de Bocha de Dun Laoghaire devido a um desentendimento com o tesoureiro por causa do pagamento dos biscoitos servidos na hora do chá.

— Mas ele tinha princípios — lembrou Maggie. — Isso é algo que se deve admirar, não é?

Ele a encarou novamente, com os olhos faiscando de raiva.

— Não se forem os princípios errados. Nesse caso, não é algo a ser respeitado.

— Errados?

— Essa adoração pela terra. Cada centímetro tem de ser nosso, nosso, nosso. É doentio. É como a adoração de ídolos. E veja aonde isso nos trouxe. Ele está morto e levou minha mãe junto.

— Seu pai sabia que você se sentia assim?

— Discutíamos o tempo todo. Ele sempre dizia que era por isso que eu me mantinha afastado, em Nova York. E não porque era positivo para minha carreira, porque lá eu tinha a chance de fazer filmes...

— Você faz filmes?

— Sim. Documentários.

— Continue.

— Meu pai não acreditava que eu tinha me mudado para Nova York para fazer filmes. Dizia que eu tinha me mudado porque não suportava perder a discussão.

— Discussão a respeito...

— ...de tudo. Votar em partidos de esquerda. Trabalhar com arte. "Você vive como um vagabundo de Tel Aviv que abandonou os estudos!" Era isso que ele dizia. Tel Aviv. O insulto número um.

Por um instante, Maggie olhou para o outro lado, tentando respirar.

— Escute, Uri. Sei que está sofrendo. E sei que há muito a ser dito. Mas precisamos descobrir o que está acontecendo.

— Por que se importa?

— Porque o governo para o qual trabalho não quer que todo o maldito processo de paz no Oriente Médio vá por água abaixo como conseqüência desses assassinatos, só por isso.

— Sabe, meu pai ficaria satisfeito em assistir ao fracasso do que você chama de "processo de paz". Ele preferia chamar de "processo de guerra".

— Pode ser, mas ele não ficaria satisfeito em ver a esposa morta e talvez o filho também, não concorda? Apesar de suas divergências.

— Acha que minha vida está em perigo? E se importa com isso?

— Na verdade, não. Mas você deveria se preocupar.

— Não quero saber do perigo que estou correndo. Não me importo. Só quero encontrar as pessoas que fizeram isso.

Maggie suspirou.

— Ótimo. Bem, você pode começar me contando tudo que sabe.

Pela segunda vez em dois dias, ela estava na Cisjordânia, embora agora seu guia fosse um homem que chamasse a região de Judéia e Samaria, mesmo que a frase aparentasse vir entre grandes aspas. Uri Guttman apontava pela janela, exatamente como o sargento Lee, porém não indicava um ou outro local de sofrimento palestino, e sim os pontos de referência do Antigo Testamento.

— Seguindo por esse caminho, chega-se a Hebron, onde Abraão, Isaac e Jacó, os três patriarcas, estão enterrados. As matriarcas também: Sara, mulher de Abraão; Rebeca, mulher de Isaac; e Lia, segunda mulher de Jacó.

— Eu conheço a Bíblia, Uri.

— Você é cristã, certo? Católica? — perguntou ele, pronunciando cada sílaba: *ca-tó-li-ca*.

— Sim, isso mesmo. Nasci e fui criada como católica.

— Como assim? Você não é mais católica? Pensei que fosse como ser judeu. Uma vez judeu, sempre judeu.

— É mais ou menos isso — respondeu Maggie, baixinho, enquanto passava a mão pelo vidro embaçado.

— Existem muitos marcos cristãos por aqui também. Afinal, esta é a Terra Santa.

— Que nunca deve ser entregue.

— Está repetindo palavras de meu pai?

— Não só as dele.

O passeio foi interrompido uma única vez, quando Uri sintonizou uma estação de notícias no rádio. As últimas novidades eram desoladoras. O Hezbollah lançara um ataque com foguetes do Líbano, interrompendo um cessar-fogo de longo tempo. Com civis israelenses escondidos em abrigos antibomba, Yaakov Yariv estava sob pressão para revidar — uma pressão que vinha de seus próprios partidários. Se pretendesse fechar um acordo de paz, segundo eles, tinha de provar que não era frouxo. Maggie discutira o assunto com Davis pelo telefone naquela manhã: o Hezbollah não fazia nada sem apoio do Irã. Se estavam atacando, era porque Teerã esperava uma guerra na região. E em pouco tempo.

Depois de circularem por Ramala, aproximaram-se de Psagot, um assentamento judeu encravado num monte acima da cidade palestina. Maggie ficou impressionada com a simplicidade do local. Era quase medieval. Fortalezas em pontos altos, repletas de arqueiros prontos para lançar flechas no inimigo lá embaixo. Lembrava a França ou a Inglaterra. Ou mesmo a Irlanda. Os castelos não existiam mais ou estavam em ruínas, mas, poucos séculos, a zona rural européia devia se parecer muito com aquilo: um campo de batalha, com todo cume de montanha e escarpa virando um ponto estratégico a ser conquistado ou temido.

A estrada era sinuosa e íngreme, mas logo eles chegaram a uma cancela. Uri reduziu a velocidade, dando tempo ao guarda de serviço para sair da guarita, verificar que o carro era israelense e, assim, autorizar a passagem com um sinal. Era um homem de meia-idade, barrigudo, usando uma calça jeans mal-ajambrada e uma camiseta lisa por baixo de um casaco militar. Pendurado em seu ombro, havia um fuzil M16, com a coronha coberta de fita isolante. Maggie não sabia se a casualidade da cena a tornava mais ou menos sinistra.

Assim que saiu do carro, Maggie tentou se situar. À primeira vista, os assentamentos judeus pareciam subúrbios americanos transportados para o meio das areias da Arábia, com as casas apresentando os tradicionais telhados vermelhos e gramados. No fim de uma rua, um grupo de garotas adolescentes jogava basquete usando saia de sarja até a altura do tornozelo.

Ela olhou mais adiante, interessada em observar Ramala daquele ponto privilegiado, mas a vista estava bloqueada. Só então percebeu o grosso muro de concreto que limitava um lado de Psagot, impedindo qualquer vista da cidade lá embaixo.

Uri notou o olhar.

— É feio, não é?

— Muito.

— Foi necessário construí-lo alguns anos atrás para evitar a ação de atiradores de Ramala. Todos os dias havia disparos para este lado.

— E funcionou?

— Pergunte às meninas que, agora, podem jogar basquete na rua.

Examinando o local com mais atenção, Maggie concluiu que, se aquilo fosse uma espécie de subúrbio americano, seria um dos mais humildes. As residências eram simples, e o prédio da administração central, aonde Uri se dirigia, bastante modesto. O lugar estava inesperadamente vazio. Enquanto aguardava que uma secretária aparecesse na entrada, Uri explicou que todos estavam em manifestações em Jerusalém ou na corrente humana.

Finalmente, uma mulher apareceu e, ao ver Uri, imediatamente lhe lançou um olhar de comiseração, com os olhos úmidos. Estava ficando claro que, a despeito de suas opiniões pessoais, Uri Guttman era o filho enlutado da aristocracia dos assentados: a notícia da morte de sua mãe se espalhara depois de um aviso no rádio pela manhã. Mesmo sem ter agendado um encontro, ele foi conduzido ao escritório do homem que, segundo explicou, não era o líder apenas de Psagot, mas de todo o conselho de colonos da Cisjordânia.

No instante em que Uri entrou, Akiva Shapira ficou de pé e se aproximou para recebê-lo. Corpulento e barbudo, imediatamente pôs a mão na cabeça de Uri e iniciou o que Maggie imaginou ser uma oração de pesar.

— *HaMakom y'nachem oscha b'soch sh'ar aveilei Tzion v'Yerushalayim* — disse, de olhos fechados.

— Akiva, esta é minha amiga Maggie Costello. Ela é da Irlanda, mas está aqui acompanhando o grupo americano que participa das negociações de paz. Está me ajudando.

Maggie estendeu a mão, mas Shapira já lhe dera as costas, para voltar à sua mesa. Não era possível saber se evitara o cumprimento por razões políticas, por ela estar a serviço de um governo americano que impunha uma capitulação a Israel, por motivos religiosos ou simplesmente por ser mulher.

— Sejam bem-vindos — disse ele, dando um suspiro profundo, enquanto se espremia para caber de volta na cadeira. A primeira surpresa: o sotaque de Nova York. — Formalmente, eu é que devia fazer a visita. Você sofreu a perda mais profunda que existe, Uri, e sabe que conta com a força de todo o povo de Eretz Yisroel, de toda a terra de Israel.

A tradução, e talvez a própria frase, era dirigida a Maggie. Ela entendeu perfeitamente.

— Preciso conversar com você sobre meu pai.

— Estou à disposição.

— Como sabe, ele andava muito agitado nos últimos dias de sua vida, fora de si.

— Estava desesperado para se encontrar com Yariv. Para poder lhe contar que estava cometendo uma loucura. Mas esse sujeito que se intitula primeiro-ministro não aceitava vê-lo.

— Era isso que ele queria dizer? Que as negociações de paz eram uma "loucura"?

— E o que mais poderia ser? Por acaso ele poderia achar isso razoável, entregar o coração da nossa terra? Acredita nisso? — Maggie sabia que aquilo também tinha ela como alvo. Shapira mal olhava para Uri. — Ele sabia que esse era o ato de um povo que perdera a razão coletiva. Era a repetição do grande erro judeu. Desde o Faraó até Hitler, o sábio judeu sempre achou que poderia fazer o lobo ir embora. E com que arma secreta? Eu lhe conto, Uri. A capitulação! Isso mesmo! É a grande genialidade dos judeus, a nação de Marx, Freud e Einstein. Capitulação! E agora Yariv está tentando o mesmo truque. Damos ao inimigo o que ele quer, sem lutar, e chamamos o resultado de paz. É capitulação, nem mais, nem menos. Estou errado, Srta. Costello?

Ela desejou não ter ido. Se Uri estivesse sozinho, seria poupado daquele espetáculo. Mas ele não aparentava estar incomodado. Maggie o observou se curvando para a frente, como um entrevistador.

— Akiva, eu só quero saber o que, exatamente, passava pela cabeça de meu pai nos últimos dias de sua vida.

— E você veio até aqui para isso? Não pôde descobrir sozinho? O que ele tinha na *cabeça*? Não é tão óbvio que até uma criança no maternal poderia responder? — Ele desviou o olhar de Uri novamente. — Diga-me, Srta. Costello... Uri diz que é irlandesa. Não sei se é protestante ou católica, mas me responda algo: quando o IRA plantava bombas a cada 5 minutos, os protestantes por acaso diziam: "Tudo bem, fiquem com Belfast. Dividam-na e ficaremos com os pedaços que vocês não quiserem. Ah, aproveitando, todos os milhões de irlandeses católicos que partiram em navios nos últimos 150 anos podem voltar e viver aqui, no nosso pedacinho de Irlanda do Norte protestante."? Diga-me honestamente: já ouviu um protestante da Irlanda do Norte dizer algo desse tipo? Sim ou não?

— Akiva, estou aqui para falar de meu pai...

— Porque é isso que nosso querido primeiro-ministro e seu suposto governo, que Deus lhes dê a punição devida, estão fazendo. A mesma coisa! Vamos deixar que qualquer palestino cujo tio-avô um dia mijou num penico em Jafa venha aqui e exija uma mansão em Tel Aviv. E, claro, vamos dividir Jerusalém em duas. Sabe quantas vezes Jerusalém é mencionada no Alcorão? Sabe?

Uri olhava para o teto, sem conseguir esconder a decepção. Maggie respondeu em seu lugar.

— Olhe, não estamos aqui para...

— Nenhuma — interrompeu Akiva, representando o número com o dedão e o indicador. — Um grande e redondo zero. Rezamos pelo retorno a Jerusalém três vezes por dia há dois mil anos; construímos nossas sinagogas voltadas para o leste, para que estejamos virados para Jerusalém, não importa se estejamos em Nova Jersey ou Dublin; rogamos a Ha'shem, o Todo-Poderoso, que faça nossas línguas colarem nos céus de nossas bocas e nossa mão direita perder a destreza se nos esquecermos de Jerusalém. E, mesmo assim, *nós* temos de desistir dela! Nós temos de entregar uma cidade a árabes que sequer a mencionam em seu suposto livro sagrado! — Com o rosto vermelho, ele se aproximou, enfiando o dedo na cara de Maggie. — Portanto, sim, eu sei no que Shimon Guttman pensava. No suicídio do povo judeu! Estão me ouvindo bem? A autodestruição do povo judeu. Era isso que ele queria evitar.

Uri ergueu o braço, como um aluno pedindo permissão ao professor para falar. Maggie notava que ele estava omitindo seus próprios pontos de vista. Se por estar cansado demais para reunir a energia necessária a uma discussão ou se por haver concluído sabiamente que não ganharia nada com uma contenda política, ela não sabia. Mas agradecia pelo instinto de Uri. Eles precisavam da colaboração de Shapira; do contrário, a viagem teria sido um desperdício.

— Ele contou à minha mãe que vira algo específico — começou Uri, a imagem da educação e do dever de filho. — Algo que mudaria tudo. Sabe do que se tratava?

Shapira encarou Uri e baixou o tom de voz.

— Seu pai e eu conversávamos o tempo todo nas últimas semanas. Ele e eu...

— Estou falando dos últimos três ou quatro dias. Foi quando ele viu o que quer que...

— Ele era um homem muito reservado, Uri. Se não queria compartilhar o que vira, talvez houvesse uma razão para tanto.

— Que tipo de razão?

— Como diz o Livro dos Salmos mesmo? "Como um pai se compadece de seus filhos, assim o Senhor se compadece dos que o temem."

— Não entendo.

— Compaixão pelas crianças, dar proteção a elas. É a mesma coisa.

— Acha que ele estava me protegendo?

— Ele era um pai dedicado, Uri.

— E quanto à minha mãe? Ele também tentou protegê-la. E veja o que aconteceu.

— Uri, tem certeza de que ele não passou a informação que possuía para ela? Tem certeza absoluta disso?

Relutante, ele fez que não, como se tivesse sido pego de surpresa.

Maggie pensou que a Sra. Guttman poderia ter descoberto algo na noite anterior, pouco antes de sua morte. Talvez tivesse tentado ligar para alguém. Talvez, dessa forma, tivesse chamado a atenção dos assassinos. Ou talvez, apesar da incredulidade de Uri, ela tivesse visto algo que a deixara tão assustada, num tal estado de desespero, que decidira acabar com a própria vida.

— Como percebe, meu querido Uri, o Mestre do Universo tem um plano para o povo judeu. Obviamente, ele não permite que o vejamos. Nos dá apenas um vislumbre, aqui e ali, nos textos, nas fontes. É apenas um vislumbre. Que, no entanto, produz milagres, Uri. Provavelmente, sua fé também lhe ensina isso, Srta. Costello. Milagres. E a história do povo judeu é uma história de milagres.

"Fomos vítimas da maior tragédia da história humana, o Holocausto. E quanto tempo tivemos de esperar até a redenção? Três anos! Só isso! Os nazistas caíram em 1945 e em 1948 tínhamos nosso próprio estado. Depois de dois mil anos de exílio e vida errante, voltamos à nossa terra ancestral. A terra que Deus prometeu a Abraão quase quatro mil anos atrás. Do que se pode chamar isso, Srta. Costello, se não de um legítimo, absoluto e garantido milagre? Nosso momento mais sombrio, seguido por nosso instante mais luminoso.

"A mesma coisa aconteceu em 1967. Os árabes nos cercaram, todos afiando suas facas para cortar nossas gargantas, empurrar os judeus para o mar. E o que aconteceu? Israel destruiu suas forças aéreas em questão de horas e seus exércitos em dias! Seis dias. 'Viu Deus tudo quanto fizera, e eis que era muito bom.' E, no sétimo dia, ele descansou.

"Pois bem, você não acredita que o Todo-Poderoso nos redimirá novamente? Sim, a situação é sombria neste momento, não há como negar. Seu governo em Washington, Srta. Costello, planeja nos privar de nosso direito de nascença ao dizer que devemos entregar a terra que nos foi prometida por Deus. E um de seus colaboradores é um homem no qual confiamos um dia, um traidor que está pronto para abandonar seu povo e desfilar diante dos anti-semitas da Europa como o bom judeu, o gentil judeu, a pomba com o prêmio Nobel preso em seu bico, enquanto os maus judeus são abandonados para acabarem assassinados em suas camas pelos árabes.

"Tudo parece acabado, voltamos a um momento de trevas, mas de repente... um herói do povo judeu, Shimon Guttman, intervém para deter a mão do traidor e, olhem, o herói Guttman é assassinado. E agora o povo de Israel começa a compreender. Agora vê a ameaça que o cerca: um governo disposto a matar seus próprios cidadãos. Até matar, e me perdoe por isso, Uri, a esposa do herói!

"É assim que o Todo-Poderoso trabalha. Ele dá os sinais, as pistas, se preferir desse jeito. Porque ele quer que vejamos o que está acontecendo Ele levou sua mãe para que não nos iludíssemos. É uma mensagem para nós, Uri. Seus pais e a tragédia que caiu sobre eles. É uma mensagem. Está nos orientando a dizer não a essa grande farsa americana. Dizer não ao suicídio em massa dos judeus."

O discurso inteiro aconteceu num ritmo tão intenso, e a plenos pulmões, que não havia alternativa senão aguardar a conclusão. Estava claro que Shapira era um orador experiente, que dominava a técnica do discurso sem intervalos entre as frases, sem permitir interrupções. Maggie estivera na famosa reunião em que a comitiva americana ouvira o presidente sírio falar por seis horas seguidas, utilizando-se do mesmo truque. A única reação apropriada era ter resistência e paciência. Era preciso esperar até que seu adversário — ou aliado, não fazia diferença — cansasse de falar. E aquele momento parecia haver chegado.

— Sr. Shapira — começou Maggie, antecipando-se a Uri. — Isso tudo é de grande ajuda. Eu estaria resumindo seu ponto de vista com precisão se dissesse que o senhor suspeita da participação das autoridades israelenses nas mortes dos pais de Uri?

— Sim. O que os Estados Unidos precisam entender...

"Grande erro", pensou Maggie. Ela não devia ter formulado aquilo como uma pergunta, o que abrira as portas para uma maldita resposta.

— Obrigada, já entendi. Então eles resolveram silenciar os Guttman porque temiam que a informação que possuíam fosse descoberta. — A inflexão agora era descendente, indicando uma afirmação. — Porém, o que o senhor descreveu corresponde às opiniões que Shimon Guttman tinha havia muitos anos. Seguramente, ele desejava levá-las ao primeiro-ministro, mas não podemos chamá-las de novas. Como poderíamos explicar seu desespero? Como o senhor explicaria por que as autoridades israelenses agiriam desse modo para calar uma opinião que já era bem conhecida?

— Opinião? Quem falou alguma coisa sobre opinião? Eu, com certeza, não. Usei a palavra informação. *Informação*, Srta. Costello. Coisas diferentes. Shimon tinha descoberto alguma informação que forçaria Yariv a admitir a insanidade de seus atos. Acho que ele queria divulgar isso de qualquer maneira.

— Que tipo de informação?

— Agora está exigindo demais de mim, Srta. Costello.

— Isso quer dizer que não vai nos contar ou que não sabe? — interveio Uri, agindo como se ele e Maggie formassem uma dupla.

Akiva ignorou Uri e manteve os olhos fixos em Maggie.

— Por que não aceita um conselho de uma pessoa que está nesta região há um pouco mais que 48 horas? Não vai querer saber do que eu sei. E, Uri, você também não vai querer saber. Acredite em mim, há coisas muito grandes em jogo. O destino do povo escolhido por Deus na Terra Prometida. Um pacto entre nós e o Todo-Poderoso. É demais para alguns políticos inexperientes e pretensiosos tentarem rasgar, mesmo que se achem muito importantes, aqui ou em Washington. Pode dizer isso a seus chefes, Srta. Costello. Ninguém se mete entre nós e o Todo-Poderoso. Ninguém.

— Ou então?

— Ou então? Está perguntando "ou então"? Não se deve fazer essa pergunta. Mas olhe ao seu redor. Uri, ouça meu conselho. Esqueça esse assunto. Você deve enfrentar seu momento de dor e preparar o funeral.

Houve uma batida na porta. A secretária enfiou a cabeça pelo vão e balbuciou algo para Shapira.

— Certo, vou retornar a ligação. — Em seguida, virou-se para Uri. — Faça um favor a si mesmo, Uri. Chore por sua mãe. *Sit shiva*. E esqueça esse assunto. Meter-se nisso não trará nenhum benefício. A missão de seu pai foi cumprida. Talvez não da maneira como ele pretendia, mas foi cumprida. O povo de Israel se levantou.

Maggie podia ver que Uri estava se esforçando ao máximo para disfarçar o desprezo pelo que Shapira dizia. Às vezes, afundava na cadeira, como um aluno desobediente, mas em seguida voltava a si e se endireitava. Naquele instante, curvou-se para a frente e falou:

— Você sabe alguma coisa sobre Ahmed Nour?

Maggie tentou interferir:

— Sr. Shapira, agradeço-lhe pela generosidade de nos dedicar seu tempo. Muito obrigada...

— O quê? Está tentando me culpar pela morte daquele árabe? Já estão dizendo isso naquela rádio de esquerda? Estou surpreso que você, Uri, tenha engolido essa besteira.

— Tem sido um momento muito complicado, como pode imaginar. As pessoas estão dizendo todo tipo de coisa — disse Maggie, ficando de pé.

Ela sabia que nada daquilo fazia sentido, mas seus olhos estavam em ação, tentando desesperadamente dizer a Akiva Shapira: "Ele acabou de perder o pai e a mãe. Está um pouco confuso. Apenas o ignore."

Shapira levantou-se, não para se despedir de Maggie, mas para abraçar Uri.

— Você tem razão para sentir muito orgulho de seus pais, Uri. Agora deixe que descansem em paz. Esqueça esse assunto.

CAPÍTULO DEZENOVE

AMÃ, JORDÂNIA, DEZ MESES ANTES

Jaafar al-Naasri não era um homem apressado. "Aqueles que têm pressa são aqueles que acabam apanhados", costumava dizer. Tentara explicar aquilo ao filho, mas este era muito idiota para ouvir. Al-Naasri se perguntava se era uma maldição estar cercado por tamanha estupidez em sua própria casa. Ele tomara o cuidado de se casar com uma mulher inteligente. Os dois fizeram tudo certo e mandaram os filhos para uma das melhores escolas de Amã. Apesar disso, sua filha era uma vadia que se espelhava nas prostitutas da MTV, e seus filhos estavam no mesmo nível. Um era um marginal imbecil, cujo único valor estava nos punhos. O outro, mais esperto, era um preguiçoso. Acordava ao meio-dia e sonhava se tornar um playboy.

Aquilo aborrecia Al-Naasri. Sim, ele se tornara um homem rico, graças em parte à generosidade de Saddam Hussein e do exército dos Estados Unidos. Entre um e outro, abrira-se a porta do grande tesouro da humanidade, o depósito das origens da história do homem. Seria um exagero? Jaafar não podia negar que tinha uma tendência ocasional ao exagero. Que vendedor não tinha? Mas o Museu de Bagdá não precisava de promoção; servira de guardião das lembranças mais remotas do homem. A Mesopotâmia fora a primeira civilização, e todo seu início estava ali, sob vidros, etiquetado, indexado e preservado no Museu Nacional de Antiguidades. Os primeiros exemplos de escrita, em todo o mundo, podiam ser encontrados em Bagdá, nas milhares de tábuas com símbolos cuneiformes, a língua de quatro mil anos atrás. Arte, esculturas, jóias e estátuas dos dias em que estas eram formas novas, relíquias dos tempos da Bíblia e de antes, podiam ser encontradas em Bagdá.

Ao longo de décadas, as peças foram mantidas em caixas com alarmes e atrás de portas de aço, protegidas pelo maior sistema de segurança do mundo: a tirania de Saddam Hussein. Contudo, graças aos soldados americanos em seus tanques e aos bombardeiros nos céus, Saddam fugira, deixando as portas do museu escancaradas. As forças americanas que cercaram o Ministério do Petróleo, botando os arquivos e papéis, os segredos do ouro negro, sob guarda permanente, felizmente não fizeram nada para proteger o museu. Um único tanque aparecera, com alguns dias de atraso. O museu ficara exposto, tão disponível como uma prostituta de Bagdá. E Jaafar e seus garotos puderam se deleitar repetidas vezes, sem serem incomodados.

Sem dúvida, ele aproveitara bastante, enchendo a coleção Al-Naasri, em seu quintal, de encantos suficientes para abrir seu próprio museu. O filho idiota cavara manhã, tarde e noite durante meses, escondendo todo o produto da pilhagem que a extensa rede de transportadores trazia diariamente do Iraque. Às vezes, quando Jaafar suspeitava de que eles o enganavam, fornecendo peças a negociantes rivais, em Amã ou longe dali, em Beirute ou Damasco, Nawaf tinha de usar a pá com outra finalidade. Só precisara fazer aquilo uma dezena de vezes, talvez menos. Jaafar não contava. Mas ele não podia dizer que estava feliz. Àquela altura, depois de uma bênção como a invasão americana, devia estar na liderança de seu ramo, como o maldito Kaslik, que construíra um império na região se aproveitando da guerra de 2003. Kaslik, porém, tinha filhos com os quais podia contar. Jaafar al-Naasri só podia confiar em si mesmo.

Aquela era a razão de estar preso ali, em sua loja, fazendo um trabalho que deveria delegar a alguém. Ele não podia confiar a tarefa a funcionários: o risco de uma traição, em forma de furtos ou informações passadas a terceiros, era grande demais. Mas já sonhara com uma equipe de jovens Al-Naasris, tão preparados quanto ele, dando duro, ansiosos por assumir o trabalho mais delicado.

E aquilo era certamente delicado. O lado negativo da queda de Saddam era que, pouco depois, as regras repentinamente se tornaram mais rígidas. Governos do mundo inteiro que fechavam os olhos para o comércio de tesouros roubados no Iraque antes de 2003 não estavam mais tão permissivos. Talvez achassem que não havia problema em roubar de um ditador, mas considerassem impróprio roubar a herança do "povo iraquiano". Pessoalmente, Jaafar culpava o noticiário da televisão. Se não fossem pelas imagens dos saques em Bagdá, as coisas poderiam ter continuado como antes. Entretanto, depois de verem a espoliação do grande museu com ajuda de carrinhos de mão e sacos, os manda-chuvas de Londres e Nova York ficaram preocupados. Não podiam ser cúmplices daquele enorme crime cultural. Em conseqüência, a mensagem fora transmitida às alfândegas, casas de leilão e curadores de museus, de Paris a Los Angeles: nada proveniente do Iraque.

Jaafar viu-se obrigado a recorrer à criatividade. Mais do que nunca, precisaria esconder os produtos que enviava ao exterior. O objeto sobre o banco à sua frente era razão de um orgulho especial. Uma caixa simples de plástico, dividida em 24 compartimentos cheios de contas coloridas, com uma tampa transparente. Um conjunto para produzir bijuterias dirigido à parcela mais jovem do mercado adolescente. A irmã de sua esposa a comprara para o décimo segundo aniversário de Naima, depois de uma viagem a Nova York. A menina brincara por um tempo e se cansara. Jaafar esbarrara na caixa alguns meses antes, por acidente, e imediatamente percebera seu potencial.

Tentando imaginar o gosto extravagante de uma adolescente, ele pegou uma conta rosa e a passou por um fio que já levava um rubi falso, uma lantejoula púrpura e uma tampa de garrafa de Coca-Cola. Jaafar sorriu. Parecia uma estranha pulseira com amuletos, uma miscelânea de bugigangas que uma adolescente poderia usar, estragar e nunca mais lembrar.

A não ser que alguém reparasse bem num dos itens no fio. Embora não fosse a única peça dourada — também havia uma miniatura de poodle —, era a mais refinada. Uma singela folha de ouro, delicada e finamente gravada. Mas seria necessário observar, e Jaafar trabalhava com objetos preciosos havia tempo bastante para saber que o contexto era tudo. Se estivesse num museu, sobre uma almofada, longe de contas e tampas de garrafa, talvez fosse possível imaginar que se tratava de um brinco enterrado 4.500 anos antes com uma princesa da Suméria. Na mesa de Jaafar, ao lado de um monte de porcarias, não parecia ser nada.

Depois vieram os selos — pequenos cilindros de pedra gravados com um exclusivo desenho cuneiforme. Cinco milênios antes, eram passados sobre tábuas de argila para representar uma assinatura. Engenhosos para a época, porém não mais engenhosos do que o esconderijo que Jaafar encontrara. Ele buscou a grande caixa de papelão marrom que chegara uma semana antes de Neuchatel, na Suíça. Dentro, havia um lote de pequenos chalés de madeira, com janelas pintadas e cercas de palito de fósforo ao redor. Bastava levantar o telhado para descobrir que aquele enfeite tinha outra função. Uma melodia lenta e suave começava a tocar, produzida pelo reluzente mecanismo de metal em seu interior.

Ele levara meses para conseguir aquela exata caixinha de música. Visitara dezenas de sites e conversara com inúmeros especialistas até encontrar uma com as especificações adequadas. Agora, ao retirar o mecanismo com a chave de fenda, verificava que sua paciência fora recompensada. O cilindro rotatório central, pontuado com minúsculas hastes que seguravam um martelo para produzir a melodia, era oco como o prometido. Com a mão protegida por uma luva de borracha, ele pegou o primeiro selo, dentre os que enfileirara numa prateleira à altura de seus olhos. Lentamente, com cuidado, enfiou-o no cilindro de metal. O encaixe foi perfeito. Depois de um suspiro de alívio, ele olhou novamente para o monte de selos que reunira, organizados à sua frente como soldados à espera da revista. Eram de todos os formatos e tamanhos, mas agora Jaafar estava confiante, observando a remessa da empresa suíça, que lhe enviara toda a linha de caixas de música, da menor ao "modelo de luxo". Aquilo podia funcionar.

A questão era que ele poderia cuidar de tudo muito mais rápido se tivesse uma ajuda decente. Só a caixa de madeira perto do rolo de plástico bolha representava cerca de três meses de trabalho duro e solitário. Em seu interior estavam as centenas de tábuas de argila que ele juntara desde abril de 2003. Também tinha um plano para aquilo; não seria muito trabalhoso, mas exigiria tempo.

Ele olhou para o calendário, ilustrado em todas suas páginas com fotos do rei e de sua deslumbrante esposa de estilo americano. Se tudo desse certo, aquele lote estaria encaixotado, etiquetado como artesanato e a caminho de Londres até a primavera. Não havia razão para correr. No negócio de antiguidades, o tempo nunca era seu inimigo, e sim seu amigo. Quanto mais se esperava, mais rico se tornava. E o mundo já aguardara 4.500 anos por aqueles encantos.

CAPÍTULO VINTE

JERUSALÉM, QUARTA-FEIRA, 13h23

A volta de Psagot foi tensa. A bronca em Uri começou antes mesmo de o motor ser ligado.

— Por que você foi mencionar Ahmed Nour?

— Achei que ele pudesse nos dizer algo a respeito.

— Claro, algo como "sumam daqui antes que eu mate vocês dois também".

— Acha que Akiva Shapira matou meus pais? Ficou louca?

Maggie se conteve. Tinha de lembrar que Uri ainda estava sob o choque de uma perda dupla. Mas estava cansada de pisar em ovos. Calma e autocontrole podiam ser indispensáveis na mediação de divórcios, mas não ali.

— Então me diga: por que seria tão absurdo?

— Você viu o homem. É um fanático. Exatamente como meu pai. Eles se amavam.

— Tudo bem. Se não ele, quem?

— Quem o quê?

— Quem matou seus pais? Continue. De quem suspeita?

Uri tirou os olhos da estrada e se virou para Maggie, como se não pudesse acreditar.

— Sabe, não estou acostumado a trabalhar assim.

— Assim como?

— Com outra pessoa. Quando rodo um filme, faço tudo sozinho. Entrevistas, filmagem, edição. Não estou acostumado a ter uma garota irlandesa a meu lado, dando palpites.

— Obrigada, mas não sou uma "garota irlandesa". Esse tipo de comentário machista pode funcionar em Israel, mas não comigo. Entendido?

— Tudo bem, tudo bem — respondeu Uri depois de olhar para ela.

— Aliás, eu também não estou acostumada a isso. Quando estou em meu escritório, atuo sozinha. Eu e as duas partes.

— Por quê?

— Acho que funciona melhor assim. Sem auxiliares, conselheiros...

— Não. Quero saber por que você faz isso. Por que é tão boa nisso?

Maggie imaginou que ele estivesse tentando se redimir do "garota irlandesa".

— Você quer dizer na mediação? — perguntou.

— Sim.

Ela esteve perto de contar a verdade, de explicar que não participava de uma negociação internacional havia algum tempo, que a última disputa que intermediara fora relacionada às visitas no fim de semana a Nat, Joey e Ruby George, da cidade de Chevy Chase, Maryland. Mas acabou não dizendo nada.

— Acho que aprendi em casa.

— Deixe-me adivinhar. Sua mãe e seu pai brigavam o tempo todo e você se tornou a apaziguadora?

— Não, nada disso. — Contudo, ela estava impressionada. Era fato que um ambiente doméstico negativo fazia parte das histórias pessoais de muitos mediadores. — Pelo contrário. Meus pais tinham um relacionamento inabalável. O casamento mais tranqüilo da rua. Não que significasse muito. Todos os outros casais discutiam e brigavam. Os maridos chegavam bêbados; as mulheres transavam com o leiteiro. Tudo que se possa imaginar. Eles pediam conselhos à minha mãe.

— E você ficava assistindo?

— Nunca fiz de propósito. Os casais apareciam e pediam à minha mãe que fosse a mediadora. "Vamos pedir a opinião da Sra. Costello." Acabou virando um bordão na vizinhança. Eu observava o que ela fazia e acho que acabei aprendendo.

— Ela deve ter orgulho de você.

— Os dois têm.

Sem responder, Uri deixou que o barulho do motor ocupasse o espaço das palavras. Maggie se repreendeu: fora insensível ao mencionar os dois pais, no presente, com tanta alegria, esfregando sua condição na cara dele. Ela apenas se empolgara. Era raro ser alvo de perguntas pessoais como aquela, e ela gostara da oportunidade de responder. Para Uri, que ganhava a vida convencendo as pessoas a falar de si, provavelmente era normal, mas ela não se lembrava da última vez em que alguém perguntara: "Como você se tornou mediadora?" Maggie se deu conta de que o próprio Edward nunca lhe fizera aquela pergunta.

Enquanto avançavam rumo a Jerusalém, passando por vias cheias de palestinos se movendo a uma fração da velocidade deles, se é que se moviam, Maggie tentou se concentrar no encontro com Shapira. Aparentemente, ele fora muito claro. Guttman lhe contara o que descobrira: "Não vai querer saber do que eu sei." Além disso, Shapira acreditava que Guttman fora morto pelo governo israelense por aquela razão. Mas Shapira era arrogante e vaidoso. Por que não contara a Uri o que seu pai descobrira? Talvez devido à presença dela na sala. Aquilo, porém, não fazia sentido: se existisse uma nova arma devastadora contra o processo de paz, ele teria aproveitado a oportunidade de apontá-la para os americanos. Seria possível que Shapira não soubesse de nada e quisesse apenas fazer com que os Guttman parecessem mártires da causa?

Tanto ela quanto Uri estavam muito perdidos em seus pensamentos para reparar no retrovisor e notar a presença de algo atrás deles: um Subaru branco que se mantinha a uma distância de três carros. Sem perdê-los de vista.

Eles estavam de volta à casa de Shimon e Rachel Guttman. No instante em que Uri abrira a porta, Maggie sentira um arrepio. Não fazia frio, mas mesmo assim havia um toque gelado no ar. Aquele era um lugar associado à morte — duas vezes. Ela admirava Uri por ainda conseguir botar os pés ali.

Sobre o capacho da entrada havia uma pilha de cartas e cartões: certamente, condolências de pessoas de fora do país. Todas as outras deviam estar, naquele momento, na casa da irmã de Uri, onde a *shiva* pelo pai teria prosseguimento e a *shiva* pela mãe começaria assim que ela fosse enterrada. Maggie temia que Uri estivesse se abstendo de um processo pelo qual precisava passar. Ela sabia, com base na experiência em velórios em sua terra, que toda aquela agitação não tinha a ver com os mortos, e sim com os vivos: para lhes dar algo o que fazer, para tirar sua atenção do luto. Quando se tem de falar com duas dezenas de parentes numa hora, não há tempo para depressão. No entanto, Uri estava ali com ela, privando-se daquele sedativo para a dor.

— Venha aqui — disse ele, acendendo a luz de um quarto que, por sorte, ficava no extremo oposto da cozinha em que Maggie encontrara o corpo sem vida de Rachel Guttman na noite anterior.

Era um quarto apertado, cheio de livros, do piso ao teto. Também havia pilhas e mais pilhas de papel em todo canto. No centro de uma mesa simples, um computador, um telefone e um aparelho de fax, com uma confusão de equipamentos eletrônicos, incluindo uma câmera de vídeo jogada numa extremidade. Maggie checou a câmera assim que a viu: nenhuma fita.

— Por onde começamos?

— Bem, por que você não aprende hebraico em tempo recorde? Só levaríamos alguns meses — respondeu Uri, virando-se para ela. Maggie sorriu. Era o mais perto de uma risada que eles chegaram desde que se conheceram. — Talvez você possa dar uma olhada no computador. Há muita coisa em inglês. Eu vou começar por essas pilhas.

Maggie acomodou-se na cadeira e ligou o computador.

— Ei, Uri, pode me emprestar o celular de novo?

Ele pegou o saco transparente que recolhera no hospital na volta de Psagot. No interior, estavam os "pertences pessoais do falecido", ou seja, os objetos que seu pai levava consigo ao ser morto. Uri entregou o celular a Maggie. Ela ligou o aparelho e acessou a caixa de mensagens. *Vazia*. Itens enviados. *Vazia*.

— Tem certeza mesmo de que seu pai usava o celular para enviar mensagens de texto?

— Sim, já disse. Ele me enviava algumas. Quando eu estava em patrulha de fronteira no Líbano, ele me mandava mensagens o tempo todo.

— Então apagaram a memória desse telefone — concluiu Maggie.

— Acho que sim.

— É provável que a conta de e-mail também já tenha sumido. Quem fez aquilo à sua mãe possivelmente entrou aqui. Mas vamos ver. — A área de trabalho surgiu na tela. Maggie foi direto ao programa de e-mail. Apareceu uma caixa pedindo uma senha. "Droga." — Uri?

Ele segurava um monte de papéis contra o peito. O volume crescia a cada folha que examinava da pilha sobre a mesa à sua frente. Maggie percebeu que os progressos seriam dolorosamente lentos.

— Tente Vladimir — disse Uri.

— Vladimir?

— Vladimir Jabotinsky. Fundador do sionismo revisionista. O primeiro linha-dura de verdade. Herói de meu pai. — Maggie digitou as letras lentamente. Sem aviso, a tela começou a se encher de e-mails. Uri sorriu. — Ele sempre usava essa senha. Costumava escrever cartas de amor para minha mãe com esse nome.

Maggie percorreu a lista em busca de mensagens não lidas, que continuavam a chegar, mesmo depois da morte de Guttman. Notícias do *Jerusalem Post*; um fundo de assistência a soldados; boletins da Arutz Sheva, a estação de rádio dos colonos.

Ela voltou um pouco, até as mensagens que chegaram um pouco antes da morte de Guttman. Os mesmos protestos e boletins. De repente, deparou-se com algumas mensagens pessoais. Uma solicitação de discurso durante uma manifestação na quarta-feira. Ou seja, naquele exato dia. Perguntas da TV alemã; convite para participar de um debate na rádio BBC. Maggie continuou vasculhando, torcendo para achar uma mensagem de Ahmed Nour ou qualquer coisa que pudesse explicar as palavras desesperadas de Rachel Guttman, naquela casa, apenas dois dias antes. Ela verificou as mensagens enviadas, mas não havia nada que chamasse a atenção — e absolutamente nenhum contato com Nour. "Como podia ser tão idiota?" Mais confiante, procurou pelo nome-código que decifrara: Ehud Ramon. Nada na caixa de entrada, nada entre as mensagens enviadas. Nada.

Talvez a suposição de Maggie estivesse correta. O responsável pela morte de Rachel Guttman entrara ali e, metodicamente, apagara todas as mensagens relevantes. Só para se certificar, procurou também na lixeira. Nada apagado desde sábado, dia da morte de Guttman, o que significava que quem invadira o computador tinha conhecimento técnico para eliminar os rastros ou que o morto simplesmente evitava usar o e-mail para assuntos mais importantes.

— Tem certeza de que seu pai usava e-mail? Para valer?

— Para valer? O tempo todo. Como já disse, para um homem de sua idade, ele era muito moderno. Até jogava no computador. Além disso, era um ativista. Esse pessoal vive na internet.

Aquilo deu uma idéia a Maggie. Ela fechou o programa de e-mail e entrou no navegador. Foi direto à lista de favoritos: alguns jornais em hebraico; BBC; *New York Times*; eBay; Museu Britânico; Fox News. "Merda." Sua intuição estava errada. Fechou o navegador e ficou olhando para a área de trabalho, que, naquele momento, parecia um muro virtual à sua frente.

Maggie observou atentamente os ícones na tela e, em seguida, abriu alguns documentos de Word. Ao encontrar o arquivo Yariv1.doc, seu coração quase parou. Mas era apenas uma carta aberta, em inglês, dirigida ao primeiro-ministro, com o cabeçalho dizendo "À atenção do *Philadelphia Inquirer*". A mensagem destinada a Yariv, qualquer que fosse, não estava ali.

Então, na parte de baixo da tela, Maggie viu um ícone que tinha em seu próprio computador e nunca utilizava. Ao clicar nele, descobriu que era outro navegador, menos famoso. Ela buscou os favoritos. Só havia um endereço.

gmail.com

Era exatamente o que esperava encontrar. Uma conta de e-mail, independente da principal, efetivamente escondida. Ali, sem dúvida, estariam as comunicações sérias de Guttman.

A tela pedia nome e senha. Ela digitou Shimon Guttman, usando Vladimir como senha, e esperou. Não funcionou. Depois experimentou apenas Shimon. Nada. Tentou com letras maiúsculas, minúsculas, e nada funcionou.

— Uri, o que ele poderia usar além de Vladimir?

Seguindo as instruções de Uri, ela tentou Jabotinsky, Jabo, VladimirJ e umas trinta outras combinações. Tudo sem resultado. Mas, de repente, teve uma idéia. Sem perder tempo, pegou o celular e digitou o número.

— Gabinete de Khalil al-Shafi, por favor.

Uri largou uma pilha de papéis no chão e passou a prestar atenção

— O que você está fazendo...?

— Gostaria de falar com Khalil al-Shafi, por favor. Aqui é Maggie Costello, do Departamento de Estado — disse, com o máximo de formalidade. — Sr. Al-Shafi. Lembra-se de ter me contado que Ahmed Nour recebera algumas mensagens misteriosas antes de sua morte, pedindo um encontro? Isso mesmo. De alguém com um nome árabe que sua família não reconheceu. Preciso que me diga o nome. Ninguém mais terá acesso a essa informação, eu lhe garanto.

Ela conferiu o nome duas vezes, certificando-se de ter anotado todas as letras corretamente, sabendo que não podia errar. Agradeceu ao negociador palestino e desligou.

— Você fala árabe, Uri?

— Um pouco.

— Muito bem. O que quer dizer *nas tayib*?

— Isso é fácil. Quer dizer homem bom.

— Se traduzíssemos para o alemão, então, seria *Gutt man, nein*?

CAPÍTULO VINTE E UM

LONDRES, SEIS MESES ANTES

Henry Blyth-Pullen batucava no volante ao ritmo da música-tema da série *Archers*. *Tum-tee-tum-tee-tum-tum-tum, tum-tee-tum-tum-tum-tum*. Era um homem de hábitos simples. Poderia ter escolhido passar a vida cercado de antiguidades requintadas e peças valiosas, mas suas necessidades eram modestas. Aquele singelo momento — um passeio à tarde sob o sol da primavera, sem obrigação de fazer nada, além de ouvir uma radionovela — bastava para deixá-lo feliz.

Ele sempre gostara de dirigir. Até aquela viagem de 45 minutos de sua loja, na Bond Street, ao aeroporto de Heathrow era um prazer. Sem ligações, sem pessoas o incomodando. Um tempo exclusivo para sonhar acordado.

O trajeto era percorrido com freqüência. Não até os terminais, tomados por passageiros e todo tipo de *hoi polloi* a caminho de suas férias ridículas em algum lugar do mundo. Para chegar ao seu destino, ele pegava a entrada que quase todos ignoravam: a que levava à área de carga.

Henry entrou no estacionamento e logo encontrou uma vaga. Esperou para sair; queria ouvir o final do capítulo. Para variar, Jenny desfazendo-se em lágrimas. Em seguida, ele desceu do carro, ajeitou o paletó — gostava de chamá-lo de tweed contemporâneo —, deu uma olhada orgulhosa para seu Jaguar clássico que brilhava ao sol e se encaminhou à recepção.

— Olá mais uma vez, senhor — disse o guarda assim que Henry entrou no prédio Ascentis. — Não consegue ficar longe daqui, não é mesmo?

— Ah, dê um tempo, Tony. É só a terceira vez neste mês.

— Os negócios devem estar bem.

— Na verdade — disse, imitando uma mesura palaciana — não tenho do que reclamar.

No guichê, ele preencheu a declaração de transporte. No campo indicado como "conteúdo", escreveu apenas "artesanato". Em "país de origem", informou "Jordânia", o que não só era verdade, mas também convenientemente discreto. Produtos importados da Jordânia eram completamente legais. No espaço destinado ao código 125, copiou a seqüência de dígitos que Jaafar lhe passara pelo telefone. Assinou como um agente autorizado e devolveu o formulário por baixo do vidro.

— Muito bem, Sr. Blyth-Pullen, estarei de volta num segundo — disse Tony.

Henry sentou-se no mesmo lugar de sempre, na área de espera, e começou a folhear o *Evening Standard* do dia anterior. Se parecia relaxado era porque realmente se sentia assim. Estava lidando com funcionários da British Airways e não com o Departamento de Alfândega de Sua Majestade. Sim, a Alfândega verificaria os formulários; mas ele mal conseguia se lembrar da última vez em que abriram alguma coisa, muito menos um engradado atestado por um agente autorizado — e altamente respeitado — como ele. A verdade era que não se importavam com o comércio de arte. O tráfico, de drogas ou de pessoas, era a verdadeira preocupação. A informação viera de cima. Os políticos, pressionados pelos tablóides, queriam impedir a entrada de crack, de heroína e de albaneses — e não de um ou outro fragmento de mosaico.

Como Henry explicara a sua esposa nervosa mais de uma vez, os agentes da lei em Heathrow estavam mais para um seriado policial do que para um documentário sobre antiguidades.

Cumprindo a promessa, Tony logo apareceu com uma papelada na mão e o velho sorriso no rosto. A alfândega devia ter aprovado os formulários. Henry Blyth-Pullen preencheu um cheque de 30 libras para pagar a taxa de desembaraço e voltou ao carro, onde esperou, ouvindo a programação da tarde da Radio 4, ser chamado à área de segurança. Em pouco tempo, recebeu autorização para atravessar o grande portão que levava ao Terminal 8, como indicado por Tony. Após outra curta espera, pôde botar a solitária caixa marrom no porta-malas do Jaguar. Mais uma assinatura, para confirmar o recebimento, e a carga estava oficialmente registrada, verificada e entregue — totalmente legítima.

No momento de abrir a caixa na sala reservada de sua loja na Bond Street, ele sentiu a corrente de prazer que atravessava seu corpo sempre que uma remessa realmente especial chegava. Era quase sexual: uma vibração nas partes baixas que experimentara pela primeira vez na adolescência, fumando um baseado no internato. Ele abriu o engradado, tomando cuidado para evitar as farpas da caixa de madeira. Mas o que o deixava ansioso de verdade era a mesma deliciosa pergunta que não sai da cabeça das crianças enquanto rasgam embrulhos no Natal: "O que tem dentro?"

Al-Naasri lhe dissera pelo telefone que esperasse lembranças para turistas. Aquilo intrigara Henry, que imaginara se tratar de um código para itens levados de algum outro lugar à Jordânia. No entanto, ao retirar os primeiros pedaços de isopor e plástico bolha, ele ficou apreensivo. Encontrou um conjunto de seis caixas de música, todas em forma de chalés suíços, com cores vivas. Levantou a tampa da primeira e, para sua enorme decepção, ouviu uma canção. *Edelweiss*.

Embaixo das caixas de música havia quadros horrorosos de vidro, de 2 centímetros de espessura, contendo desenhos feitos com pó colorido e trazendo um adesivo transparente: "Areia Legítima do Rio Jordão". Al-Naasri nunca o desapontara, mas daquela vez, tinha de admitir, fora enganado. Finalmente, embrulhadas em camadas triplas de plástico-bolha e em guardanapos, havia uma dezena de pulseiras de péssimo gosto que talvez um idiota comprasse numa máquina automática do Blackpool Pier. De todos os carregamentos que recebera em 18 anos no ramo, aquele era de longe o mais decepcionante. Artesanato, uma ova. Aquilo não passava de lixo para turistas.

Durante a conversa, Henry pensara que "lembranças" era apenas um eufemismo, algo necessário em diálogos telefônicos. Mas o maldito árabe não estava brincando. De qualquer maneira, ele trabalhava com Jaafar al-Naasri havia muito tempo. E nunca fora enganado. Por isso, depois de se jogar numa cadeira, ele pegou o telefone. Precisava esclarecer aquilo. Digitou os números e aguardou o toque prolongado das chamadas internacionais.

— Jaafar! Obrigado pela última remessa. Foi, como posso dizer?, *surpreendente.*

— Gostou da música?

— Das caixas? Sim, claro que sim. É... melódica.

— Ah, isso é porque são peças artesanais, Henry. Olhe no interior do cilindro rotatório. Vai ver uma técnica muita antiga. Eu diria até ancestral.

— Entendo. — Ouvindo as palavras de Jaafar, com o telefone preso ao ombro, Henry voltou para perto do engradado e pegou a primeira caixinha de música. Arrancou o teto de madeira para poder ver o mecanismo de perto. Precisava de uma chave de fenda. — E a fabricação é local? — perguntou, tentando ganhar tempo.

Sem paciência para procurar a caixa de ferramentas, Henry pegou uma faca de cozinha e tentou arrancar a parte interna da primeira caixa de música. Estava difícil — o problema dos suíços era serem muito meticulosos —, mas finalmente conseguiu. E, sim, ali dentro havia um perfeito exemplar de um selo cilíndrico.

— Ah, agora entendo o que está dizendo sobre as caixas de música, Jaafar. O mecanismo é extraordinário! Só podia ter vindo do exato lugar de nascimento da... ahn, caixa de música. O lugar onde tudo começou!

— E quanto aos quadros de areia?

— Bem, seu apelo imediato é um pouco menos evidente.

— Você deve saber, certamente, que todo grão de areia já foi uma pedra muito maior. Uma que passou por mudanças, que teve a aparência alterada pelo tempo. Olhe bem para qualquer grão de areia e verá as rochas e pedras do passado.

Henry pegou o primeiro quadro e o quebrou contra a lateral de sua mesa de carvalho, espalhando areia por todo o carpete. Ele espiou pela porta para conferir se nenhum funcionário — ou, pior, um cliente — ouvira o barulho do vidro se partindo.

Na palma de sua mão, havia uma tábua de argila. E, gravada nela, uma seqüência de linhas em escrita cuneiforme. Estava coberta de areia, mas foi fácil limpar.

— Ah, meu caro Jaafar, essa areia do rio Jordão é magnífica. E vejo que me mandou pelo menos...

— Vinte, Henry. Exatamente vinte.

— Sim, são vinte. Isso mesmo.

— E as pulseiras, meu amigo? São especialmente encantadoras, não acha? Elas não lembram as folhas das árvores na primavera?

Henry ficou admirado com tamanha engenhosidade. O trabalho fora executado de forma brilhante. Jaafar se superara. Ele percebera a oportunidade em 2003, aguardara o momento e pensara num disfarce perfeito. Henry tinha orgulho de fazer parte daquilo.

No dia seguinte, marcou um encontro com o amigo Ernest Freundel, do Museu Britânico. Haviam comandado juntos o Art Club, em Harrow, onde Freundel, já naquela época, era o mais intelectual. Quando Henry aparecera com a idéia de vasculhar os livros de arte em busca de nus femininos, para depois cobrar 10 centavos de garotos que queriam vê-los, tornara-se claro qual dos dois estava destinado ao mundo dos negócios e qual à academia.

Normalmente, Ernest Freundel gostava de ajudar o velho amigo, ainda que não conseguisse deixar de se ressentir da crescente diferença de renda entre os dois. Ele examinava todas as peças que chegavam às mãos de Henry e depois estimava um preço por alto. Uma ou outra vez, até pedira aos curadores do museu que comprassem um dos objetos de Henry para a coleção permanente. Porém, aquele caso era diferente. Henry mal tirara a primeira tábua de argila da bolsa, e Ernest se afastou, recusando-se mesmo a tocar o objeto.

— De onde veio isso, Henry?

— Da Jordânia, Ernest.

— Não tente me fazer de idiota. *Via* Jordânia, talvez. Mas creio que nós dois sabemos de onde veio.

— E não é isso que o faz valer tanto?

— Teoricamente.

— O que quer dizer?

— Quero dizer que ninguém com meio neurônio na cabeça vai comprar esse material. É radioativo. Existem umas cinco convenções banindo o comércio de antiguidades roubadas do Iraque.

— Shhhh! Você não vai examinar a peça? Não está nem um pouco curioso? — perguntou Henry, em voz baixa.

— É claro que sim. Mas estamos falando de um dos maiores crimes culturais da história, Henry. Não serei cúmplice nisso. Na verdade, eu devia chamar a polícia agora mesmo, para que você fosse preso.

— Não vai contar a ninguém, vai?

— Não, mas devia. Vá embora. E leve essa bolsa de coisas roubadas com você.

***

Henry recusou-se a desanimar. Freundel era certinho, sempre fora. Mas ele estava certo. A palavra que começava com I tornara-se um tabu no comércio de antiguidades. Com a ofensiva dos governos sobre bens roubados do Iraque, a maioria dos colecionadores e compradores andava cautelosa. Diziam que tinham de esperar a poeira baixar. Esperar Londres e Washington arranjarem outra coisa com que se preocupar, algo mais perturbador que a violação de Bagdá. Então poderiam negociar. Por enquanto, não.

A única solução era dar à remessa de Jaafar uma aura de legalidade. Se conseguisse fazer os objetos parecerem legítimos, poderia se dedicar à tarefa mais agradável de vendê-los. Ninguém arriscaria comprar qualquer daqueles tesouros se não tivesse "procedência". Seria um risco muito grande: a qualquer momento poderiam ser confiscados e devolvidos ao Iraque, com uma compensação irrisória. Os colecionadores sabiam o que acontecera aos Munchs e Klimts roubados pelos nazistas. Os novos donos foram obrigados a entregá-los, mesmo décadas depois. Nenhum multimilionário pretendia repetir o erro.

Henry Blyth-Pullen esperou alguns dias antes de ligar para um velho conhecido do meio acadêmico, Paul Cree, um sujeito com menos dinheiro e certamente bem menos escrúpulos do que Ernest. Henry sugeriu que agissem do modo habitual. Cree veria os itens, tiraria fotografias e depois enviaria um artigo a uma revista como a *Minerva* ou a *Burlington Magazine*, especializada em divulgar novos achados. Depois de anunciadas em publicações respeitáveis, as peças estariam a caminho da legalidade; a aura ao seu redor mudaria. Passariam de roubadas a *descobertas*. Sua história seria apresentada e registrada em elegantes descrições. Futuros compradores poderiam ler a *Burlington Magazine* e confirmar que Henry não estava oferecendo qualquer porcaria, mas sim objetos apresentados numa revista de prestígio. "Por acaso, trago um exemplar comigo, o senhor teria interesse em dar uma olhada?" Cree seria recompensado por seu tempo e conhecimento. Em outras palavras, receberia um maço de notas de 20 da caixa registradora de Henry na Bond Street ou, menos provável, uma parte dos lucros obtidos com a venda.

No entanto, nem o necessitado Cree queria fazer negócio.

— Sinto muito, Henry, meu amigo...

O "meu amigo" deixava Henry particularmente irritado, por saber que não era uma expressão natural para um sujeito inteligente de Bedfordshire.

— ...sinto muito, mas as revistas estão atentas. Mais atentas que madres superioras. Não publicam qualquer coisa. Agora, pelo menos, não.

— Paul, acontece que isso aqui não é qualquer coisa.

— Eu sei, meu amigo, eu sei. Mas as revistas ficam preocupadas quando os objetos podem ter, como posso dizer, procedência duvidosa.

— Duvidosa?

— Sim, quando caem da caçamba de um caminhão em Bagdá. Depois do Iraque, todo mundo passou a agir de um jeito meio esquisito.

— E o que devo fazer?

— Lamento, Henry. Você vai ter de encontrar outro jeito.

Henry decidiu não contar nada daquilo a Al-Naasri, mas as mensagens que o jordaniano deixava em sua caixa postal eram cada vez menos amistosas:

— Preciso falar com você, Henry. Não se esqueça de que essas lembranças me pertencem e me custaram muito dinheiro. Espero que não me decepcione. Pelo seu próprio bem.

Henry estava suando. Ele guardara os objetos no maior cofre da loja, protegido por portas duplas, mas continuava nervoso. Sabia que eram muito valiosos. Do contrário, Jaafar não teria tomado tanto cuidado para escondê-los.

Ele ligou para Lucinda, na Sotheby's, um passo que sempre cheirava a desespero.

— Olá, querido — disse ela, de um jeito arrastado, parecendo estar fumando. — O que você quer agora?

— Lucinda! Por que acha que eu quero alguma coisa?

— Porque você nunca me liga, a não ser quando quer alguma coisa.

— Isso não é verdade.

Mas era verdade. À exceção de um momento mais íntimo na saída de uma festa de Natal da Christie's, do qual se arrependia profundamente, a relação entre os dois sempre se resumia ao que ele conseguia arrancar dela. Talvez incluindo o tal momento. Se parasse para pensar no assunto, na garota que, nos tempos de faculdade, fora muito atraente mas que se transformara rapidamente numa mulher desleixada, sentiria pena de Lucinda. Porém, Henry nunca pensava no assunto.

— Pelo contrário — continuou Henry. — Tenho uma oportunidade para você.

Na mesma tarde, os dois se encontraram, graças à promessa de um drinque depois.

— Então, Henry, quais são essas maravilhas que você quer me mostrar? — perguntou Lucinda. Ele revelou uma pequena caixa de jóias, na palma de sua mão direita. — Ah, Henry, não vai me pedir em casamento, vai? Aqui?

Henry revirou os olhos, tentando ser paciente, e depois abriu a caixa, que continha um par de brincos de ouro, cada um consistindo numa folha solitária. Retirá-los das pulseiras e montá-los novamente exigira um toque de delicadeza, mas não fora uma tarefa muito complicada. Por sorte, havia inúmeras fotografias dos brincos, e ele encontrara um registro colorido bastante detalhado num guia de referência. "Fotografia reproduzida com a gentil autorização do Museu Nacional de Antiguidades, Bagdá", dizia a legenda.

— Meu Deus, Henry. Esses brincos são... são...

— São peças de 4.500 anos.

— Eu ia dizer magníficos. 4.500 anos? Incrível.

— Sabe o que quero que faça, não sabe?

— Posso imaginar. Mas por que não me diz?

— Quero que os ponha à venda. Para que eu possa comprá-los de você.

— E assim eles se tornam legais. "Comprados em leilão na Sotheby's."

— É isso que eu amo em você, Lucinda. Tão esperta.

— O problema é que você não me ama, Henry. De qualquer maneira, não é possível.

— Por quê?

— Bem, suponhamos que tivéssemos autorização para vender peças de... *lá*. Nesse caso, esses brincos sairiam por uma verdadeira fortuna. O valor é inestimável. Fora das suas possibilidades. Teríamos de mentir sobre sua natureza. E isso iria contra seu objetivo, não iria?

— Você poderia dizer que foram comprados de um colecionador particular na Jordânia. Aliás, foi assim que os consegui.

— Só que nós sabemos o que significa colecionador particular. Vamos lá, Henry, todo mundo está atento a material vindo de você-sabe-onde. É o beijo da morte. Não podemos mexer com isso.

Henry ficou olhando para o resto de gim no fundo do copo.

— Bem, e o que vou fazer, então? Tenho de arrumar um jeito de vender isso.

— Nos velhos tempos, eu poderia lhe apresentar algumas pessoas muito ricas que teriam todo prazer em ficar com as peças, sem alarde. Mas a situação mudou. Essa história toda de negócios nazistas deixou todo mundo assustado. A não ser que possa fornecer dez certificados, em três vias, assinados e conferidos, ninguém vai comprar nada.

— O que você faria?

— Não faria nada, meu amor. Em alguma hora, vai haver uma grande demanda por esse material. É muito valioso para ser jogado fora. Mas este não é o momento certo.

Quando ligou para Jaafar al-Naasri, naquela noite, Henry já tomara mais dois drinques fortes, para ganhar coragem. Ele preparara um roteiro do que pretendia dizer, mas a execução aconteceu com muito menos naturalidade do que o planejado, por culpa do álcool e do nervosismo. De qualquer maneira, conseguiu transmitir o recado básico. Jaafar teria de ser paciente e confiar nele. Henry seguraria os itens de grande valor, que seriam mantidos no cofre da loja ou, se Jaafar preferisse, transferidos para uma caixa de depósito em seu banco, uma instituição conhecida pela discrição. Os dois esperariam até o mercado se tornar mais favorável.

— Jaafar, você vai encontrar a mesma situação em qualquer lugar do mundo — explicou Henry, depois de o jordaniano ameaçar entregar seus produtos a um negociante de Nova York. — Os americanos estão até mais preocupados com tudo isso do que nós.

Além disso, não havia apenas más notícias. Henry guardara algumas novidades positivas para amenizar a conversa. Para os itens menos visados, ele tinha um plano, um modo de obter algum retorno financeiro num espaço de tempo menor. Não, não seria aconselhável entrar em detalhes pelo telefone. Mas Henry sabia exatamente para onde iriam as tábuas de argila. E ele as levaria até lá pessoalmente.

CAPÍTULO VINTE E DOIS

JERUSALÉM, QUARTA-FEIRA, 15h14

— Odeio a mídia deste país, odeio de verdade — disse Uri, de pé ao lado da janela, puxando um pedaço da cortina para ver a movimentação na rua.

— Sei.

— Eles são uns abutres. Veja o Canal 2 lá fora, naquele furgão com transmissão via satélite. Não bastou todos aparecerem aqui para mostrar a morte de meus pais ao mundo. Eles tinham de ficar.

— Isso não acontece só aqui, Uri — comentou Maggie, mantendo os olhos fixos no computador.

Ela ia testar o palpite que tivera para a conta do gmail descoberta no computador de Shimon Guttman. Entrou como Saeb Nastayib, nome do homem que enviara as mensagens misteriosas a Ahmed Nour. E, por acaso, também uma tradução aproximada de Shimon Guttman. Como senha, tentou mais uma vez Vladimir. *Falha no login*. "Droga."

Maggie deslizou na cadeira para longe da mesa, levantou-se e se espreguiçou. Lembrou-se de que a pior coisa naquele tipo de trabalho era a falta de exercício. Enquanto esticava os braços, unindo as mãos atrás das costas, interceptou o olhar de Uri e percebeu que, sem querer, estava projetando os seios. Ele tinha os olhos arregalados. Rapidamente, Maggie voltou os braços à posição normal, mas podia ver que a imagem permanecia na cabeça de Uri.

— Precisamos descobrir essa senha, Uri. Aparentemente, são dez caracteres. Vladimir só tem oito.

— Ele sempre usava Vladimir, para tudo.

— Então precisamos de mais duas letras. — Maggie abriu uma nova janela e buscou por Jabotinsky no Google. Descobriu seu outro nome, em hebraico: Ze'ev. — Muito bem — disse, digitando VladimirZJ. Nada. VladimirJ1. Também nada. VZJabotins. VZJabotin1. Tentou pelo menos dez combinações. — E se for um número? E se ele usava Vladimir12 ou Vladimir99? Existe algum número de dois dígitos que possa ter um significado especial?

— Tente 48. O ano de fundação de Israel.

— Ah, boa lembrança — observou, enquanto digitava Vladimir48.

Falha no login.

Uri aproximou-se da mesa e ficou ao lado de Maggie. Teve de se abaixar para enxergar melhor a tela, e ela pôde ver a barba rala em seu rosto.

— Achava que dessa vez fosse funcionar. Talvez eu esteja errado em relação a Vladimir...

— Ou talvez tenhamos usado o ano errado. Para um direitista... — Ela se corrigiu bem a tempo. — Para um nacionalista fervoroso como seu pai, existe um ano tão importante quanto 1948. Talvez até mais importante.

Maggie digitou Vladimir67 e, de repente, a tela mudou. Uma ampulheta indicava que uma nova página estava sendo carregada: a caixa de mensagens de Saeb Nastayib.

No topo da lista, ainda em destaque e portanto não lida, havia uma mensagem de um remetente que surpreendeu Maggie: Ahmed Nour. Ela checou o horário de envio: 23h25 de terça-feira, cerca de 12 horas depois do relato de sua morte. Maggie abriu a mensagem.

Quem é você? E por que estava em contato com meu pai?

— Parece que o Sr. Nour Júnior sabia tão pouco sobre o pai quanto você — comentou Maggie.

— Pode ser uma mulher. Pode ser a filha.

— Uri, você se importa se olharmos as mensagens enviadas por seu pai?

— Não vai responder essa aí?

— Quero pensar um pouco. Antes vamos ver o que esses dois andavam conversando.

Ela entrou na pasta de mensagens enviadas: todas eram para Ahmed Nour. Obviamente, aquele era o canal reservado que os dois usavam. Um nome árabe para que qualquer um que estivesse monitorando o e-mail de Nour não tivesse razão para suspeitar de nada.

A última mensagem fora enviada às 18h08 de sábado, poucas horas antes da manifestação pela paz em que Guttman acabara morto.

Ahmed, temos um assunto de extrema importância para discutir. Tentei ligar, mas não consegui. Você pode me encontrar em Genebra?
Saeb

Num instante, Maggie passou à mensagem anterior, enviada às 15h58 do mesmo dia.

Caro Ahmed, espero que tenha recebido minha última mensagem. Me avise se sua agenda permitir uma viagem a Genebra, de preferência num futuro próximo. Temos muito a conversar.
Saudações,
Saeb

Havia outra de 10h14 e mais duas da noite anterior. Todas mencionavam planos para uma viagem a Genebra. Pelo que Maggie estava vendo, Ahmed Nour não respondera a nenhuma delas. Teriam se desentendido? Ahmed estaria ignorando o colega israelense? E que conversa toda era aquela sobre uma futura viagem a Genebra?

Àquela altura, Uri já abandonara as pilhas de papéis e se sentara numa cadeira ao lado de Maggie. Ele prestava atenção à tela, mas sua expressão deixava claro que estava tão confuso quanto ela. Adivinhando a pergunta, começou a balançar a cabeça.

— Eu nem sabia que meu pai já esteve em Genebra.

— Parece que havia muita coisa a respeito dele que você não sabia. Ele mantinha algum tipo de agenda? Um calendário de mesa?

Uri começou a procurar por toda parte, chegando a ficar de quatro, olhando todas as estantes de livros, enquanto Maggie voltava ao computador. Ela acessou o histórico do navegador para verificar as páginas que Guttman visitara em seus últimos dias de vida, procurando uma agência de turismo, a Swissair, um guia de hotéis em Genebra, qualquer coisa que pudesse lhe dar uma pista sobre o que Guttman e Nour estavam planejando. Aquela ligação entre os dois, improvável e ignorada pelas pessoas mais próximas de ambos os lados, era intrigante. E ela tinha certeza de que havia uma conexão com o que acontecia naquele momento: os primeiros movimentos de um ciclo de violência que, se não fosse detido, destruiria o processo de paz.

— Uri, me passe o celular de novo.

Ela pegou o aparelho sabendo que cometera um descuido estúpido. Verificara as mensagens de texto, todas indubitavelmente apagadas, mas não checara o registro de chamadas feitas. Depois de apertar as teclas apressadamente, conseguiu a lista de números discados. Logo no alto havia uma chamada da tarde de sábado. No visor, um nome, em vez de um número.

— Uri, quem é Baruch Kishon?

— Finalmente algo que não é um mistério. É um jornalista muito famoso de Israel. Ele tem uma coluna no *Maariv*. Os colonos o adoram;

ele vem acusando Yariv, toda semana, há um ano. Meu pai e ele eram grandes amigos.

— Bem, acho que devemos fazer uma visita ao Sr. Kishon. Agora mesmo.

CAPÍTULO VINTE E TRÊS

JERUSALÉM, QUARTA-FEIRA, 15H10

Amir Tal estava se esforçando para esconder o entusiasmo e a agitação. Ele tinha o hábito de tratar de assuntos de inteligência; desde que assumira o posto no gabinete do primeiro-ministro, tornara-se difícil evitar aquele tipo de tarefa. Relatórios, pareceres, análises, tudo passava por sua mesa.

Entretanto, ele nunca vira como era feito, como a informação bruta que formava as montanhas de papel era reunida. Seu serviço no exército o pusera no interior de um blindado de transporte de pessoal. Era uma função que garantia prestígio — ele servira na Brigada Golani —, mas nada semelhante àquilo. Agora, dentro do gabinete, via como tudo funcionava. De perto. E a melhor parte: ele era o encarregado.

— Posso ouvir? — perguntou, gesticulando para a mulher sentada diante dos múltiplos monitores e do que parecia ser a mesa de mixagem de um DJ.

A mulher tirou os fones e os entregou a Tal, que os utilizou da mesma maneira que ela: apenas num ouvido.

— A voz masculina que está ouvindo é de Uri Guttman, filho do morto. A voz feminina é da americana, Maggie Costello.

— Irlandesa — murmurou Tal para si mesmo.

As vozes estavam incrivelmente nítidas. Costello perguntava a Guttman sobre o celular de seu pai. Tal conseguia ouvir até um farfalhar de folhas de papéis. Podiam dizer o que quisessem do Shin Bet, mas era uma organização incrível que montara toda a operação de vigilância poucas horas depois de receber a ordem.

— Você consegue tudo isso a partir daquele furgão de TV estacionado diante da casa?

— Com microfones direcionais apontados para as janelas, atravessando o vidro, pode-se fazer muita coisa. É melhor ainda quando se consegue plantar algo no interior da casa.

— Mas não temos isso. Então, como o som pode ser tão claro? — A mulher estava conectando outro par de fones no computador para que pudesse ouvir ao mesmo tempo. Ela deu um sorriso malicioso para Tal. — Vocês *têm* alguma coisa lá dentro! Como? — perguntou, para em seguida se conter, pois não podia parecer muito ansioso.

— Bem, muitas flores têm sido entregues na casa. E pacotes com comida também. Podemos dizer que um dos buquês faz mais do que enfeitar o ambiente.

Amir tirou os fones e pôs a mão no ombro da mulher. "Continue com esse ótimo trabalho."

Não havia razão para seguir escutando. Outro agente acompanhava tudo atentamente, mantendo um registro taquigráfico das conversas. Ele relataria qualquer coisa mais importante sem demora.

— Amir, talvez queira ver isso — disse o homem que, pela percepção de Tal, mantivera o rosto grudado num computador desde sua chegada.

Ele estivera justamente imaginando o que o homem estava fazendo, mas não tivera coragem de perguntar. Porém, o que via naquele instante era decepcionante. Uma página comum de e-mail, uma caixa de entrada idêntica à que usava para comunicações pessoais em casa. Nenhum sinal de alta tecnologia ou ar de espionagem.

Mas então ele percebeu. O cursor movia-se pela tela sem qualquer intervenção humana aparente. As mãos do operador estavam totalmente imóveis.

— O que é isso?

— O senhor está vendo o computador de Shimon Guttman, o mesmo em que o filho dele e aquela mulher estão mexendo neste exato momento.

— São imagens de uma câmera escondida?

O operador sorriu de um modo que desagradava Tal — como se estivesse respondendo a uma pergunta de uma criança que não entendia as coisas.

— Não, não existe câmera escondida. É apenas um programa chamado SilentNight. — Ele esperou alguns segundos, num comportamento padrão no meio tecnológico, para esperar que o outro lado absorvesse a informação. — É um pequeno programa que se instala na máquina do usuário e ganha os privilégios de acesso de que precisamos. — O homem percebeu que a ficha ainda não caíra. — Ele nos dá acesso total ao computador. Poderíamos operá-lo remotamente, daqui, se quiséssemos.

— Como assim? Eu poderia digitar nesse teclado aqui e as letras apareceriam na tela deles?

— Exato. Mas não faça isso! — O operador cobriu o teclado e o mouse com as mãos, como um garoto estudioso que esconde a prova para os colegas não olharem. — Se eles notarem o cursor se movendo, saberão que estamos na máquina. Ou pensarão que é o fantasma de Guttman os assombrando.

— Então só ficamos assistindo.

— Isso. Vejo tudo que eles digitam. Agora, por exemplo, estão tentando invadir a conta de Guttman no gmail.

A mulher com os fones de ouvido os interrompeu:

— Temos uma ligação. Costello acabou de ligar para Khalil al-Shafi em Ramala.

Tal se aproximou e ficou esperando por um fone. A mulher, porém, estava muito concentrada, ouvindo cada palavra. Quando ela finalmente o conectou, a chamada já se encerrara. Tal só conseguiu ouvir Maggie Costello falando com Uri Guttman.

"Muito bem. O que quer dizer *nas tayib*?"

Poucos instantes depois, foi a vez de o operador do computador se agitar, levando Amir Tal a correr de volta para seu lado. Ele se sentiu meio ridículo, como um menino num fliperama, assistindo aos irmãos mais velhos jogarem, pulando de uma máquina a outra para acompanhar a ação.

O operador estava de olhos arregalados.

— Ei, isso aqui é *interessante.*

— O que eles estão fazendo?

— Observe aquela janela. Eles digitaram o nome que acabamos de ouvir. Saeb Nastayib. E agora estão tentando várias senhas. — Uma seqüência de asteriscos apareceu na tela. O operador abriu uma pequena janela e, de repente, surgiram caracteres reais, um por um. — Estão tentando VladimirJ. Não funcionou.

— Como consegue ver isso? Nem a tela deles mostra a senha.

— É por isso que o SilentNight é tão incrível. Ele registra cada tecla digitada. Assim, mesmo que a tela não mostre, podemos ver o que foi escrito. Opa, Vladimir48. Errado de novo.

— Certo, avise-me assim que souber de algo que nos seja útil.

Amir Tal não precisou esperar por muito tempo. Em 10 minutos, a equipe de vigilância postada no furgão do Canal 2 diante da casa dos Guttman relatou a saída de Costello e Guttman Júnior, aparentemente rumo à casa do jornalista Baruch Kishon. Enquanto isso, a análise eletrônica sugeria uma relação entre Shimon Guttman e Ahmed Nour, com o primeiro usando um codinome árabe, combinado a uma senha fortemente sionista, Vladimir67. Eles planejavam um encontro em Genebra.

— Muito bem, todos aqui agora. — Tal gostava da sensação de estar no comando. — Quero toda informação de inteligência que conseguirmos sobre Nour: quem era, por que morreu e sobre o que vinha conversando com Shimon Guttman. O que estavam planejando? Era algum tipo de aliança de extremos, dois sujeitos contrários ao processo de paz resolvendo trabalhar juntos para tirar a negociação dos trilhos? Falem com Mossad, em Genebra. Descubram se já haviam se encontrado antes. Todos os planos de viagens do último ano. Se não der certo, vão mais longe ainda. Quero tudo que puderem obter. E Khalil al-Shafi também. O que andou dizendo a Costello? Por que ela ligou para ele? E qual é a relação exata entre ele e Ahmed Nour? Precisamos de respostas imediatamente. Ele está a favor do processo de paz ou não? Se estiver tentando sabotar o processo de dentro, preciso saber. Espero que o mais importante esteja claro. Continuamos seguindo Costello e Guttman. E, não importa o que aconteça, temos de chegar a Baruch Kishon antes deles. Mexam-se!

CAPÍTULO VINTE E QUATRO

ESTRADA ENTRE AFULA E BET SHEAN, NORTE DE ISRAEL, QUARTA-FEIRA, 20h15

As ordens eram bem claras. Entrar, revistar e possivelmente destruir, depois ir embora. Acima de tudo, não serem vistos. O diretor de operações fora bastante específico: aquela não era uma missão suicida.

Havia quatro pessoas no carro. Não se conheciam e usavam apenas os nomes recebidos: Ziad, Daoud, Marwan e Salim. Ziad estava no comando.

Ele conferiu as horas e voltou a temer que aquela operação tivesse começado com um erro fatal. Era muito cedo. Agir no meio da noite era muito melhor. Contudo, o chefe dissera que era urgente; não havia tempo a perder.

— Vire aqui — ordenou. Estavam numa pequena via de acesso que ia se estreitando até se tornar um caminho de terra. Perfeita para um trator, mas um pouco complicada para um Subaru alugado. — Saia da estrada. Entre na plantação. Isso. Agora desligue o motor.

Era uma plantação de algodão que alcançava altura suficiente para esconder um carro, exatamente como fora informado. A equipe de reconhecimento fizera um bom trabalho.

Os quatro homens começaram a vestir roupas pretas. Ziad entregou capuzes para esconderem os rostos e se certificou de que não havia nenhuma outra forma de identificação. Cada um levava uma pequena lanterna no bolso, um isqueiro, uma faca e uma submetralhadora Micro Uzi. Ziad e Marwan carregavam mochilas de ciclista contendo gasolina.

Todos tinham o plano na cabeça: eles andariam 20 minutos por dentro da plantação que pertencia ao kibutz até visualizarem o alvo. Depois de confirmarem que não havia ninguém por perto, agiriam rapidamente e sumiriam.

Ziad já podia ver as luzes no perímetro. Logo a plantação daria vez ao asfalto do estacionamento de visitantes e das ruas internas. Tudo estaria iluminado. Aquela seria a área de maior risco.

Como esperado, em pouco tempo ele avistou a placa, em inglês e hebraico, dando as boas-vindas ao "Kibutz Hephziba, Casa da Lendária Sinagoga Bet Alfa". Em silêncio, deu a ordem para que todos se abaixassem. Um por vez, os quatro homens correram agachados na direção da área descrita no mapa de Ziad como a entrada do prédio. Estava trancada. Ziad fez um sinal para Marwan, que pegou um arame e abriu a porta. Enquanto entravam, Ziad olhou para trás, para se assegurar de que ninguém vira as sombras da porta se movendo em meio à luz do estacionamento.

Lá dentro, uma escuridão total. Eles esperaram até terem avançado bastante antes de ligar as lanternas: era muito arriscado permitir que a luz chegasse ao lado de fora pelas paredes de vidro do centro de visitantes. Primeiro a acionar a lanterna, Ziad lançou o facho sobre a peça central do lugar, um tesouro que atraía visitantes desde os anos 1930.

Tratava-se de um mosaico em estilo romano, inteiramente preservado, com cerca de 10 metros de comprimento e 5 metros de largura. Mesmo com a pouca luz, Ziad podia ver o brilho das cores formadas pelos incontáveis quadradinhos; amarelos, verdes, bege, marrons, da cor do vinho, de tons avermelhados como o do tijolo, pretos, brancos e de diversas variantes do cinza. Como fora informado, havia três painéis no local. O mais distante parecia ser o esboço de uma sinagoga, incluindo um par de candelabros tradicionais judeus, os menorás. Embaixo, uma representação rudimentar, quase infantil, do sacrifício de Isaac pelo pai Abraão.

No entanto, a atenção era rapidamente atraída para o maior painel, no centro, que mostrava um círculo dividido em 12 segmentos, um para cada signo do zodíaco. Ziad iluminou cada imagem com a lanterna e parou para observar a mais reluzente: um escorpião. Ao lado, estavam dois gêmeos, um carneiro, um arqueiro. Ele não queria se demorar, mas era inevitável. Aqueles desenhos antigos, de mais de 1.500 anos, tinham tanta vida que era impossível ignorá-los.

— Certo, vocês sabem o que fazer — disse, finalmente.

Marwan começou verificando o painel de cima, Daoud, o de baixo, e Salim, o do meio. No caso de encontrarem qualquer mínimo sinal de atividade recente — escavações ou modificações — deviam avisar ao resto do grupo. Se algo tivesse sido enterrado ali nos últimos dias, era preciso encontrá-lo.

Ziad, por sua vez, recebera instruções específicas. Tinha de localizar o escritório do museu e vasculhá-lo meticulosamente. Toda gaveta e arquivo. Se houvesse um cofre, a orientação era abri-lo e não deixar um grão de areia intacto. O diretor fora muito claro: "Ele precisava esconder esse objeto rapidamente. Não teve chance de esconder bem. Se estiver lá, vocês o acharão."

Ele iniciou a tarefa pelas gavetas da mesa. As mesmas coisas de sempre: elásticos, cartões de visita, fita adesiva, envelopes. Havia uma velha caixa de metal, do tipo usado para guardar fumo de cachimbo, que parecia promissora: tinha o peso certo. Porém, em seu interior, Ziad só encontrou um punhado de carteiras de Amigos do Museu, que, presas num único bolo dentro da lata, soavam como um objeto.

Estava começando a mexer no arquivo quando ouviu um barulho, provocado por um pé pisando no cascalho do lado de fora. Um segundo depois, a sala foi preenchida por um facho de luz em movimento, como se alguém estivesse apontando uma lanterna do exterior do prédio.

— *Mee zeh*? Quem está aí?

Sem esperar pela ordem de Ziad, o resto do grupo desligou as lanternas no mesmo instante e ficou imóvel. Daquela maneira, na maioria das vezes, o vigia dizia a si mesmo que vira apenas um efeito de luz, um reflexo da sua própria lanterna, e ia embora. Com uma chance de escolher entre abrir um prédio trancado e não fazer nada, a inércia geralmente vencia. A preguiça dos seguranças era aliada informal de invasores e ladrões de todo o mundo.

Mas aquele homem era diferente. Ele seguiu em frente; o facho de luz crescia à medida que se aproximava da porta de vidro. Ziad, totalmente imóvel dentro do escritório, com a mão no puxador da gaveta que acabara de abrir, ouviu um barulho de chaves. Num segundo, o guarda descobriria que a fechadura fora forçada.

Não havia tempo a perder. Ziad sacou a arma do coldre e foi até o saguão, de onde tinha uma linha de visão perfeita da porta. Ele viu o guarda olhando para cima e notando não os quatro invasores, mas suas sombras projetadas nas paredes, tornadas gigantescas por sua própria lanterna. Sem hesitar, Ziad apontou a Micro Uzi e disparou um projétil de 9 milímetros, que atravessou o vidro e perfurou o crânio do homem.

O som da porta se estilhaçando e do cérebro do guarda explodindo foi o sinal para uma mudança imediata de tática. Sua tarefa não era mais encontrar o objeto, mas sim ocultar a natureza da missão. Ziad voltou ao escritório e, esquecendo a busca cuidadosa, começou a deixar o lugar de cabeça para baixo. Arrancou todas as gavetas, jogando o conteúdo no chão, sem encontrar nada. Depois, derrubou os arquivos e, com um único movimento do braço, lançou todos os objetos sobre a mesa pelos ares. Finalmente, usou a arma para quebrar as janelas, em seqüência.

Ao se virar, deparou-se com Marwan e Daoud carregando o corpo do guarda. Silenciosamente, contaram até três e arremessaram o cadáver no meio da bagunça do escritório. Houve um barulho alto quando o corpo caiu sobre os cacos de vidro. Em seguida, Marwan tirou a mochila de ciclista das costas, abriu a tampa e começou a espalhar gasolina pela sala.

Do lado de fora, Salam ligava a lanterna novamente, para iluminar uma parede coberta de painéis que apresentava a exposição da Bet Alfa. Depois, pegou uma lata de tinta *spray* e, com toda calma, cobriu a parede de vermelho. Escreveu em árabe: "Não haverá paz para Israel até que haja justiça para a Palestina. Não haverá tranqüilidade para Bet Alfa até que haja tranqüilidade para Jenin."

Terminado o trabalho, ele virou-se para os outros, que estavam parados diante da porta do escritório do museu. Olhares inquisitivos entre os três. *Pronto? Pronto?* Ziad acendeu o isqueiro e o lançou no chão, onde tocou imediatamente o corpo do guarda, encharcado de gasolina.

As chamas começaram na mesma hora. O fogo foi tão intenso que Ziad e sua equipe podiam ver as labaredas durante quase todo o silencioso trajeto de 20 minutos por entre os campos do kibutz. O primeiro caminhão de bombeiros apareceu quase que simultaneamente à chegada do grupo ao carro deixado na plantação de algodão. Na volta a Afula, eles contaram mais dois caminhões e diversos carros de polícia indo na direção contrária. Ziad pegou o celular para enviar uma mensagem de texto ao diretor: "O esconderijo não existe mais."

CAPÍTULO VINTE E CINCO

AEROPORTO BEN-GURION, CINCO SEMANAS ANTES

Henry Blyth-Pullen odiava viajar de avião, mesmo quando corria tudo bem. Antes mesmo da guerra ao terror e do temor de que um maníaco armado com uma tesoura pudesse jogar o avião contra o Big Ben, ele já tinha pavor de voar. A decolagem era a pior parte. Enquanto as outras pessoas folheavam o *Daily Telegraph* ou um exemplar da *Hello!*, Henry segurava o fecho do cinto de segurança. O barulho das turbinas, o esforço para se tirar o avião do chão, tudo lhe parecia perigoso. E não só perigoso. *Contra a natureza*. Como se aquele pedaço de metal não devesse pairar no ar, desafiando a gravidade e quem sabe a própria vontade do Todo-Poderoso. Não era surpresa acontecerem tantos acidentes. Era a maneira de Deus nos dizer que devíamos ficar no nosso lugar, que devíamos manter os pés no chão. Bastava lembrar de Ícaro...

Henry se dava o mesmo sermão toda vez que se amarrava na poltrona de um maldito avião. Aquilo se tornara um verdadeiro ritual. Embora não admitisse acreditar em superstições, ele passara a crer que seu pedido mental de desculpas a Deus — expressando remorso pela insolência da humanidade em cruzar os céus — lhe garantia proteção.

Se deixasse de refletir, se passasse a voar sem preocupações, então o avião certamente cairia por entre as nuvens como uma pedra.

Daquela vez, porém, a ansiedade de Henry começara dias antes, muito antes de se aproximar da pista de decolagem. Em sua bagagem, havia um carregamento de tábuas de argila de que ele decidira se desfazer a 5 mil quilômetros de Londres. As peças não o deixariam milionário — os itens que podiam lhe garantir aquilo estavam guardados em segurança num cofre, à espera de mudanças no ambiente político —, mas ao menos engordariam um pouco mais sua conta bancária. Além disso, precisava contar a Jaafar al-Naasri que vendera alguma coisa. O fato de estar levando o material de volta à terra de Jaafar, ou para muito perto, era um detalhe que ele não pretendia compartilhar. Com ninguém. Aquilo soava tanto como vender areia aos povos do Saara que ele sentia vergonha.

A questão era como levar os produtos até lá. Não podia simplesmente chegar com um carregamento de valiosas antiguidades. Jaafar tivera muito trabalho para tirá-las dali; Henry não conseguiria entrar tranqüilamente com as peças.

No fim das contas, foi a adorável Lucinda que resolveu a questão. Não conscientemente; não era *tão* inteligente. Não, ela simplesmente esbarrara na resposta. Estava falando sobre uns amigos que se mudaram para Barbados ou algum lugar parecido, sobre como não sentiam falta do clima inglês — que surpresa! —, não sentiam falta da televisão, mas sentiam muita falta do chocolate. Ou apenas choc, como Lucinda, animada depois do terceiro gim-tônica, dissera.

— Parece que o choc de lá não tem gosto de nada — explicou, quase incompreensível. — Nem é chocolate de verdade. É feito com um extrato vegetal ou qualquer coisa assim. — Henry mal a escutava. — Enfim, agora, sempre que um amigo vem da Inglaterra, é obrigado a levar uma mala de Fruit & Nut, Dairy Milk e todo Green & Black que puder comprar. Sophie me disse que os dois já ganharam pelo menos uns 6 quilos...

Henry teve a idéia antes mesmo de Lucinda acabar de falar. Na volta para casa, naquela noite, parou num supermercado e comprou mais chocolate do que já comprara em toda sua vida, pelo menos um de cada tipo à venda. No dia seguinte, estava na sala dos fundos da loja, fazendo testes com uma tábua de argila numa das mãos e um Aero ou um Twix na outra, tentando encontrar a correspondência perfeita de comprimento, largura, espessura e, muito importante, peso. Finalmente, achou o que queria numa barra de chocolate com avelã.

Metodicamente, removeu a embalagem de papel, tomando cuidado para que não se rasgasse. Depois, desdobrou o alumínio interno, como se estivesse manuseando uma preciosa folha de ouro. Então trocou a barra de chocolate por uma tábua de argila. Nas pontas da tábua, colou dois pedaços de chocolate, cada um com três quadradinhos. Fechou o alumínio de novo e botou a barra mista de argila e chocolate de volta na embalagem de papel. Ele precisou de quase cem barras, já que às vezes rasgava o papel ou o alumínio, mas finalmente terminou vinte exemplares perfeitos, destinados a seus fictícios amigos famintos por chocolate.

Henry deixou tudo bem arrumado em sua bagagem de mão. Pensara em guardar as barras numa caixa com cadeado, por segurança, porém sabia que aquilo pareceria suspeito. Os chocolates da Cadbury eram bons, mas nem tanto. Assim, a única opção era arriscar, deixando-os na mala, casualmente, como se realmente não passassem de guloseimas calóricas para um sobrinho com saudade de casa.

A inspeção de segurança em Heathrow era sua primeira preocupação. Os rumores de explosivos líquidos em aviões não só davam mais um motivo para nervosismo a passageiros ansiosos como Henry, mas também faziam com que os funcionários do aeroporto ficassem muito mais atentos a artigos alimentícios antes ignorados. Henry disse a si mesmo que, se fosse parado, permaneceria calmo e sustentaria a mentira.

Ele pôs a mala na esteira e passou pelo detector de metais com o máximo de indiferença que conseguiu simular.

— Com licença, senhor — disse um dos funcionários, esticando os braços para cima, indicando que Henry deveria fazer o mesmo.

Algumas moedas esquecidas no bolso da calça haviam disparado o alarme. Após a verificação, Henry recebeu orientação de seguir em frente. Pegou a mala, que acabara de sair da esteira, e respirou aliviado. Contudo, uma mão o deteve.

— Um momento, por favor, senhor. Poderia abrir a mala?

— Claro, sem problema — disse Henry, sorrindo e puxando o zíper.

— Notebook?

— Sim.

— O aviso diz que computadores devem passar separadamente, senhor. Pode passar novamente?

Henry sentia o suor em suas mãos. Quais eram as chances de as vinte barras de chocolate escaparem *duas vezes* da inspeção?

No entanto, quando a sacola percorreu o trajeto pela segunda vez, o homem responsável por acompanhar o monitor da máquina de raios X se virou para contar uma piada a um colega. Ficou de costas para a tela por três ou quatro segundos, enquanto as tábuas de argila, agora separadas do notebook que as protegera da primeira vez, passavam expostas e completamente à vista. Henry não olhou para trás.

Os outros passageiros assistiam ao filme do avião, mas Henry só conseguia repetir a cena em sua cabeça, várias vezes, agradecendo a Deus, Jesus e tudo que lhe vinha à cabeça pelo lance de sorte. Porém, quando o avião começou a descer para a aterrissagem em Tel Aviv, o alívio pela primeira parte da viagem cedeu lugar à ansiedade quanto à etapa seguinte.

Como não tinha bagagem despachada, ele seguiu diretamente ao controle de imigração.

— Por que veio a Israel? — perguntou a jovem, que não devia ter mais de 18 anos.

— Vim visitar meu sobrinho, que está estudando aqui.

— Onde ele estuda?

— Na Universidade Hebraica. Em Jerusalém.

Henry ligara para um casal de amigos judeus na semana anterior: disfarçando ao máximo, perguntara sobre seus filhos, que estavam num ano sabático, e anotara prontamente todos os detalhes.

Só faltava uma parada: alfândega. Como homem branco de meia-idade, a lamentável verdade era que ele sempre passara rapidamente pela alfândega de Heathrow, enquanto os pobres mortais, geralmente negros e asiáticos, tinham de abrir as malas, tirar as roupas do lugar e esvaziar todos os tubos de pasta de dente. O racismo era algo terrível de se ver, mas, para um viajante como Henry Blyth-Pullen, podia ser bastante conveniente.

Entretanto, daquela vez, ele foi parado. Nunca acontecera antes. Um funcionário entediado, com a barba por fazer, acenou para que ele se aproximasse e, sem dizer nada, apontou para a mala que vinha puxando. Henry a botou sobre o balcão de metal e a abriu.

O fiscal remexeu em cuecas, meias e um *nécessaire*, até chegar ao pacote de chocolates. Ele olhou para Henry e franziu a testa, desconfiado.

— E isso aqui, o que é?

— Chocolate.

— Por que está trazendo tanto chocolate?

— Para o meu sobrinho. Para matar as saudades de casa.

— Posso abrir?

— Claro. Vou ajudá-lo.

Henry tinha certeza de que suas mãos estavam tremendo; por isso, tentou mantê-las bastante ocupadas, para que o fiscal não percebesse. Ele escolheu uma barra aleatoriamente, empurrou-a alguns centímetros, como praticara em sua cozinha, e rasgou o papel laminado, revelando os três quadradinhos de chocolate ao leite inglês.

— Tudo bem.

Sem pensar duas vezes, Henry partiu o pedaço de chocolate e o ofereceu ao fiscal, com uma expressão de alguém que quer celebrar a paz. O homem recusou e em seguida apontou com a cabeça para a saída. A inspeção estava encerrada, o que era oportuno, porque se ele olhasse com mais atenção notaria que o resto da barra que examinara não continha avelãs. Ao contrário, era de uma solidez nada apetitosa.

Apertando a alça da mala com mais força ainda, Henry saiu do aeroporto e entrou na fila do táxi. Quando chegou sua vez, disse bem alto, animado depois de todo o nervosismo:

— Jerusalém, por favor. Para o mercado da Cidade Velha.

CAPÍTULO VINTE E SEIS

TEL AVIV, ISRAEL, QUARTA-FEIRA, 20h45

Maggie não conseguia deixar de pensar que, para um país pequeno, Israel não podia ser mais impactante. Embora eles estivessem no carro havia menos de uma hora, ela se sentia como numa viagem no tempo. Enquanto Jerusalém era uma cidade esculpida na pedra branca dos tempos bíblicos, com cada rocha, cada rua de pedra coberta de uma camada de história antiga, Tel Aviv exalava uma modernidade barulhenta, intensa, sufocante. No horizonte, viam-se arranha-céus reluzentes, seus andares mais altos acesos como tabuleiros de xadrez. Às margens da estrada, fileiras de prédios de apartamentos erguidos em concreto, com os terraços ocupados por painéis solares e cilindros que, segundo Uri, eram tanques de água quente. Ao entrar na cidade, Maggie sentiu-se paralisada diante do frenesi de letreiros e pessoas, restaurantes e cafés, congestionamentos, centros comerciais, garotas de top e jovens de cabelo clareado e espetado. A uma pequena distância de Jerusalém, onde a religiosidade pairava como uma nuvem, Tel Aviv parecia um templo dedicado à agitação e à urgência do profano.

— Muito bem. O prédio dele é o número seis. Vamos estacionar aqui.

Eles estavam na rua Mapu, que, a se julgar pelos tipos de carros parados junto ao meio-fio, devia ser uma das regiões mais chiques de Tel Aviv. O prédio em si, construído com o habitual concreto branco, não tinha nada de especial. Maggie e Uri pegaram uma espécie de túnel, passaram diante das caixas de correio e chegaram ao interfone na entrada. Uri apertou o número 72.

Não houve resposta. Impaciente, Maggie enfiou o braço na frente de Uri e apertou o botão novamente, por muito mais tempo. Nada.

— Tente o telefone de novo.

— Está na caixa postal a tarde inteira.

— Tem certeza de que é esse apartamento?

— Tenho, claro.

Maggie andava de um lado para o outro.

— Como não há ninguém em casa? Não pode ter saído todo mundo.

— Não existe "todo mundo". É só ele. — Maggie não conseguia entender. — Ele é divorciado. Mora sozinho — explicou Uri.

— Merda. O que vamos fazer agora?

— Podemos invadir.

De repente, Maggie se deu conta do frio que fazia. Por que estava ali, tremendo numa esquina de Israel, quando devia estar em Georgetown, escolhendo um sofá-cama? Seu lugar era em casa, com Edward, no conforto de seu sofá, pedindo comida pelo telefone, vendo TV ou em qualquer atividade de pessoas normais depois que deixavam de ser maníacos de 25 anos que trabalham o dia inteiro, pulando de um país maluco para outro. Edward conseguira fazer a transição de idealista de mochila para engravatado de Washington; por que ela não podia seguir seu exemplo? Na verdade, ela tentara. Talvez devesse simplesmente ligar para Judd Bonham e dizer que desistia. Afinal, não estava sendo usada da forma apropriada mesmo. Era uma mediadora e devia estar na sala de negociações, não brincando de detetive amadora.

Ela chegou a enfiar a mão no bolso e a procurar o celular. O problema era que Maggie sabia o que Bonham diria. Não havia razão para ir à sala de negociações até que os dois lados estivessem prontos. E, da maneira que as coisas avançavam, tal momento parecia mais distante a cada dia. Em pouco tempo, não haveria mais sala de negociações. Sua missão era botar os dois lados de volta no caminho certo, e aquilo significava resolver o problema Guttman/Nour, qualquer que fosse. Uma falha seria inadmissível. Ela sabia, melhor do que ninguém, o que acontecia quando um esforço de paz chegava tão perto do sucesso só para fracassar. Por um instante, lembrou-se de tudo, da memória que se esforçara tanto para manter afastada. Maggie tinha de conseguir. Do contrário, sua carreira, sua história de vida, seria resumida naqueles termos. Tudo reduzido a um único erro fatal.

Mais calma, ela se virou para Uri e disse:

— Não, não podemos invadir o lugar. Imagine se formos pegos. Sou funcionária do governo dos Estados Unidos.

— Eu poderia fazê-lo.

— Claro, mas você está comigo, não está? Seria a mesma coisa. Temos outra opção?

Balançando a cabeça negativamente, Uri deu um soco na porta do prédio, suportando o que parecia ser uma dor considerável sem chegar a piscar.

— Muito bem — disse Maggie, virando-se para o outro lado. — Vamos pensar. O que disseram quando ligou para o jornal?

— Atendeu alguém da redação. Disse que não tinha como saber de colunistas. Só me deu o número do celular.

— Que nós já tínhamos.

O silêncio durou mais de 1 minuto. Enquanto Maggie se esforçava para pensar num próximo passo, Uri, sem aviso, deu um pulo e começou a correr na direção do carro.

— Uri? Uri, o que houve?

— Apenas entre no carro.

No caminho, Uri explicou que, quando servira no exército, namorara uma garota cujo irmão fora à Índia com o filho de Baruch Kishon. Ao ver a expressão de Maggie, como se ela não acreditasse, ele sorriu e disse:

— Israel é um país pequeno.

Com algumas ligações, conseguiu o número do celular de Eyal Kishon. Uri teve de gritar: Eyal estava numa boate. Tentou explicar a situação, mas não adiantou. Teriam de ir até lá.

Uri sintonizou uma rádio de notícias que dava uma breve tradução depois de cada matéria. Violência na Cisjordânia, crianças palestinas mortas; tanques israelenses voltam a entrar em Gaza; Hezbollah lança mais foguetes no norte. Negociações com palestinos interrompidas. Maggie balançou a cabeça: as coisas estavam saindo do controle.

O locutor continuou: *Pesquisa nos Estados Unidos aponta presidente cinco pontos atrás. Ele, aparentemente, teve mau desempenho no debate televisivo.* E a última notícia: *Relatos de um incêndio num kibutz no norte do país. Suspeita de ação criminosa.*

Estacionaram na rua Yad Harutzim e caminharam até a boate Blondie. O barulho era ensurdecedor. Um ritmo bate-estaca que Maggie sentia no estômago. As luzes não paravam; um facho branco percorria toda a pista de dança como se fosse um holofote.

O lugar não estava cheio, mas parecia haver corpos suados se agitando em toda parte. Maggie ficou impressionada com a diversidade de rostos. À sua frente, havia duas garotas loiras com pele de porcelana. Atrás, um homem negro alto, com cabelo afro e traços delicados. Dançando com ele, um casal, ambos de cabelos encaracolados escuros. Maggie lembrou-se do material entregue por Bonham. Havia uma página sobre a variedade de grupos em Israel: russos, etíopes, os *Mizrachim*, oriundos do mundo árabe. Estavam todos ali.

Maggie viu seu reflexo de relance numa parede espelhada e ficou tão chocada que teve de parar e observar. Em toda sua vida profissional, sempre fora a mais jovem da sala. Nas negociações entre homens de meia-idade, ela era a atração. Não apenas uma mulher, mas uma mulher jovem e, para ser sincera, atraente. Eles não sabiam o que pensar. Quantas vezes fora questionada sobre quando seu chefe, o mediador, chegaria? Ou se poderia fazer a gentileza de levar três cafés à delegação francesa? Ou se sabia como era agradável ter um pouco de beleza naquelas conversas cansativas e sem graça?

Ela se acostumara e, obviamente, passara a tirar proveito. Sua presença confundia os negociadores. Eles eram mais francos do que pretendiam, diziam coisas que não diriam a um mediador "de verdade". Era como se as conversas fossem apenas uma espécie de ensaio. Só depois de fechado o acordo, realmente entendiam que ela era a verdadeira mediadora. Mas sua principal vantagem era a competição. Sem perceber, os figurões disputavam sua atenção. Ela identificara a situação pela primeira vez durante um encontro reservado para tratar da guerra civil no Sri Lanka, realizado num chalé na Suécia. Nas refeições, os participantes brigavam para se sentar a seu lado. Queriam vê-la rindo das piadas, concordando com as opiniões. Não conseguiam evitar: estavam condicionados a agir daquela forma perto de uma mulher bonita. Para ela, era algo extremamente útil. Cada pequeno passo que dessem por Maggie podia representar um pouco mais de simpatia por parte dela. Se tirassem uma palavra de um tratado, ou um limite de um mapa, ela ficaria decepcionada. E eles não queriam aquilo.

Naquele lugar, porém, a situação era completamente distinta. Cercada de criaturas maravilhosas, nenhuma acima dos 25 anos, exibindo peles viçosas e tops minúsculos, Maggie percebeu que devia ser a pessoa mais velha no recinto. Pensou na calça preta, paletó Ann Taylor e camisa Agnes B que vestia: um traje perfeito para trabalhar, elegante para encontros com diplomatas e ministros. Mas totalmente inadequado naquele lugar. E os pés-de-galinha em torno dos olhos, as rugas quando sorria...

— Ele está ali.

Uri apontou para um homem sentado que observava a pista de dança segurando uma garrafa de cerveja e acompanhando o ritmo com a cabeça. Ele parecia meio drogado, meio bêbado — e totalmente fora de si.

Uri sentou-se a seu lado e depois de um breve abraço cochichou algo em seu ouvido. Enquanto eles conversavam, Maggie analisava a boate. Perto da entrada, viu um homem, recém-chegado, que parecia tão deslocado quanto ela. Usava óculos sem armação, o que o classificava como "adulto" em meio à garotada dançante.

Maggie notou pelo semblante de Eyal que Uri chegara à parte da história em que perdia o pai e a mãe. Eyal balançava a cabeça e segurava o ombro de Uri, como se fosse lhe dar outro abraço. Contudo, Uri já estava com o celular na mão, para lhe mostrar que a última ligação de Shimon Guttman fora para Baruch Kishon.

Eyal encolheu os ombros, pedindo desculpas; não sabia de nada. Uri continuou com as perguntas. De vez em quando, virava-se para Maggie, tentando traduzir as respostas com gestos. Quando ele falara com o pai pela última vez? Na manhã de domingo. O pai estava numa pauta. Nada de estranho. O velho sempre viajava; aquela fora a causa da separação da mãe de Eyal. Ele dissera alguma coisa sobre seu destino? Nada de que se lembrasse. Por acaso, Eyal passara a noite anterior bêbado. Um sorriso.

— Eyal, seu pai mencionou alguma viagem a Genebra?

"Vá com calma", pensou Maggie.

— Você quer dizer Genebra, na Suíça? Não. Ele costuma me avisar quando viaja ao exterior. Pede que eu dê uma olhada no apartamento. É muito preocupado.

— Então não acredita que ele esteja no exterior?

— Não.

— Mas você não fala com ele desde domingo. Não está preocupado?

— Eu não estava preocupado. Até vocês aparecerem.

Eles voltaram em alta velocidade, com Eyal, já recuperado do barato, no banco de trás. Uri prosseguiu com o interrogatório, mas só conseguiu um novo detalhe: quando Eyal conversara com o pai no domingo, Baruch Kishon parecera de bom humor. Ele contara que tinha uma matéria "quente" nas mãos. Eyal não conseguia lembrar se aquele era o termo exato.

O noticiário das 23h começou. Uri contou a Maggie apenas que, agora, o destaque era o incêndio no kibutz. Nos escombros, foram encontrados restos mortais carbonizados. Um porta-voz das FDI informou que havia evidências concretas de que se tratava de um ataque terrorista perpetrado por palestinos de Jenin. As especulações sobre as conseqüências políticas estavam a pleno vapor. A ação seria vista como uma ameaça às já debilitadas negociações de paz em Jerusalém e um novo golpe contra a posição do primeiro-ministro Yariv.

Maggie pegou o celular e descobriu que não atendera uma chamada. O barulho na boate a desnorteara, deixando seus sentidos incapazes até de perceber a vibração silenciosa de uma ligação. Ela ouviu o recado; era Davis, informando sobre Bet Alfa.

Houve um ataque a um kibutz, Maggie. O subsecretário me mandou passar um recado a você. "Não importa no que Maggie Costello esteja envolvida, lembre-a de que sua missão é impedir que as relações entre os dois lados se deteriorem ainda mais. Cuide para que ela saiba disso." Muito bem, você acabou de ouvir, nas palavras exatas dele. Sinto muito por trazer más notícias.

A pior parte era que ela não podia argumentar. O subsecretário estava certo: sua tarefa era conter a violência. E ela sabia como sua dedicação a uma aventura arriscada envolvendo anagramas e desenhos em cerâmicas seria vista. Ainda assim, Maggie tinha certeza de que as duas mortes-chave, de Guttman e de Nour, estavam relacionadas. Descobrir como era, inegavelmente, a melhor maneira, talvez a única, de interromper aquela seqüência de assassinatos. A alternativa era realizar uma rodada interminável de encontros em que as pessoas fariam as declarações apropriadas — mas a violência continuaria acontecendo. Ela já percorrera aquele caminho e estava determinada a não repetir a viagem.

Eles chegaram ao apartamento de Kishon em 20 minutos. Eyal parecia nervoso ao abrir a porta. Depois do que ouvira sobre os pais de Uri, tinha um nítido receio do que poderia encontrar. Ele entrou na frente, acendendo as luzes e chamando pelo pai.

— Eyal, dê uma olhada no apartamento — disse Uri, observando o lugar como se fosse uma locação de cinema. — Olhe com atenção. Conte-nos se notar qualquer coisa de diferente ou fora do lugar. Qualquer coisa.

Maggie não via nada de estranho: o lugar estava incrivelmente arrumado. Sem dúvida, Kishon era organizado. Lembrando-se do sucesso na casa de Guttman, ela perguntou a Eyal onde o pai costumava trabalhar. Ele apontou para uma mesa num canto da sala e foi verificar o quarto.

— Ei, Eyal, não tem nenhum computador aqui.

— Ah, claro — disse ele, aparecendo no vão da porta. — Eu me esqueci. Ele sempre trabalha no laptop. É a única máquina que usa. Sinto muito.

"Droga". Naquele lugar, limpo como um mausoléu, um computador era sua principal esperança. Não havia folhas de papel espalhadas, nem pilhas de livros que pudessem ser examinadas. Era um beco sem saída.

Ela resolveu dar uma última olhada na mesa. "Pense, Maggie, pense." Só havia um telefone, um aparelho de fax, um bloco de anotações em branco, uma foto de alguém que ela supôs ser Eyal, ainda criança com a irmã, e uma caneta numa base. Nada.

Maggie afastou-se, mas, de repente, virou-se de novo. Pegou o bloco e o segurou contra a luz.

— Uri, venha cá!

Gravado na página, como uma marca invisível, havia algo que ela esperava estar escrito em hebraico. Até imaginou a cena: Baruch Kishon recebendo a ligação de Shimon Guttman, anotando alguma coisa no bloco, tirando a folha e saindo correndo — deixando as marcas do lembrete na folha de baixo.

Uri também conseguia enxergar. Ele segurou o pedaço de papel acima da cabeça, tentando decifrar o significado com a ajuda da luz que entrava pelo teto. Ficou piscando e fazendo caretas, até que um sorriso tomou conta de seu rosto.

— É um nome. Um nome árabe. O homem que procuramos se chama Afif Aweida.

CAPÍTULO VINTE E SETE

JERUSALÉM, QUINTA-FEIRA ANTERIOR

Aquele era o som que Shimon Guttman queria ouvir: um alvoroço de carnaval. Os apitos ininterruptos; as batidas constantes das tampas de lata de lixo; o clamor que só podia ser produzido por um grupo numeroso de pessoas e, acima de tudo, convicto.

Ele já estivera em uma centena de manifestações, mas aquela o deixava mais orgulhoso que as outras. A multidão, reunida na Praça Sião, era enorme, uma massa de gente. Algumas pessoas carregavam cartazes; outras agitavam as mãos no alto ou batiam palmas em uníssono. Provocavam um impacto visual incrível, com todos vestidos de laranja. Camisetas, chapéus, até os shorts e a tinta usada no rosto eram de um laranja intenso. Mas o que fazia Shimon se arrepiar de orgulho, sentir um ardor vindo de dentro, era o fato de aquele protesto de peso contra Yariv e sua traição ter a participação exclusiva de jovens.

Quando divulgara a convocação, não sabia que nível de adesão receberia. O senso comum era de que os jovens de Israel estavam apáticos. Era a geração da internet, mais preocupada com o Google do que com Golã, mais feliz em vagar pela Índia ou caminhar no Nepal do que em desbravar a Judéia ou preparar a terra em Samaria. Seu próprio filho, Uri, que abandonara uma carreira na inteligência do exército para buscar um trabalho idiota no cinema, era prova daquele mal.

No entanto, ali estava uma forte evidência de que tal pessimismo a respeito da juventude do Estado de Israel era equivocado. Bastava observá-los reunidos nas ruas, determinados a salvar sua nação da rendição e conciliação planejadas por seu próprio primeiro-ministro. A parcela de seus contemporâneos que só fazia reclamar dos filhos, dizendo que estes não tinham a iniciativa para lutar como os mais velhos em 1967, devia estar presente. Aquela imagem logo os obrigaria a calar a boca.

Tudo levava a crer que aquela seria uma luta bela e autêntica. Encarando o exército de laranja, separada apenas por um pequeno cordão de policiais e alguns fotógrafos e câmeras de TV, havia outra multidão, quase tão numerosa e barulhenta. Eles não usavam uma cor única, mas seguravam tantos cartazes quanto os oponentes. Guttman reparou num em particular, cuidadosamente posicionado perto das equipes de TV, que dizia simplesmente, em inglês: *Sim à Paz*.

Shimon Guttman estivera na vanguarda da coluna laranja — um dos seis ou sete mais velhos que tinham prestígio para tanto —, mas, quando a confusão começou, fora retirado de lá com os outros. Em parte, a medida visava à segurança do grupo, mas ele suspeitava que também servia para deixar os jovens de ação assumirem o comando. De seu posto privilegiado numa lateral, Guttman podia prever que aquilo em breve se transformaria num confronto medieval, com dois exércitos se digladiando. Só faltavam os cavalos.

Logo um jovem começou a emergir da multidão, como uma divindade saindo da água, erguido por mãos invisíveis até estar de pé sobre os ombros de alguém, para fazer seu discurso. Vendo o garoto gritar no megafone, Guttman percebeu que era um orador inexperiente, que não sabia que, naquelas condições, podia falar em vez de berrar.

Shimon sorria, lembrando-se de si mesmo mais jovem, quando uma constatação agradável lhe veio à mente. O movimento que ajudara a construir, afinal, estava em mãos seguras. Qualquer que fosse a perfídia planejada por Yariv, havia uma nova geração pronta para se erguer e resistir. "Não sou mais necessário aqui, pensou." Discretamente, retirou-se do local, deixando que os jovens seguissem em frente sem ele. A decisão também significava uma hora a mais num dia tomado pelo protesto, um debate televisivo à noite e um encontro estratégico com Shapira e o conselho de colonos entre uma coisa e a outra. Ele viu que horas eram. A opção mais sensata era escapar até um café para fumar e recarregar as baterias. Mas Guttman resolveu se permitir um raro prazer. Iria a um lugar completamente diferente.

Uma visita rápida não o atrasaria muito. Enquanto passava pelo Portão de Jafa, ignorando as crianças que ofereciam refrigerantes em lata e cartões-postais da Cidade Velha e entrando no mercado árabe, ele se deu conta de que aquela era sua maior fraqueza. Outros homens podiam ser distraídos de suas tarefas com vinho ou mulheres, mas Shimon Guttman tinha uma única paixão comparável. Bastava que o cheiro do passado ancestral adentrasse suas narinas para que se esquecesse de todo o resto. Então se tornava um perdigueiro que seguia o rastro até encontrar a presa.

Ele caminhou animadamente pelas vielas com calçamento de pedra do *shouk*, como os israelenses diziam, pronunciando um "sh" suave em vez do "s" dos árabes. Não que os israelenses freqüentassem o lugar. Desde a primeira intifada, no final dos anos 1980, poucos judeus israelenses tinham coragem de botar os pés na Cidade Velha, exceto, naturalmente, pelo bairro judeu e pelo *Kotel*, o Muro das Lamentações. Aquela se tornara uma área proibida depois de uma série de ataques mortais.

Guttman, porém, não tinha medo. Ele acreditava, por princípio, que os judeus deviam ter pleno acesso a toda a cidade, que eles não podiam ser intimidados a permanecer longe de qualquer área. Aquela fora uma das razões de sua saída de Kiryat Arba. Seus companheiros dos movimentos de colonos estavam ocupando os limites de Samaria e alcançando o litoral de Gaza, mas ao mesmo tempo negligenciando o coração da Terra de Israel, o coração do Sião: Jerusalém. A direita israelense se esquecia da cidade eterna, sem perceber que, enquanto esticava o braço para liberar terras em outras regiões, a grande pérola de Jerusalém escapava de seu controle. Se não tomasse cuidado, logo descobriria ter perdido Jerusalém Oriental da mesma forma que os britânicos ganharam um império: num momento de distração.

Assim, Shimon Guttman tomou como tarefa passear pela predominantemente árabe Jerusalém Oriental com a mesma liberdade que teria na predominantemente judaica Jerusalém Ocidental. Era verdade que ele não ia ali com a freqüência que, ideologicamente, deveria. Também era verdade que olhava por sobre o ombro a cada cinco ou seis passos e que seu coração se acelerava no instante em que trocava as ruas limpas e bem iluminadas do bairro judeu pela poeira e o barulho da parte árabe. Apesar disso, ele tentava caminhar o mais tranqüilamente possível diante das limitações, como um homem normal andando em sua cidade natal. Como se fosse o dono do lugar. O que, aliás, ele acreditava ser.

Havia algumas lojas em que costumava parar sempre que ia ao mercado — o qual só então percebeu que não visitara por mais de uma ano. (A campanha contra Yariv concentrara sua atenção, e todo o resto acabara de lado.) Ele entrou na primeira, tomada por prateleiras e mais prateleiras de malas de couro, mochilas e bolsas. Havia também um vaso interessante, porém difícil de datar. Na segunda e na terceira lojas, só ouviu desculpas; os melhores produtos foram vendidos, e eles estavam à espera de reposição. Nem precisavam especificar de onde viriam as novas remessas: o Iraque transformara o comércio por completo. Uma quarta loja tinha algumas moedas que Shimon registrou na memória: diria ao amigo Yehuda, um numismata obcecado, que deixasse de ser covarde e passasse pelo lugar.

Ele já estava indo embora quando viu de relance uma loja que ia esquecendo. Como as demais, não tinha vitrine, apenas uma pilha de mercadorias que começava do lado de fora e acabava na parte interna. Para entrar, era preciso passar pelo estreito pedaço de chão entre as montanhas de produtos. À altura dos olhos e acima havia prataria, na maior parte castiçais, inclusive vários modelos de nove braços, os tradicionais menorás usados pelos judeus no festival de Chanukah. Guttman sempre se impressionava com aquela demonstração extrema de pragmatismo comercial — a disposição dos árabes de vender bugigangas de judeus.

Examinou as prateleiras quase torcendo para que não houvesse nada de interessante, o que lhe permitiria ir embora depressa e cumprir sua programação.

— Olá, professor. Que prazer vê-lo novamente — disse uma voz.

Era o dono da loja, Afif Aweida, saindo de trás de um balcão na outra extremidade, que guardava uma coleção de anéis e pulseiras sobre um mostruário de veludo. Ele estendeu a mão.

— Que memória incrível você tem, Afif. É bom revê-lo.

— A que devo essa honra?

— Só estava passando. Olhando as novidades.

Afif fez um gesto para que Guttman o seguisse por uma pequena escada que dava num escritório nos fundos. Lá, o israelense olhou ao seu redor, notando um computador enorme, uma calculadora antiga com rolo de papel e a poeira que cobria as prateleiras. Os tempos vinham sendo difíceis para Aweida, assim como para todos os outros naquela área. Os moradores de Jerusalém Oriental, a exemplo dos palestinos de modo geral, eram vítimas do que Shimon gostava de ver como um caso infeliz de descuido divino que os levara a viver numa terra prometida aos judeus.

O vendedor percebeu que Shimon olhava o relógio.

— Não pode esperar um pouco, para que meu filho nos traga um chá? Está atrasado?

— Sinto muito, Afif. Dia corrido.

— Bem, então vamos ver. — Ele estava de pé, examinando seu estoque. — Nada de muito emocionante. Mas tenho isso aqui.

Afif pegou uma caixa de papelão com uma dezena de fragmentos de mosaico dentro. Rapidamente, Shimon os arrumou, como se fosse um quebra-cabeça de criança, chegando à forma de um pássaro.

— Bonito. Mas não é bem minha especialidade — comentou.

— Na verdade, há uma coisa em que talvez você possa *me* ajudar. Chegou um carregamento esta semana. Fui avisado de que há mais de onde veio isso, mas, por enquanto, é tudo que tenho.

O vendedor se agachou, apoiando o braço numa poltrona de couro bastante castigada que já estava perdendo o estofamento, para pegar uma bandeja do chão. Sobre ela, dispostas em quatro fileiras de cinco, estavam as vinte tábuas de argila que Henry Blyth-Pullen lhe entregara poucos dias antes. Apesar das palavras desanimadas de Aweida, não se tratava de objetos desinteressantes — só manusear relíquias ancestrais como aquelas já deixava Shimon Guttman agitado. Porém, também não eram peças exatamente empolgantes. Guttman viu as horas: 13h45. Ele tinha de resolver o assunto e se dirigir a Psagot para um encontro às 15 horas.

— Muito bem — disse a Aweida. — As condições de sempre, certo?

— Claro. Você traduz todas as peças e pode ficar com uma.

— Fechado.

Aweida botou um bloco de anotações no colo e esperou em sua pose costumeira de secretária transcrevendo as palavras do chefe. Guttman tirou a primeira tábua da bandeja, sentindo o peso nas mãos. Não era muito maior que uma antiga fita cassete. Ele a aproximou dos olhos levantando os óculos para enxergar o texto com mais nitidez.

Guttman observou atentamente os símbolos cuneiformes, que, mesmo numa situação banal como aquela, o deixavam impressionado. A mera idéia de um registro escrito que remetia a mais de cinco mil anos antes era, para ele, algo tocante. Imaginar os sumérios anotando seus pensamentos, experiências e até lembretes triviais, trinta séculos antes de Cristo, e saber que tudo aquilo podia ser lido ali, em tábuas de argila nada grandiosas ou imponentes, era uma emoção. Ele se viu como um daqueles radiotelescópios gigantes, enfileirados no deserto do Novo México, com suas antenas abertas prontas para receber um sinal emitido por uma estrela remota milênios atrás. Alguém escrevera aquelas palavras havia milhares de anos e lá estava ele, lendo-as naquele exato momento, como se o passado ancestral e o presente imediato estivessem um diante do outro, numa conversa.

Quando aprendera a interpretar os símbolos que davam nome à escrita cuneiforme — o termo quer dizer, literalmente, "em forma de cunha" — Guttman sentira toda a carga emocional do ato. Para um olho destreinado, eram apenas rabiscos que lembravam pinos de golfe, alguns verticais, em dois ou três, alguns de lado, também em dois ou três, dispostos em diversos padrões, preenchendo seqüências de linhas. No entanto, depois que o professor Mankowitz lhe mostrara como as enigmáticas marcas podiam ser decifradas em frases como "Em minha primeira campanha, eu..." ou "Gilgamesh abriu a boca e disse...", sentia-se encantado.

Ele começou a ditar:

— Três carneiros, três carneiros gordos, um bode... — disse, depois de uma primeira olhada.

Guttman não conseguia ler e entender aquilo como se estivesse em inglês, mas seguramente traduzia tão bem quanto se estivesse, por exemplo, em alemão. Tinha consciência de que possuía uma habilidade rara, e aquilo o deixava ainda mais satisfeito. Em Israel, não havia ninguém que pudesse se equiparar a ele, à exceção de Ahmed Nour (não que Ahmed admitisse viver em Israel). Com a morte de Mankowitz, restara Guttman. Quem mais? Um sujeito em Nova York; Freundel, do Museu Britânico, em Londres; e um punhado de outros. As publicações especializadas costumavam dizer que só havia uma centena de pessoas no mundo, num dado momento, capazes de decifrar a escrita cuneiforme. Mas Guttman suspeitava que a estimativa era exagerada.

Ele pegou mais uma tábua. Sem demora, apenas com base na disposição das inscrições, deduziu do que se tratava.

— Acho que é uma espécie de inventário de uma casa, Afif. — A tábua seguinte mostrava uma mesma linha repetida dez vezes. — Exercícios de um estudante — disse ao palestino, que sorriu e anotou a informação.

Guttman continuou naquele ritmo, ajeitando as tábuas traduzidas sobre a mesa de Aweida, até que só faltavam seis na bandeja. Ele pegou outra e leu as primeiras palavras em voz baixa, como se fossem o início de uma piada.

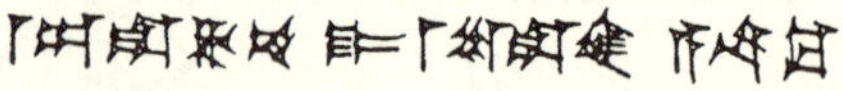

— *Ab-ra-ha-am mar te-ra-ah a-na-ku...*

Baixando a tábua, deu um sorriso para Aweida, como se entendesse a brincadeira. Em seguida, aproximou a tábua dos olhos novamente. As palavras não desapareceram. Tampouco Guttman as interpretara errado. A escrita cuneiforme, do período Babilônico Antigo, continuava dizendo *Abraham mar Terach anaku*. Eu, Abraão, filho de Tera.

Guttman sentiu o sangue se esvaindo de seu rosto. Uma espécie de pânico intenso percorreu seu corpo, começando pela cabeça e se alastrando pelo peito, até o estômago. Seus olhos se apressaram, antes que as letras ficassem embaçadas e indistintas.

Eu, Abraão, filho de Tera, diante dos juízes, atestei o seguinte: A terra a que levei meu filho para fazer um sacrifício a Ele, o nome onipotente, o monte Moriá, essa terra tornou-se causa de discórdia entre meus dois filhos; que fique registrado que seus nomes são Isaac e Ismael. Por isso, declarei diante dos juízes que esse monte deve ser partilhado em herança da seguinte maneira...

Que reflexo detivera Guttman naquele momento, impedindo-o de dizer em voz alta o que acabara de ler? Ele se perguntaria aquilo muitas vezes nos dias seguintes. Fora a astúcia inata que o fizera perceber que, se falasse, quase certamente perderia o grande prêmio? Fora nada mais do que a esperteza do *shouk*, o hábito de um negociante experiente ciente de que demonstrar entusiasmo por um produto faria com que seu preço dobrasse imediatamente, colocando-o potencialmente fora de alcance?

Fora uma avaliação política, um entendimento num breve segundo de que o que tinha nas mãos era um objeto capaz de mudar a história da humanidade de maneira tão dramática quanto se estivesse segurando o acionador de uma bomba nuclear? Ou haveria uma explicação mais simples, menos nobre que as outras: teria Guttman calado a boca porque todos os instintos em seu corpo faziam-no hesitar antes de dividir um segredo com um árabe?

— Muito bem — disse, finalmente, tentando esconder o nervosismo em sua voz por meio da economia de palavras. — Qual é a próxima?

— Mas, professor, ainda não me contou o que diz essa aí.

— Ah, não contei? Desculpe-me, estava distraído. Temo que seja outro inventário doméstico. De uma mulher.

Ele passou à tábua seguinte, um registro dos animais de uma fazenda em Tikrit. De alguma forma, conseguiu seguir em frente, embora a sensação fosse de estar embaixo d'água. Sabia que o momento mais difícil ainda viria.

Guttman não era um jogador de pôquer. Não tinha idéia se poderia esconder suas emoções. Supôs que não. Passara a vida inteira falando do fundo do coração, demonstrando deliberadamente toda a convicção que era capaz de reunir. Não era um político, experiente na arte da dissimulação, mas um ativista, cuja principal arma tinha de ser a sinceridade. E aquele homem, Aweida, era um vendedor de mercado: conhecia cada truque, sabia interpretar os clientes num instante, elevando o preço para os que fingiam indiferença e baixando-o para os que realmente não estavam interessados. Ele rapidamente perceberia a verdade debaixo da expressão do israelense.

Foi quando Guttman teve uma idéia.

— Então, as condições de sempre, certo? — perguntou, com a garganta seca. — Posso escolher uma?

— Como combinamos — respondeu Aweida.

— Muito bem. Vou querer aquela ali — disse, apontando para a nona tábua que examinara.

— A carta da mãe ao filho?

— Isso.

— Ah, professor, sabe que essa é a única que tem algum interesse especial. Todo o resto é tão, como posso dizer, trivial.

— É por isso mesmo que quero aquela. Vamos lá, seus compradores não vão se importar muito.

— Geralmente, isso é verdade. Mas tenho um colecionador que vem de Nova York nos próximos dias. Um jovem que estará acompanhado de um especialista em arte. Obviamente, tem condições de gastar muito dinheiro. Essa história de mãe e filho pode lhe interessar.

— Então diga a ele que essa é a história daquela ali — sugeriu Guttman, indicando a tábua com as inscrições da punição ao estudante.

— Professor, esses compradores submetem as peças ao exame de especialistas independentes. Não posso mentir. Destruiria minha reputação.

— Entendo, Afif. Mas sou um pesquisador. É essa que me interessa pelo aspecto histórico. O resto é muito ordinário.

O suor escorria pelo lábio superior de Guttman. Não sabia por quanto tempo conseguiria manter aquela farsa.

— Por favor, professor. Prefiro não implorar. Mas sabe o que estes últimos anos têm nos causado. Estamos ganhando uma fração do que ganhávamos antes. Este mês, tive de passar pela vergonha de aceitar dinheiro de um primo em Beirute. Com essa venda...

— Tudo bem, Afif. Eu entendo. Não quero prejudicá-lo. Tudo bem. — Ele pegou a tábua que dizia "Eu, Abraão, filho de Tera". — Vou levar essa daqui.

— O inventário?

— Sim. Por que não? Não é tão desinteressante assim.

Enquanto se levantava, Guttman guardou a tábua no bolso do paletó com o máximo possível de naturalidade. Somente quando já apertara a mão de Afif, percebeu que sua mão estava encharcada de suor.

— Está tudo bem, professor? Quer um copo d'água?

Guttman insistiu que estava bem e que só precisava partir para seu compromisso seguinte. Ele se despediu e saiu apressadamente. Ao percorrer os degraus do mercado, retornando ao Portão de Jafa, mantinha a mão dentro do bolso, segurando a tábua com firmeza. Finalmente, depois de sair do *shouk* e ultrapassar os muros da Cidade Velha, parou para respirar, ofegante como um corredor que acabara de completar a prova mais importante de sua vida. A sensação era de que poderia desmaiar a qualquer momento.

Mesmo naquela situação, sua mão permanecia em volta do pedaço de argila que fazia sua cabeça girar e seu coração bater mais rápido, primeiro com animação, depois com medo e, finalmente, com espanto. Foi então que Shimon Guttman se deu conta de que tinha nas mãos a maior descoberta arqueológica de todos os tempos. Em seu poder, encontrava-se o último testamento do grande patriarca, o homem venerado como o pai das três grandes fés: Judaísmo, Cristianismo e Islamismo. Em suas mãos, estava o testamento de Abraão.

CAPÍTULO VINTE E OITO

JERUSALÉM, QUINTA-FEIRA, 0h46

A primeira parada fora na delegacia central de Tel Aviv, para deixar um abalado Eyal Kishon, que tinha de informar o desaparecimento de seu pai à polícia. Ele estava convencido de que a maldição que levara Shimon e Rachel Guttman à morte acabara passando, como uma doença contagiosa, à sua família.

Vencida essa etapa, Uri, mesmo ao volante, não tirava o celular do ouvido, consultando a lista telefônica para conseguir informações sobre Afif Aweida. A operadora respondeu que havia pelo menos vinte pessoas com aquele nome, embora o número caísse para nove, se fosse considerada apenas a região de Jerusalém. Uri teve de usar todo seu charme para convencê-la a ler os dados completos: um dentista, um advogado, seis endereços residenciais e um Afif Aweida listado como vendedor de antiguidades na rua Suq el-Bazaar, na Cidade Velha. Uri sorriu e se virou para Maggie.

— O *shouk* é o nosso cara.

— Como pode ter tanta certeza?

— Meu pai já tinha um dentista e um advogado. E não tinha muitos amigos árabes. Antiguidades eram um dos únicos assuntos que o levariam a se relacionar com um árabe.

A caminho de Jerusalém, bem depois da meia-noite, Uri pensava se não devia se dirigir ao mercado naquele exato momento, para encontrar o tal Aweida o quanto antes. No fim, admitiu que não fazia sentido, que todas as lojas estariam fechadas. A não ser que descobrissem o endereço da casa dele, e não só da loja, seria impossível encontrá-lo.

Ele parou entre os táxis diante do hotel Citadel, puxando o freio de mão de modo exagerado, para indicar que acabara a viagem.

— Muito bem, Srta. Costello. Este é o ponto final. Todos os passageiros devem desembarcar.

Maggie agradeceu e destravou a porta. Antes de sair, porém, virou-se e disse apenas duas palavras:

— Um drinque?

Estava claro que Uri não tinha o costume de beber. Ele tratava seu uísque com água como se fosse um líquido precioso que devia ser observado em vez de consumido. O estilo de Maggie — virar o copo e pedir outra dose — parecia incrivelmente grosseiro em comparação.

— Então, me conte essa história de fazer filmes — disse ela, tirando os sapatos por baixo da mesa que ocupavam, no canto, e aproveitando a sensação de alívio nos pés e no resto do corpo.

— O que quer saber?

— Como você pode ser bom nisso?

Ele sorriu, percebendo que se tornara alvo da mesma pergunta que fizera a Maggie.

— Você nem sabe se sou bom nisso — observou.

— Ah, acho que posso deduzir. Você se comporta como um homem bem-sucedido.

— É muito gentil de sua parte. Viu *A verdade sobre os meninos*?

— Um filme que acompanhava quatro adolescentes? Vi ano passado. É brilhante.

— Obrigado.

— É seu?

— Sim, é meu.

— Meu Deus. Eu não acreditava nas coisas que aqueles garotos diziam na frente da câmera. Achei que houvesse câmeras escondidas ou algo assim. Eles pareciam tão sinceros. Como conseguiu que dissessem aquilo?

— Nada de câmera escondida. Mas tenho, sim, um segredo, que você não pode contar a ninguém. Envolve interesses comerciais.

— Sou boa em guardar segredos.

— A única coisa que você precisa fazer, a verdadeira chave de tudo... Você precisa... Não, não posso dizer. — Ele fez uma careta, fingindo estar desconfiado. — Como vou saber se posso confiar em você?

— Você já sabe que pode confiar em mim.

— O segredo é saber ouvir. Você precisa saber ouvir.

— E onde aprendeu a fazer isso?

— Com meu pai.

— Sério? Não consigo vê-lo como alguém que gosta de ouvir.

— E ele nunca gostou. Era do tipo falante. O que significa que nós tínhamos de ouvir. Ficamos muito bons nisso.

Uri sorriu e deu outro gole na bebida. Maggie gostava do reflexo em volta de sua boca e de seus olhos. Ele tinha um rosto que causava uma sensação agradável em quem via.

— Mudando de assunto, você só respondeu a metade da minha pergunta — lembrou Uri. — Entendi como se tornou mediadora, mas ainda não sei realmente por quê.

— Não foi bem isso que você perguntou.

— Tudo bem. Eu queria saber como e por quê. Então me conte por quê.

Maggie ficou olhando para aquele homem recostado na cadeira, relaxando pela primeira vez desde que se conheceram. Ela sabia que era um momento de descanso para ele, uma pausa no período de luto, uma chance de sentir alguma leveza depois de todo o peso que carregara nos últimos quatro dias. Sabia que era um estado passageiro, que não tinha como perdurar. No entanto, Maggie não podia evitar: estava gostando daquele momento com ele. Ela não se livraria da pergunta com uma piada ou uma mudança de assunto, como aprendera a fazer com os inúmeros homens que a abordaram tarde da noite em bares de capitais estrangeiras. Seria sincera.

— O porquê soa tão sentimental que ninguém fala disso.

— Eu gosto de coisas sentimentais.

Maggie olhou para ele de modo severo, como se estivesse lhe entregando um objeto frágil e pedindo cuidado.

— A primeira vez que estive no exterior foi como voluntária no Sudão. Nesse período, havia uma guerra civil em pleno andamento. Um dia, estávamos voltando de carro e vimos uma aldeia totalmente destruída. Havia corpos à beira da estrada, membros espalhados, tudo que se possa imaginar. Mas a pior parte eram as crianças, que, embora estivessem vivas, caminhavam sem rumo, cambaleantes. Como zumbis. Elas tinham visto as coisas mais terríveis, seus pais assassinados, suas mães estupradas. E estavam atordoadas. Depois daquilo, decidi que se conseguisse fazer alguma coisa, qualquer coisa, para garantir que uma guerra não durasse sequer mais um dia, valeria a pena. — Uri não dizia nada, apenas mantinha os olhos fixos nos dela. — E foi por isso que não suportei ficar longe por tanto tempo. — Ele franziu a testa. — Eu não contei, não é? Este é meu primeiro trabalho em mais de um ano. Fui trazida de volta da aposentadoria — explicou Maggie, esvaziando o copo. — Aposentadoria forçada.

— Como isso aconteceu?

— Eu estava na África de novo. Fazendo mediação no Congo: a guerra sobre a qual ninguém falava. Ninguém dava a mínima, embora milhões de pessoas tenham morrido lá. Enfim, depois de um ano e meio, finalmente conseguimos convencer todas as partes a celebrar um acordo. Estávamos a dias da assinatura de um compromisso. Talvez semanas, mas, de qualquer maneira, muito perto. E eu cometi... — Ela ergueu os olhos para ver se ele ainda estava acompanhando. Sua atenção era absoluta. — Cometi um erro. Um erro terrível. — A voz de Maggie começou a falhar. — E por causa desse erro, por *minha* causa, as negociações foram abandonadas. O acordo não existia mais. Tive de deixar o Congo alguns dias depois e, ao pegar a estrada principal até o aeroporto, vi as crianças novamente. Aqueles rostos, aqueles meninos, adolescentes, garotas, a mesma expressão confusa em seus olhos. E me dei conta de que continuavam naquela situação porque eu tinha ferrado tudo. — Uma lágrima escorreu por sua face. — E aqueles rostos vão me assombrar pelo resto da vida, não importa o que eu faça.

Apenas quando ela terminou a história, Uri pôs o copo na mesa e se curvou para a frente, tocando na mão de Maggie. Ele a segurou com firmeza. Em seguida, levantou-se e puxou Maggie para perto, para que ela repousasse a cabeça em seu ombro. Sem dizer nada, acariciou seu cabelo, repetidas vezes, o que só fez as lágrimas correrem mais rapidamente.

Eles subiram para o quarto de Maggie calados. Depois de fecharem a porta, permaneceram um tempo parados e, sem nenhum ato voluntário de que pudessem se lembrar, seus lábios se encostaram. Beijaram-se lenta e timidamente, com suas línguas se tocando da forma mais delicada possível.

As mãos de Maggie se mexeram primeiro, tocando o peito dele, sentindo a rigidez dos músculos. Ele avançou gentilmente, roçando seus seios de leve, um contato que a fez se arrepiar de prazer.

Quando a mão esquerda de Uri alcançou a área entre a saia e a camisa de Maggie, e seus dedos começaram a tocar sua pele, ela se afastou.

— O que houve? O que aconteceu? — perguntou Uri.

Maggie recuou aos tropeções, até cair sentada na cama. Ela se esticou para alcançar o interruptor e ofuscou a ambos, quebrando o clima.

— Me desculpe, me desculpe — disse ela, balançando a cabeça e evitando o olhar de Uri. — Não posso fazer isso.

— Por causa do homem que deixou em casa.

Devia ser por causa de Edward, constatou com culpa e surpresa, mas não era.

— Não. Não é por isso — disse ela. Uri virou o rosto. Sua expressão mudou, como se estivesse se protegendo de alguma coisa. — Uri, por favor, eu quero lhe contar. — Ele se permitiu olhá-la nos olhos e depois se acomodou na cadeira junto à mesa. Maggie continuou: — Sabe, não contei toda a história do meu erro. Na África. Não foi um... — Ela teve dificuldade para encontrar a palavra certa. — Não foi um... erro profissional. Eu não acabei com as negociações. — Ela deu um sorriso sem graça, percebendo a armadilha lingüística em que se metera. — Acabei foi com um dos negociadores. Foi esse meu erro. O líder de um dos grupos rebeldes. — Maggie olhou para Uri, esperando encontrar um olhar de reprovação em seu rosto. Mas ele apenas ouvia. — É claro que todos ficaram sabendo. E, quando souberam, disseram que eu não tinha mais como ser imparcial. E que, por conseqüência, os Estados Unidos não eram mais imparciais. As negociações foram suspensas.

Uri respirou fundo.

— E foi por isso que eles a puseram num exílio, longe de seu trabalho. Para puni-la — concluiu ele.

— Não, na verdade, não. Fui eu que escolhi isso. Autopunição. — Ela tentou dar um sorriso desanimado, mas mal pôde ver a reação de Uri. Seus olhos estavam embaçados pelas lágrimas. Era um alívio poder contar a ele. — Sabe, as pessoas sempre me dizem para seguir em frente. Edward não parava de dizer isso. Siga em frente. Mas não posso. Você entende, Uri? Não posso seguir em frente. Não até fazer as coisas direito. E não vou conseguir isso se cometer o mesmo erro.

— Mas, Maggie — disse Uri, sorrindo —, sou só um cara que você conheceu. Não tenho envolvimento com as negociações de paz.

— Não, mas você é um israelense. E você sabe a loucura que é este lugar. Isso contaria como tomar partido.

— Está supondo que as pessoas descobririam.

— Ah, elas descobririam, sim.

Maggie tentava não encarar Uri por muito tempo; a todo momento, olhava para o chão. Temia que, se o enxergasse do modo como o enxergara um pouco antes, sua determinação cairia por terra.

Ela se levantou da cama e abriu a porta do quarto, o bastante para que os dois pudessem ver o corredor. Uri se levantou. Com os olhos ainda úmidos, Maggie disse baixinho:

— Sinto muito, Uri. Sinto muito mesmo.

CAPÍTULO VINTE E NOVE

JERUSALÉM, QUINTA-FEIRA, 7h15

Maggie levantou-se de um salto, sentindo o coração bater acelerado. Confusa, precisou de alguns segundos para olhar ao redor e perceber onde estava. A culpa era do telefone, que a arrancara de um sono profundo — ainda que ela mesma tivesse solicitado o serviço despertador do hotel para aquele horário. Qualquer barulho repentino, fosse de um relógio ou de um telefone, causava susto.

— Siiim?

— Maggie? Aqui é o subsecretário.

"Meu Deus." Maggie afastou o telefone da boca e limpou a garganta.

— Sim, pois não.

— Preciso vê-la em 15 minutos. Encontre-me no saguão.

No café-da-manhã, Robert Sanchez explicou a gravidade da situação. Ambos os lados pareciam tentar conter a violência, mas houvera confrontos armados em Jenin e Qalqilya, e Israel reocupara áreas inteiras da Faixa de Gaza. Enquanto isso, os palestinos protestavam contra a morte de uma dezena de crianças nos dois últimos dias de combate.

Por outro lado, havia relatos de que um microônibus cheio de estudantes israelenses fora detonado de manhã por um homem-bomba, nas imediações de Netanya.

A região inteira parecia estar se preparando para uma guerra. Não só o Hezbollah lançava foguetes do Líbano em direção a cidades e aldeias no norte de Israel, como a Síria começava a mobilizar tropas em torno das Colinas de Golã. O Egito e a Jordânia retiraram seus embaixadores de Tel Aviv. Sanchez tinha em mãos um maço de reproduções de matérias da imprensa americana. Tanto o *New York Times* quanto o *Washington Post* faziam comparações a 1967 e 1973, guerras que tragaram todo o Oriente Médio.

— E desta vez será pior — disse Sanchez. — Agora metade desses países tem armas nucleares. Eles vão acabar destruindo o mundo inteiro.

O prognóstico não podia ser mais sombrio. Mesmo assim, Maggie achava reconfortante estar reunida novamente com Robert Sanchez. Ele era uma das poucas pessoas no Departamento de Estado que ela conhecia e a única figura familiar no grupo americano enviado a Jerusalém. Sua nomeação como segundo homem surpreendera Washington, por se tratar de um remanescente do governo anterior. O consenso na imprensa era de que seu papel consistia em estar sempre ao lado do novo secretário de Estado, num claro voto de desconfiança do presidente em sua própria escolha para o cargo principal. No entanto, Maggie não poderia se mostrar mais alheia àquilo tudo. Ela já trabalhara com Sanchez duas vezes. Aprendera a respeitá-lo e, num caso atípico no ramo, a confiar nele. Sanchez liderara o grupo secundário enviado pelos Estados Unidos aos Bálcãs do qual Maggie fizera parte como novata. Assim, ela testemunhara seu método paciente e ponderado de trabalho. Nada de exibicionismo e vazamentos para a imprensa; apenas uma preparação obstinada. Ele ocupara naturalmente o papel de mentor, naquele momento e mais tarde, quando os dois se encontraram novamente durante as negociações entre norte e sul no Sudão.

Sanchez era uma figura duplamente incomum no panorama diplomático de Washington. Para começar, era um diplomata de verdade, não um grande financiador de campanha do partido no poder recompensado com uma embaixada disputada. Como funcionário de carreira, em vez de indicado político, fora o mais longe possível. Nunca seria secretário de Estado. Que tivesse se tornado subsecretário já era um acontecimento raro.

Mais importante ainda, ao menos para Maggie, era o fato de Sanchez ser um dos poucos hispano-americanos no alto escalão do governo dos Estados Unidos. Os dois formavam uma dupla improvável: o sujeito grandalhão do Novo México e a garota esbelta de Dublin. Porém, entre os homens brancos conservadores do Departamento de Estado, ambos eram intrusos. Aquele era um ponto em comum.

— Temos sorte de não estarmos em Camp David — comentou Sanchez. — Se estivéssemos, as partes já teriam voltado para casa. No momento, a Casa de Governo está praticamente vazia.

Maggie se esforçava para acordar, engolindo o café.

— Deixe-me adivinhar: as duas partes convocaram seus negociadores para "consultas"?

— Precisamente.

— E tudo começou com as mortes?

— Sim. Primeiro Guttman, depois Nour. Isso sem falar no ataque de Jenin ao kibutz, na noite passada...

— Como assim, ataque de Jenin?

— Isso que você ouviu. Parece que foi obra de uma célula palestina de Jenin. Eles cruzaram a fronteira e conseguiram chegar a Bet Alfa.

— Os israelenses têm certeza disso?

— Sim, os terroristas picharam slogans numa parede. *Não haverá tranqüilidade para Bet Alfa até que haja tranqüilidade para Jenin.*

— E os israelenses alegam que isso é razão suficiente para suspender as negociações?

— Bem, eles ainda não chegaram a esse ponto.

— Apenas "consultas".

— Exato. Mas o que os deixou assustados é que eles acreditavam ter acabado com os ataques de Jenin. Desde a construção do muro...

— Acho que você quis dizer "barreira de segurança", Robert — corrigiu Maggie, sorrindo.

— Não importa o nome. A questão é que isso vem evitando os ataques oriundos da Cisjordânia. A direita está massacrando Yariv, acusando-o de estar tão ocupado fazendo as vontades dos palestinos que acabou deixando o país exposto, de forma que agora ele tem de negociar sob fogo inimigo.

— E Yariv sabe como eles conseguiram atravessar?

— Esse é o problema, Maggie. Nossa própria inteligência ficou surpresa. Os israelenses afirmam ter verificado toda a extensão do muro, digo, barreira, sem encontrar qualquer passagem.

— Então qual pode ser a explicação?

Sanchez baixou o tom de voz ao responder:

— Os israelenses temem que isso represente um tipo de escalada. Que talvez os palestinos estejam elevando o grau de sofisticação. Como um aviso.

— E os israelenses reagiram?

— Só uma declaração. A não ser que você leve em conta a morte da noite passada.

— Que morte?

— Não recebeu o relatório da CIA?

"Com certeza, foi enviado às 6h da manhã", pensou Maggie. Enquanto o resto do grupo em Jerusalém estava acordado, de banho tomado e informado dos últimos acontecimentos, ela dormia depois de uma noite amena no bar com...

— Houve um ataque em Jerusalém Oriental ontem à noite. No mercado de rua. A um comerciante.

Maggie empalideceu.

— Um comerciante? Que tipo de comerciante?

— Não sei. Escute, Maggie. Sei que você vem tentando conversar com os colonos, com Al-Shafi, para entender o que está acontecendo. Mas precisamos ir além. Parece que as pessoas más de ambos os lados estão tentando tirar as coisas do rumo. Espere. Shhh...

Maggie virou-se para ver o que fizera Sanchez se calar. Bruce Miller estava passando pelo bufê, indo em direção à mesa deles. "Droga." Ela queria acabar de ouvir o que Sanchez sabia. Agora ele teria de se comportar na frente do homem do presidente. O subsecretário de Estado ergueu-se um pouco, cumprimentando Miller, como se quisesse exprimir fisicamente suas posições precisas na hierarquia de Washington.

— Oi, Bruce. Eu estava inteirando Maggie Costello das novidades.

Com a deixa, Maggie estendeu a mão. Miller a segurou, por alguns segundos a mais que o necessário, e depois inclinou levemente a cabeça, um gesto do típico cavalheiro do sul.

— É um imenso prazer. — Maggie não pôde deixar de notar que aquela verdadeira performance de Miller lhe permitira dar uma geral nela, examinando seu corpo dos pés à cabeça. — Pois bem — disse ele, enfim, aparentemente satisfeito com o resultado da inspeção. — O que temos até o momento?

Maggie começou a lhe contar que acreditava na existência de uma ligação entre os assassinatos de Guttman e Nour e que estava usando os relacionamentos que construíra em ambos os lados para tentar descobrir a natureza dessa ligação. (Ela percebeu uma breve reação no rosto de Miller à menção da palavra "relacionamentos".) Como não queria falar sobre o anagrama de Nour, Maggie disse apenas que tinha certeza de que, qualquer que fosse, a ligação explicaria a presente ameaça ao processo de paz.

— Que tipo de ligação é essa, Srta. Costello?

— Arqueologia.

— Perdão?

— Guttman e Nour eram arqueólogos. Acredito que tenham até trabalhado juntos. Guttman vira alguma coisa e contara à esposa que aquilo mudaria tudo. Dois dias depois, estava morto. E ela também.

— A polícia informou que foi suicídio. Ela não suportou a dor.

— Sei que essa é a versão da polícia, Sr. Miller. Mas o filho dela está convencido de que não foi assim. E acredito nele.

— Está trabalhando bem próxima a ele, Srta. Costello?

Maggie sentiu um calor no pescoço. "Foi isso que aconteceu da última vez", pensou, se repreendendo. Ela, que conseguia esconder tudo durante negociações, mantendo segredos de ambos os lados sem revelar uma pista sequer, sempre perdia a calma quando o assunto em questão não era a desmilitarização de uma zona neutra ou o acesso a portos, mas *ela mesma*. Nesse caso, perdia a calma e entregava tudo. Já fizera aquilo antes. O preço fora tão alto que seria de se supor que aprendera a se controlar. Mas não. Ali estava ela tentando não ficar vermelha.

— Uri Guttman tem se mostrado um recurso valioso.

— Disse arqueologia? — perguntou Bruce Miller, enquanto prendia o guardanapo no colarinho da camisa. — Isso significa que a noite de ontem foi uma coincidência ou o quê?

— A noite passada?

— O ataque a Bet Alfa.

— Está falando do kibutz?

— Sim, do kibutz. Que também vem a ser um dos grandes tesouros arqueológicos de Israel. Dê uma olhada. — Ele lhe entregou um exemplar em inglês do *Haaretz*. — Página três.

Ao virar a primeira página, ela se deparou com uma foto em destaque de um prédio em chamas, tingindo o céu noturno de tons de laranja. A legenda identificava o lugar como o centro de visitantes do Museu Bet Alfa, "aparentemente alvo de um ataque palestino na noite passada".

Havia uma foto menor mostrando um mosaico impressionante, dividido em três painéis, com a parte central dedicada ao que parecia ser uma roda. A legenda explicava que aquele era o piso de mosaico de uma das sinagogas mais antigas de Israel, com origem estimada no período Bizantino, nos séculos V ou VI. "Mantido intacto por 1.500 anos; sua sobrevivência agora preocupa os especialistas."

Enquanto Maggie lia a matéria, Miller virou-se para Sanchez, com o intuito de discutir os passos seguintes. Eles concordaram que, com o diálogo entre as partes interrompido, não havia sentido numa ida do secretário de Estado à região. Era mais sensato esperar a fase final...

— É muita coincidência — disse Maggie, consciente de que estava interrompendo dois superiores.

— Bet Alfa?

— Sim. Até agora, todas as vítimas, de ambos os lados, desde o início dos problemas, têm alguma ligação com isso — observou, apontando para a fotografia do jornal. — Com arqueologia, com ruínas. Com o passado.

Miller olhou para Maggie, com um sorriso nos lábios, como se estivesse se divertindo de alguma maneira.

— Acha que temos um problema de fantasmas? Espíritos ancestrais que vieram assombrar o presente? — perguntou ele, fazendo um gesto fantasmagórico com as mãos.

Maggie ignorou a demonstração de deboche.

— Ainda não sei do que se trata, mas aposto que explica por que a negociação está indo por água abaixo.

— Encare a realidade, Srta. Costello. Tudo neste maldito país... — Ele se apercebeu do que dissera e passou a falar mais baixo. — Tudo neste lugar está ligado a isso — afirmou, pegando o jornal e esfregando o dedo na página que mostrava o mosaico de Bet Alfa. — Tudo tem a ver com rochas, pedras e templos. Essa é a maldita questão. Mas não explica nada. Temos um sério problema *político* aqui, que exigirá sérias ações políticas. E preciso que comece a agir de acordo com sua reputação, que comece a resolver os problemas agora. Fui claro, Srta. Costello?

Maggie pensava em insistir que não estava perdendo tempo, que a ligação era real, quando a conversa foi interrompida por um zumbido na mesa. Era o BlackBerry de Miller, vibrando para anunciar a chegada de uma mensagem.

— A polícia israelense acabou de confirmar o nome do homem morto no mercado, ontem à noite — disse ele.

— Aposto que era um vendedor de antiguidades, não era, Sr. Miller? Antiguidades. Relíquias arqueológicas. Estou certa, Sr. Miller? — perguntou Maggie.

Ele voltou os olhos para o aparelho, usando o dedo para ler o resto da mensagem.

— Na verdade, está errada, Srta. Costello. O homem morto era, ao que tudo indica, um vendedor de frutas e verduras. Nada de antigo nisso. Um quitandeiro. Seu nome era Afif Aweida.

CAPÍTULO TRINTA

JERUSALÉM, QUINTA-FEIRA ANTERIOR

A mão de Shimon Guttman tremia ao enfiar a chave na fechadura. A viagem de volta fora confusa, com sua mente vagando entre a agitação e o medo. Durante todos aqueles anos em Jerusalém, ele nunca temera ser assaltado, mas naquele dia olhava para trás sem parar, vendo com suspeição qualquer pessoa que chegasse perto. Imaginou a cena trágica: um idiota se aproximando dele na rua e exigindo que esvaziasse os bolsos. Não podia permitir que acontecesse. Não naquele dia. Não com o que tinha em seu poder.

— Cheguei — gritou ao entrar em casa, torcendo para que não houvesse resposta, que estivesse sozinho.

— Shimon? É você? — perguntou sua esposa.

— Sim. Não vou demorar. Estarei no escritório.

— Você já comeu?

Shimon ignorou a pergunta e foi direto à sua mesa, fechando a porta. Com o braço, afastou uma pilha de coisas — filmadora, gravador digital e montes de papel — para ter espaço à disposição. Devagar, tirou do bolso a tábua de argila entregue por Afif Aweida uma hora antes. Na metade do caminho de volta, ele a envolvera com um lenço, para protegê-la do suor de suas mãos.

Ao abrir o embrulho e ler novamente as primeiras palavras, sentiu seu corpo se agitar de expectativa. No mercado, só pudera traduzir as primeiras palavras; o resto parecera obscuro, fora de seu alcance. Para decifrar o texto completo, precisaria estudá-lo com dedicação, usando seus livros de referência mais raros. Trabalharia naquilo a noite toda.

A simples cogitação já o deixava nervoso. Não se sentia daquele jeito desde... desde quando? Desde seu trabalho no sítio arqueológico de Bet Alfa, na descoberta das casas vizinhas à sinagoga que provaram a existência de uma aldeia judaica inteira do período Bizantino? Desde seu trabalho, como aluno de Yigal Yadin, em Massada? Não. A alegria que sentia alcançava um nível totalmente diferente. A comparação mais próxima, tinha de admitir com certa vergonha, era com o momento em que perdera a virgindade, um adolescente tímido de 16 anos, ao lado de Orna, a bela jovem de 19 anos do kibutz. O êxtase que lhe tomava o corpo era explosivo, exatamente como aquele.

Eu, Abraão, filho de Tera...

Ele estava louco para descobrir o que dizia, mas sentia um peso enorme no estômago. E se estivesse errado? E se fosse um caso extraordinário de identidades trocadas?

Shimon tentou se acalmar. Levantou-se da cadeira, sacudiu a cabeça, como um cachorro se secando, e voltou a se sentar. A primeira tarefa era confirmar que aquelas palavras eram realmente de Abraão; o significado ficaria para depois. Ele respirou fundo e começou de novo.

O texto estava numa língua babilônica antiga. Fazia sentido: provavelmente era o dialeto falado 18 séculos antes de Cristo, época em que se acreditava que Abraão teria vivido. Ele voltou a examinar o texto. O autor informava o nome do pai como Tera e identificava os filhos como Isaac e Ismael.

Era aceitável que houvesse outros Abraãos filhos de outros Teras e até que vivessem na mesma época e no mesmo lugar. Esses outros Abraãos também poderiam ter dois filhos. Mas dois filhos com aqueles exatos nomes, Isaac e Ismael? Era muita coincidência. *Tinha de ser ele.*

A porta se abriu. Por reflexo, Shimon pôs a mão sobre a tábua para escondê-la.

— Oi, *chamoudi*. Achei que não viesse agora. Não tinha um encontro com Shapira?

"Merda. O encontro."

— Sim, tinha. Quero dizer, tenho. Vou ligar para ele.

— O que houve, Shimon? Está suando.

— Estava quente lá fora. E eu tive de correr.

— Por que teve de correr?

— Por que todas essas perguntas? — reagiu, erguendo o tom de voz. — Me deixe em paz, mulher! Não vê que estou trabalhando?

— O que é isso na sua mesa?

— Rachel!

Ela se virou e, batendo a porta, saiu do escritório.

Shimon tentou se acalmar, voltando a atenção para o texto, os olhos fixos na linha em que o autor identificava sua terra natal como Ur, cidade da Mesopotâmia onde Abraão nascera. Ele também notou o selo no verso da tábua, no espaço entre o texto e a data na parte de baixo, repetido num dos cantos e em todas as extremidades. Não fora feito com um cilindro, o instrumento usado por reis e homens ricos — um tubo de pedra gravada que podia ser passada sobre a argila ainda mole, deixando uma marca única, uma assinatura. Também não eram meias-luas, gravadas na argila com uma unha da mão direita do autor. Não, era um padrão muito mais raro, um que Guttman reconheceu imediatamente — e achou inexplicavelmente comovente.

Tratava-se de um desenho circular, formado pela interseção de diversas linhas. Shimon vira aquilo duas vezes, uma delas numa fotografia. O padrão era obtido com a pressão sobre a argila de um nó encontrado nas franjas de uma vestimenta masculina, do tipo usado por homens da Mesopotâmia na época de Abraão. Peças de vestuário como aquela sumiram com o passar do tempo, à exceção do xale de oração dos judeus. Bastaria que Shimon saísse de casa para encontrar um judeu ultra-ortodoxo numa parada de ônibus, ou numa banca de jornal, usando a mesma vestimenta, quase quatro mil anos mais tarde. E lá estava a marca, feita por Abraão, filho de Tera.

Conteúdo à parte, a importância daquele objeto, que não chegava a 10 centímetros de altura e 7 centímetros de largura, com pouco mais de 1 centímetro de espessura, era inestimável. Seria a primeira evidência arqueológica de vulto relacionada à Bíblia. Sim, havia o Obelisco Negro de Salmaneser III, em exibição entre os faraós e múmias do Museu Britânico. Uma das cinco cenas do relevo esculpido no obelisco mostrava o rei israelense Jeú, prestando tributo ao monarca assírio. Jeú aparecia na Bíblia, e o obelisco, encontrado por Henry Layard, no século XIX, era uma comprovação.

No entanto, Jeú era um personagem menor na grande história bíblica. Sobre os principais nomes, dos patriarcas a Moisés e Josué, os achados arqueológicos não diziam nada. Até então. Ali estava uma confirmação concreta da existência do grande antepassado em pessoa.

Mas era muito bom para ser verdade. E se fosse uma falsificação? Guttman lembrou-se do escândalo que perseguia pesquisadores e historiadores do mundo inteiro. Ele e seus amigos acompanharam o caso com uma mistura de prazer mórbido e fascinação. Em 1983, o historiador britânico Hugh Trevor-Roper declarara genuínos os diários de Hitler e pagara com a própria reputação. Ele cometera um erro banal. Seu *desejo* de acreditar que os diários eram verdadeiros era muito grande. Sentado em sua casa em Jerusalém, Shimon Guttman entendia como Trevor-Roper se sentira: também queria com todas as forças que aquela tábua fosse o que parecia ser.

Ele olhou para a argila marrom avermelhada, do tom que qualquer especialista esperaria de uma peça daquela época proveniente do Iraque. Estava cheia de imperfeições e parecia desgastada, ou seja, tinha o aspecto de um objeto daquela idade. Guttman aproximou a tábua dos olhos: os ângulos de cada linha da escrita cuneiforme, de cada símbolo silábico, apresentavam-se dentro do esperado. E o vocabulário também. Cada frase, cada formulação, se encaixava nos pontos de vista idiomático e histórico: *diante dos juízes, atestei o seguinte*... Só havia meia dúzia de pessoas no mundo capazes de falsificar uma peça daquele gênero tão bem — e ele, Guttman, era uma dessas pessoas.

Mas uma falsificação não fazia sentido. Trevor-Roper errara em relação aos diários de Hitler porque ignorara um fato crucial. Alguém os *levara* a ele em busca de validação. Uma grande fortuna dependia de seu veredicto, o que, por si só, já implicava risco de má-fé.

A situação ali era diferente. Ninguém fora até Guttman, tentando oferecer o objeto como o último desejo de Abraão. Pelo contrário: *ele* o encontrara. Se não fosse por sua decisão de última hora de visitar Aweida, a tábua ainda estaria no mercado, numa bandeja, pronta para ser vendida a um colecionador desinformado. Um sorriso tomou conta do rosto de Shimon Guttman. A lógica estava a seu lado.

Para achar que se tratava de uma falsificação, Guttman teria de acreditar numa série de possibilidades altamente improváveis. Que alguém tivesse se dado ao árduo e custoso trabalho de fazer inscrições numa tábua de argila para que esta pudesse se passar por uma relíquia mesopotâmica de quatro mil anos. Que o fraudador depois tivesse repassado o objeto a algum comerciante do mercado de Jerusalém Oriental, sem mencionar seu suposto valor, na esperança de que a sorte levasse um dos poucos especialistas em escrita cuneiforme do mundo àquela loja específica. Que esse especialista tivesse visto aquele item em particular, em meio a todos os outros produtos da loja, e que tivesse sido capaz de traduzir e captar sua extrema importância. O falsário estaria apostando na concretização de tudo aquilo, e para quê? O que o trapaceiro ganharia com essa jogada? Dinheiro, certamente, não; Guttman não pagara um centavo ao vendedor, que não tinha idéia do que estava lhe entregando. Não, se aquilo fosse uma falsificação, o golpista sem dúvida procuraria Guttman exigindo milhões de dólares.

A verdade fria e objetiva era que fazia muito mais sentido acreditar que a tábua era autêntica. A lacuna lógica deixada pela outra alternativa era maior. A peça só podia ser verdadeira.

A cabeça de Guttman estava a mil. Como aquela tábua teria chegado ali? Era óbvio que saíra do Iraque rumo a Jerusalém, como parte do imenso fluxo de antiguidades iniciado com a queda de Saddam. Se tomara um caminho que passava por Beirute, Amã ou Damasco, não importava muito. Como fora encontrada no Iraque — se numa descoberta recente ou saqueada de alguma coleção, talvez até de um museu — era impossível saber. Talvez as autoridades do regime de Saddam a tivessem achado e escondido; talvez nunca tivessem reconhecido sua importância.

O que mais fascinava Shimon Guttman, porém, era sua jornada inicial. A tábua fora escrita em Hebron, onde Abraão estava enterrado, um lugar tão sagrado para o Judaísmo que Guttman e seus companheiros radicais se determinaram a restabelecer a presença dos israelenses no local o mais cedo possível depois de 1967. Aquilo significaria que Abraão vivera seus últimos dias em Hebron? Sabia-se que seus dois filhos participaram de seu funeral, mas aquela descoberta indicaria que houvera uma espécie de leito de morte, envolvendo o pai e os dois herdeiros? Houvera uma disputa que o velho patriarca tivera de resolver?

Guttman ficou imaginando como a tábua teria retornado à terra do nascimento de Abraão, a Mesopotâmia. Talvez tivesse sido levada por um dos filhos. Não havia menção na Bíblia de uma volta de Isaac a Ur, mas Ismael poderia ter voltado, para ver com os próprios olhos onde tudo começara.

Ele se deu conta de que aquela podia ser a obra de sua vida. Traduzir a tábua, decifrar a história, exibi-la nos grandes museus do mundo. Seu nome ficaria conhecido para sempre. Aquela seria a tábua de Guttman. Ele apareceria na televisão, seria aclamado no Museu Britânico, brindado no Smithsonian. Pesquisadores contariam repetidas vezes a história de como Guttman tropeçara no documento fundador da civilização humana num mercado de rua, numa tarde quente em Jerusalém.

O pequeno e silencioso objeto lhe ensinara algo que ele não esperava descobrir por conta própria. Guttman percebera que, apesar das décadas dedicadas ao ativismo, era acima de tudo um arqueólogo. A mera descoberta da tábua, qualquer que fosse seu significado, deixava-o empolgado como pesquisador. A conexão com Abraão, a sensação de que, a exemplo dos telescópios do Novo México, fizera contato com um mundo distante, deliciava-o de um modo que sequer conseguia descrever.

Contudo, a outra voz em sua cabeça, a voz do ativista político, não seria calada. Estivera o tempo todo ali, ansiosa para saber o significado exato e a importância daquele documento, e agora sua paciência acabara. Guttman pegou os três ou quatro livros que seriam necessários à tradução da escrita cuneiforme e começou a trabalhar.

Eu, Abraão, filho de Tera, diante dos juízes, atestei o seguinte: A terra a que levei meu filho para fazer um sacrifício a Ele, o nome onipotente, o monte Moriá, essa terra tornou-se causa de discórdia entre meus dois filhos; que fique registrado que seus nomes são Isaac e Ismael. Por isso, declarei diante dos juízes que esse monte deve ser partilhado em herança da seguinte maneira...

Guttman não conseguia evitar. Fora, mais uma vez, dominado pelo nervosismo. Lá estava Abraão se referindo a um dos momentos definidores da cultura mundial, a *akeda*, quando o grande patriarca conduziu seu filho ao topo do monte Moriá para sacrificá-lo ao deus do qual se tornara o primeiro devoto. Durante séculos, judeus tiveram dificuldade para entender que tipo de pai seria capaz de matar o próprio filho e que tipo de deus lhe pediria isso. E, sem dúvida, Abraão estava pronto para cumprir a determinação, levantando a lâmina e só contendo sua mão quando um anjo desceu para anunciar que Deus não exigia mais aquele ato de sacrifício. Foi um momento que aproximaria ainda mais Abraão e Isaac, bem como os filhos de ambos, de Deus, firmando-os na aliança entre Deus e os judeus.

E ali estava uma prova daquele episódio. Porém, não era aquilo que deixava Shimon Guttman desnorteado. Ele leu as palavras novamente, sílaba por sílaba, para se certificar de que não cometera erros.

> *O monte Moriá (...) tornou-se causa de discórdia entre meus dois filhos; que fique registrado que seus nomes são Isaac e Ismael.*

Monte Moriá. Monte do Templo, o lugar mais sagrado do Judaísmo. Segundo a tradição, aquele local, onde o anjo salvara Isaac, era o centro do mundo, a Pedra Fundamental da criação do universo. Os judeus de tempos ancestrais construíram seu templo ali e, depois que os babilônios o destruíram, eles o reconstruíram. Agora só restava o Muro das Lamentações, que, mesmo assim, continuava sendo o centro espiritual da fé judaica.

Apesar disso, o monte Moriá também era sagrado para os muçulmanos, que se consideravam descendentes de Ismael. Para eles, chamava-se Haram al-Sharif, ou Santuário Nobre, ponto do qual Maomé subira ao céu em seu cavalo alado. Depois de Meca e Medina, vinha o Haram.

> *...essa terra tornou-se causa de discórdia entre meus dois filhos; que fique registrado que seus nomes são Isaac e Ismael. Por isso, de-*

clarei diante dos juízes que esse monte deve ser partilhado em herança da seguinte maneira...

Depois daquele trecho, os símbolos estavam meio apagados, como se os entalhes não fossem tão profundos. Guttman abriu uma gaveta e pegou uma lente de aumento. Algumas das formas eram novas e exigiam a comparação com outros textos, para localizar repetições que pudessem sugerir usos locais específicos. A tarefa levou mais de duas horas.

Concluído o trabalho, Shimon Guttman agarrou a mesa à sua frente. Precisava sentir a solidez da madeira, seu caráter mundano. A magnitude das palavras se tornara evidente. Não havia mais razão para pensar na fama e na glória por uma descoberta histórica sem precedentes. O que tinha diante de si mudaria tudo. As pessoas lutaram durante milênios pelo controle daquele lugar sagrado, com todos acreditando ser os verdadeiros filhos de Abraão. Em épocas diferentes, judeus, muçulmanos e cristãos o reivindicaram, acreditando serem os herdeiros legítimos. E, agora, ele, Shimon Guttman, segurava um documento que resolveria a questão para sempre. Todos que se consideravam descendentes de Isaac e Ismael, judeus e muçulmanos, seriam unidos por aquilo, pela palavra do grande pai em pessoa. Tudo seria diferente.

Ele tateou em busca do telefone, até perceber que não sabia de cabeça o número para o qual pretendia ligar. Rapidamente entrou no computador e procurou o site. Abriu a página de contatos e, assim que achou um telefone, teclou os números.

— Aqui fala o professor Shimon Guttman — disse, com a voz meio rouca. — Preciso conversar com o primeiro-ministro.

CAPÍTULO TRINTA E UM

RAMALA, CISJORDÂNIA, QUINTA-FEIRA, 8h30

Khalil al-Shafi sabia que aquela, na verdade, era uma reunião incompleta. Estavam presentes o comandante da guarda presidencial e os chefes de três outras forças de segurança. Mas os líderes do braço militar do Hamas e da polícia de Gaza não apareceram. Se aquele era um governo de unidade, comentara com sua esposa pela manhã, não queria ver um governo de desunidade.

Durante muitos anos, na cadeia, ele planejara uma estratégia para aquele momento. Previra todas as ações de Israel e preparara uma série de possíveis reações. Para cada uma, antecipara diversas reações israelenses, calculando com antecedência a resposta palestina adequada. Quem penetrasse sua mente encontraria um esquema mais complexo do que os sistemas usados num ônibus espacial.

No entanto, não estimara corretamente a persistência das divisões palestinas. Ele supusera que no momento das conversas mais sérias haveria uma liderança única. De fato, concluíra que sua libertação só aconteceria quando os palestinos tivessem formado uma frente unida. Sim, eles costuraram uma coalizão, mas não era a mesma coisa.

Al-Shafi cometera outro erro nos longos períodos que passara na prisão de Ketziot, confinado a uma cela de 2x1,5m durante 23 horas por dia. Sempre imaginara que a fase final das negociações seria marcada por surtos de violência de ambos os lados. Afinal, sempre haveria radicais dispostos a sabotar os avanços, e as atrocidades eram uma arma óbvia. Acontecera em todos os processos de paz no mundo. Al-Shafi conhecia os exemplos; estudara os casos nos mínimos detalhes. Mas não se preparara para aquilo: ataques que ninguém reivindicava e ninguém podia explicar.

Ele virou-se para Faisal Amiry, chefe da força de segurança que mais se aproximava do conceito de um serviço de inteligência na Palestina.

— Como esse ataque pode ter sido realizado a partir de Jenin? Fica longe demais, não fica?

— Sim, senhor, mas se um grupo conseguisse passar pelo muro...

— Nós saberíamos, não?

— Pode haver outros que tenham ficado sabendo — interrompeu Toubi, veterano das lutas da Organização para Libertação da Palestina, OLP, iniciadas décadas antes, e dono de um ódio intenso pelo Hamas.

— O problema é que não parece ser uma ação deles — explicou Amiry. — Não é o estilo deles. Ataque e fuga.

— Sem mártires — observou Toubi. — Concordo que é estranho. Se eles quisessem implodir as negociações, se implodiriam também. Num ônibus. No centro de Jerusalém.

— Dissidentes? — perguntou Al-Shafi.

— Isso seria interessante: nossos amigos do Hamas perdendo sua lendária disciplina — comentou Toubi, com um sorriso exagerado que desagradava Al-Shafi.

— Não acredito nisso — disse Amiry. — Até agora, eles permaneceram incrivelmente unidos. O gabinete político em Damasco decidiu que as negociações deviam seguir em frente. Que devíamos alcançar um acordo e depois exigir que Israel o cumprisse. Essa foi a decisão estratégica tomada por eles.

— E, sem a autorização de Damasco, não há nada que os dissidentes possam fazer?

— Correto, senhor. Eles não possuem equipamento, treinamento ou dinheiro. Nada.

— E a Jihad?

— Pensamos na Jihad Islâmica. Mas temos uma fonte muito boa lá dentro, e ela nos relatou que eles ficaram tão surpresos quanto nós.

— E em relação ao alvo?

— Essa é a parte mais estranha. Se o objetivo fosse causar mortes, bastaria virar à direita depois dos campos do kibutz para alcançar os prédios residenciais. Mas eles estavam no museu, onde só conseguiram tomar uma vida.

Toubi concordava.

— Ou simplesmente poderiam ir a outro lugar. Depois de atravessarem o muro, poderiam atacar Magen Shaul. Por que ir até Bet Alfa?

— Eu sei por quê — disse Al-Shafi, que saíra de trás da mesa e parara diante de um tabuleiro de xadrez mantido num canto do gabinete. Era uma espécie de lembrança dos tempos de prisão. No cárcere, costumava imaginar partidas inteiras, jogando por ambos os lados, às vezes durante dias. Nos períodos de solidão, aquilo o ajudava a preservar a sanidade. Agora, tinha sempre um jogo em andamento. — Em Bet Alfa, existe uma sinagoga ancestral. Mil e quinhentos anos. Os sionistas adoram o lugar por "provar" que eles estão aqui há tanto tempo quanto nós. Se fosse destruída, não seria uma prova tão boa.

— Está falando sério?

— Por que não? Sobre o que acha que a comitiva de Jerusalém na Casa de Governo fala o dia inteiro? — Ele ainda não erguera os olhos, concentrando sua atenção no bispo branco entre seus dedos, pairando sobre a torre preta. — Tudo tem a ver com isso — concluiu, capturando a torre com o bispo e, em seguida, voltando para trás de sua mesa.

— Não consigo entender.

— Tem tudo a ver com o *passado*. Quem chegou primeiro, quem tem o direito anterior. Sabe o que tirou os israelenses do sério durante as negociações de Camp David, em 2000? — perguntou Al-Shafi. Toubi se mexeu na cadeira. Ele se ressentia de receber aulas daquele homem mais jovem. — De todas as coisas que foram ditas, houve uma declaração do presidente Arafat que deixou os israelenses furiosos. Ele negou a existência de um templo dos judeus em Jerusalém. "Como este pode ser o Monte do Templo?", perguntou ele. "Por que chamam este lugar de Monte do Templo? Nunca houve um templo aqui. Ele ficava em Nablus!"

— E o que isso tem a ver com Bet Alfa?

— É a mesma coisa. Uma tentativa, enquanto discutimos quem fica com o quê, de enfraquecer as alegações do outro lado. Uma tentativa de desequilibrar a balança a nosso favor. "Olhem, agora temos um marco antigo judeu a menos aqui. Talvez nunca tenha existido!"

— Isso é loucura!

— Sim, *é* loucura. Mas creio que algum palestino botou na cabeça que isso nos ajudaria. Queria nos dar uma mãozinha.

— Não acredito nisso.

— Tem uma explicação melhor?

Houve um momento de silêncio, finalmente quebrado por Amiry.

— Também há a questão do comerciante. Esse Aweida, morto em Jerusalém.

— O que sabe a respeito?

— Pouca coisa. Aparentemente, havia um bilhete em hebraico preso a seu corpo. Uma página da Torá. E a rádio do Exército de Israel diz que o ataque foi reivindicado por um grupo que ninguém conhece. Os Defensores de uma Jerusalém Unida.

— Colonos?

— Talvez.

Al-Shafi coçou o queixo.

— Nesse caso, Yariv deve estar suando frio agora — disse.

— Eles sempre acharam que o *Machteret* acabaria reaparecendo — observou Toubi.

Machteret, o grupo clandestino judeu. A exemplo de Al-Shafi, Toubi aprendera hebraico numa prisão israelense.

— Se tiver reaparecido, eles vão querer matar nossa gente. Mas é a ele que querem atingir.

— O que devemos fazer, senhor? — perguntou Amiry, que ascendera dentro de um movimento dominado por ideólogos mantendo-se sempre focado nos aspectos práticos.

— Quero que descubram tudo que puderem sobre o incidente em Bet Alfa. Vasculhem os jornais israelenses: leiam as matérias dos correspondentes militares. Eles vazam tudo que o exército descobre. E vejam o que as pessoas daqui sabem sobre Afif Aweida. Ouvi dizer que ele tem primos em Belém. Conversem com eles. Esse homem foi escolhido aleatoriamente, ou há uma razão para fanáticos israelenses matarem um quitandeiro?

— Mais alguma coisa?

— Sim. Quero saber o que aquela americana, Costello, anda fazendo. Ela me ligou com mais perguntas sobre Ahmed Nour. Estamos diante de pelo menos três assassinatos misteriosos, meus amigos. Se não descobrirmos o que está acontecendo, haverá outros. E muitos palestinos acabarão mortos. E, junto com eles, morrerá a maior chance de alcançar a independência que teremos. Creio que sabem o que precisam fazer.

CAPÍTULO TRINTA E DOIS

JERUSALÉM ORIENTAL, QUINTA-FEIRA, 9h40

Pela segunda vez na semana, Maggie entrava numa casa de luto. Era uma novidade para ela, embora conhecesse pessoas que consideravam ocasiões daquele tipo oportunidades para executar manobras de mediação. Numa semana crítica para as negociações de paz na Irlanda do Norte, por exemplo, dois homens jovens, bons amigos — um protestante e um católico —, foram assassinados dentro de um pub. As mortes foram planejadas para interromper o processo de paz, mas tiveram o efeito oposto, lembrando a todos por que estavam cansados da guerra. As equipes de negociação visitaram as famílias de luto e saíram ainda mais determinadas. Maggie se lembrava muito bem: acompanhara tudo por meio de um rádio de ondas curtas, cheio de interferência, nos confins da região sul do Sudão. Depois que Londres e Dublin anunciaram o Acordo da Sexta-Feira Santa, ela se sentara no interior da barraca e deixara as lágrimas correrem pelo rosto.

Os assassinatos em Jerusalém não tinham a transparência moral das mortes em Belfast. Na verdade, não tinham transparência alguma. Shimon Guttman podia ter sido morto simplesmente porque parecera ser uma ameaça à vida do primeiro-ministro; Ahmed Nour podia ter sido um colaborador, executado por seu crime; Rachel Guttman podia ter se suicidado; o kibutz ao norte podia ter sido destruído por adolescentes palestinos raivosos. Só o assassinato de Afif Aweida, reivindicado por um grupo extremista israelense, parecia ser uma clara tentativa de sabotar o processo de paz. Mas ninguém estava certo de nada.

Por isso, a visita de Maggie à casa enlutada de Aweida não tinha a mesma carga emocional da visita em Belfast, muitos anos antes. Ela não estava ali para lamentar a morte de dois jovens, um judeu e um árabe, atacados enquanto bebiam juntos. A verdade era que não estava ali para lamentar nada. O objetivo de sua presença era descobrir o que, afinal, estava acontecendo.

A casa estava cheia, como o esperado. Podia-se ouvir um lamento penetrante que crescia e diminuía como uma onda. Maggie logo identificou a origem: um grupo de mulheres reunidas em torno de uma mulher mais velha, envolvida por um amontoado disforme de tecido preto bordado. Seu rosto parecia extenuado pelas lágrimas.

Um caminho se formou entre os enlutados para que Maggie pudesse passar. Mulheres esfregavam as faces incessantemente, como se tentassem tirar uma sujeira que nunca saía. Algumas mantinham-se agachadas, batendo no chão. Era uma cena carregada de uma dor desesperada.

Finalmente, Maggie chegou à parte de trás da sala, onde encontrou uma mulher que devia ter sua idade, em trajes ocidentais simples. Ela não chorava, mas parecia aturdida em seu silêncio.

— Sra. Aweida? — Sem dizer nada, a mulher ignorava Maggie, perdendo-se na distância. Seus olhos pareciam vazios. — Sra. Aweida, faço parte da comitiva internacional que está em Jerusalém colaborando nas negociações pela paz. — Algo dizia a Maggie que "americana" não seria uma palavra apropriada naquele ambiente. — Vim prestar meus respeitos a seu marido e oferecer condolências por essa terrível perda.

A mulher continuava sem expressão, aparentemente alheia àquelas palavras e ao barulho a seu redor. Maggie permaneceu ali, agachada, olhando para a viúva, pelo tempo que suportou. Enfim, segurou brevemente suas mãos e se afastou. Ela não a desrespeitaria.

Então um homem surgiu do nada e levou Maggie para um canto mais tranqüilo.

— Obrigado — disse ele. — Por favor, saiba que agradecemos aos Estados Unidos, por estar aqui. Obrigado. — Maggie fez um gesto com a cabeça e deu um meio sorriso cansado. Mas ele não terminara. — Ele era um homem simples. Só vendia tomate e cenoura e maçã. Não matou ninguém.

— Sim, eu sei. Foi um crime terrível que cometeram contra seu...

— Meu primo. Sou Sari Aweida.

— Me diga uma coisa: também trabalha no mercado?

— Sim, sim. Todos nós trabalhamos no mercado. Muitos anos. Muitos anos.

— E o que você faz?

— Vendo carne. Sou açougueiro. E meu irmão vende lenço, para a cabeça. *Keffiyeh*. Sabe o que é *keffiyeh*?

— Sei, sim. Me diga: todos vocês se chamam Aweida?

— Ah, sim. Sim, todos Aweida. Família Aweida.

— E há alguém em sua família que venda coisas antigas? Sabe, pedras antigas, vasos? Antiguidades? — Sari pareceu confuso com a pergunta. — Talvez jóias? — acrescentou Maggie.

— Ah! Jóias! Entendo. Sim, sim. Meu primo. Ele vende jóias.

— E antiguidades?

— Sim, sim. Antiguidades. Ele vende no mercado.

— Posso conhecê-lo?

— Claro. Ele vive aqui perto.

— Obrigado, Sari — disse Maggie, sorrindo. — Qual é o nome dele?

— O nome dele também Afif. Afif Aweida.

CAPÍTULO TRINTA E TRÊS

JERUSALÉM, QUINTA-FEIRA, 10h05

Enquanto percorria as ruelas estreitas, feitas da mesma pedra branca do resto de Jerusalém, Maggie percebeu que ninguém na família suspeitara que o Afif Aweida que estavam prontos para enterrar fora vítima de um equívoco. Sendo uma morte aleatória, como os assassinos poderiam ter errado a pessoa?

Não era uma morte aleatória; daquilo Maggie tinha certeza. Ela pegou o celular para avisar Uri e viu que recebera uma mensagem de texto enquanto estivera na casa de Aweida. Uma mensagem de Edward. Ele devia tê-la enviado no meio da noite.

Precisamos conversar sobre o que fazer com suas coisas. E.

Sari devia ter notado a expressão em seu rosto, sua testa franzida.

— Não preocupe, Maggie. Estamos perto.

Ela apagou a mensagem de Edward sem responder e apertou o botão verde para repetir o último número discado. Falaria como se a noite anterior não tivesse acontecido.

— Uri? Preste atenção. Afif Aweida está vivo. Quero dizer, existe outro Afif Aweida. Um vendedor de antiguidades. Só pode ser ele. Eles devem ter pegado o homem errado.

— Calma, Maggie. Não estou entendendo nada.

— Tudo bem. Estou indo me encontrar com Afif Aweida. Tenho certeza de que ele é o homem que seu pai mencionou ao telefone com Baruch Kishon. Mexe com antiguidades. É muita coincidência. Ligo de novo mais tarde.

Como a maioria das pessoas que falam ao celular andando, Maggie mantivera a cabeça abaixada, olhando para os pés. Ao levantar a cabeça, não viu sinal de Sari. Obviamente, ele andara mais rápido, sem notar que ela não acompanhava o ritmo. Maggie parou e observou a confusão de ruas, com esquinas e becos a cada poucos metros, e concluiu que Sari podia ter seguido em qualquer direção.

Ela avançou alguns metros e examinou um caminho à esquerda, tão estreito que ficava escuro, mesmo sob o sol da manhã. Uma corda de secar roupa unia um lado ao outro. Ao fundo, duas crianças, provavelmente meninos, chutavam uma lata. Se entrasse ali, talvez pudesse perguntar à mãe deles...

De repente, sentiu um puxão violento para trás, como se seu pescoço estivesse a ponto de ser quebrado. Uma mão numa luva cobria seus olhos, e outra, sua boca, abafando o grito. Ela ouviu o som surdo que emitiu como se fosse de outra pessoa.

Com os olhos e a boca tapados, só sabia que estava sendo arrastada para trás. Tentou livrar os braços, mas alguém os segurou no mesmo instante. Maggie foi levada até um beco e jogada com força na parede; pôde sentir o impacto dos tijolos contra suas vértebras. A mão que cobria sua boca se mexeu e passou a apertar seu pescoço. Ela ouviu seu próprio grito abafado.

Em seguida, a outra mão afastou-se de seus olhos. Por um segundo, porém, ela continuou vendo apenas a escuridão. Finalmente, ouviu uma voz, que vinha bem da sua frente, de um rosto inteiramente coberto por uma máscara negra de esqui. A boca, a poucos centímetros, praticamente tocava seus lábios.

— Fique longe disso, entendeu?

— Eu não...

A mão apertou seu pescoço com mais força, até deixá-la sem ar. Maggie estava sendo estrangulada.

— Fique longe.

— Ficar longe do quê? — murmurou ela.

O homem soltou seu pescoço e, com as duas mãos, passou a segurar seus ombros firmemente. Ele a manteve naquela posição por um instante e depois a puxou para bem perto de si. Depois, ainda agarrando-a pelos ombros, jogou-a com força na direção da parede.

Com a nova pancada, a dor percorreu todo o corpo de Maggie, chegando ao topo de sua cabeça. Ela se perguntou se teria causado danos à coluna. Queria se curvar, mas permanecia sob controle do homem, como uma boneca que cairia no chão se ele a soltasse.

E então ela ouviu uma voz diferente, um sussurro bem próximo de sua orelha esquerda. Por um instante, ficou confusa. A máscara negra continuava diante dela, a poucos centímetros. Como poderia falar em seu ouvido ao mesmo tempo? Depois de um momento, ela entendeu: havia um segundo homem, escondido nas sombras, que a estivera prendendo à parede.

— Sabe do que estamos falando, Maggie Costello.

A voz era estranha, vaga. Parecia estrangeira, mas Maggie não conseguia distinguir de onde. Do Oriente Médio? Da Europa? Quantas pessoas havia ali? Haveria um terceiro agressor que ela ainda não vira? A surpresa do ataque, combinada à escuridão, deixara Maggie totalmente desorientada. Seus sentidos pareciam estar fora de funcionamento. Ela sequer tinha certeza de onde vinha a dor que sentia.

Subitamente, sentiu uma mão em sua perna, apertando sua coxa.

— Está me ouvindo, Maggie?

Seu coração batia rápido, seu corpo contorcia-se numa reação inútil. Ela tentava descobrir que sotaque era aquele — árabe, israelense? — quando teve uma sensação que a fez tremer.

A respiração em seu ouvido tornara-se úmida, e ela registrou a sensação inconfundível de uma língua a invadindo. Quis soltar um grito, mas a mão coberta pela luva voltou a tapar sua boca. A outra mão, que apertava sua coxa, relaxou por um instante, mas logo se moveu para cima, metendo-se entre suas pernas.

Ela começou a chorar. Tentava chutar os agressores, mas o primeiro homem estava muito próximo: ela mal conseguia mexer as pernas. A mão continuava apertando-a, segurando a região da virilha como faria com os testículos de um homem se estivesse tentando infligir o máximo de dor.

— Gosta disso, Maggie Costello? — A voz, com o sotaque indefinível, era quente e intensa. Podia ser árabe ou israelense. Ou nenhum dos dois. — Não? Não gosta? — Ela sentiu o rosto se afastar. — Então suma daqui. — O outro homem soltou seus ombros e a jogou no chão. — Do contrário, voltaremos para terminar o serviço.

CAPÍTULO TRINTA E QUATRO

JERUSALÉM, QUINTA-FEIRA, 11h05

A tradição reservava aquele horário para o fórum, o informal Conselho da Cozinha, que reunia conselheiros próximos a Yariv desde que ele pensara pela primeira vez em entrar na política, três décadas antes. Toda quinta-feira de manhã, com a semana de trabalho no fim, era hora de resumir e analisar os fatos, identificar erros, delinear soluções e planejar futuras ações. Era um hábito desde que Yariv fora ministro da Defesa e depois das Relações Exteriores, bem como no período que passara na aridez da oposição. Na verdade, desde quando ainda usava uniforme militar, como chefe do Estado-Maior. Apesar das aparências, aquela também era uma função política.

Houvera apenas uma mudança no grupo. Os dois velhos amigos dos tempos de exército continuavam: um estava no ramo da publicidade, o outro no das importações. Sua esposa, Ruth, também permanecia — e Yariv levava seus conselhos muito a sério. A única alteração fora inevitável. Seu filho, Aluf, marcava presença constante até ser morto no Líbano, três anos antes. Amir Tal ocupara seu lugar, um fato explorado pela imprensa israelense, que costumava descrever o jovem assessor como filho adotivo do primeiro-ministro, usando até um trocadilho em hebraico: Aluf Bet, ou Aluf Segundo.

Os encontros aconteciam preferencialmente em casa, onde Ruth costumava servir café e *strudel*. Mas não naquele dia. Como Yariv explicou a Tal, a situação era séria demais para sair cedo do gabinete. O fórum se resumiria aos dois.

As negociações na Casa de Governo estavam efetivamente paralisadas, com os dois lados mantendo apenas presença formal no lugar. Nem os israelenses nem os palestinos queriam ser acusados pelos americanos de desistir do processo e, por isso, não se dispunham a abandonar as conversas de vez. Mas não havia nenhum trabalho importante em andamento. Aquilo significava que o projeto central do governo de Yariv — a busca pela paz — estava desmoronando diante de seus olhos. O primeiro-ministro era pressionado pela direita — os colonos e sua maldita corrente humana em torno de Jerusalém — e, embora estivesse disposto a enfrentá-la, não tinha nada para mostrar. Lembrou-se do homem que ocupara aquele gabinete poucos anos antes, um homem que vira sua gestão se arruinar em questão de meses, depois que as conversações em Camp David fracassaram.

A pior parte, confidenciou a Amir Tal enquanto cuspia as sementes de girassol na mão, era que se sentia confuso.

— Veja, um *pigua* por parte do Hamas ou da Jihad é totalmente previsível. Eles usaram homens-bomba contra Rabin, contra Peres. Até contra Bibi. Basta que alguém se aproxime de um acordo, e eles entram num ônibus público com dinamite amarrada à cintura. Eu esperava algo assim. — Ele ergueu a mão, indicando que ainda não acabara de falar. — Esperava até alguma coisa do *Machteret*.

Ambos admitiam que uma ressurgência dos movimentos clandestinos judeus era iminente. Nos anos 1980, alguns colonos e fanáticos religiosos enviaram bombas pelo correio ou instalaram artefatos sob carros, mutilando vários políticos palestinos. Muitas das vítimas permaneciam na ativa, aparecendo na televisão em cadeiras de rodas ou com rostos terrivelmente desfigurados.

— Talvez — prosseguiu Yariv — incendiassem uma ou outra área de diversão palestina. Poderiam até atacar a mesquita.

Ele não precisava dizer qual mesquita. Ambos sabiam que os integrantes mais radicais do *Machteret* sonhavam em destruir a Cúpula da Rocha, o local mais adorado pelos islâmicos na Terra Santa, o que garantiria espaço físico para a reconstrução do templo judeu no mesmo lugar.

— Mas esses ataques? — questionou. — Não fazem sentido. Por que os palestinos atacariam um centro de visitantes no norte? Por que atacariam à noite, quando não há movimento? Se o objetivo fosse prejudicar as negociações, agiriam durante o dia! Matariam um monte de gente!

— A não ser que fosse um aviso.

— Dessa forma *seria* um aviso. Sempre que quiseram mandar um recado, foi assim que fizeram.

— Al-Shafi negou qualquer responsabilidade pela ação — comentou Tal.

— Obviamente. E o Hamas?

— Também. Mas...

— Mas não sabemos se devemos acreditar. E ainda há esse ataque em Jerusalém. Não acredito na reivindicação. Defensores de uma Jerusalém Unida ou que porcaria de nome inventaram. Por que nunca ouvimos falar deles? Sempre há um grupo de lunáticos prontos para reclamar a autoria de ações que não realizaram. Pode até ter sido um crime comum.

— Não necessariamente.

— Como assim? — Àquela altura, o primeiro-ministro partia as sementes e cuspia num ritmo frenético.

— Como sabe, estamos acompanhando a investigação do caso Guttman. Mantemos o filho, Uri, sob vigilância. Ele está trabalhando com Maggie Costello, do Departamento de Estado...

— A mediadora? O que ela tem a ver com o assunto?

— Aparentemente, recebeu uma espécie de mensagem de Rachel Guttman. E, na ausência de atividade na Casa de Governo, os americanos estão permitindo que investigue. Ela claramente convenceu os superiores de que, se não solucionar a questão envolvendo Guttman, não haverá paz a ser negociada.

— Prossiga.

— Costello e Uri Guttman estabeleceram uma relação entre o professor e o palestino morto, Nour. Bem, acreditamos que possa haver outra conexão com o assassinato da noite passada em Jerusalém.

— Continue.

— Não tivemos muito tempo para montar um esquema de vigilância no apartamento que os dois visitaram ontem à noite, em Tel Aviv. A casa de Baruch Kilson. Mas conseguimos gravar uma voz. Embora estivesse um pouco abafada, nossos engenheiros trabalharam nela e relataram que, antes de saírem, Guttman e Costello encontraram algo, um pedaço de papel com um nome escrito.

— Que nome?

— Afif Aweida.

— Muito bem.

— Parece que Guttman conversou com Kishon e mencionou o nome de Aweida. E, de repente, Aweida apareceu morto.

O diálogo parou por um instante, enquanto Yariv tentava tirar uma semente particularmente grande dos dentes.

— Quem mais ouviu a conversa? — perguntou.

— É por isso que fico feliz em estarmos a sós hoje, primeiro-ministro.

— Espere, não acha que...

— Além de nós dois, só a inteligência militar tem acesso aos dados de vigilância.

— Isso é maluquice. Acha que Yossi Ben-Ari, ministro da Defesa do Estado de Israel, pode estar comandando sua própria operação clandestina? Para assassinar esse árabe no mercado?

— Se o pessoal dele estivesse ouvindo ontem à noite, ele teria o nome.

— E por que faria isso?

— Não sei por que esse homem em particular. Teríamos de entender toda essa história envolvendo Guttman para ter uma resposta. Mas a questão principal...

— ...é que ele está tentando sabotar as negociações pela paz. Para me derrubar e assumir ele mesmo. *Meu Deus*.

— Eu sei que não...

— Possíveis cúmplices?

— Talvez Mossek. Ou o chefe do Estado-Maior.

— É um golpe de Estado!

— Não temos certeza.

— Como não? Quem mais poderia ter feito isso?

— Se aceitarmos que esse não foi um crime qualquer, que ele era o homem a respeito do qual Kishon fora informado, bem, os suspeitos podem ser todos que conheciam sua identidade. Sua ligação com Guttman.

— Só restam a mulher americana e o filho de Guttman.

— Não podemos descartar nenhuma possibilidade.

— Não faz sentido algum. Isso não é um de seus videogames malucos, Amir. Isso é o mundo real.

— Temos de seguir todas as pistas.

O primeiro-ministro recostou-se na cadeira e amassou o saco de papel que estivera cheio de sementes de girassol. Deu um longo suspiro.

— O que está sugerindo com isso tudo é que...

— Não estou sugerindo nada.

— ...existem elementos envolvidos em ações clandestinas, dentro do corpo militar do Estado de Israel, matando e fazendo sabe-se lá mais o quê para derrubar o governo eleito deste país. E tentando nos negar a maior oportunidade que já tivemos numa geração inteira de alcançarmos a paz.

— O senhor conhece a posição do exército em relação ao que estamos fazendo. Nunca aceitaram a retirada de Gaza. Acha que vão gostar disso? Derrubar assentamentos na Cisjordânia? Entregar metade de Jerusalém?

Yariv sorriu — um sorriso melancólico de um homem que acreditava já ter visto de tudo no mundo.

— Eu fui o responsável pela promoção de Ben-Ari. Fiz dele um general. "Mas Brutus é um homem honrado."

— O que deseja que eu faça, primeiro-ministro?

— Acho que deve formar uma equipe de inteligência subordinada exclusivamente a este gabinete. Verifique as posições políticas dos integrantes. Assegure-se de que não questionem as negociações pela paz. Recorra a esquerdistas e ex-viciados se for necessário. Apenas tenha certeza de que são leais. Tire a Defesa e as FDI da jogada. Quando estiver tudo pronto, coloque-os atrás de Mossek e Ben-Ari. Monitore as ligações telefônicas e encontros. Quero ter acesso aos e-mails, às mensagens de texto e até à cor do papel higiênico que usam para limpar a bunda de manhã.

— Entendido.

— Só estou fazendo isso para lhe mostrar que está errado. Ah, e mais uma coisa.

— Sim?

— Fique de olho em Costello e no Guttman Júnior. Não os perca de vista. Se eles estiverem perto de encontrar a explicação para toda essa loucura, ótimo. Assim poderão nos levar a ela.

CAPÍTULO TRINTA E CINCO

JERUSALÉM, QUINTA-FEIRA, 11h11

Não tinha idéia de quanto tempo passara jogada no chão. Podia ter sido 1 minuto, 5 ou 10. Mantivera-se ali, imóvel, desde o momento em que a abandonaram e foram embora. Não vira em que direção. Não telefonara para ninguém. Por algum tempo, estivera paralisada, atordoada pelo que acontecera. Para piorar, seu corpo insistia em relembrar a sensação da língua em sua orelha e da mão entre suas pernas. Sua pele e sua carne recordavam-se daquelas invasões nos mínimos detalhes.

Maggie iniciava uma tentativa de se recompor, de se convencer de que poderia ter sido muito pior, de que ela poderia ter sido morta, quando foi tocada por uma mão.

Era a mão de uma mulher que olhava para baixo com uma expressão de preocupação e incompreensão. Só depois de algum tempo, seu rosto relaxou um pouco.

— Você é a americana. Da casa dos Aweida. — E então ela voltou a demonstrar certo nervosismo. — O que está fazendo aqui?

Aquilo forçou Maggie a se levantar e a se arrumar, protegendo-se atrás do escudo imaginário que aprendera a usar nos últimos anos.

Não disse nada. Enquanto se erguia, sentia pontadas que subiam por sua coluna como rojões — raios dolorosos que a faziam chorar.

A mulher a conduziu pelo beco, na direção da corda de secar roupas. Ali perto, dois degraus levavam a uma pequena entrada, que não passava de uns 5 metros quadrados. Mais adiante, havia uma sala, com uma cozinha no canto, um aparelho de TV e uma criança desenhando numa mesa. Talvez fosse um dos meninos que ela vira jogando futebol. Talvez ele tivesse testemunhado algo. Ou talvez os meninos não estivessem brincando ali, mas sim na outra ponta do beco. Ela perdera completamente o senso de direção.

Agora estava encolhida no canto de um sofá, enquanto sua salvadora acendia um pequeno fogão para lhe preparar um chá de hortelã. No entanto, Maggie só queria uma xícara de Typhoo, o chá inglês que sua mãe costumava servir com três cubos de açúcar a seu pai. Ela observou as próprias mãos, que não paravam de tremer, e ficou pensando como estava longe de casa. Passados quase vinte anos, continuava ali, no meio do nada, cercada de homens dispostos a cometer terríveis atos de violência.

— Seja bem-vinda à minha casa.

Ela ficou assustada com a voz masculina. Ao erguer os olhos, viu um homem num terno azul desbotado, com um rosto comprido e magro e cabelo curto, passando do preto para o grisalho.

A mulher virou-se e os dois começaram a conversar em árabe. Ela parecia explicar o que acontecera, apontando de vez em quando para Maggie.

— Você está em segurança — disse o homem, com um sorriso que a deixou incomodada. Quando ele lhe deu as costas, Maggie respirou aliviada; ela não o queria por perto. Mas o homem não estava indo embora: apenas fora buscar um cinzeiro. — Então você é americana?

— Sou irlandesa — respondeu Maggie, num tom baixo e distante.

— É mesmo? Gostamos muito dos irlandeses. Mas você trabalha para os americanos, certo?

Ele não parava de sorrir — um sorriso forçado que deixava Maggie com vontade de desviar o olhar. Quando a mulher chegou com o chá, ela ficou feliz pela distração, pela chance de se ocupar da xícara e da colher, evitando a conversa com aquele homem.

— E o que está fazendo aqui?

— Nabil! — disse a mulher, provavelmente em árabe, pedindo ao marido que deixasse a moça em paz.

Enquanto os dois conversavam, Maggie tirou o celular do bolso. Havia uma mensagem de Uri: *Onde você está?* Antes que ela pudesse digitar uma resposta, seu anfitrião se aproximou, dando a impressão até de que lhe tomaria o telefone.

— Não precisa ligar para ninguém. Vamos cuidar de você. Do que precisa? Por favor, se precisar de qualquer coisa, é só pedir.

Maggie sentiu uma súbita ânsia de sair dali, daquele formigueiro humano cheio de vielas, e ver de novo a luz do dia. Queria tirar aquelas roupas, jogá-las fora, e depois ficar embaixo do chuveiro pelo tempo necessário para limpar...

— Por favor, me explique. Se trabalha para o governo americano, por que está aqui sozinha? Onde está sua segurança? — O sorriso permanecia exagerado, com os dentes à mostra. — Não há ninguém aqui para lhe dar proteção?

As mãos de Maggie, que até então estavam imóveis e frias, ficaram úmidas. Por instinto, ela procurou a porta por onde entrara. Estava fechada.

A mulher levou mais chá e depois entrou num quarto, gritando os nomes de seus filhos. Maggie estava sozinha com o homem. Ela queria ligar para Davis, no consulado, ou para Uri, ou para Liz, em Londres. Para qualquer um. Mas temia a reação do homem. Seria ele capaz de lhe tomar o telefone? De agarrá-la? Quem era aquela pessoa?

Do modo mais natural que pôde, Maggie se levantou, espreguiçou-se e, como alguém que tenta educadamente se livrar de um compromisso com uma tia chata, disse que precisava ir embora.

— Mas para onde você vai?

Maggie ficou sem reação. Não sabia onde estava ou como poderia sair dali.

— Meu hotel fica em Jerusalém Ocidental — disse.

— Por que não se hospeda em Jerusalém Oriental? É bonito deste lado. Existe o hotel American Colony. Todos os europeus se hospedam lá. Por que os americanos não fazem o mesmo? Vocês querem conviver só com os israelenses.

Maggie estava cansada demais para tratar de um conflito tão rancoroso em que até a escolha de um hotel podia iniciar um incidente diplomático.

— Não, não. Não é nada disso — respondeu, encaminhando-se para a porta que dava para o beco.

Ao mexer na maçaneta, percebeu que girava, mas a porta não abria. Estava trancada. Maggie sentiu a presença de Nabil logo atrás de si, esticando o braço para alcançar a maçaneta. Aquela proximidade a fez tremer, lembrando-a do que acontecera no beco. Seu desejo era de empurrá-lo para longe. Porém, antes que ela tivesse oportunidade, o homem abriu a porta, dando acesso à pequena entrada. Maggie saiu, e ele a seguiu.

— Por favor, responda. Por que você está aqui?

— Fui à casa de luto de Afif Aweida.

— Sim. E aonde ia depois?

— Queria conhecer o primo dele. O outro Afif Aweida.

— Sem problemas. Eu a levarei.

— Não, não. Não é necessário. Agora só quero voltar para o hotel.

Contudo, Nabil não estava mais ouvindo. Ele a segurou pelo braço e começou a caminhar pelo labirinto de ruas e becos da Cidade Velha de Jerusalém. "Será que fiquei louca?", perguntou a si mesma, enquanto, pela segunda vez num período de uma ou duas horas, ia atrás de um estranho no meio de uma cidade estranha. Daquela vez, porém, não se deixou distrair como antes. Seu coração batia acelerado; ela observava cada viela, olhava sempre para trás e, principalmente, não perdia o homem à sua frente de vista. Seria algum tipo de armadilha? Teria Sari Aweida a levado até seus agressores? Estaria aquele outro homem prestes a fazer o mesmo?

Ela pensou em tentar fugir. Mas para onde? Num segundo, estaria perdida naquelas ruas. O movimento tornava-se mais intenso à medida que se aproximavam do *souk*, do mercado. Então Maggie avistou duas mulheres, talvez alguns anos mais jovens que ela, aparentando serem turistas. Podia correr até elas. Mas e depois?

Nabil conduzia Maggie por caminhos que mudavam a todo momento, passando por barracas cheias de tambores de pele de cabra, tapetes trançados e lembranças cafonas feitas de madeira. Havia casais de cabelos grisalhos passeando e um grupo inteiro de turistas japoneses. Aparentemente, o material que Maggie lera no avião estava correto: o comércio naquele mercado, que se tornara escasso nos anos de intifada, voltara a crescer com o retorno gradual dos turistas à Cidade Velha. O crédito por aquilo era devido às negociações na Casa de Governo: a mera perspectiva de paz bastava para atrair os visitantes, fossem cristãos ansiosos por percorrer a Via Dolorosa, muçulmanos interessados em rezar na Cúpula da Rocha ou judeus ávidos por deixar mensagens a Deus nas fendas do Muro das Lamentações.

Depois de um tempo, eles viraram à esquerda, entrando num mercado de carnes. Maggie teve ânsia de vômito ao ver as fileiras seguidas de carcaças, com as costelas à mostra e a carne sangrando num vermelho escarlate. Havia também cabeças de carneiro sobre uma mesa de açougueiro. Ao desviar os olhos, acabou se deparando com poças de sangue animal no chão.

— Já vamos sair daqui — disse Nabil.

De repente, os dois voltaram ao domínio das sacolas, bolsas e lembranças cafonas. Maggie sentiu um alívio por ter deixado as carnes para trás e por ver que ainda havia muita gente por perto. Eles finalmente pararam numa loja de jóias.

— É aqui. Por favor, entre. Esta é a loja de Afif Aweida.

Cautelosamente, ela entrou, sendo seguida por Nabil, que cumprimentou um jovem sentado atrás do balcão. Maggie ouviu Nabil pronunciar a palavra "americana", em árabe, e viu um gesto em sua direção.

Pouco depois, saído de uma sala nos fundos, apareceu um homem de meia-idade usando um suéter de gola V e óculos de armação escura. Ele permaneceu atrás de um balcão de vidro cheio de jóias de prata e ouro. Maggie teve a impressão de reconhecê-lo. Encontrara muitos homens como aquele na África: bem-vestidos, de meia-idade, tentando manter, ou aparentar, um padrão ocidental, como se quisessem desafiar a pobreza e a confusão ao seu redor.

— É um prazer recebê-la aqui. Obrigado, Nabil.

Maggie virou-se a tempo de ver Nabil deixando a loja, com um aceno discreto por cima do ombro. Ela gritou uma palavra de agradecimento, mas sem muita convicção. Até segundos antes, suspeitara daquele homem, temera que fosse um agressor. Depois do que lhe acontecera, era mais do que natural. No entanto, ele se mostrara exatamente como a esposa: um estranho que queria apenas ajudar. Ela se sentiu confusa e, de repente, recordou-se novamente de onde fora tocada. Com aquilo, ocorreu-lhe também a lembrança da voz do segundo homem, ainda quente e úmida: *Do contrário, voltaremos para terminar o serviço.* "Quem era ele?" Maggie jogou a pergunta para um canto de sua mente e, com um sorriso, estendeu a mão.

— Sr. Aweida. Achei que o senhor estivesse morto.

— Diz isso pelo que aconteceu com meu primo, não? Um crime terrível. Terrível.

— O senhor acredita que poderia ser o verdadeiro alvo?

— Desculpe-me, não entendi a pergunta.

— Acha que os homens que mataram seu primo pegaram o Afif Aweida errado?

— Como pode haver um Afif Aweida "errado"? Meu primo foi morto aleatoriamente. Poderia ter sido qualquer um.

— Não estou tão segura disso. Sr. Aweida, tem alguma razão para achar que sua vida possa estar em risco?

Para surpresa de Maggie, o comerciante parecia realmente surpreso com a pergunta. Ele estava de luto pelo primo, mas os palestinos acostumaram-se a sofrer pelos mortos. Sentia-se triste, até porque o nome em comum sempre os unira. Porém, aquilo não significava que devia ter medo. Maggie percebeu que teria de contar a história desde o início.

— Podemos conversar num lugar reservado, Sr. Aweida? Talvez na sala dos fundos — sugeriu Maggie, apontando para a porta pela qual ele passara logo após sua chegada.

— Não. Não é necessário. Podemos conversar aqui mesmo — disse ele, batendo palmas para que o jovem na frente da loja os deixasse a sós.

Maggie levantou-se e caminhou na direção da porta dos fundos. A intenção era testá-lo — e, como previsto, Afif Aweida apressou-se para impedir sua passagem.

— Sr. Aweida, eu trabalho para o governo americano, atuo nas negociações de paz. Não estou interessada em seus negócios. Ou no que quer que mantenha atrás dessa porta. Mas o senhor precisa me ajudar. Seu primo não foi morto aleatoriamente. E muitas outras pessoas morrerão, a não ser que consigamos descobrir o que está acontecendo.

— Continue — disse Aweida, pálido.

— O senhor conhecia Shimon Guttman?

Mais uma vez, ele pareceu ficar agitado.

— Sim, conheço esse nome. Era um homem famoso em Israel. Foi morto no sábado.

Maggie analisou seu rosto. Detectou o mesmo nervosismo de momentos antes, quando falara da sala dos fundos. Ela começou a entender.

— Afif — disse, chegando mais perto. — Não sou policial. Não me importo com o que compra e vende aqui. Mas estou interessada em garantir que esse processo de paz não seja interrompido. Se for, muitos outros palestinos, como seu primo, e muitos outros israelenses, como o professor Guttman, morrerão. Então vou perguntar de novo. E juro que não irei a lugar algum além desta sala. O senhor conhecia Shimon Guttman?

Em voz baixa, olhando por cima do ombro de Maggie para se certificar de que não havia ninguém por perto, ele respondeu:

— Sim.

— Tem idéia de por que ele mencionaria seu nome numa conversa com outra pessoa na semana passada?

Aweida franziu a testa.

— Não, não sei por que ele mencionaria meu nome.

— Quando se encontraram pela última vez?

— Na semana passada.

— Pode me contar as circunstâncias?

Relutante, Afif Aweida sentou-se e contou sobre a visita breve e inesperada que Guttman fizera à loja, depois de muito tempo sem aparecer. Impelido por Maggie, pronunciando frases pela metade, explicou o "acordo" pelo qual Guttman traduzia um conjunto de tábuas antigas de argila, com a condição de ficar com um exemplar.

— O senhor está me dizendo que nenhuma parecia ter um significado especial?

— Isso. Eram todas comuns: inventários domésticos, trabalhos escolares.

— Mais nada?

Novamente, uma expressão constrangida.

— Havia uma. Uma carta de uma mãe para o filho.

— E o professor a levou?

— Não.

— Mas ele a queria?

— Ele tentou me convencer a lhe dar a tábua, mas acabou desistindo. Deixou que eu ficasse com ela. Escolheu outra.

Maggie afastou-se um pouco. Havia algo na cena descrita por Aweida que lhe parecia familiar.

— Conte-me essa parte de novo. Ele insistia em ficar com a tábua da mãe desde o início? Ou só depois de ler todas as tábuas?

— Srta. Costello, isso aconteceu há uma semana.

— Tente se lembrar.

— Ele leu todas as tábuas. Depois achou que aquela era a mais interessante.

Não, não achou. Estava claro por que aquilo lhe parecera familiar. Ela fizera a mesma coisa. Numa negociação nos Bálcãs, Maggie insistira que o acesso à estrada litorânea era o ponto-chave. A deposição de armas viria depois. A necessidade absoluta era o acesso à estrada litorânea; sem aquilo, ela não poderia voltar ao outro lado. Como calculara, eles prontamente se dispuseram a depor as armas. Mas, em relação à estrada, não cederiam. Com uma feição contrariada, ela dissera que veria o que poderia fazer. Depois, adentrara a sala em que a outra parte aguardava e disse que eles conseguiram exatamente o que mais queriam: a deposição das armas.

Guttman recorrera ao mesmo expediente, brigando pela maçã para obter o que realmente desejava: a laranja.

— E essa tábua que ele levou? Tem idéia do que dizia?

— Ele disse que era um inventário, feito por uma mulher.

— E o senhor acreditou?

— Srta. Costello, não sei ler essa língua antiga. Tudo que sei é o que o professor me disse.

— Certo. Ah, uma última pergunta. Como ele estava quando foi embora?

— Disso eu me lembro. Aparentava estar muito desconfortável. Como se precisasse de um copo d'água. Cheguei a oferecer, mas ele não aceitou. Estava com pressa.

"Aposto que estava."

— E essa foi a última vez que soube dele?

— Sim. Até ouvir as notícias.

— Obrigada, Sr. Aweida. Agradeço sinceramente.

Ao se levantar e se encaminhar para fora da loja, Maggie experimentou um pouquinho do que Shimon Guttman devia ter experimentado: uma sensação de haver feito uma descoberta importante e a necessidade premente de compartilhar aquilo com alguém.

Do lado de fora, sentindo-se mais segura no meio da multidão de turistas, pegou o celular e ligou para Uri.

— Uri, acho que descobri o que está acontecendo.

— Ótimo. Você pode me contar no caminho.

— No caminho para onde?

— Não recebeu minha mensagem? O advogado do meu pai acabou de me ligar. Disse que tem algo para mim. Um recado.

— Recado de quem?

— Do meu pai.

CAPÍTULO TRINTA E SEIS

LAGO GENEBRA, SUÍÇA, SEGUNDA-FEIRA ANTERIOR

Oficialmente, Baruch Kishon devia odiar a Europa. Como um ideólogo conservador, escrevendo artigos virulentos para a imprensa israelense havia quase quatro décadas, construíra uma bela carreira castigando os apaziguadores covardes do Velho Mundo, comparando-os sempre negativamente aos poderosos defensores da liberdade do Novo Mundo. Enquanto os americanos sabiam distinguir o certo do errado, os europeus — os franceses eram os piores, com os britânicos bem próximos — caíam de joelhos assim que qualquer ditador de bigode começava a se exibir numa tribuna. Eles foram despedaçados por Hitler e depois se submeteram a Saddam. E estavam prontos para entregar Israel da mesma forma que estiveram prontos — ansiosos — para trair os judeus na década de 1930. Era algo inato. Ele escrevera naqueles termos mais de uma vez. Um de seu textos favoritos concluía que a União Européia precisava não de um lema, mas de uma única palavra: rendição.

No entanto, ele tinha um pequeno segredo, um segredo comum a muitos dos israelenses que compartilhavam de seu estilo inflexível de fazer política. Talvez realmente odiasse tudo que a Europa representava, mas *adorava* o lugar. Nunca se cansava: os cafés de calçada, onde o *café au lait* e o croissant vinham do jeito certo; o esplendor da Galeria Uffizi ou da Praça de São Pedro; os teatros do West End em Londres, as compras na Bond Street. Longe do caos, do rigor, da poeira e da sujeira de Israel, era um *alívio* ir a um lugar mais frio, porém ao mesmo tempo mais tranqüilo. Onde as filas dos ônibus não se transformavam em distúrbios e onde os trens, sim, cumpriam os horários.

Em nenhuma outra parte, Baruch Kishon sentia aquilo de maneira mais forte do que na Suíça, onde se podia almoçar na plataforma de embarque e acertar o relógio pelo movimento dos trens. Por isso, ficara muito satisfeito quando Guttman mencionara Genebra, no longo e tortuoso monólogo que lhe oferecera ao telefone, no sábado. Uma ligação que Kishon passara a considerar a última do professor.

Ele e Guttman conversavam habitualmente. Considerá-los jornalista e fonte seria um modo muito rasteiro de descrever a relação que mantinham. Seus papéis freqüentemente se confundiam. Eram co-conspiradores, espíritos semelhantes dentro do grupo nacionalista, sempre com a preocupação principal de servir à causa da melhor maneira. Se Kishon conseguisse tirar uma matéria interessante disso ou Guttman mais publicidade, bem, eram apenas prêmios extras. Acima de tudo, a meta de ambos era a soberania do povo judeu sobre seu lar histórico, a Terra de Israel.

A ligação de Guttman na tarde de sábado não o surpreendera. Yariv promoveria seu grande comício pela paz naquela noite. Nada mais natural que a direita procurasse planejar uma resposta.

Mas não era sobre aquilo que Guttman queria conversar. Ele começara a falar sem parar, agitado como um adolescente, sobre algo que encontrara, algo que mudaria tudo. As palavras saíam atropeladas: o mercado de rua em Jerusalém, escrita cuneiforme, tábuas de argila, um homem chamado Afif Aweida e, o mais inacreditável, as últimas palavras de Abraão. Bem, não as últimas palavras, mas seu testamento.

— Está me dizendo que Abraão decidiu quem devia herdar o monte Moriá, Isaac ou Ismael, nós ou os muçulmanos? — gaguejara Kishon ao telefone. — E você tem provas? Onde estão?

Àquela altura, Guttman tornara-se totalmente histérico, dizendo que precisavam planejar como tudo aquilo seria divulgado, que caberia a eles, à direita, revelar o conteúdo ao mundo. Seria o momento de consagração da ala direitista!

Kishon se perguntara se seu velho amigo estaria delirando.

— Mas, primeiro, precisamos contar a Kobi — dissera Guttman.

— Kobi?

— O primeiro-ministro.

— Anda fumando o haxixe do seu filho?

Guttman insistira que não, que estava tudo bem. Quando Kishon perguntara onde estava a tábua, a respiração de Guttman se acelerara, e ele respondera que combinara um encontro com um homem em Genebra. Lá seria mais seguro. Diante da pressão de Kishon por mais detalhes, Guttman balbuciara outras coisas sem nexo, depois dissera que, precisava seguir para o comício. Prometera ligar mais tarde. Eles se encontrariam. Guttman contaria todos os detalhes e, juntos, planejariam uma estratégia.

Horas depois, Kishon comia num de seus restaurantes favoritos, um francês perto da Ibn Gvirol, à espera de Guttman, quando o telefone tocara. Guttman estava morto, vítima de um tiro durante a manifestação.

Ele deixara tudo para trás e correra até o escritório para escrever uma coluna acusando Yaakov Yariv de criar uma cultura em que um assassinato político daquele tipo se tornara inevitável. Depois, redigira uma homenagem pessoal emocionada ao amigo, o saudoso Shimon Guttman.

Entretanto, no dia seguinte, quando começara a vazar a informação de que Guttman não tinha uma arma, de que ele avançara à parte da frente da multidão para entregar um bilhete, Kishon passara a refletir. A ligação urgente de seu velho amigo poderia ter sido o delírio de um homem que perdera o controle, conseqüência de um colapso demonstrado por sua tentativa suicida de chamar a atenção do primeiro-ministro. Ou ele poderia estar perfeitamente são, ainda que um pouco agitado, e sua jornada até a frente da multidão poderia ser apenas evidência da seriedade de seu plano.

Kishon pesou tudo que sabia sobre Guttman, os anos em que trabalharam juntos, a combinação de firme astúcia tática e profundo conhecimento acadêmico, o fato de que ele falara de maneira coerente numa conversa poucos dias antes. Pesou tudo aquilo e concluiu que Guttman merecia sua confiança, postumamente tanto quanto em vida. Claramente, Shimon fizera uma descoberta de enorme importância, e ele devia ao velho amigo encontrá-la e mostrá-la ao mundo. Seria um último gesto de amizade. Além disso, se o que Guttman dissera ao telefone estivesse correto, aquilo prometia ser nada menos do que o sonho de todo jornalista: o furo do século.

Ele tentou reunir os poucos elementos de que se recordava a respeito da ligação. Conferiu a anotação que fizera enquanto conversavam. Para sua profunda irritação, só escrevera duas palavras, as que lhe eram estranhas: nome e sobrenome de um comerciante árabe de Jerusalém Oriental. Afif Aweida. Supusera que receberia os demais detalhes quando se encontrasse com Guttman. Não registrara nada. Agora precisava recuperá-los na memória: antiguidades roubadas, uma tábua de argila, Genebra, monte Moriá. O testamento de Abraão.

Kishon cogitou entrar em contato com Aweida, mas decidiu que não. Ele conhecia Guttman e seus métodos; aquele comerciante provavelmente não tinha idéia do que lhe vendera. Se tivesse, o professor não disporia dos meios para comprar o objeto. Não, um caminho melhor seria Genebra, um dos centros do comércio mundial de antiguidades. Houvera uma época em que quase tudo passava por lá. Os suíços seguiam a antiga doutrina *nemo dat* — *nemo dat quod non habet*, ou "ninguém dá o que não tem" — de maneira literal, acreditando que, se alguém vendia alguma coisa, só podia ser seu dono de direito. Aquilo significava que um objeto comprado na Suíça era automaticamente considerado legítimo, sem perguntas, não importando como chegara lá. Ao deixar o país, sua procedência passava a ser insuspeita. Não surpreendia que a capital suíça houvesse se tornado a lavanderia do mercado mundial de tesouros saqueados do mundo antigo. Kishon comprou a passagem pela internet e, no domingo à noite, estava lá.

A maioria dos jornalistas, pensou Kishon, teria seguido direto a um dos portos livres, os armazéns fortificados que funcionavam como lojas de artigos antigos. Mas Kishon sabia que aquele não era o caminho. Guttman não queria vender a tábua. Seu interesse era no impacto político. Ele mesmo dissera ao telefone.

Aquilo só podia significar que o professor não planejara ir até lá para que o objeto fosse avaliado, mas sim *verificado*. Guttman não poderia fazer uma declaração ao mundo — "Aqui está a prova de que Abraão deixou Jerusalém para os judeus!" — sem estar absolutamente seguro de que a peça era genuína. Havia muito em jogo para cometer um erro. Por isso, Kishon buscara por "cuneiforme, Genebra, especialista" no Google e, para sua alegria, encontrara um nome. Professor Olivier Schultheis.

Ele estaria lá em cerca de 10 minutos. Nem se dera ao trabalho de ligar avisando; não havia razão para dar a uma fonte a chance de dizer não. Era melhor aparecer pessoalmente, chegar de surpresa.

A tranqüilidade da viagem tornava os momentos naquelas rodovias um prazer. Nada parecido com o congestionamento e os gestos descontrolados na auto-estrada que ligava Jerusalém a Tel Aviv. Mas, de repente, ele notou algo. Um carro bem atrás do seu piscando o farol insistentemente.

Kishon abriu caminho, passando à faixa mais lenta à direita. Porém, o motorista do BMW preto acompanhou a manobra, permanecendo na sua traseira. Então, Kishon deu a seta e trocou de faixa novamente, desta vez para a última e mais lenta de todas.

O BMW, no entanto, permanecia logo atrás. Kishon apertou a buzina, tentando avisar ao outro motorista que se afastasse. O resultado acabou sendo o contrário. Ele sentiu o BMW tocando seu pára-choque traseiro.

Kishon buzinou mais uma vez. "Saia daí." Desta vez, o BMW bateu na traseira do carro. Ele olhou pelo espelho e depois para a frente. Não havia opção. Se quisesse escapar daquele psicopata, teria de deixar a auto-estrada, pegar a primeira saída.

Era uma subida estreita. Kishon precisou frear e fazer uma curva brusca. Mas conseguiu. Para seu alívio, viu que estava sozinho numa via sinuosa de pista única. Ficaria nela por um tempo e depois retornaria à auto-estrada.

No instante seguinte, notou a mesma forma escura tomando conta do espelho, com os faróis piscando. O BMW estava de volta. Kishon tentou manter a calma. Talvez não fosse um agressor, mas algum tipo de veículo oficial, tentando fazer com que parasse. Teria cometido uma infração? Estaria andando com uma lanterna quebrada? Ele decidiu encostar.

O problema era a ausência de acostamento. À margem da estrada só havia rochas e, mais adiante, um precipício. Mesmo assim, ele reduziu a velocidade. Mas o BMW pareceu não entender a mensagem.

Kishon apertou a buzina demoradamente. O BMW acelerou e voltou a atingir a traseira do seu carro. A pancada jogou a cabeça de Kishon para a frente num movimento de chicote. Por um instante, ele soltou o volante e logo ouviu o barulho dos pneus sobre o cascalho que ladeava o caminho. Assim que conseguiu retornar à estrada, sentiu outra batida. Em seguida, numa ação repentina, o BMW encostou pelo lado de Kishon.

Ele olhou para a esquerda, mas as janelas do BMW eram escuras. Agora os ataques vinham de lado. O carro de Kishon estava sendo empurrado para fora da pista. Pela janela, ele podia ver o abismo, sem obstáculos. À frente, havia uma curva fechada. Sabia que precisaria de espaço, mas o outro veículo não saía de seu lado. Tentou frear. A cada manobra, o BMW o atingia de novo.

A única saída era acelerar e se livrar do outro carro. Com a aproximação da curva, ele fez a primeira tentativa, enfiando o pé no pedal da direita. Porém, enquanto virava, um pouco rápido demais, o BMW o empurrou com mais força do que antes — o suficiente para tirar suas rodas da direita do chão. Desesperado, ele tentou jogar o carro de volta para a pista, mas percebia o desequilíbrio: as rodas giravam em falso, sem uma superfície em que se apoiar.

Kishon sentiu uma espécie de leveza enquanto seu carro mergulhava pela encosta durante 5, 6, talvez 7 segundos, antes de bater no primeiro conjunto de rochas. O impacto destruiu sua coluna e quase separou sua cabeça do pescoço. Depois que a polícia rodoviária suíça finalmente encontrou os destroços do carro, duas horas mais tarde, as equipes de resgate tiveram de realizar buscas a noite inteira, usando holofotes, até acharem todos os restos de carne e osso do corpo de Baruch Kishon.

CAPÍTULO TRINTA E SETE

JERUSALÉM, QUINTA-FEIRA, 13h49

Maggie se esforçou para esconder o que acontecera. Passou pelos guardas na entrada do hotel — dois jovens que perguntavam a todos os hóspedes se estavam portando armas e revistavam os considerados suspeitos — com a melhor pose que pôde assumir. Ela aprendera que, de todos os elementos da linguagem corporal, o caminhar era com freqüência o mais eloqüente. Os negociadores de segundo escalão sempre acreditavam na importância dos sinais de masculinidade: aperto de mão firme e contato visual inabalável. Contudo, esqueciam-se de que a primeira batalha se decidia no momento em que os dois lados adentravam a sala. Era preciso aparecer como vitoriosos, confiantes em suas chances, com ar de quem exerce controle sobre o ambiente. Se uma pessoa entrasse arrastando os pés, demonstrando relutância, passaria o resto da noite na defensiva, apenas reagindo.

Ela tentava transmitir aquele recado a seus ossos e músculos doloridos quando passou pelas portas automáticas do hotel e avistou Uri, andando de um lado para outro, com a cabeça baixa, no saguão. Maggie desejava que ele sequer imaginasse o que lhe ocorrera no mercado. Na infância, nunca entendera por que as meninas da escola não diziam uma única palavra sobre o padre Riordan, apesar de tudo que ele fazia. Mas agora entendia.

Felizmente, Uri não perguntou como ela estava; só quis saber o que descobrira. Maggie contou sobre o verdadeiro Afif Aweida, o comerciante de antiguidades roubadas que continuava vivo, enquanto seu primo quitandeiro estava morto. Um sorriso amargo e triste tomou conta do rosto de Uri.

— O que foi? — perguntou Maggie.

— É que isso já aconteceu antes. Não a mim, mas a alguns colegas.

— O que aconteceu?

— Um caso muito grave de troca de identidades. Foi na segunda Guerra do Líbano, poucos anos atrás. Forças especiais de Israel seqüestraram um homem que acreditavam ser o líder do Hezbollah. Foi um grande feito da inteligência israelense. O problema é que ele não passava de um comerciante de Beirute. Tinha o mesmo nome, mas era o homem errado.

— Acha que a inteligência israelense matou Afif Aweida?

— Só estou dizendo que erros idiotas como esse acontecem. Qualquer um pode cometê-los.

Eles caminhavam pela rua Shlomzion Ha'Malka, a caminho do carro de Uri. Maggie preferia ter subido ao quarto, para se refrescar, mas ele fora inflexível: não havia tempo. Assim que se sentou no banco do carona, ela apresentou sua versão dos fatos. Shimon Guttman visitara a loja de Aweida, traduzira várias tábuas de argila e encontrara uma de grande importância política. Um texto que teria enorme impacto no processo de paz. Então, ligara para Baruch Kishon, seu velho aliado político, desejando discutir qual seria a melhor maneira de divulgar seu achado. Finalmente, começara a tomar providências para levar a informação ao primeiro-ministro.

— Para meu pai ficar tão empolgado, só podia ser algo provando que os judeus estão nestas terras desde sempre. Um fragmento em hebraico datado de um milhão de anos atrás.

— Como a sinagoga Bet Alfa?

— Talvez.

Maggie mordeu os lábios e olhou para fora, observando as ruas. Homens de terno preto e o tradicional chapéu de abas largas, alguns com pele nas pontas, mesmo no calor do Oriente Médio. Mulheres em vestidos longos, sem formas definidas, entrando e saindo de lojas, carregando sacolas de plástico nos braços. Uri reparou no olhar de Maggie.

— Os religiosos. Estão dominando este lugar. Enfim, acho que logo saberemos o que meu pai viu. O advogado dele estava fora do país e voltou hoje. Chegou esta manhã e encontrou uma carta à sua espera.

— Ele disse há quanto tempo estava lá?

— Parece que meu pai a entregou no sábado passado. Pessoalmente. — Ele e Maggie trocaram olhares. — Eu sei, eu sei. Pensei na mesma coisa. Como se ele soubesse que algo lhe aconteceria.

A viagem prosseguiu em silêncio. Maggie repassava os acontecimentos daquela manhã e da noite anterior. Se ela ao menos pudesse compreender tudo aquilo. Talvez devesse contar a Uri o que ocorrera no mercado: talvez juntos conseguissem deduzir quem eram os agressores. Mas ela já revelara muita coisa a respeito de si. Estava prestes a dizer algo quando Uri ligou o rádio para ouvir o noticiário da tarde. Como antes, ele traduziu as matérias, à medida que eram anunciadas.

— Estão dizendo que o mundo inteiro teme o fracasso do processo de paz no Oriente Médio depois que ambos os lados admitiram terem, na prática, abandonado as negociações. Imagens de satélite mostram a mobilização de unidades do exército sírio na fronteira. O exército egípcio suspendeu todas as dispensas de militares. E, aparentemente, o presidente do Irã declarou que, se Israel rejeitar essa última chance de ser aceito na região, então os outros países terão de removê-lo de uma vez por todas. Extirpar o câncer, nas palavras dele. Washington avisou que qualquer iniciativa de uso de armas nucleares contra Israel será punida... bem, como vocês dizem? "Na mesma moeda"?

"*Meu Deus*. Miller e os outros não estavam brincando. O mundo acompanhava a situação de perto. Um fracasso em Jerusalém desencadearia uma catástrofe geopolítica. De repente, Maggie ouviu duas palavras familiares e inesperadas, em meio ao falatório em hebraico.

— Uri? O que aconteceu?

Ele ergueu a mão, pedindo silêncio. Depois, ficou nitidamente pálido. Finalmente, conseguiu falar, num tom de voz quase inaudível.

— Disseram que continuam chegando homenagens ao jornalista Baruch Kishon, morto num acidente de carro na Suíça. Nas proximidades de Genebra.

— Uri, pare o carro. Agora.

Uri estava preso no trânsito; não havia como encostar. A cabeça de Maggie era um turbilhão. Havia alguém um passo à frente de tudo que os dois faziam. Ela e Uri descobriram o nome de Afif Aweida no apartamento de Kishon, e horas mais tarde um homem chamado Afif Aweida aparecera caído sobre seu próprio sangue, num mercado de Jerusalém. Eles foram os únicos a entrar no apartamento de Kishon e a saber que ele recebera a última ligação de Guttman. E, agora, ele também estava morto.

Aquilo só podia significar uma coisa: eles estavam sendo seguidos, e todas as suas conversas, gravadas. Não havia outra explicação.

Uri buzinava para os carros à sua frente, ansioso por estacionar o carro.

Espere um pouco.

Onde Uri prestara o serviço militar mesmo? Na área de inteligência. Era o único que sabia de tudo que ela sabia. Maggie não mencionara o nome de Kishon a qualquer outra pessoa. Ainda assim, ele aparecera morto, quase certamente assassinado.

Ela confiara cegamente em Uri, desde o primeiro momento. Talvez tivesse cometido um erro. Afinal, julgara outras pessoas equivocadamente antes.

Sentia-se desconfortável, com as palmas das mãos úmidas, enquanto olhava para ele. Pensou no homem que a agarrara aquela manhã, que a apertara *naquele lugar*. Ela não conseguira ver seu rosto ou identificar sua voz. Seu sotaque era tão estranho; talvez fosse alguém tentando disfarçar. Seria possível que Uri a tivesse seguido até lá? Seria possível que o homem mascarado fosse...? Maggie esperou que o trânsito fizesse o carro parar novamente e, na mesma hora, levou a mão à trava da porta.

Mas Uri foi mais rápido e usou o comando do seu lado para trancar todas as portas. Ela estava presa; não havia como sair.

Ele virou-se para ela e, numa voz firme e calma, disse:

— Você não vai a lugar algum.

CAPÍTULO TRINTA E OITO

JERUSALÉM, QUINTA-FEIRA, 14h25

— Uri, preciso sair.

— Maggie, você não vai a lugar algum.

— Deixe-me sair. AGORA! — Maggie raramente levantava o tom de voz. Sabia que o som era terrível. Uri acabou encostando o carro.

— Escute, Maggie. Você não pode me abandonar agora só porque isso está ficando um pouco assustador.

— É você que está me deixando assustada, Uri.

— Eu? Ficou maluca?

— Sempre que descobrimos um nome, essa pessoa acaba morta. Primeiro Aweida, agora Kishon. E posso garantir que *eu* não matei os dois.

— E acha que fui eu?

— Bem, você é a única pessoa que sabia das mesmas coisas que eu.

Uri balançava a cabeça, olhando para baixo, sem acreditar no que ouvia. O motor do carro continuava ligado.

— Isso é loucura, Maggie. Como eu poderia ter jogado uma pessoa para fora da estrada na Suíça, se estou bem aqui?

— Pode ter contado a alguém.

— Eu não sabia que ele estava na Suíça! — Uri tentou se acalmar. — Ouça, só quero descobrir o que aconteceu a meus pais. Alguém matou minha mãe, Maggie. Tenho certeza disso. E quero saber quem foi. É só isso.

Ela sentiu a preocupação diminuir, como se o sangue em suas veias começasse a correr mais devagar.

— Mas você pode estar passando o que sabe à inteligência israelense.

— E por que eu faria algo assim? Não se esqueça de que foram equipes de segurança israelense que atiraram no meu pai. Podem até estar por trás de tudo isso. Por que eu os ajudaria?

Era verdade. Não fazia muito sentido: um agente secreto que perdia o pai e a mãe só para manter o disfarce. Ela deixara o pânico tomar conta de suas ações.

— Tudo bem. Acredito em você. Agora destrave as portas.

Ele atendeu o pedido e esperou que ela saísse. Ao perceber que Maggie não se mexia, falou:

— Só tranquei a porta porque preciso de você, Maggie. Não consigo fazer isso sozinho. — Um momento de silêncio. — Não quero que você vá embora.

Maggie manteve os olhos fixos nos dele até ver o mesmo calor, a mesma chama que vira na noite anterior. Queria mergulhar ali e permanecer lá dentro. Em vez disso, virou-se e meneou a cabeça, como se tentasse indicar que era hora de prosseguir a viagem.

Uri dirigira por cerca de cem metros quando, num movimento súbito, botou a mão no botão do rádio e aumentou o volume. Depois, passou pelas estações, até encontrar uma batida de rap. O carro parecia se sacudir.

Com a cabeça doendo por causa do barulho, Maggie levou a mão ao mesmo botão e baixou o volume. Uri reagiu e aumentou ainda mais o som, desta vez mantendo a mão na frente para deter qualquer nova tentativa de Maggie.

— Que droga você está fazendo? — gritou ela.

Uri voltou-se para Maggie com os olhos arregalados, como se tivesse chegado a uma conclusão importante. "Escutas", disse apenas movendo os lábios. "O carro pode estar com escutas."

Era óbvio. A segurança sempre fora um aspecto-chave em esforços de mediação anteriores. E, em suas experiências, Maggie também tomara cuidados extremos. Uma vez, fizera um relatório para um ministro das Relações Exteriores dentro de um banheiro de hotel, com a torneira aberta. Porém, aquilo acontecia quando lidava com negociações. A situação ali, pensara de modo equivocado, era diferente. Primeiro, a perda de controle diante de Uri e agora aquilo. De uma hora para outra, ela se sentiu uma idiota: seu ano de afastamento, como babá de casais em conflito, a deixara mais enferrujada do que avaliara num primeiro momento.

Uri tinha razão: deviam supor que estavam sendo alvo de grampos. Ao pararem num semáforo, ele aproximou-se de Maggie, para poder sussurrar e, assim, evitar que a conversa fosse gravada.

— Os computadores também. — Maggie sentia as palavras tanto quanto as ouvia. A respiração de Uri afagava sua orelha, e ela podia captar o perfume exalado pelo pescoço dele. — Devem ter visto tudo que vimos. A partir de agora, fale normalmente. — Ele baixou o volume de novo. — Você não gosta? O rap é o maior sucesso em Israel atualmente.

Maggie estava muito abalada para representar. Se as buscas no computador da casa de Shimon Guttman tivessem sido monitoradas, os responsáveis pela vigilância saberiam de tudo que eles sabiam — incluindo a verdade sobre Ahmed Nour. E, naquela manhã, algo os deixara inquietos; inquietos o bastante para decidirem lhe dar um susto. Ao procurar por Aweida, ela chegara perto demais para que mantivessem a calma.

Uri parou o carro. Assim que saíram, Maggie começou a falar, fazendo com que ele balançasse a cabeça e pusesse o dedo diante dos lábios. *Shhhh.*

— É sério, existe uma cena musical crescendo em Israel — disse Uri, ainda na conversa fictícia. — Principalmente em Tel Aviv, claro.

Com um aceno, Uri pediu que ela o seguisse. Maggie o observou por um instante. Ele não fazia a barba havia vários dias, e seu cabelo estava desgrenhado, com os cachos caindo sobre o rosto. Maggie não conseguia pensar em nada para dizer, sobre música ou qualquer outro assunto. Sua expressão era de confusão quase total.

Ele se curvou para falar ao seu ouvido.

— Nossas roupas também — disse.

Por reflexo, Maggie apalpou os bolsos, à procura de algum microfone minúsculo. Ele lhe deu um sorriso, como se dissesse "não adianta, você nunca vai encontrá-lo".

Os dois se aproximavam de algo que parecia ser um prédio de apartamentos e não o escritório que ela esperava. A visita ao advogado da família Guttman seria na casa dele?

Uri apertou o botão do interfone na entrada principal.

— Oi, Orli?

Maggie ouviu uma voz de mulher pelo interfone.

— *Mi zeh*?

— É o Uri. *Ani lo levad.* — "Não estou sozinho."

O portão se abriu. Depois de vencerem dois lances de escada, Uri e Maggie chegaram à entrada de um apartamento. No vão da porta, aparentemente surpresa, havia uma mulher pelo menos cinco anos mais nova que ela — e dona de uma beleza enervante. Tinha cabelos longos escuros levemente encaracolados, olhos castanhos e um corpo esbelto que nem os jeans folgados e desbotados ocultavam. Maggie torcia para que fosse a irmã de Uri, mas temia que fosse sua namorada.

Num instante, os dois se uniram num abraço longo, de olhos fechados, que fez Maggie ter vontade de sumir. Seriam parentes? Estaria aquela mulher consolando Uri por sua dupla perda? Pouco depois, todos já estavam dentro do apartamento, mas Maggie permanecia a distância, esperando ser apresentada.

Sem fazer perguntas ou pedir autorização, Uri foi até o aparelho de som, botou um CD e aumentou o volume. Ao som de Radiohead, começou a explicar a Orli o que acontecera e do que suspeitava. Em seguida, para surpresa de Maggie, apontou para o que devia ser um quarto, pedindo que ela o seguisse. Com os três no outro recinto, ele finalmente apresentou as duas mulheres, aos sussurros. Elas se cumprimentaram constrangidas, sorrindo por pura educação. Falando ainda mais baixo, Uri explicou duas coisas a Maggie: Orli era sua ex-namorada e ela tinha de tirar a roupa.

Depois, num tom de voz mais alto, soando deliberadamente natural, continuou:

— Orli trabalhou como estilista em Londres. Achei que você gostaria de dar uma olhada em algumas de suas últimas criações.

Uri pôs a mão em volta da orelha, num gesto de quem ouve, e começou a apontar. A escuta podia estar em qualquer lugar: camisa, sapatos, calças. Qualquer lugar.

Então, Uri abriu um armário e pegou algumas roupas de homem. Seriam coisas suas, que permaneciam ali, apesar de insistir que aquela linda mulher era apenas uma ex? Ou pertenceriam ao novo namorado de Orli?

Maggie não pôde observar por muito tempo porque logo Orli estava a seu lado, de frente para o armário, avaliando-a com a crueldade que as mulheres reservam a outras mulheres. No fim das contas, embora Maggie não tivesse os braços finos de Orli, as duas não eram tão diferentes: ela poderia usar a maioria das roupas penduradas ali dentro.

Orli escolheu uma saia longa e larga — na opinião de Maggie, não por acaso.

— Que tal essa aqui? — perguntou Maggie, apontando para uma elegante calça cinza.

Ela notou uma camiseta e um casaquinho combinando que completariam o visual com perfeição. Relutante, Orli lhe passou as peças. Forçando os limites, Maggie também escolheu um par de botas de couro que estavam na parte de baixo do armário. Já que teria de usar roupas de outra mulher, por que não aproveitar a oportunidade?

Orli deixou a pilha de roupas num canto da cama, deu as costas e saiu. Maggie não a culpava. Se Edward chegasse um dia, com outra mulher, pedindo autorização para essa estranha se despir dentro do apartamento deles e depois atacar seu guarda-roupa, ela não ficaria muito satisfeita. *Edward.* Os dois não conversavam havia dois dias.

Em poucos minutos, eles já estavam se despedindo, com Orli prolongando o abraço em Uri por um ou dois segundos a mais que o necessário. Ele e Maggie desceram as escadas não só usando roupas novas, mas também tendo abandonado tudo que poderia carregar uma escuta: sapatos, bolsas, canetas. Tudo.

— Você não acredita em que lugares eles conseguem enfiar um microfone ou mesmo uma câmera hoje em dia — disse Uri, enquanto caminhavam até o carro. — Latas de spray, bonés de beisebol, óculos escuros, saltos de sapato, lapelas, qualquer lugar. — Maggie olhou para ele. — Fizemos tudo isso para documentários de TV. Investigações com câmeras escondidas.

— Claro, Uri, claro. — Ela suspeitava que aquele conhecimento fora adquirido com o uniforme das FDI e não nas ilhas de edição de uma emissora de Tel Aviv.

Dentro do carro, Uri ligou o rádio novamente e dirigiu sem dizer nada. Coube a Maggie quebrar o silêncio.

— Então, qual é sua relação com Orli? — perguntou ela, torcendo para suas palavras soarem casuais, como se praticamente não se importasse.

— Já disse. É uma ex-namorada.

— Ex há quanto tempo?

— Ex. Paramos de sair há mais de um ano.

— Pensei que, há um ano, estivesse em Nova York.

— Exatamente. Ela estava comigo. O que é isso, um interrogatório?

— Não. Mas, 5 minutos atrás, estávamos no apartamento de uma mulher que eu nunca tinha visto na vida e, de repente, você começou a me dar roupas dela para vestir. Acho que tenho direito de saber quem é ela.

— Ah, agora é uma questão de direitos? — perguntou Uri, tirando os olhos da rua para lhe dar um sorriso.

Maggie sabia como aquilo soava. Resolveu calar a boca e ficar olhando o movimento pela janela. O silêncio durou uns 15 segundos.

— Por que ela largou você?

— Como sabe que ela me largou? Pode ter sido eu.

— Foi você?

— Não.

— Então o que houve?

— Ela disse que estava cansada de ficar por perto, em Nova York, esperando que eu assumisse um compromisso. Decidiu voltar para cá.

— E acabou tudo entre vocês?

— Pelo amor de Deus, Maggie, o que é isso? Até esta semana eu não falava com ela havia quase um ano. Ela me procurou por causa dos meus pais. Disse que, se eu precisasse de alguma coisa, era só ligar. Precisamos de algo, e eu liguei. Caramba!

Maggie estava pensando em pedir desculpas, em agir com gentileza, em perdoar Uri por ter uma ex-namorada linda. Tudo aquilo se tornara possível graças ao que ele dissera. Mas ela perdeu a oportunidade. Seu celular tocou, mostrando o número do consulado americano. Com um aceno, pediu que Uri parasse, para que ela pudesse sair e atender a ligação, longe do carro e dos inúmeros microfones possivelmente escondidos em seu interior. Obviamente, a própria linha podia estar sob monitoração ou podia haver um grampo no aparelho. Mas quais eram as opções? Ela não podia jogar o telefone fora, afinal tinha de permanecer ao alcance das pessoas. E também não podia ignorar uma ligação do consulado. Parada numa esquina, Maggie atendeu.

— Oi, Maggie, é Jim Davis. Estou com o subsecretário Sanchez e Bruce Miller.

Houve um clique, indicando que a conversa passara ao viva-voz.

— Maggie, Robert Sanchez falando. As coisas ficaram um pouco piores ao longo do dia...

— Um pouco piores? Um *pouco* piores? — Era Miller, seu sotaque nasalado do sul se sobrepondo ao tom contido de Sanchez. Maggie o imaginou andando, impaciente, enquanto Davis e Sanchez permaneciam sentados. — Que tal *muito* piores, Costello? O país inteiro está se incendiando mais rápido do que uma cruz da Ku Klux Klan. Agora temos os árabes israelenses promovendo distúrbios: Galiléia, Nazaré, até a merda do Jardim de Getsêmani, pelo que sei. E o Hezbollah continua causando o máximo de destruição no norte. Os israelenses estão ficando indóceis.

— Entendo — disse Maggie.

— Espero que sim, Srta. Costello. Porque, não sei se preciso lembrá-la disso, o presidente e um monte de outras pessoas investiram muito nesse processo de paz para vê-lo transformado numa montanha de merda agora.

Aquele era o tipo de linguagem que fazia de Bruce Miller uma força em Washington, capaz de destruir qualquer um disposto a permanecer em seu caminho. Antes de colocar seu homem na Casa Branca, ele era figurinha fácil nos programas de entrevistas, vencendo disputas verbais até com os Bill O'Reillys e os Chris Matthews da vida, graças à mistura de sotaque do interior e posições políticas firmes. Era esperto e engraçado ao mesmo tempo; os produtores de TV nunca se cansavam dele.

— Temos três questões em jogo aqui. Em primeiro lugar, meu trabalho é garantir que o presidente seja reeleito em novembro. Um tratado de paz para Jerusalém torna isso um resultado garantido. Como não se trata de algo muito comum na política, quando a oportunidade aparece, não se pode deixá-la escapar. Em segundo lugar, a paz no Oriente Médio assegura ao presidente um lugar na história. Ele terá sido bem-sucedido num ponto em que todos os outros fracassaram. Também gosto dessa idéia. Gosto muito. — Maggie não conseguia evitar um sorriso. Na sua área de atuação, eufemismos e rodeios eram os tipos habituais de discurso. A franqueza nada diplomática de Miller era um contraste interessante. — Mas aqui está o detalhe, Srta. Costello. Geralmente, fazer a coisa certa e conquistar votos não acontecem juntos. Quando Lyndon Johnson deu aos negros o direito de votar, aquela era a coisa certa, mas acabou com o Partido Democrata no sul, até os dias atuais. Apesar de ser algo correto, ferrou nossas vidas. Agora a situação é diferente. Até um cínico como eu pode enxergar. Temos a chance de fazer a coisa certa *e* conquistar uma tonelada de votos com isso. E, acredite em mim, impedir que judeus e árabes continuem se enfrentando depois de tantos anos de mortes é a coisa certa a se fazer. Devemos a eles não estragar tudo. — Ele fez uma pausa só para se certificar de que o sermão fora compreendido. — Então me conte o que conseguiu.

Maggie enrolou um pouco, sustentando que houvera progressos em ambos os lados, antes de voltar a insistir que as melhores chances de deter a violência estavam em descobrir a motivação exata por trás da maioria, se não de todos, os incidentes. Acrescentou que se achava perto de descobrir essa motivação, mas precisaria de algum tempo.

— Tempo é algo que nós não temos, Maggie.

— Sei disso, Sr. Miller — disse ela, notando um tom quase de desespero na voz do assessor do presidente.

Maggie teve uma sensação de culpa, como se, depois de ser encarregada de uma tarefa vital, estivesse estragando tudo. Miller não era guiado somente pelo jogo duro da política; atrás da aparência de durão havia um homem que claramente ansiava por alcançar a paz. E ela, em vez de ajudá-lo, não conseguira nada até ali. Maggie desligou prometendo outro relatório à noite e voltou para o carro. Sua preocupação com Orli agora parecia de uma insignificância embaraçosa.

Por um bom tempo, ela permaneceu em silêncio, contemplando um medo muito maior: de um segundo erro fatal. Uri apenas dirigia, sem fazer perguntas.

Quando chegaram ao escritório do advogado, o sol da tarde já não era tão forte. Aquele era um prédio antigo, construído com a mesma pedra áspera que Maggie passara a considerar comum — apenas um material de construção natural para todos os edifícios. Eles subiram um único lance de escada até uma porta com uma placa: "David Rosen, advogado."

Uri bateu gentilmente, depois abriu a porta. Embora não houvesse ninguém na recepção, não pareceu muito perturbado.

— Provavelmente saíram mais cedo — disse, num tom de voz normal.

Tendo trocado todas as roupas, Uri acreditava que não carregava mais qualquer escuta que pudessem haver plantado em seu corpo. Ou no de Maggie.

Ele gritou, em hebraico, mas ninguém respondeu. O escritório aparentava estar vazio. Juntos os dois verificaram a primeira sala: ninguém. O mesmo na sala seguinte.

— A que horas ele estaria nos esperando? — perguntou Maggie, ainda sussurrando.

— Eu disse que viria direto para cá.

— Uri! Isso foi há horas. Passamos um tempão no apartamento de Orli.

Uri deu uma espiada em todas as salas que encontrou, procurando pela maior, que naturalmente pertenceria ao sócio sênior. Nenhuma estava ocupada. Ao abrir a última porta, que levava, como esperado, ao escritório mais amplo, a expressão em seu rosto mudou, tornando-se completamente lívida.

Maggie entrou logo depois de Uri e ficou pasma. A sala não estava vazia. David Rosen ainda ocupava sua mesa. Mas seu corpo estava jogado sobre ela, imóvel como um cadáver.

CAPÍTULO TRINTA E NOVE

TEKOA, CISJORDÂNIA, QUINTA-FEIRA, 15h13

Não era a primeira vez, desde que chegara ao país 25 anos antes, que Akiva Shapira amaldiçoava sua criação nos Estados Unidos. Ele observava os jovens em treinamento no vinhedo, atacando, três por vez, facas em punho, prontos para perfurar a carne macia dos três bonecos recheados com palha. Sentia frustração porque nunca seria como eles. Era tarde demais. Aos 52 anos, pesando mais de 90 quilos, Akiva Shapira nunca poderia se juntar àquele heróico exército da resistência judaica — não em algum papel ativo. O que lhe causava dor não era ter perdido a oportunidade, mas a consciência de que ela nunca lhe aparecera realmente.

Como americano, crescera no abandono e no conforto de um subúrbio de Nova York. Riverdale, para ser mais preciso. Enquanto aqueles jovens israelenses aprendiam a linguagem dos tanques, da artilharia e da infantaria como se fosse seu idioma nativo, educados como guerreiros desde a infância, ele fora criado para se unir a um exército de advogados, contadores e médicos. Mudara-se para Israel aos 20 e poucos anos, a tempo de cumprir um treinamento básico de três meses, mas já era tarde. Nunca compartilharia do conhecimento marcial que representava um pedaço tão significativo da cultura daquela sociedade. Embora não admitisse publicamente, apesar de toda sua militância nacionalista e influência política em Israel, Akiva Shapira não podia fugir da sensação de ser um forasteiro.

Os homens a seu lado, pelo que podia notar, não tinham sentimentos daquele tipo. Todos carregavam longos históricos militares — os três anos de serviço na juventude e algumas guerras depois. Podiam assistir à apresentação e, em seguida, debater a mecânica de combate com absoluta segurança. Quando passaram ao estande de tiro, onde uma equipe de atiradores na casa dos 20 anos saltava de arbustos e corria pela vegetação rasteira para disparar contra uma fileira de melancias que serviam de alvo, aqueles homens, todos da idade de Shapira ou mais velhos, podiam cochichar observações úteis ao instrutor. Shapira, contudo, permanecia quieto, impressionado com os estampidos que precediam a explosão das frutas numa chuva de fragmentos, repetidas vezes, sem falhas.

Ele ficou aliviado quando a apresentação acabou e os jovens recrutas foram dispensados. Agora os mais velhos falariam de estratégia, e Shapira poderia ocupar seu lugar na mesa ao ar livre nas mesmas condições que os demais.

Havia apenas quatro participantes, numa reunião cuja existência, por consenso, seria negada por todos. Shapira e o homem à sua direita eram os únicos que tinham cargos formais no movimento dos colonos. O companheiro que presidia o encontro ganhara fama como intendente do *Machteret*, grupo clandestino judeu responsável por diversos ataques terroristas a políticos árabes e outras pessoas, duas décadas antes. Ele passara um período preso e, oficialmente, retirara-se da vida pública. A maioria dos jornalistas israelenses acreditava que vivia no exterior. No entanto, lá estava o sujeito, infiltrado na Cisjordânia, no coração da Samaria, como diriam Shapira e seus companheiros.

Apesar disso, se uma equipe de TV israelense aparecesse naquela reunião — o que não aconteceria porque a área ficava num perímetro fortemente vigiado —, não seria a presença do antigo membro do *Ma-*

chteret que a deixaria mais chocada, mas sim a da figura sentada bem diante de Shapira. Aquele homem era assessor particular de ninguém menos que Yossi Ben-Ari, ministro da Defesa do Estado de Israel.

— Estamos aqui, como sabem, para falar sobre a Operação Bar Kochba — disse o intendente.

Shapira gostava do nome. Afinal, fora sugestão sua batizar a revolta judaica do século XXI com o nome do homem que liderara uma ação similar no século II. (A revolta de Bar Kochba contra os romanos resultara num desastre e no exílio dos judeus da Palestina, fato que Shapira preferia ignorar.)

— Nossa opção preferida continua sendo uma desobediência coletiva nas fileiras das FDI. Yariv não terá um acordo de paz se o exército se recusar a implementar suas condições. Se ele der uma ordem para a remoção de um assentamento como este, como Tekoa, nosso pessoal se recusará a obedecer.

— Mas já houve o caso de Gaza — lembrou o representante de Ben-Ari.

— Correto. Houve o caso de Gaza. Esperamos uma resistência coletiva e acabou não acontecendo. Por isso, precisamos de um plano B. E foi precisamente o que vocês acabaram de ver. Jovens altamente treinados que se livrarão dos uniformes das FDI e pegarão em armas para proteger sua terra natal.

Shapira não pôde evitar olhar para o assessor do ministro da Defesa. A simples presença dele ali era bastante significativa. Porém, o fato de ouvir, sem manifestar reação, a descrição de um plano de israelenses para pegar em armas contra o exército de Israel, o exército comandado por seu chefe, era incrível. Terem aquele homem e, portanto, Ben-Ari como aliados era uma prova de força e uma confirmação do principal ponto fraco de Yariv.

— Repito que só utilizaremos essas forças se houver um acordo assinado e o governo começar a cumprir seus compromissos — ressaltou o intendente.

— E enquanto isso... — disse Shapira, dando vazão a um desejo de seguir em frente, de agir.

— Enquanto isso — prosseguiu o intendente, fuzilando Shapira com o olhar — há medidas que podemos tomar para evitar um acordo. As providências já estão em andamento. Vocês devem ter ouvido sobre nossa reivindicação da ação no mercado da Cidade Velha. — Os outros confirmaram com a cabeça. — Essas medidas preventivas, com o objetivo de desestabilizar o governo antes que ele possa se comprometer com uma capitulação nacional, serão o foco de nossos esforços. Nos últimos dias, formamos uma pequena unidade dedicada justamente a essas atividades. Por enquanto, cavalheiros, nosso destino está nas mãos desses homens. Hoje à noite, sugiro que em nossas orações cada um de nós peça em silêncio pela boa sorte e o sucesso dos Defensores de uma Jerusalém Unida.

CAPÍTULO QUARENTA

JERUSALÉM, QUINTA-FEIRA, 15h38

Era uma sensação quase física, como se seu espírito estivesse despencando, tal qual um elevador caindo num poço. Não havia como negar: eles carregavam o sopro da morte. Todos que se aproximavam dela ou de Uri, ou do pai de Uri, acabavam mortos. A mulher de Shimon, numa overdose de comprimidos; Aweida, atacado num mercado de rua; Kishon, jogado num precipício na Suíça. E agora aquele homem, David Rosen, o advogado a quem Guttman confiara suas últimas palavras, caído sobre a própria mesa antes que tivesse a oportunidade de transmitir a mensagem.

Maggie assistiu a Uri aproximar-se com cautela, provavelmente pensando nas mesmas coisas que ela. Ele chegou bem perto, até poder se curvar sobre a mesa, a centímetros do corpo. Sua mão pairou no ar, sem saber onde devia tocar primeiro. De modo sutil, pousou no pescoço. Com os dedos indicador e médio, Uri tentou achar uma pulsação. Um segundo depois de pressionar com os dedos, deu um pulo para trás, como se tivesse recebido uma descarga elétrica. No mesmo instante, o corpo se mexeu. Uri e David Rosen ficaram frente a frente, ambos surpreendidos pela situação.

— Por Deus, Uri, o que está fazendo aqui?

De cabelos grisalhos, usando óculos grandes fora de moda, Rosen era um homem magro, com braços e pernas finas. Os braços, à mostra por causa da camisa de manga curta, eram cheios de manchas de idade. Enquanto ele se arrumava, Maggie podia ver linhas vermelhas em seu rosto, as marcas que ficam num homem que cai no sono sobre uma superfície dura. No caso, a mesa.

— O senhor me pediu para vir aqui!

— Do que está falando? — Maggie notou que Rosen procurava os óculos, embora os tivesse no rosto. Além disso, aparentando confusão, ele falava em inglês, com um leve sotaque britânico. — Ah, sim, acho que pedi. Mas isso não foi ontem?

— Foi hoje. O senhor pegou no sono.

— Ah, claro. Cheguei de Londres hoje de manhã. Vôo noturno. Estou exausto. Devo ter caído no sono.

Uri virou-se para Maggie, revirando os olhos. "Nosso destino está nas mãos desse cara?"

— Isso, Sr. Rosen. O senhor me ligou. Disse que tinha uma carta deixada pelo meu pai.

— Sim, isso mesmo. — Ele começou a tatear a superfície da mesa, mexendo em várias pilhas de papéis desarrumados. — Parece que entregou pessoalmente, na semana passada. — Subitamente, ele parou de procurar e se levantou. — Uri, sinto muito. Não sei onde estava minha cabeça. Por favor, venha aqui. — Uri se aproximou e se curvou, como um adolescente que vai receber um beijo de uma avó baixinha. Rosen o abraçou e pareceu sussurrar uma oração. Prosseguiu em inglês: — Desejo uma vida longa para você e sua irmã. Uma vida longa, Uri.

Maggie encarou Uri.

— Ah, sim. Sr. Rosen, esta é Maggie Costello. Da embaixada americana. Ela está me ajudando.

Maggie entendeu o que Uri estava tentando fazer.

— Como assim, da embaixada americana? — perguntou o advogado.

Não funcionara.

— Ela é diplomata. Está aqui por causa das negociações.

— Entendo. Mas por que, exatamente, a Srta. Costello o está ajudando?

"Ele pode ser velho e estar sonolento, mas não é idiota", pensou Maggie.

Uri empenhou-se para explicar, tentando entrar o mínimo possível em detalhes. Sua mãe confiara em Maggie e, por isso, ele também passara a confiar. Ela estava ajudando a resolver um problema que parecia crescer exponencialmente. Os olhos de Uri, porém, transmitiam uma mensagem muito mais simples: eu confio nela; portanto, o senhor também deve confiar.

— Muito bem — disse Rosen, finalmente. — Aqui está.

Sem fazer mais cerimônia, ele lhe entregou um envelope branco. Uri abriu-o lentamente, como se manuseasse uma evidência num tribunal, e depois olhou para seu interior. Uma expressão de confusão foi tomando conta de seu rosto. Então Uri puxou de dentro uma embalagem plástica contendo um disco. Não havia bilhete.

— É um DVD — disse. — Podemos usar seu computador?

Rosen começou a mexer no computador, mas Uri logo apareceu a seu lado, pôs a mão em seu ombro e, de modo delicado, porém resoluto, afastou-o do caminho. Não havia tempo para cortesia.

Ele inseriu o disco e pegou uma cadeira para aguardar a dolorosa espera pela inicialização do sistema. Para Maggie, a seqüência de telas, naquelas circunstâncias, parecia ainda mais interminável e irritante do que de hábito.

Enfim, apareceu outra tela, inicialmente preta, mas depois exibindo uma linha de caracteres brancos. Hebraico.

— Uma mensagem para Uri — leu o próprio Uri, traduzindo o texto.

Então, formando-se a partir da tela preta, surgiu uma imagem em movimento: Shimon Guttman sentado atrás da mesma mesa que Maggie ocupara na noite anterior. Ele parecia estar diante do computador. Maggie se lembrou da câmera e dos outros equipamentos em seu escritório e concluiu que Guttman devia ter gravado o vídeo sozinho.

Ela observou o rosto com atenção: estava muito diferente das imagens de arquivo achadas na internet. Não havia sinal do ar de arrogância durante o discurso no monte. Em vez disso, tinha uma aparência desarrumada e castigada, como um homem que tivesse sido perseguido a noite inteira, sem chance de dormir. Seu corpo estava curvado para a frente; seu rosto, encovado e exausto.

Uri yakiri.

— Meu querido Uri — voltou a traduzir Uri, num sussurro. — Espero que nunca precise assistir a isto, que eu volte ao escritório de Rosen em uma semana para pegar o envelope que ele deve lhe entregar somente na eventualidade de meu desaparecimento ou, que Deus me livre, de minha morte. Com sorte, serei capaz de resolver esse problema sozinho, sem envolvê-lo. Porém, se por alguma razão eu falhar, não poderei deixar esse conhecimento morrer comigo. Entenda, Uri, que eu vi algo tão precioso, tão antigo e tão importante que acredito sinceramente que mudará qualquer pessoa que também o veja. Sei que eu e você discordamos a respeito de quase tudo, e creio que você acha que seu pai exagera, mas acredito que entenderá que isso é diferente.

De repente, Uri inclinou-se para a frente e interrompeu o vídeo. Virando-se na direção de Maggie, balbuciou algo com uma expressão de como-pude-ser-tão-idiota: *Escutas!*

Ele estava certo. Rosen ligara para Uri; se o telefone de Uri estivesse grampeado, a inteligência israelense, ou outra organização responsável, disporia de tempo suficiente para instalar escutas no escritório. Poderia ter sido feito enquanto a Bela Adormecida tirava uma soneca sobre a mesa.

Uri percorreu a sala, numa busca cuidadosa, até se deparar com um aparelho de TV. Ele ligou-o, sintonizou um canal que exibia um programa de auditório americano — cheio de gritos e palavras de incentivo —, aumentou o volume e voltou ao computador. Antes de continuar, retornou ao televisor e virou-o para trás, de forma que a tela ficasse voltada para uma parede.

— Câmeras ocultas — balbuciou para Maggie. — A TV é o lugar mais comum para escondê-las.

Rosen parecia ainda mais atônito que antes. Agora, ao traduzir, Uri o fazia num sussurro ao pé do ouvido de Maggie. Sem querer, ela fechou os olhos, mas disse a si mesma que era apenas para se concentrar nas palavras.

— Há poucos dias me deparei com a maior descoberta arqueológica de minha carreira. Na verdade, da carreira de qualquer um. Algo que tornaria seu dono muito famoso e, obviamente, muito, muito rico. — Uri respirou fundo. — Seriam razões suficientes para temer por minha vida agora que tenho esse objeto em meu poder. Porém, há mais uma coisa. Como sempre, quando seu pai está envolvido, essa coisa tem a ver com política. Isso não o surpreende, não é mesmo, Uri? — Ele fez que não com a cabeça. — Não, pai, não me surpreende — respondeu antes de prosseguir. — Indo ao que interessa, o fato é que eu vi os últimos desejos e o testamento de *Avraham Avinu*. Sim, é isso mesmo que ouviu. Os últimos desejos de Abraão, o grande patriarca. Sei que parece loucura e, acredite em mim, andei questionando minha própria sanidade. Mas aqui está.

No mesmo segundo, Maggie arregalou os olhos. Uri parou de traduzir, e os dois ficaram estáticos diante da tela do computador, com David Rosen em igual estado de perplexidade. Shimon Guttman, agora com a testa coberta de suor, pegara um objeto de fora do campo de visão e o mostrava para a câmera. De cor marrom e do tamanho de uma fita cassete, era difícil de distinguir. Porém, a expressão de Uri indicava que ele reconhecera a peça. Devia ter crescido entre coisas daquele tipo.

— Não vou mostrar o texto de perto — voltou a traduzir Uri. — Para o caso de esta gravação cair em mãos erradas. Não quero que mais ninguém veja o que diz. Sei que isso soará paranóico, Uri, mas temo que algumas pessoas sejam capazes de tomar medidas extremas se souberem da existência dessa tábua.

— E está certo — murmurou Maggie.

— Você deve estar se fazendo a pergunta óbvia: como sei que não se trata de uma falsificação? Não quero cansá-lo com detalhes técnicos. As características e a origem da argila, o estilo da escrita cuneiforme, o selo, a linguagem usada, tudo inteiramente apropriado ao período abraâmico. Confie em mim, qualquer especialista na área teria certeza quase absoluta de que é uma peça autêntica. Eu disse quase. O que me dá cem por cento de certeza é que ninguém tentou me vender isso, ninguém tentou me convencer do que se trata. Encontrei-a, por acaso, numa loja do mercado de Jerusalém. Meu palpite é de que foi roubada do Iraque. Pode ter sido desenterrada ou pode ter sido saqueada de um museu, do próprio Museu Nacional. Se o ladrão tinha idéia do que estava levando, nunca saberemos. Se o museu de Bagdá tinha, é outra pergunta interessante. Mas o Iraque é uma opção plausível. Afinal, onde *Avraham Avinu*, nosso pai Abraão, nasceu, se não na grande cidade de Ur, na Mesopotâmia? — Na tela, Guttman sorriu. — E a cidade de Ur continua de pé. No Iraque.

"Confie em mim. Esse texto é verdadeiro. Nele, Abraão está no fim de sua vida. É um homem velho, idoso, que chegou a Hebron. Aparentemente, seus dois filhos, Isaac e Ismael, estão por perto. Também faz sentido: sabemos pela Torá que Isaac e Ismael enterraram Abraão, então é possível que estivessem lá quando o pai morreu. Parece haver algum tipo de disputa quanto à herança de Abraão. Sabemos por nossos textos, que repetem isso a toda hora, que Abraão deixou a Terra de Israel a Isaac e seus descendentes, o povo judeu. Uri, sei que você e seus amigos de esquerda não suportam esse fato, mas gaste 2 minutos de seu tempo e consulte o livro de *Bereshit*, Gênesis 50:24, em que José diz aos irmãos: 'Eu morro; porém Deus certamente vos visitará e vos fará subir desta terra para a terra que jurou dar a Abraão, a Isaque e a Jacó.' Ou veja *Shmot*, Êxodo 33:1: 'Disse o Senhor a Moisés: Vai, sobe daqui, tu e o povo que tiraste da terra do Egito, para a terra a respeito da qual jurei a Abraão, a Isaque e a Jacó, dizendo: à tua descendência a darei.' E a Josué: 'Sê forte e corajoso, porque tu introduzirás os filhos de Israel na terra que, sob juramento, lhes prometi; e eu serei contigo.' Isto, fique sabendo, está em *Dvarim*, Deuteronômio 31:23. Deu para entender, não? Não existe dúvida de que a Terra de Israel foi deixada ao povo de Israel.

"No entanto, parece que Jerusalém era um assunto mais complicado entre os irmãos de Abraão, exatamente como é hoje. Esse texto — na tela, Guttman exibiu a tábua novamente — não diz explicitamente, mas está claro que Isaac e Ismael andavam discutindo e que Abraão teve de resolver a disputa antes de morrer. Deve ter chamado um escriba a Hebron para registrar seu testamento. Sim, essas pessoas existiam há 37 séculos. Assim, acabaria a discussão.

"No texto, o patriarca só fala do monte Moriá; a Jerusalém que conhecemos hoje ainda não existia. Ele não faz referência ao que acontecera, mas todos nós sabemos, bem como todos que estavam ao redor de seu leito de morte. Imagine a tensão naquela família! O monte Moriá era o lugar onde Abraão estivera pronto para matar o filho. É a propriedade desse lugar que Abraão determina no texto.

"Querido Uri, sabe a importância disso. O governo de Israel, atualmente, abrange três grupos religiosos. Se o texto mostrar que Abraão deixou o Monte do Templo aos judeus, de modo claro e inequívoco, eles não aceitarão um acordo de paz que faz concessões em relação a essa soberania. E o outro lado, nossos inimigos, os palestinos? O governo deles inclui o Hamas, muçulmanos devotos que respeitam Abraão.

Se o texto disser que o Haram al-Sharif pertence apenas aos herdeiros de Ismael, como poderão afrontar essa vontade? E, mais objetivamente, algo em que pensei muito. Na primeira hipótese, de que esse documento deixa a terra sagrada inteira para nós, judeus, o que aconteceria? Como os fundamentalistas muçulmanos lidariam com isso?

"É por isso que estou certo de que, se qualquer dos lados souber da mera existência dessa tábua, tomaria medidas para evitar que viesse a público. Por essa razão tenho de agir cautelosamente. Preciso levar a informação a pessoas capazes de lidar com ela de maneira adequada. Hoje, mais tarde, tentarei falar com o primeiro-ministro. Mas, se algo me acontecer, essa enorme responsabilidade se tornará sua, Uri."

Maggie pôs a mão sobre o ombro de Uri.

— Como pode notar, eu não disse o que o texto revela. Não posso correr esse risco, no caso de a gravação cair em mãos erradas. Se eu não estiver mais por perto, será seu trabalho encontrá-lo. Guardei-o num lugar seguro, um lugar que só você e meu irmão conhecem. Sei que eu e você tivemos divergências amargas, principalmente nos últimos anos. Mas agora preciso que as deixe de lado e se lembre dos bons tempos, como aquela viagem que fizemos em seu *bar mitzvah*. Lembra-se do que fizemos, Uri? Espero que sim. Tudo que posso dizer é que essa busca começa em Genebra, porém não na cidade que todos conhecem. É um lugar melhor e mais novo onde se pode ser quem quiser. Vá até lá e se lembre dos momentos juntos de que acabei de falar. *Lech lecha*, meu filho. Parta daqui. Se eu tiver deixado esta vida, então você me encontrará na outra vida, que também é vida. Boa sorte, Uri.

A imagem sumiu. David Rosen estava jogado na cadeira, atordoado pelo que acabara de assistir. Maggie não conseguia falar. Uri, entretanto, estava furioso.

Ele começou a apertar um monte de teclas, numa tentativa desesperada de encontrar mais alguma coisa no DVD, algum elemento que eles não tivessem percebido.

— Não pode terminar assim! Não pode! — Ele voltou o vídeo que acabaram de ver e repetiu a última frase do pai. "Boa sorte, Uri." E então a tela ficou preta. — Isso é tão típico desse desgraçado — disse em voz baixa.

— O que é típico? — perguntou Rosen.

— Isso. Mais um maldito ato dramático. Ele guarda um segredo que levou à morte da mulher, que pode levar à morte do filho, e o que faz? Revela o segredo? Não. Fica fazendo joguinhos.

— Uri — interveio Maggie, procurando acalmá-lo —, ele não estava tentando dizer onde está a tábua? Disse que devemos começar por Genebra.

— Ah, não dê ouvidos a essa baboseira. Nada disso faz sentido.

— O que quer dizer?

— Que é besteira, do início ao fim.

— Como tem tanta certeza?

Uri demonstrava raiva nos olhos.

— Bem, vamos começar pela primeira coisa que ele disse. "Guardei-o num lugar seguro, um lugar que só você e meu irmão conhecem." É bobagem.

— Bobagem? Como assim?

— É muito simples, Maggie. — Ele a olhou bem nos olhos. — Meu pai não tinha irmãos.

Maggie e Uri estavam muito perturbados, muito chocados com o conteúdo do DVD e absortos em sua própria conversa para prestar atenção ao que se passava ao redor quando deixaram o escritório de David Rosen. Do contrário, talvez tivessem escutado o velho advogado pegar o telefone e pedir para falar com um homem que ele e o falecido Shimon Guttman consideravam um companheiro, um irmão no sentido ideológico.

— Sim, é urgente — disse. — Preciso falar com Akiva Shapira imediatamente.

CAPÍTULO QUARENTA E UM

CAMPO DE REFUGIADOS DE RAFAH, FAIXA DE GAZA, DOIS DIAS ANTES

Eles estavam ficando sem pontos de encontro. A regra de ouro dos movimentos clandestinos armados — nunca duas vezes no mesmo lugar — exigia um número ilimitado de esconderijos. Salim Nazzal temia que os seus estivessem no fim. As negociações de paz em Jerusalém não favoreciam suas atividades; o povo palestino já não era tão simpático àqueles que botavam bombas em ônibus e shoppings israelenses. Dar uma chance à paz se tornara a postura defendida pelo homem comum. Nada impedia que se voltasse ao conflito armado se, e quando, as conversações fracassassem. Mas, por enquanto, era melhor aguardar para ver o que os negociadores conseguiriam.

Em tal clima, havia uma quantidade restrita de moradores em Gaza dispostos a abrir a porta para um membro em fuga do Hamas, que, como todos sabiam, queria sabotar o processo de paz. Os riscos eram absurdamente altos. Se alguém descobrisse quem estava sob seu teto, sua casa poderia ser pulverizada por um foguete israelense. Ou você poderia ser morto por homens do Fatah, que, embora oficialmente em coalizão com o Hamas, não se esqueciam dos confrontos entre os dois grupos, pouco tempo antes. Ou, ainda, você poderia ser assassinado por irmãos do Hamas, punido por ousar se rebelar contra uma posição do partido supostamente abençoada pelo próprio Alá.

Assim, Salim saudou educadamente seu anfitrião, um homem em torno dos 30 anos como ele, com a barba curta e bem-cuidada de um islamita. A casa era idêntica às outras: um caixote feito de blocos de concreto. O piso era coberto por tapetes surrados e havia um aparelho de TV, um fogão e alguns colchões sobre os quais toda a família dormia. Não se assemelhava em nada à cidade de tendas que os visitantes estrangeiros passavam a esperar depois de ouvirem a expressão "campo de refugiados". Era mais como uma favela urbana. Não havia ruas propriamente ditas; apenas redes de vielas que formavam bairros. Aquele se chamava Brasil, em referência às tropas de paz da ONU que montaram uma base no local.

O encontro daquela noite era mais clandestino que o habitual. Salim tinha informações cruciais e altamente secretas que precisava compartilhar. O técnico da Jawwal, a operadora de telefonia celular palestina, encarregado de encerrar o serviço de Ahmed Nour achara uma última mensagem, não ouvida, na caixa postal do falecido. O acesso era protegido por senha, mas era fácil burlar a segurança. Curioso em relação ao assassinato de Nour, ele ouvira a mensagem: um recado desconexo e empolgado, em inglês, de um homem que parecia ser algum tipo de pesquisador israelense. O técnico, partidário de longa data do Hamas e com fortes incertezas quanto à estratégia de paz do movimento, procurara Salim dizendo que queria repassar a informação a palestinos patriotas e muçulmanos fiéis.

— *Masa al-khair* — disse Salim.

— *Masa a-nur* — responderam as seis pessoas presentes.

— Somos abençoados por recebermos notícias que terão grande influência sobre nossos esforços. Um ativista sionista e arqueólogo alega ter comprado de um árabe em Jerusalém uma tábua contendo o último desejo e o testamento de Ibrahim. — Ele parou para adicionar drama à exposição. — Ibrahim Khalil'ullah. — *Abraão, amigo de Alá*. Os rostos da audiência foram tomados por sorrisos céticos, e pôde-se ouvir mais de um risinho debochado. — Essa também foi minha reação, irmãos. Mas há indícios, e peço que nenhuma palavra saia desta sala, de que o documento possa ser autêntico. Sem dúvida, esse homem afirmará que o texto sustenta as pretensões sionistas em relação a Jerusalém. Sabemos muito bem o que a liderança do Hamas argumentará. Que a tábua foi roubada no Iraque...

Houve um barulho de tiro no lado de fora. Em Rafah, depois da meia-noite, aquilo não era incomum. Mesmo assim, todos os cinco homens e Salim pegaram seus celulares por reflexo, para verificar se havia mensagens alertando sobre um ataque iminente. Nada. Depois de um silêncio de cerca de trinta segundos, Salim prosseguiu:

— Sabemos o que a liderança dirá. Que isso é um roubo, praticado pelos sionistas, de uma herança árabe, quase certamente tirada do Iraque. Ou que se trata de uma fraude, uma falsificação que só convence a imprensa sionista e toda aquela conversa de sempre. Sabemos o que dirão porque nós diríamos a mesma coisa.

Os homens presentes assentiram. Embora fosse mais jovem do que a maioria ali, Salim era respeitado. Na segunda intifada, exercera papel ativo nas brigadas Izz-ad-Din al-Qassam, braço armado do Hamas. Era fabricante de bombas, um dos poucos que escaparam da política de assassinatos seletivos de Israel. Aquilo lhe garantia credibilidade em dobro: ele matara israelenses e não fora pego.

— Mas nada disso adiantará. A direita israelense não abrirá mão de um centímetro sequer do Haram al-Sharif se puder exibir um texto afirmando que ele lhes foi deixado por Ibrahim. As negociações de paz serão encerradas.

— E se o documento disser que o Haram pertence a nós?

— Pensei nessa hipótese. Creio que podemos presumir que, se um pesquisador sionista houvesse desenterrado um texto com esse conteúdo, teria colocado a tábua de volta no lugar na mesma hora — disse Salim. O autor da pergunta sorriu, concordou e se sentou. — Portanto, a situação é a seguinte. Tenho certeza de que alguns palestinos empreenderão grandes esforços para evitar que esse documento seja divulgado. O raciocínio é óbvio: se o desejo de Ibrahim for conhecido, enfraquecerá a reivindicação palestina a respeito de Jerusalém. Essas pessoas matarão e serão mortas para impedir que esse texto ancestral seja revelado. Provavelmente já começaram a agir. Mas existe outra questão. Se a tábua vier a público e der aos sionistas tudo que querem, então eles seguramente não concordarão com as condições em discussão na Casa de Governo. Por que dividiriam Jerusalém conosco se Ibrahim disse que ela lhes pertence por inteiro?

— Eles suspenderão as negociações imediatamente — opinou um dos tenentes de confiança de Salim.

— Sim, suspenderão. E esse processo de paz fraudulento fracassará. Nada mais de conversas sobre o reconhecimento da entidade sionista. Nada mais da besteira sobre uma trégua com o inimigo. Poderemos voltar à nossa luta legítima, que o Profeta, que esteja em paz, já decidiu que venceremos.

— Então — disse outro participante — está sugerindo que é do nosso interesse que essa vontade, esse testamento, venha a público?

— Se quisermos que essa traição ao nosso povo termine, acredito que sim. Mas não precisamos tomar uma decisão ainda.

— Como assim?

— Podemos decidir o que fazer com o documento quando o tivermos em nosso poder. Só quando o tivermos. Devemos dedicar todos os nossos esforços para encontrar e tomar posse da tábua. É nosso dever sagrado. Tudo que for necessário deverá ser feito. Conto com a concordância de todos?

Os homens se entreolharam e, como se formassem um coro, responderam:

— Deus é grande.

CAPÍTULO QUARENTA E DOIS

JERUSALÉM, QUINTA-FEIRA, 18h23

Eles voltaram em silêncio para o hotel. Uri sintonizara novamente na estação de rap, para inutilizar uma eventual escuta, mas Maggie não suportou. Ela preferia ficar calada a ter a cabeça castigada por aquele barulho.

Mas sua cabeça estava latejando de qualquer maneira. Ela fizera algumas anotações durante a exibição do vídeo de Guttman e agora contemplava as palavras:

...num lugar seguro, um lugar que só você e meu irmão conhecem.

Qual seria o sentido daquilo se o pai de Uri não tinha irmãos? Eram muitas perguntas. Ela queria apenas se sentar num lugar em que pudessem conversar tranqüilamente, sem precisar gritar em meio ao barulho ou olhar incessantemente para trás. Afinal, se havia escutas, eles também deviam estar sendo seguidos.

De volta ao hotel, ela levou Uri diretamente ao bar. Pediu um *scotch* para cada e praticamente o obrigou a virar o copo antes de pedir outra rodada. Duplos. Ela se sentiu mais calma vendo o escurecer do início da noite.

— E essa história de irmão, Uri?

— Não existe irmão algum.

— Tem certeza? Existe alguma possibilidade de seu avô haver se casado antes? Outra família que ele manteve em segredo?

Uri fitou o copo, e seus olhos refletiram a cor âmbar do uísque. Conseguiu dar um leve sorriso.

— Depois de tudo isso, depois de Ahmed Nour e do testamento de Abraão, não seria surpresa se meu pai tivesse um irmão secreto. Nada mais me surpreenderia.

— Então é possível?

— Creio que sim — respondeu Uri, cansado. — Se você consegue guardar um segredo, pode ser que consiga guardar vários.

Sem pensar, Maggie segurou a mão de Uri. Estava quente. Embora se sentisse pouco à vontade, deixou o momento se estender por alguns segundos.

— Certo, vamos esquecer um pouco a história do irmão. Voltaremos a ela depois. — Maggie reparou num judeu ortodoxo, na outra extremidade do balcão, comendo amendoins e lendo o *Jerusalem Post*, como se esperasse alguém. Ela não conseguia lembrar se o sujeito estava ali desde que chegaram. — Vamos — disse, repentinamente, em voz alta. — Preciso me sentar num lugar mais confortável.

Maggie desceu da banqueta e fez um sinal para que Uri a acompanhasse. Assim que achou um lugar bem longe do bar e exatamente atrás do comedor de amendoins, pôs o copo sobre a mesa e se sentou num ponto em que teria uma visão perfeita. Agora, se o homem quisesse observá-los ou ler seus lábios, seria obrigado a se virar e se expor. Maggie olhou ao redor novamente: não havia mais ninguém.

Ela chamou um garçom e fez o pedido. Depois de certa espera, num impulso e sem qualquer tipo de planejamento, começou a contar a Uri o que ocorrera naquela manhã. Foi breve e se ateve aos fatos, esforçando-se para não demonstrar pena de si mesma. Embora evitasse entrar em detalhes anatômicos, notou que Uri passava, gradualmente, da aversão à raiva.

— Esses canalhas — disse ele, ficando de pé.

— Uri! Sente-se. — Maggie segurou seu braço e puxou-o de volta à cadeira. — Escute. Também estou com raiva. Mas só encontraremos essas pessoas se mantivermos a calma. Se perder o controle, eles vencerão. — Uri parou por um instante e a olhou. — As pessoas que mataram sua mãe vencerão — concluiu Maggie.

Devagar, ele se sentou novamente, no exato momento em que o garçom chegava com dois sanduíches. Maggie ficou aliviada com a distração.

— Preste atenção — disse ela, assim que teve certeza de que Uri não se levantaria mais. — Sabe o que não entendo? Por que eles nos seguem e não nos atacam? Por que simplesmente não se livram de nós? Estão matando todo mundo mesmo.

Uri continuou mastigando por um tempo, como se esperasse engolir a própria fúria. Finalmente, falou, tentando soar mais tranqüilo do que se sentia.

— Como ex-membro das Forças de Defesa de Israel, eu diria que, quando se segue alguém dessa forma, sem agir, há dois significados possíveis.

— Quais?

— A primeira explicação é que a eliminação do alvo pode representar um risco muito alto. Nesse caso, falamos de você. Se forem palestinos nos seguindo, a última coisa de que precisam é assassinar um funcionário americano. Principalmente sendo uma mulher e bonita.

Maggie olhou para baixo, sem saber como agir. Diplomatas de meia-idade costumavam lhe fazer elogios, e ela respondia piscando os olhos, num gesto de falsa modéstia. Mas não era capaz de usar tal artifício naquela situação, a sós com Uri. Até porque aquele elogio, diferentemente dos outros, significava algo para ela.

— Imagine como a opinião pública americana reagiria se seu rosto fosse mostrado o dia inteiro na televisão — prosseguiu Uri. — Como se sentiria em relação aos árabes desalmados responsáveis por sua morte.

— Muito bem, já entendi. — Maggie era supersticiosa o bastante para não gostar de provocar o destino. — Aconteceria o mesmo entre os israelenses.

— De certa forma, seria pior — disse Uri, mais calmo graças ao uísque. — Espionar americanos é grave, mas já fizemos isso algumas vezes. Agora, matá-los? Não é uma boa idéia. Você ainda tem cidadania irlandesa?

— Sim, nunca abri mão dela.

— Então eles também arranjariam uma bela briga com os europeus, se a matassem.

— Qual é a outra explicação? Você disse que havia duas.

— Ah, o outro caso em que se persegue alguém, mas não se ataca, é quando se quer o alvo vivo. Para levá-lo a alguma coisa.

Maggie deu outro gole na bebida, deixando um cubo de gelo passar entre os lábios. Gostava da sensação gelada em sua língua. A conclusão era que eles queriam que ela seguisse a pista de Guttman, quem quer que fossem "eles". Não a machucariam enquanto lhes fosse útil.

— Mas os homens que me atacaram hoje disseram que eu me afastasse, que sumisse daqui.

— Eu sei. Talvez estejam na primeira categoria. Não querem matá-la porque isso traria muita complicação.

— Ou talvez haja mais de um grupo nos seguindo. Me seguindo. Por razões diferentes.

— Pode ser. É como já disse um milhão de vezes: este país, esta região inteira está totalmente perdida.

Botando o copo de volta na mesa, Maggie decidiu voltar ao trabalho. Pegou a anotação que fizera no escritório de Rosen.

— Seu pai disse algo a respeito dos "bons tempos". De uma viagem que fizeram juntos para comemorar seu *bar mitzvah*. Disse esperar que se lembrasse.

— E me lembro.

— Como foi?

— Ele me levou numa viagem de trabalho a Creta. Queria examinar as escavações em Cnossos. Consegue imaginar? Eu tinha 13 anos e passei o tempo todo vendo relíquias antigas cheias de poeira.

— E o que mais?

— Só isso.

— Ah, dê um tempo, deve haver alguma coisa específica. Havia algum museu? Havia alguma peça com um significado especial para seu pai?

— Foi há muito tempo, Maggie. E eu era criança. Não tinha interesse por aquelas coisas. Não me lembro de nada.

— Aconteceu algo?

— Lembro de ter esperado muito tempo. E gostei da viagem de avião. Lembro disso.

— Pense, Uri, pense. Tem de haver uma razão para seu pai mencionar isso no vídeo. Aconteceu alguma coisa marcante por lá?

— Bem, aquilo foi marcante para mim, na época. Era um grande presente estarmos só eu e ele. Nunca havia acontecido. — Ele olhou para Maggie, outra vez com um sorriso triste. — E nunca voltou a acontecer.

— Vocês conversaram sobre alguma coisa?

— Lembro-me de ele falar sobre os minóicos, que já haviam sido uma grande civilização. Disse o seguinte: "Olhe para eles agora, eles não existem mais. Isso pode acontecer a nós, os judeus. Já *quase* aconteceu várias vezes. Quase fomos exterminados. É por isso que precisamos de Israel. Uri, depois de tudo por que passamos, precisamos de um lugar nosso." Foi o que ele disse.

"Alguma coisa mais específica", pensava Maggie, impaciente, esforçando-se para respeitar sua própria regra: às vezes, era necessário deixar as pessoas falarem, as palavras saírem até a frase-chave se materializar.

— Ele me contou sobre os pais, sobre como a mãe tinha sido morta por Hitler e como o pai tinha sobrevivido. Era uma história incrível. Meu avô foi escondido por uma família de não-judeus numa fazenda na Hungria. Eles o mantiveram e a um primo no chiqueiro. No fim da guerra, ele escapou rastejando por 3 quilômetros de tubulações de esgoto. Meu pai disse que a lição deixada pelo pai *dele* era que os judeus precisavam ter um lugar em que nunca necessitariam da permissão de ninguém para sobreviver. Um lugar em que poderiam lutar e se defender caso fosse necessário. Nada de se esconder em chiqueiros.

"O período nazista..." Maggie foi apanhada por um pensamento súbito. Lembrou-se da polêmica envolvendo bancos suíços que mantiveram contas por muito tempo inativas pertencentes a judeus mortos por nazistas. Poderia haver uma ligação?

— Uri, a mensagem mencionava Genebra. Existe alguma possibilidade de sua família ter deixado...

— Minha família não tinha dinheiro. Nada. Eram pobres antes dos nazistas e continuaram pobres depois.

— Certo, esqueça o dinheiro. O que acha de um cofre em Genebra? Talvez seu pai tenha escondido a tábua num banco suíço.

— Não consigo imaginar isso. Não faz parte do mundo dele. Um cofre em Genebra? Seria bastante caro. Além disso, como teria tempo de levá-la até a Suíça? Ele disse no DVD que havia acabado de encontrar a tábua.

Maggie assentiu. Uri estava certo. Genebra devia ter outro significado.

— E quanto a essa conversa no fim? "Se eu tiver deixado esta vida, então você me encontrará na outra vida, que também é vida." Sempre tive a impressão de que seu pai não era um homem religioso.

— Para mim, é uma surpresa que tenha falado desse jeito. Mas talvez isso aconteça quando se está segurando as palavras de Abraão nas mãos. E quando se teme a morte. Talvez a pessoa comece a falar como um rabino.

— Sinto muito por tudo isso, Uri.

— Não é sua culpa. Só é horrível perceber que eu mal conhecia meu pai. Todos esses segredos. Que tipo de relacionamento se pode ter com alguém que esconde tanta coisa?

— Ei, acho que estão fechando. É melhor irmos.

Em vez de se dirigir aos elevadores, Maggie caminhou com pressa até a recepção. Uri apenas observou enquanto ela contava uma longa história sobre alergias e poeira e como não podia passar sequer mais uma noite em seu quarto. O gerente do turno demonstrou certa resistência, mas logo cedeu. Ele pegou a antiga chave, entregou-lhe uma nova, do quarto 302, e mandou um carregador cuidar da mudança. Ao se virar, Maggie piscou para Uri.

— Nada de escutas no quarto 302.

Uri insistiu em acompanhá-la até o quarto. Ao chegarem à porta, ela perguntou onde ele ia dormir. Uri parecia não ter pensado naquilo até o momento.

— Bem, meu apartamento está sob vigilância. E a casa de meus pais também.

— Aparentemente, a única razão para não ter sido morto é que você está sempre comigo — disse Maggie, sorrindo.

— Então acho que é melhor continuar assim.

CAPÍTULO QUARENTA E TRÊS

JERUSALÉM, QUINTA-FEIRA, 22h25

Ela sabia que devia ter dito não, que devia ter insistido para que ele entrasse no elevador, descesse e dormisse no carro se necessário. No entanto, acabou se convencendo de que estava tudo sob controle. Uri dormiria no sofá ou no chão, e tudo ficaria bem.

Maggie chegou a abrir o armário à procura de cobertores e travesseiros extras com os quais improvisaria uma cama. Porém, ao se virar, encontrou Uri de pé atrás dela, imóvel, recusando-se a participar da brincadeira.

— Uri, eu já expliquei...

— Sei muito bem o que disse — respondeu, pondo o dedo sobre os lábios dela.

Antes que Maggie pudesse pronunciar outra palavra, Uri já tocara os lábios dela com os seus. O beijo começou delicado, como na noite anterior, mas isso não durou muito tempo. Logo se tornou intenso, e Maggie sentiu uma energia invadir seu corpo.

Ela retribuiu o beijo com avidez; seus lábios e sua língua ansiavam por sentir o gosto da boca de Uri. A ferocidade de seu desejo a assustou, mas não havia nada que pudesse fazer para contê-la. Depois de ser reprimido por tanto tempo, por todas aquelas horas, não era mais possível mantê-lo sob domínio.

Suas mãos passeavam pelos cabelos dele, puxando-os, querendo trazer o rosto e o cheiro de Uri mais para perto. Estavam se devorando; os dois sentiam uma urgência irrefreável. As mãos dele avançavam rapidamente, primeiro acariciando o rosto, depois o pescoço, até alcançarem os seios de Maggie.

Em poucos momentos, os dois caíram sobre a cama, sentindo a pele fervilhar após aquele primeiro e eletrizante contato. Cada carícia e cada sabor trazia um novo jato de sensações intensas. E então seus corpos se uniram. As costas de Uri tornaram-se escorregadias por causa do suor, fazendo com que Maggie se esforçasse para agarrá-las. Ela tinha certeza de que sentia não só seu desejo, mas sua ânsia, sua carência e até sua dor. E, enquanto soltava um grito de prazer, sabia que ele podia ouvir sua própria carência, sua aflição por se sentir livre depois de tanto tempo. Os dois permaneceram abraçados por horas, mesmo passada a primeira onda, pois o ardor praticamente não diminuía.

Talvez estivesse agitada demais. Depois de acordar, às duas da manhã, não conseguiu voltar ao sono. Uri dormia a seu lado, com o peito subindo e descendo a cada longa respiração. Ela imaginou que fosse seu primeiro sono profundo desde a morte do pai. Gostava de ficar olhando para ele. Por bastante tempo, permaneceu ali, deitada, só observando e sentindo uma espécie de paz se espalhar dentro de si.

Uma hora se passou daquela forma até que Maggie ficou inquieta. Levantou-se da cama e vestiu uma camiseta larga que pegara do armário de Edward ao arrumar suas coisas no domingo à tarde. A estampa dizia: "Cuidado, Departamento de Estado, o Comércio arrebenta." Era uma lembrança do jogo de beisebol entre os departamentos, no verão anterior, que Edward considerava crucial para sua carreira em Washington.

Maggie arrastou-se até a mesa, que ficava quase ao lado da cama. Abriu o laptop, e seu rosto ficou azul com o reflexo da tela, no quarto escuro. Uri nem se mexeu.

Ela esperou que a conexão se estabelecesse e acessou a caixa de mensagens. A primeira era de Liz.

Mags

Minha conta no Second Life informou que você nunca entrou no link que eu mandei. Eu sabia! Mas você devia entrar. Não é só uma prova de sua fama no 2L. Tem umas coisas bem legais por lá. Aqui vão — de novo! — meu nome de usuário, senha e algumas instruções básicas. Entre como se fosse eu... Mudando de assunto, precisamos conversar sobre os 70 anos do papai. Pensei numa coisa grande, sabe, mandar ele e mamãe para Las Vegas, com direito a strippers e tudo mais. O que você acha? Estou brincando! :-X L.

A carinha usada pela irmã para se despedir, naquelas circunstâncias, fez Maggie sorrir.

A mensagem seguinte era de Robert Sanchez. *Assunto: Atualização.* No corpo da mensagem, nenhuma palavra a mais, só um resumo dos últimos telegramas enviados pela comitiva americana em Jerusalém a Washington. Mesmo numa leitura rápida, ela podia captar a mensagem: a situação estava complicada.

As negociações se limitam a uma presença física na Casa de Governo, com representantes do baixo escalão em ambos os lados. O progresso obtido há menos de uma semana, antes da morte de Guttman, agora parece distante... Os dois lados trocando acusações... Manifestações hostis dos estados árabes, ameaças por parte do Irã e da Síria... O lobby pró-Israel nos Estados Unidos, liderado pelos cristãos evangélicos, está ficando impaciente e se unindo a grupos de colonos para organizar um programa de TV visando à arrecadação de fundos, a ser exibido na rede cristã CBN, na noite de domingo... Surto de violência na área do Monte do Templo, hoje, com as forças israelenses lançando gás lacrimogêneo contra fiéis na mesquita de El Aqsa; dois palestinos mortos, sendo um adolescente... Emboscada contra carro de colonos perto de Ofra; dois passageiros mortos, um de 12 anos...

Maggie passou as mãos pelos cabelos, arrependida de ter parado de fumar. Daria tudo por um cigarro naquele momento. Ela se preparou para a terceira mensagem.

Edward: sem assunto

M,

Não que você se importe, mas estou indo para Genebra hoje à noite. Assunto oficial. Não posso discuti-lo por e-mail.

Temos algumas questões de ordem prática a resolver quando nós dois estivermos de volta. Por favor, forneça detalhes sobre seus planos.

E.

Maggie afundou na cadeira. *Por favor, forneça detalhes.* Aquele homem realmente já fora seu companheiro? Ela olhou para Uri, para o contorno de seu corpo adormecido embaixo do lençol branco, e sorriu. Então, voltou à mensagem carinhosa de Liz. Começou a responder.

Você é uma irmã maravilhosa. É mais do que eu mereço. Vou dar uma olhada no link. Sobre Vegas, temos como conseguir strippers que se vistam como jogadoras de bocha?

Estava pronta para entrar no Second Life quando teve uma sensação ruim. Grampos nas ligações telefônicas, pessoas seguindo os dois e, aparentemente, um acompanhamento ao vivo da pesquisa no computador de Shimon Guttman. Alguém, em algum lugar, devia estar lendo aquilo naquele exato momento. Maggie fechou o laptop, deixando o quarto escuro novamente.

Ela sabia que não conseguiria dormir; estava muito agitada. Vestiu uma roupa, abriu a porta e saiu do quarto. Nas pontas dos pés, percorreu o corredor e foi até uma sala que todos os hotéis mantinham, ainda que, na era dos BlackBerries e das conexões sem fio, quase ninguém a usasse mais: o *business center*.

Depois de passar o cartão magnético, entrou numa sala escura, gelada e desocupada. Havia apenas um computador abandonado. Mas funcionava. E bastava informar o número do quarto. Tudo bem: os funcionários do hotel podiam saber o que estava fazendo; eram os espiões eletrônicos, hackers e bisbilhoteiros que ela queria evitar.

Maggie abriu o e-mail de Liz outra vez, tomou nota do nome — Lola Hepburn! — e a senha e clicou no link. A tela ficou preta por um segundo e mostrou uma mensagem.

Bem-vinda ao Second Life, Lola.

Ela digitou a senha e ficou observando uma paisagem gerada por computador preencher a tela, como se fosse a abertura de um videogame. Em primeiro plano, de costas para Maggie, estava uma representação virtual de uma jovem atraente, usando jeans apertados e um top com estampa da bandeira do Reino Unido. Maggie se deu conta de que aquela era Lola Hepburn, a personificação de Liz no Second Life, seu "avatar". Reparou no conjunto de ícones mostrados no pé da tela: *Mapa, Voar, Chat* e outros que fugiam a seu entendimento. Havia uma instrução dizendo que as setas do teclado faziam o personagem andar para a frente, para trás, para a esquerda e para a direita. Maggie tentou e, impressionada, assistiu à ninfa deslumbrante na tela avançar de modo desajeitado, balançando os braços, numa simulação de um ser humano caminhando.

Ela aparentava estar numa espécie de jardim virtual, com árvores marrons e folhas de outono movendo-se em meio a uma brisa suave.

Era como se Maggie estivesse operando uma câmera, flutuando alguns metros acima e atrás do avatar. Acompanhando todos seus movimentos. Em seguida, Lola passou por entre as árvores, e as folhas tornaram-se maiores e mais definidas, entrando em foco, como se a lente da câmera desse um close nelas. Era algo bizarro e estranhamente fascinante.

Maggie clicou para a esquerda, mas a garota vistosa na tela não se moveu. Em vez disso, todo o quadro girou, dando a impressão de que ela de fato virara para a esquerda. Agora era possível ver casas, com a ardósia cinza usada nos telhados subitamente ganhando detalhes surpreendentes. E havia um som, um verso repetido de uma música, como uma canção de parque de diversões. De repente, Maggie notou, a distância, um carrossel girando. Ao se aproximar, a música ficou mais alta. Ela parecia seguir por um gramado; a cada passo, brotavam da terra flores em tons vivos de violeta, amarelo e vermelho.

Maggie conferiu as instruções que copiara do e-mail de Liz. Para chegar à sala onde encontraria a Maggie Costello virtual, o local da simulação das negociações de paz, tinha de clicar em *Mapa*, depois encontrar o menu *Meus pontos de referência* e buscar por Universidade de Harvard, Estudos do Oriente Médio. Ela achou a opção quase no alto, clicou em *Teletransportar* e sorriu ao ouvir o computador emitir um som futurístico sibilante, indicando um salto pelo universo ao melhor estilo *Jornada nas estrelas*. A tela escureceu e destacou uma mensagem dizendo "Second Life, Chegando...". Um segundo depois, a garota de jeans e top estava num lugar completamente diferente, ainda em primeiro plano, como se filmada por uma câmera pairando atrás de sua cabeça.

Agora estava cercada por prédios, dispostos como num campus universitário. Alguns construídos com os tijolos tradicionais, outros erguidos numa estrutura mais moderna de aço e vidro. Enquanto o personagem caminhava, balançando os braços num compasso perfeito, Maggie reparou no chão, coberto de pedras, como costumavam ser os caminhos de um campus.

À sua frente havia uma ladeira, com uma inscrição que foi se tornando legível à medida que avançava. *Bem-vindo à Escola de Estudos do Oriente Médio.* Ela subiu a rampa, impressionada com a mudança de perspectiva. No saguão de entrada, que rodava em resposta aos cliques nas setas, viu uma série de fotos. Também podia ver uma mesa e, na altura de seu ombro, várias placas indicativas. Maggie seguiu na direção que apontava para Simulação de Paz.

Num instante, encontrava-se numa sala arrumada num estilo clássico de negociação: uma longa mesa de madeira com espaço para mais de vinte pessoas. Estava cheia, com avatares ocupando todos os lugares, identificados por plaquetas à sua frente. Não faltavam o presidente americano, o secretário-geral das Nações Unidas e muitos outros líderes de grupos interessados: os estados árabes "moderados" de sempre, Egito e Jordânia; a União Européia; a Rússia. Afastadas da mesa, cadeiras circundavam a sala, destinadas a representantes em geral, inclusive do Departamento de Estado. Ela passou o cursor sobre a comitiva americana, descobrindo Bruce Miller e Robert Sanchez, e então chegou a um avatar feminino, de cabelo castanho e elegante, com uma expressão vaga no rosto. Um balão de informação surgiu na tela: *Maggie Costello, mediadora americana.*

— Pelo menos estou na sala de negociações — murmurou Maggie.

Ela imaginou que não passassem de bonecos estúpidos, manequins inertes colocados no Second Life como objetos que davam mais autenticidade à cena. Era preciso reconhecer que a comunidade nerd cuidava bem dos detalhes.

Foi então que Maggie notou que duas das figuras à mesa não estavam paradas, mas se mexendo sem parar. Uma de frente para a outra, identificadas por balões como Yaakov Yariv e Khalil al-Shafi. Os avatares tinham os rostos dos dois homens — ou reproduções computadorizadas muito similares. Apenas os corpos e as roupas não batiam. Eram desenhos genéricos de jogo, provavelmente determinados automaticamente pelo software do Second Life. Ou então o primeiro-ministro de Israel ainda mantinha um corpo musculoso, e o líder do Fatah secretamente gostava de se vestir como freqüentador de boates, com direito até a uma camiseta apertadinha. Àquela altura, posicionada no meio do caminho entre a porta e a cabeceira da mesa, ela já podia escutar a conversa. Maggie conferiu as horas. Era início da noite na Costa Oeste dos Estados Unidos. Devia haver dois estudantes de pós-graduação gastando algumas horas extras no jogo.

Um balão apareceu ao lado do avatar de Yaakov Yariv. Uma única linha de texto em amarelo dizia: *Oi? Podemos ajudar? Está participando da simulação de paz?*

Maggie ficou sem reação. O que devia dizer? Devia fingir que era outra pessoa? Só havia uma opção: continuar no personagem. Decidida a agir como patricinha, ela clicou em *Chat* e começou a digitar. Com as palavras aparecendo na tela, Maggie percebeu uma mudança de postura em seu avatar: os braços estavam levantados, e as mãos, em movimento. Seu alter ego representava o ato de digitar.

Espero não estar invadindo, mas faço relações internacionais e ajudaria muito se eu pudesse ficar ouvindo.

Yariv reapareceu um ou dois segundos depois, agitando as mãos à sua frente, como se estivesse apertando os botões de um teclado invisível.

Onde você estuda?

Maggie observou o avatar de Liz e hesitou.

Faculdade Pública de Burbank.

Houve uma pausa.

Tudo bem.

Gostando do joguinho, Maggie aguardou. Enquanto isso, imaginou que tipo de besteiras Liz fazia naquele lugar. Teria no Second Life o namorado que não existia na vida real?

O personagem de Al-Shafi começou a falar: *Vocês viram o mapa de Silwan, o mais recente?*

Após uma demora de um ou dois segundos, um balão apareceu ao lado do avatar de Yariv: *Vimos. Prevê um desvio para o aqueduto.*

Khalil al-Shafi: *Sim.*

Yaakov Yariv: *Quem arcaria com os custos?*

Khalil al-Shafi: *Nossa proposta é que o fundo mantido pela União Européia e pela ONU arque com os custos por três anos. Depois seria auto-sustentável.*

Yaakov Yariv: *Com acesso ao aqüífero na Jordânia?*

Khalil al-Shafi: *Imaginamos que sim. Mas precisamos de sua concordância preliminar, para podermos apresentar a proposta aos jordanianos.*

Maggie fez um gesto de reconhecimento. Era preciso admitir: aqueles garotos, obviamente, levavam os estudos a sério. Eles não se perdiam em trivialidades, mas entravam nos detalhes reais das negociações. A água era um dos assuntos cuja importância escapava à maioria dos que não estavam diretamente envolvidos com o conflito no Oriente Médio — estes só tinham tempo para pensar em petróleo.

Tudo ótimo, mas precisava voltar ao teclado e à patricinha peituda.

Vocês são muito inteligentes! Muito obrigada. Acho que preciso estudar um pouco mais até poder participar dessas coisas. Torçam por mim!

Depois de se despedir, Maggie acabou apertando a tecla errada e, sem querer, andou para a frente e para trás, de um jeito estranho. Envergonhada, como se realmente estivesse na sala com dois pós-graduandos de Harvard e se atrapalhando com a saída, ela clicou em *Voar*. Como resultado, o fascinante personagem saiu do chão e, com uma pequena ajuda das setas, iniciou seu vôo.

Um segundo depois, ela bateu num prédio próximo, de cabeça. O avatar vacilou por um instante, mas logo prosseguiu com a viagem sobre o campus de Harvard. Os gráficos tinham um nível de detalhamento incrível, como projetos arquitetônicos em três dimensões, mostrando o reboco branco que cobria a torre do relógio da Dunster House e até as bancas de jornal e estacionamentos de bicicletas do Harvard Yard.

Ela continuou voando, o corpo deitado e os braços esticados para a frente, como um Super-Homem com mais "presença". Às vezes, mergulhava para olhar mais de perto. Viu uma confusão de prédios, que pareciam extensões sucessivas uns dos outros, cercados por uma variedade de paisagens. Eram residências privadas, com jardins. Passou por um curso d'água e avistou uma ilha pontuada por palmeiras. Quando desceu um pouco, algo surgiu na tela: um anúncio da apresentação de uma banda de rock dos anos 80 na noite seguinte. Maggie balançou a cabeça, impressionada com tudo aquilo.

O passeio estendeu-se por mais alguns minutos. Maggie imaginava a irmã se libertando naquele mundo de linhas bem definidas e cores vivas. Ao avistar um grupo de avatares, ela desceu mais uma vez, motivada pela curiosidade, do mesmo modo que aconteceria se visse uma multidão de verdade numa rua de verdade. Seus joelhos se curvaram quando pousou.

Os letreiros em neon não deixavam dúvidas: estava na área de prostituição do Second Life. Os bonecos usavam espartilhos reluzentes de vinil. Quando se passava o cursor perto deles, aparecia um preço. Chicotes, máscaras de borracha, havia de tudo ali. Na mesma hora, Maggie se sentiu despida, constrangida por seus seios enormes. Mas naquele lugar ela era Lola Hepburn. Podia fazer o que quisesse.

Maggie se aproximou de um avatar masculino, uma criatura absurdamente musculosa que, em sua avaliação, fora concebida visando ao mercado gay. Um gráfico de pizza pipocou na tela; cada fatia trazia uma opção. *Chat*, *Paquerar* e *Tocar* foram as primeiras a chamar sua atenção. Ela hesitou, observando aquelas duas criações cibernéticas meio ridículas — uma delas representando temporariamente ela mesma —, e imaginou o que as pessoas achariam daquilo. No meio da noite, numa sala cheia de aparelhos de fax e mesas vazias de um hotel de Jerusalém, uma diplomata americana assistia a algo que parecia ser material pornográfico. E na fase mais delicada do processo de paz.

Apesar disso, pensava como seria tocar em alguém sem tocar realmente. O que aquela máquina poderia fazer para simular a sensação? Ela se lembrou do homem adormecido em seu quarto lá em cima.

Na tela, outro homem, de barba, cabelo afro e calça justa, entrara na sala e estava a uma distância pequena o bastante para se dirigir aos dois:

Shaftxxx Brando: E aí, galera? Qual é a boa?

Imediatamente, Maggie clicou na opção *Voar*, fugindo da sala e do bairro do sexo. Logo estava sobrevoando mares, paisagens urbanas, resorts. No meio da viagem, desceu até o que descobriu ser uma reprodução perfeita do centro da Filadélfia, com ruas dispostas num perfeito arranjo gradeado tridimensional.

Em seguida, retornou à opção *Mapa*, levando alguns segundos para deduzir o que tinha de fazer. A saudade de casa acabou definindo o primeiro destino. Maggie digitou "Dublin" e depois clicou em *Teletransportar*.

Mais um efeito sonoro, e ela apareceu numa paisagem que, mesmo claramente fictícia, parecia bastante familiar. As águas do rio Liffey estavam muito paradas, mas a região do Temple Bar era idêntica, com todos os clubes e pubs de que Maggie se lembrava dos tempos de adolescente, quando, ao lado de outras meninas da escola, bebia vodca como se fosse um marinheiro russo. Naquela noite, porém, a área tinha um ar de abandono; só ela e alguns vagabundos perambulavam pela rua Dame.

Torceu o nariz ao pensar na situação. Era patético uma mulher adulta olhando para uma tela, no meio da noite, para se lembrar de casa. Já devia ter parado de passear pelo mundo e se estabelecer com Edward, em Washington. No entanto, lá estava, sob a luz azulada de um business center de hotel, a mais de 3h da madrugada, ansiando por matar saudades de casa com ajuda de um incrível jogo de computador. Ela se recostou na cadeira e pensou por que seu plano de criar raízes falhara. Cidade errada? Momento errado? Ou homem errado?

Maggie desligou o computador, saiu da sala cercada de vidro e se encaminhou para os elevadores. Lembrou da Dublin que acabara de visitar. Não era em nada como a Dublin de que se recordava. Estava mais limpa, mais arrumada e infinitamente mais solitária.

Só depois de entrar no elevador e ver as portas se fecharem, ela se deu conta. "É claro." Era aquilo que Shimon Guttman tentara dizer. O homem fora muito esperto! Como ela não percebera desde o início?

— Rápido, rápido — disse ao elevador, ansiosa para chegar ao quarto e acordar Uri.

Ela acompanhou os números indicando os andares: *sétimo, oitavo, nono*. Pronto.

Um pouco hesitante, observou o lado de fora do elevador, para verificar se, por acaso, o homem ou os homens em seu encalço não a estariam seguindo sabe-se lá desde onde e agora aguardando bem diante da porta de seu quarto. Mas não havia ninguém.

Maggie andou pelo corredor tomando cuidado para que seus pés mal tocassem o carpete. Não queria produzir o mínimo ruído. Devagar, passou o cartão pela fechadura, até que a luz verde se acendeu. Abriu a porta e começou a chamar por Uri. De repente, sentiu um golpe rápido e forte na nuca e desabou no chão, quase sem fazer barulho.

CAPÍTULO QUARENTA E QUATRO

JERUSALÉM, SEXTA-FEIRA, UMA HORA ANTES

Primeiro ele ouviu o clique duplo, o sinal de que estavam falando numa linha segura. Como sempre, o chefe foi direto ao assunto:

— Minha preocupação é de que as coisas estejam saindo do controle.

— Compreendo.

— Está bem claro que precisamos daquela tábua.

— Correto.

— Estou dizendo que precisamos dela *agora*. As coisas estão ficando loucas. A cura já começa a parecer pior que a doença.

— Sei qual é a situação. — Ele ouviu um suspiro profundo do outro lado da linha.

— Quanto tempo acha que devemos esperar em relação a tudo isso?

Aquela era a desvantagem do tipo de trabalho que fazia, subordinado ao grande tomador de decisões. Homens como aquele esperavam providências imediatas, como se o simples fato de dizer que algo deveria acontecer fosse suficiente para que de fato acontecesse. Todos os líderes políticos chegavam àquele ponto em algum momento, passando a considerar suas próprias palavras determinações divinas. *Eu disse "que se faça a luz", por que não estou vendo a luz?*

— Bem, agora que começamos, não vejo como podemos parar. Você sabe das últimas notícias. O Hezbollah lançando foguetes em cidades e povoados no meio da noite, elevando ao máximo o risco de mortes. Não podemos seguir as ordens deles.

— E quanto a Costello? Ela conseguiu alguma coisa?

— Estamos a acompanhando de muito perto. Acho que está fazendo progressos. Sabemos de tudo que ela sabe.

Outro suspiro.

— Precisamos tomar posse dessa tábua. Precisamos conhecer seu conteúdo antes deles. Para que possamos tomar a iniciativa das ações. Dirigir os acontecimentos.

— Certamente sabe que existe a possibilidade de que nenhum de nós consiga botar as mãos na tábua. Nem nós, nem eles.

— Como assim?

— Costello pode nos levar a ela. Ou pode falhar. A tábua pode ter desaparecido para sempre com Shimon Guttman. Seria como se a questão toda nunca tivesse surgido.

A voz do outro lado da linha já ouvira o bastante para conseguir juntar as peças.

— Isso não seria mau.

— Seria quase uma vitória para ambos os lados.

— Se ela a encontrar, nós a encontramos. Se ela não a encontrar... Se ela, por alguma razão imprevista, não puder dar prosseguimento à missão, então nenhum dos lados chegará à tábua. Problema resolvido.

— Pode ser.

— Certo. Voltamos a conversar pela manhã.

Depois de ouvir o segundo estalido, ele encerrou a ligação e procurou em sua lista de contatos pelo número da equipe de vigilância que seguia Guttman e Costello. Bastou um único toque.

— Vocês estão com os alvos à vista? Ótimo. Temos de conversar sobre uma mudança de planos.

CAPÍTULO QUARENTA E CINCO

JERUSALÉM, SEXTA-FEIRA, 3h11

De início, ela não tinha certeza de que abrira os olhos. O quarto estava numa escuridão completa. Tentou levantar a cabeça, por reflexo, para ver as horas, mas no mesmo instante sentiu uma pontada de dor. Somente então se lembrou do que ocorrera. Ela saíra do elevador, pronta para contar a Uri sobre sua descoberta; abrira a porta; e, num segundo, levara uma pancada.

Onde estava agora? Com as mãos espalmadas, sentiu a maciez do algodão de um lençol. Piscando, conseguiu identificar os contornos das cortinas. Ainda estava em seu quarto. O que, afinal, acontecera?

De repente, ouviu uma voz assustadoramente próxima a seu ouvido:

— Sinto muito, Maggie. Sinto muito, Maggie.

Uri.

Ela tentou se levantar, mas a dor a deteve novamente.

— Eu acordei e vi que a cama estava vazia. Achei que pudesse ter acontecido algo a você. Fiquei ao lado da porta e aí...

— Aí você me acertou.

— Não sabia que era você. Me desculpe, Maggie. O que posso fazer para ajudar a melhorar?

Maggie decidiu superar a barreira da dor e se sentar. No mesmo instante, Uri ajeitou alguns travesseiros para apoiar as costas dela e lhe entregou um copo d'água. Enquanto bebia lentamente, Maggie sentiu um toque suave em seu cabelo — a mão de Uri afagando sua cabeça. Com os olhos mais acostumados à escuridão, enxergou Uri de joelhos ao lado da cama. Ele tocou seu rosto.

— Todos com que me envolvo acabam machucados. Tudo com que me importo...

Maggie sentia a água descer pela garganta, e aquilo, de alguma forma, parecia libertar a dor em seu pescoço, fazendo-a se espalhar em todas as direções.

— Que merda, onde aprendeu a bater desse jeito? — perguntou Maggie.

— Você sabe a resposta.

— Vocês, israelenses, não ficam procurando confusão, não é? — disse ela, esfregando o local da pancada.

— Use isso aqui — sugeriu Uri, mostrando-lhe uma toalha molhada numa das pontas.

Ele enrolou a toalha e a colocou na nuca de Maggie. Antes, teve de afastar os cabelos dela, para que a pele ficasse exposta. O corpo de Maggie viveu um momento confuso, alternando-se entre a dor e uma nova onda de desejo. A toalha gelada atenuava a vermelhidão de sua pele.

— Uri! — disse ela, de repente, tomando a toalha de suas mãos para que pudesse se virar para ele. — Pegue meu casaco na cadeira, por favor. — Sem saber se fora perdoado, Uri ficou sem reação. — Uri! Agora!

Ele se levantou e pegou o casaco de Maggie. Ela vasculhou os bolsos, esquecendo-se completamente da dor, até encontrar o que buscava: a anotação feita no escritório de Rosen.

— Acenda a luz — disse Maggie. — Muito bem. Preste atenção. Seu pai disse: "Tudo que posso dizer é que essa busca começa em Genebra, porém não na cidade que todos conhecem. É um lugar melhor e mais novo onde se pode ser quem quiser. Vá até lá." Está lembrado?

— Sim.

— Acho que sei de que lugar ele estava falando.

— De Genebra.

— Isso, mas não a cidade que todos conhecem. — Maggie continuou lendo as anotações, à procura da última linha que registrara. — Depois ele disse: "Se eu tiver deixado esta vida, então você me encontrará na outra vida, que também é vida." Agora, preciso que me diga, Uri, da forma mais exata que puder, quais foram as palavras dele. Em hebraico.

— Não estou entendendo nada.

— Você vai entender. Apenas repita o que ele disse!

Uri começou a falar em hebraico.

— Certo. Ele disse o seguinte: *"Im eineini ba-chaim ha'ele, tireh oti ba-chaim ha-hem."*

Maggie olhou para o papel em sua mão.

— Isso quer dizer "se eu tiver deixado esta vida, então você me encontrará na outra vida", certo?

— Sim.

— Muito bem, continue — pediu Maggie, sentindo a adrenalina correr por seu corpo, reduzindo a dor.

— Depois ele disse algo estranho. "*B'chaim shteim.*" O que significa, eu acho, "na segunda vida".

— Acho que ele falou "que também é vida".

— Não, não, é isso mesmo que eu disse. *Shteim* é o número dois.

A ansiedade era cada vez maior.

— Então o que ele estava realmente dizendo era: "Você me encontrará na outra vida, ou seja, na segunda vida." É isso?

— Exatamente.

— Essa é a tradução literal, Uri?

Maggie sabia que estava soando como uma louca, mas não era um comportamento inédito de sua parte. Ela já agira daquela forma durante uma negociação, no último momento antes da assinatura do acordo, quando houve uma divergência quanto à tradução do texto para o inglês, que seria o compromisso válido segundo o direito internacional. À época, tivera de rever a cláusula em questão palavra por palavra, ajudada por dois intérpretes, para garantir que nenhum dos lados tentasse levar vantagem. Nenhum jantar com mediadores estava completo sem que alguém contasse a história de Menachem Begin em Camp David, de como o primeiro-ministro israelense conseguira produzir uma versão em hebraico do acordo com o Egito muito menos exigente em relação ao seu país do que o texto em inglês que Jimmy Carter levara para Washington. Portanto, pressionar Uri daquele jeito não era novidade, embora nunca o tivesse feito na cama, com uma toalha no pescoço.

— Bem, a frase é estranha, mas ele disse "*chaim shteim*". Segunda vida.

— Ou podemos interpretar de outra forma — observou Maggie, com os olhos brilhando. — Em vez de segunda vida, Second Life.

CAPÍTULO QUARENTA E SEIS

JERUSALÉM, SEXTA-FEIRA, 3h20

Maggie passou os braços por trás do pescoço de Uri e lhe deu um longo beijo na boca. Ainda sentia a maciez e a umidade enquanto seus lábios se afastavam.

— Eu sabia! — disse, de olhos fechados, deixando-se tomar pela sensação de felicidade. -- Só podia ser!

Pela primeira vez, acreditou que aquele mistério realmente poderia ser resolvido. Que Shimon Guttman era esperto ela já sabia: suas proezas políticas tornaram-se famosas pela criatividade para chamar a atenção. A própria Maggie testemunhara sua astúcia, no caso do truque engenhoso de esconder a colaboração com Ahmed Nour criando um alter ego israelense, Ehud Ramon. Uri também lhe contara que, apesar da idade, seu pai tinha absoluta facilidade com novas tecnologias. Chegara a dizer que o velho gostava de jogos de computador.

Portanto, o que fizera era totalmente condizente com seu perfil. Sob pressão, ciente de que tinha em suas mãos cada vez mais tensas uma bomba-relógio geopolítica, ele decidira esconder a tábua de Abraão num lugar em que ninguém pensaria em procurar. Num lugar que sequer fazia parte do mundo real. Um lugar nos domínios do virtual.

"Um lugar melhor e mais novo onde se pode ser quem quiser." Escondera seu tesouro, ou pelo menos o segredo de sua localização, no Second Life.

Então ela sentiu um frio no estômago. "Essa não." Ter chegado tão perto para estragar tudo àquela altura? Como foram, ou melhor, como ela fora tão estúpida?

— O que houve? — perguntou Uri, ainda atônito.

Maggie não respondeu; apenas pôs um dedo sobre os lábios. "Que idiotas!" Depois da morte de Afif Aweida, eles sabiam que alguém ouvia suas conversas. Desde então, só falavam tendo música alta ou muito barulho ao fundo. Sussurravam em lugares públicos e até trocavam bilhetes. No entanto, após a pancada dada por Uri, nenhum dos dois se lembrara de tomar precauções. Talvez ela estivesse muito aturdida; talvez ele estivesse muito sonolento ou se sentindo muito culpado. O fato era que os dois se distraíram. A troca de quarto não adiantava nada. Os espiões tiveram várias horas para recuperar o tempo perdido. Tudo aquilo significava que sua descoberta crucial já devia ser do conhecimento de quem quer que estivesse ouvindo.

Ela pegou o bloco de anotações do hotel, ao lado do telefone, e escreveu rapidamente: *Vista-se.* Não havia tempo a perder. Maggie precisava entrar no Second Life antes daquelas pessoas. Se agisse logo, talvez conseguisse alguma vantagem. Os israelenses ou quem quer que fossem precisariam de tempo para deduzir o que ela já sabia. Sentiu-se tentada a esquecer a cautela e usar o laptop ali mesmo. Mas era muito arriscado. Se já houvessem invadido o computador, ficariam sabendo de tudo que ela descobrisse no mesmo instante.

Uri vestiu suas roupas no escuro. Se alguém estivesse espionando, não fazia sentido indicar que os dois estavam de saída. Maggie viu a silhueta do corpo dele e sentiu uma ponta de excitação.

Ela checou se estavam prontos e depois saiu na frente, para voltar ao business center. Lá, ligou o computador, confiante no anonimato:

não havia nada que pudesse levar os espiões àquela máquina. Sem perder tempo, Maggie entrou no Second Life, usando o nome e a senha passados por Liz. Uri ficou de pé, olhando por sobre o ombro dela, com o rosto iluminado pelas cores emitidas pelo monitor. Quando o avatar de Liz apareceu na tela, ele arregalou os olhos.

— Uau. Tudo bem, Lola?

— Não sou eu! É minha irmã.

— Sua irmã Lola parece ser uma garota divertida — disse Uri, recebendo um tapa no braço como resposta.

Sentindo-se uma veterana no jogo, Maggie entrou na opção *Teletransportar* e digitou as sete letras que ela esperava serem capazes de solucionar o quebra-cabeça de uma vez por todas. Imaginou-se ligando para Sanchez, contando-lhe que podia explicar o recente surto de violência. Imaginou também sua resposta. "É melhor contar você mesma, Maggie. Coloque-os sentados à mesa e ponha o processo de paz de volta nos trilhos. Sei que consegue..."

Seu avatar já pousara nas ruas impecáveis da Genebra virtual. Ela começou a andar pela rue des Etuves e virou na rue Vallin. Não havia ninguém por perto, à exceção de uma dupla com cabeças de coelho, numa esquina. Maggie seguiu pela rue du Temple para evitá-los.

— Não consigo acreditar — sussurrou Uri. — Está me dizendo que meu pai veio a esse... lugar?

— Genebra. Porém não a cidade que todos conhecem. Foi o que ele disse. Kishon foi à Genebra errada. O que seu pai tinha em mãos está escondido em algum lugar aqui.

— Mas você só está vagando pelas ruas. O que, exatamente, procuramos?

— Ainda não sei. Pode ser um mapa. Ou orientações. Algo que nos diga onde ele deixou a tábua. Vamos ter de descobrir.

Ela enfiou a mão no bolso, mais uma vez à procura do papel com anotações. *Guardei-o num lugar seguro, um lugar que só você e meu irmão conhecem.* Se ao menos conseguisse decifrar aquilo. Maggie continuou lendo. *Mas agora preciso que as deixe de lado e se lembre dos bons tempos, como aquela viagem que fizemos em seu bar mitzvah. Lembra-se do que fizemos, Uri? Espero que sim. Tudo que posso dizer é que essa busca começa em Genebra...*

— O que vocês fizeram durante a viagem, Uri? Pense.

— Já contei. Fomos a Creta. Conversamos um pouco. Fiquei entediado. Sinto muito, Maggie. Não consigo me lembrar de nada em particular.

— Muito bem. Vamos ter de conferir se há algum museu grego ou coisa parecida em Genebra.

— Minóico.

— O quê?

— Eram os minóicos que viviam em Creta.

Maggie encarou Uri.

— Obrigada, professor.

Ela procurou por alguma lista de prédios, ou até um mapa detalhado daquela versão virtual de Genebra. Nada. Então resolveu voar, para ver se uma estrutura maior lhe chamava a atenção. Talvez houvesse um grande museu com um departamento minóico. Talvez Shimon Guttman tivesse deixado uma pista-chave sobre a localização da tábua ali.

— O que é engraçado — disse Uri, mais a si mesmo do que a Maggie — é que a única lembrança realmente forte daquela viagem tem a ver com o vôo; foi a primeira vez que andei de avião. Foi o que ficou gravado na minha mente. Contei a meu pai e, com isso, provavelmente o magoei. Mas era verdade. Sentamos juntos, na janela, e achei tudo incrível. Observar a bela água azul lá embaixo, enquanto ele apontava para as diversas ilhas. Foi o ponto máximo, sem dúvida. Depois daquilo...

Maggie parou tudo e se virou para ele. Podia ouvir a voz de Shimon Guttman: "Lembra-se do que fizemos, Uri? Espero que sim."

— Ele quer que façamos a mesma coisa agora — disse ela, apertando as setas com ânimo renovado. — Quer que sobrevoemos o lago Genebra e procuremos ilhas.

O avatar pairava sobre a cidade virtual, sendo direcionado primeiro para o oeste, depois para o leste. Maggie não sabia nada sobre a geografia de Genebra. Estivera lá uma vez, para um encontro da ONU, mas se limitara à estada habitual na diplomacia internacional: aeroporto, carro, sala de reunião, carro, aeroporto. Assim, teve de recorrer ao método mais grosseiro possível: procurar por uma grande mancha azul.

Depois de encontrar a água, ela reduziu a velocidade, para que o avatar pudesse voar mais rasante e mais perto, com tempo para observar o que havia abaixo.

— Tem uma ali! — disse Uri, apontando para o canto inferior esquerdo da tela.

Sem jeito, Maggie virou-se e se aproximou o máximo possível, voando sobre o que parecia ser uma versão de desenho animado de uma ilha deserta. Era circular e tinha uma bandeira fincada na areia amarelada, que anunciava os horários de um grupo de discussão semanal sobre poesia. Maggie apertou a seta para cima.

Havia diversas ilhas no lago, algumas usadas para eventos virtuais — Maggie viu placas anunciando um concerto e uma coletiva de imprensa de uma empresa de software —, enquanto outras não passavam de pedaços de terra privados. Nenhuma parecia ter ligação com Shimon Guttman. Maggie começou a ficar nervosa; aquela era a única pista.

— Vamos lá — disse Uri. — Continue voando. Se estiver aqui, vamos encontrar.

Maggie prosseguiu o vôo, executando loops e mergulhos sobre as águas azuis do lago Genebra, no Second Life. Executou as mesmas manobras por quase 1 minuto, em silêncio. Era como se os dois estivessem num planador, cruzando o céu límpido do meio do dia, acima de uma cidade real, em vez de naquela sala escura e sem vida no silêncio da noite de Jerusalém.

Ela tinha de se concentrar. Não era fácil permanecer na altitude certa: se ficasse muito alto, as ilhas seriam apenas pontinhos, sem proporcionar qualquer senso de perspectiva. Se Uri estivesse certo, tinham de reproduzir a experiência de infância que ele vivera no avião, vendo as ilhas lá embaixo.

— Ei, o que é aquilo? — perguntou Uri, apontando para um pequeno pedaço de terra.

Maggie teve de mudar de direção, fazendo Lola girar. Ao avistar o que Uri indicara, ela pairou um pouco e depois começou a baixar.

— Não acredito — disse Uri, balançando a cabeça. — Até aqui.

— O que foi, Uri? O que foi?

— Olhe ali. Está vendo o formato daquela ilha? Repare bem no formato.

Uri apontava para os pixels amarelos na tela. Maggie concordou que era um formato incomum. Não era o desenho simples, vagamente circular, que a maioria dos donos de ilhas particulares no Second Life preferiam, mas uma série de linhas onduladas, com um grande quadrado projetando-se do lado direito. Era um desenho feito deliberadamente, porém não significava nada para Maggie.

— Uri, o que significa isso?

— Está vendo a parte à esquerda? É Israel. E a protuberância? É a Jordânia. Esse é o território de *Eretz Yisrael*, a Terra de Israel completa, de acordo com os fanáticos de direita que veneram Jabotinsky. Pessoas como meu pai. Estampam esse desenho em camisetas. As mulheres usam brincos com essa forma. Chamam de *shtei gadot*. Significa "duas margens". Até criaram uma música: "O rio Jordão tem duas margens, e as duas são nossas."

— Tem certeza disso?

— Conheço esse desenho desde antes de aprender o alfabeto, Maggie. Cresci vendo isso. Pode acreditar: meu pai é o autor disso.

Maggie interrompeu o sobrevôo e pousou na água que batia numa praia da ilha. Começou a caminhar, mas foi jogada para trás. Havia uma linha vermelha, como um raio laser, cercando a ilha. Sempre que o avatar se aproximava, o raio surgia e o lançava para longe. Uma observação mais atenta revelava que era formado por palavras repetidas: ENTRADA PROIBIDA ENTRADA PROIBIDA ENTRADA PROIBIDA. Era uma cerca de fronteira eletrônica. Uma pequena mensagem apareceu na tela: "Não é possível entrar na área — você não é membro do grupo."

— Droga. Existe um tipo de proteção.

Com o avatar imóvel, Maggie examinou a parte inferior da tela, tentando encontrar um campo para informar uma senha.

— Ei, Maggie. Quem é esse aí?

Ela ergueu os olhos e sentiu um frio na espinha. Dois outros avatares se aproximavam pelo ar. Tinham as mesmas estranhas cabeças de coelho que vira pouco antes, mas agora usavam roupas pretas. Maggie se lembrou dos homens na viela, das máscaras de esqui, do bafo quente.

— Estão nos seguindo — disse, virando-se para Uri. — Estão tentando obter as informações escondidas por seu pai antes de nós. O que devemos fazer?

— Pode conversar com eles?

Maggie olhou para a tela. Eles continuavam a seu lado. Ela clicou em *Chat* e digitou na janela que se abriu, esforçando-se para se manter no personagem: *Ei, meninos, como vão?*

A espera por uma resposta durou três, quatro, cinco segundos. Maggie aguardou até que o relógio do Second Life, no canto da tela, marcou 1 minuto. Nada.

— Estão esperando que façamos algo. Só sabem o que ouviram de nós.

Então Maggie fez mais uma tentativa de passar pela barreira de laser que aparecia em torno da ilha sempre que tentava se aproximar. *Não é possível entrar na área — você não é membro do grupo.*

Os cabeças-de-coelho permaneceram por perto, sem se mexer. Também eram mantidos a distância pelo isolamento de raio laser, mas alguma coisa naquela tranqüilidade incomodava Maggie. Ela imaginou os operadores, quem quer que fossem, digitando incessantemente complexos algoritmos, rodando programas pesados de decodificação, tentando descobrir como passar pela pequena barreira erguida por Guttman. Se aquelas pessoas fossem inteligentes o bastante para ter seguido Maggie, ou Lola Hepburn, até aquela área do Second Life, não seriam detidas por uma reles cerca.

Maggie clicou em *Chat*.

Vocês de novo! Os coelhos estão querendo algo comigo?

— Maggie, o que está fazendo? — perguntou Uri.

— Quero que eles saibam que nós sabemos.

Ela continuou digitando, agora na ferramenta de busca do Second Life. Palavra: *Guttman*. Podia haver uma maneira óbvia de entrar na ilha que eles estivessem deixando passar.

— Vou pegar uma coisa — disse Uri, dirigindo-se à porta. — Volto num segundo.

A busca por Guttman ainda estava em andamento, levando muito mais tempo do que o esperado. Não aparecia nenhum resultado.

— Vamos, vamos — murmurou Maggie.

Então, como que atendendo a seu pedido, houve um ruído e tudo ficou branco. Mais um instante, e a tela começou a ser preenchida por uma paisagem que Maggie não reconhecia. Ela fora transportada para outra região do Second Life, sem haver clicado em qualquer ícone. Teria esbarrado no teclado sem perceber?

Porém, logo ela os avistou. Não mais dois cabeças-de-coelho, mas quatro, a cercando. Ela apertou uma seta, deu alguns passos e parou.

Depois, aos saltos, voltou a andar e entrou numa viela. Os quatro homens com cabeças de coelho vinham logo atrás, aproximando-se. Ela parou de novo.

Maggie já sentia sua respiração real se tornar mais entrecortada e ofegante. A mesma pessoa responsável pelos cabeças-de-coelho estava congelando seu avatar; ela não conseguiria retornar à ilha no lago Genebra. Nesse caso, o segredo escondido por Shimon Guttman estava fora de seu alcance.

Então Maggie ouviu a porta do elevador se abrindo. Ao se virar, viu que não havia mais ninguém na sala. Onde estava Uri? Ela escutava passos cada vez mais perto e pelo vidro via um homem se aproximando. No escuro, era impossível reconhecer o rosto.

Só quando a porta se abriu ela pôde ver nitidamente quem era: Uri, segurando uma grande pilha de roupas marrons. Sem explicar nada, ele tirou a calça e a camisa e depois os enfiou sob uma das mesas, fora de vista. Em seguida, começou a vestir as peças que levara: as roupas eram feitas de poliéster e tinham um estranho tom de bege. As calças eram muito curtas, exigindo puxadas vigorosas para chegarem à altura dos sapatos. Mas logo a transformação ficou completa. Uri estava vestido de mensageiro de hotel.

— Como você...

— Qualquer pessoa que já trabalhou à noite em hotéis, como eu, sabe que eles têm uma lavanderia em algum lugar. É só uma questão de encontrá-la e dar um jeito de entrar.

— Mas por quê?

— Ainda não entendeu? Esse pessoal vem nos vigiando e nos seguindo para que os levemos à tábua. E agora têm o que querem. Sabem que a resposta está naquela ilha e vão conseguir encontrá-la. Maggie, eles não precisam mais de nós. Somos apenas pedras no caminho.

Com o coração acelerado, Maggie virou-se para a tela, onde Lola se via cercada por seis homens com cabeças de coelho. Ela clicou em *Voar* para fugir. Não funcionou. Desesperada, passou a apertar todas as teclas, mas nada acontecia. Os avatares de preto estavam mais próximos.

Algo diferente começou a acontecer. O rosto de Lola Hepburn, a alegre patricinha de rabo-de-cavalo, estava mudando. Os olhos tornaram-se tristes, como se fossem mergulhar em lágrimas. Depois, o nariz também despencou. A expressão da criatura eletrônica, antes animada, ficava mais e mais horrível.

Maggie apenas observava enquanto o processo de deterioração se alastrava pelo corpo de Lola; os seios desfizeram-se numa espiral de vermelho, branco e azul, como um sundae num dia de verão. Então o tronco se misturou às pernas, até que todo o corpo não passava de uma poça de lama na viela, com os cabeças-de-coelho ao redor, como gaivotas prontas para se deleitar na carniça. A única chance de descobrir o que Shimon Guttman sabia desaparecera.

— Maggie — chamou Uri da porta, pronto para sair. — Em 3 minutos, vá até a saída de emergência. Fica ali — apontou. — Não pegue o elevador. Desça as escadas o mais rápido possível. Não pare no saguão, desça mais um andar. Vai chegar à cozinha. Pegue a esquerda, depois do elevador, e siga até a área de refrigeração.

— Como você...

— Siga para onde estiver mais frio. Na parte de trás, vai encontrar uma plataforma de carga. Vá até lá. Eu estarei num carro.

— Como vai conseguir um...

— Apenas faça o que eu disse.

Daquele jeito, como um funcionário do turno da noite do hotel David Citadel, ele desapareceu.

Maggie recolheu seus poucos pertences. Uri estava certo: todos os seus passos eram acompanhados, e os perseguidores jogavam sério. Ela confirmara aquilo pessoalmente na manhã anterior e mais uma vez com a perseguição e a destruição do avatar emprestado por Liz. Fechou o programa e se dirigiu à saída de emergência.

Assim que mergulhou na escuridão da escada, percebeu que não tinha idéia de para onde estava indo ou o que faria em seguida. Sua maior esperança fora-lhe tomada, reduzida a pixels de computador que desapareceram para sempre.

CAPÍTULO QUARENTA E SETE

PSAGOT, CISJORDÂNIA, SEXTA-FEIRA, 4h07

Sua esposa ouviu primeiro. Ele sempre tivera sono pesado, mas agora, com 10 a 15 quilos a mais, a situação se tornara muito pior. Sua mulher já o sacudia vigorosamente quando finalmente acordou.

— Akiva, acorde. Akiva!

Akiva Shapira murmurou alguma coisa antes de olhar para o relógio sobre o criado-mudo. Era um de seus objetos preferidos. A relíquia mecânica digital do início dos anos 1970 tinha alojada em seu interior uma bala disparada por um atirador palestino na direção de seu escritório. Típico dos palestinos: não o acertaram e sequer conseguiram destruir o relógio. Ele já contara aquele caso a diversas delegações americanas.

Embora passasse das 4 horas, sua esposa não se enganara. A leve batida na porta continuava. Quem poderia estar ali àquela hora?

Ele pegou um roupão, amarrou a faixa na cintura e se arrastou até a porta da modesta casa de telhado vermelho em que morava desde a criação do assentamento, décadas antes. Bastou abrir uma fresta para ver o rosto de Ra'anan, o assessor do ministro da Defesa que participara da reunião na tarde anterior.

— O que você está fazendo...

— Desculpe-me por aparecer a esta hora. Posso entrar?

Shapira abriu a porta para a entrada daquele homem que parecia um alienígena, todo paramentado num lugar de descanso.

— Aceita algo para beber? Água?

— Não, não posso me demorar. Temos pouco tempo.

Depois de encher um copo d'água na torneira, Shapira voltou e encarou o convidado.

— Muito bem, qual é o assunto?

Os olhos de Ra'anan se fixaram no quarto.

— Podemos falar tranqüilamente aqui?

— Claro! Esta é minha casa.

Ra'anan fez um gesto em direção ao quarto.

— E sua mulher? — sussurrou.

Shapira foi até a porta que separava a cozinha do resto da casa e a fechou.

— Está melhor assim?

— Akiva, na última hora conversei com outros membros de nosso grupo, em busca de permissão para uma ação específica que acaba de se tornar viável. Se todos concordarmos, temos de agir imediatamente.

— Estou ouvindo.

— O alvo que discutimos. Ela está na mira. Podemos agir.

— Riscos?

— Detenção e prisão. Mínimos. Temos o melhor pessoal possível. Você mesmo viu hoje.

Shapira lembrou-se da demonstração no campo, das melancias explodindo, alvejadas por atiradores que ele mal podia ver. Ra'anan estava certo. Os riscos numa ação com profissionais tão bem treinados não representavam um obstáculo.

— Certo — disse Shapira, finalmente. — Vá adiante.

CAPÍTULO QUARENTA E OITO

JERUSALÉM, SEXTA-FEIRA, 4h21

Ela saiu do hotel com mais facilidade do que imaginara. As instruções de Uri se mostraram precisas; a cozinha estava totalmente vazia. Maggie encontrara a ampla área de refrigeração seguindo não o frio, mas o zumbido dos motores. Lá, na parte de trás como indicado, havia uma porta larga, que estava fechada e exigiu um empurrão forte para se abrir.

Assim que saiu, Maggie sentiu o vento gelado da noite. O casaco ficara para trás. Ela permaneceu ali, numa plataforma elevada de concreto, observando um espaço quadrado feito para manobrar os caminhões de entrega. Enquanto pulava sem parar, abraçando-se para se manter aquecida, sentiu um mau cheiro. Era terrível. Então se deu conta de que estava ao lado de três enormes cilindros de aço transbordando com sacos de lixo do hotel.

Dois minutos depois, viu um facho de faróis chegando, girando e depois apontando na direção contrária à da plataforma de carga. Uma reluzente Mercedes prateada vinha de ré. Ela esperou até que entrasse na área de carga. A fumaça do cano de descarga subia numa espiral, espalhando-se por toda a plataforma. Graças à luz das lanternas traseiras, Maggie conseguia enxergar alguns degraus numa lateral. Ela teve um impulso de descer, mas hesitou. E se não fosse Uri?

Ela permaneceu nas sombras, esperando, até que ouviu o barulho de uma janela se abrindo lentamente, seguido de um "psiu". Uri. Maggie desceu a escada e entrou pelo lado do passageiro.

— Belo carro. Como conseguiu?

— Indo até a mesa do *concierge*, procurando a caixa do serviço de estacionamento e pegando a primeira chave que vi à minha frente.

— Por isso o uniforme.

— Por isso o uniforme.

Maggie notou algo novo naquele homem que sequer conhecia uma semana antes e com o qual agora parecia destinada a passar todos os seus momentos de atividade — e até alguns de descanso. Pela primeira vez, viu nele uma espécie de orgulho. Uri aparentava estar satisfeito com o que fazia.

— Bem, agora que tem a limusine, aonde deseja ir, Srta. Costello?

— A qualquer lugar onde haja um computador. Não conseguimos entrar na ilha. Eles acabaram comigo antes que pudesse entrar. Vão chegar lá antes de nós.

— Quem são eles?

— Os cabeças-de-coelho, sejam lá quem forem na vida real.

— Não acha que eles serão mantidos fora da ilha exatamente como você?

— Uri, estamos falando de pessoas que ouvem nossas conversas, que invadem nossos computadores, que mataram Kishon e Aweida assim que mencionamos seus nomes. Por alguma razão, não acredito que terão muitos problemas com um código que seu pai criou para proteger a ilha.

Afinal, lembrou Maggie, os homens por trás dos cabeças-de-coelho foram capazes de transformar seu avatar numa poça de pixels. Uri tinha razão: ela não era mais necessária. Já os levara à ilha; agora podiam prosseguir sozinhos.

— Escute, pode ser verdade — disse Uri. — Mas, mesmo que entrem na ilha, talvez não entendam o que verão. Lembra-se da mensagem de meu pai no DVD? Para interpretá-la, precisamos de conhecimentos que só eu possuo. — Ele fez uma pausa. — Meu Deus, por que ele tinha de tornar as coisas tão complicadas?

— Na verdade, admiro o cuidado tomado por seu pai. Há muitas pessoas interessadas na descoberta dele, e nenhuma conseguiu botar as mãos nela até agora.

— Ainda não.

— Claro. Mas ainda acho bastante impressionante.

Uri dirigiu em silêncio, com os limpadores de pára-brisa se movendo em intervalos regulares, porém quase sem fazer barulho.

— Então, aonde está me levando, Sr. Chofer?

— A um dos poucos lugares em Jerusalém que ficam abertos a noite inteira. E, seguramente, o único que tem um computador.

Ele estacionou o carro no início de uma zona de pedestres, cheia de cafés fechados e quiosques com as grades baixadas.

— Esta é a rua Ben-Yehuda. Está quase sempre cheia de gente. Mas Jerusalém não é igual a Tel Aviv. Jerusalém gosta de dormir cedo.

Com Uri à frente, os dois saíram da rua principal, passando por um grupo de maltrapilhos que dormia na porta de uma loja, e pegaram uma viela — tudo feito da mesma pedra áspera do resto da cidade. Ali também viram sinais de movimento recente: restaurantes e cafés fechados havia pouco. Porém, Maggie ouviu um som de música, vindo de um bar ainda aberto.

— É o Mike's Place — disse Uri. — Detonaram uma bomba aqui, mas os turistas continuam freqüentando.

Ele prosseguiu pelas ruas estreitas, em que cada arco e abóbada levava a uma loja ou escritório; a vida moderna gravada em pedras ancestrais.

— Aqui estamos. No Someone to Run With.

— Esse é o nome do lugar?

— É. Virou uma instituição de Jerusalém. Todos os que estão fugindo de alguma coisa vêm para cá. O nome é em homenagem a um romance.

— "Alguém para correr comigo", hein? É o nosso caso.

Uri sorriu e apressou Maggie para que entrasse. Examinando o ambiente a sua volta, ela se lembrou imediatamente de quando acabara de completar 16 anos. Não que já tivesse pisado num lugar semelhante, mas, aos 16 anos, adoraria aquilo. Não havia cadeiras; só enormes almofadas sobre bancos de pedra. O ar estava carregado, tomado pelo vapor de chás de fruta e fumaça de cigarro e outras variedades de fumo. Num canto, viu um garoto, curvado sobre uma guitarra, empolgado, com uma mecha de cabelos escuros escondendo seu rosto. Na sua frente, também segurando uma guitarra, uma garota de cabeça raspada, usando uma camiseta branca deformada e bermudas até o joelho, que, apesar do esforço, não conseguia esconder sua beleza. Maggie estudou todo o ambiente, observando os jeans rasgados e as tranças nos cabelos, e sentiu não o peso de sua idade, como na boate de Tel Aviv, mas uma pontada de inveja mesmo. Aqueles garotos ainda tinham a vida inteira pela frente.

Maggie agradecia por ter vestido as roupas de Orli. Se aqueles jovens a vissem com seu visual de sempre, pensariam que ela era da delegacia de entorpecentes ou algum outro tipo de autoridade. Em vez disso, mal olhavam para os dois. Deviam estar muito chapados.

Uri apontou para outro canto, onde havia um único computador, sem ninguém por perto. Maggie imaginou que achassem completamente caído usá-lo, principalmente àquela altura da madrugada. Enquanto Uri permanecia no balcão, pedindo café a uma garota de piercing no nariz, ela se sentou diante do computador e acessou o Second Life.

No campo do usuário, Maggie digitou Lola Hepburn. No mesmo instante, apareceu uma mensagem de erro: *Usuário ou senha inválidos, tente de novo, por favor.* O avatar criado por Liz fora excluído do sistema. Ela precisaria entrar como outra pessoa. Mas quem? Não conhecia ninguém que tivesse um avatar no Second Life. Talvez devesse acordar Liz em Londres.

Antes, porém, ela ouviu de novo a voz de Shimon Guttman, tão clara quanto no escritório de Rosen, 12 horas antes.

Você me encontrará na outra vida; não nesta, mas na próxima.

Era óbvio. Ela devia entrar no Second Life não como Lola Hepburn, a garota festeira de seios enormes criada por sua irmã, mas como o próprio Shimon Guttman. Certamente era como a proteção funcionava: a ilha em Genebra só permitiria a entrada dele.

Maggie clicou no ícone de pesquisa, com a intenção de vasculhar a lista de nomes. Ao digitar o nome e o sobrenome do pai de Uri, esperava que, pela primeira vez, o velho tivesse feito as coisas do modo mais simples.

Usuário ou senha inválidos, tente de novo, por favor.

Ela tentou muitas variações. ShimonG, SGuttman e uma dezena de outras combinações. Havia inúmeros Shimons, mas o resto dos nomes não fazia sentido. E, ao tentar as senhas que funcionaram no computador na casa de Guttman, foi bloqueada todas as vezes.

Então Uri chegou, trazendo uma xícara gigante de café. A mera inalação daquele cheiro bastou para que Maggie se desse conta de quão cansada estava. Mantivera-se de pé durante dias graças à adrenalina, e agora seu corpo começava a apresentar sinais de exaustão. Seu pescoço doía no ponto em que Uri a atingira, e seu braço direito estava sensível, perto de onde os homens mascarados do mercado a agarraram.

Uri observou o que ela fazia.

— Por que não tenta o nome que meu pai usava para trocar mensagens com aquele árabe?

Maggie deu um sorriso meio desanimado, como se admitisse que não era uma má idéia. Fez uma busca por Saeb Nastayib e se empolgou quando o sistema retornou um único avatar com aquele nome. Ela repetiu a senha usada anteriormente, Vladimir67, e uma figura masculina magra surgiu na tela, inicialmente pelado como um manequim ou uma estátua de pedra cinza. As roupas apareceram gradualmente.

Ela clicou em *Mapa*, digitou *Genebra* e depois escolheu *Teletransportar*. Depois de alguns segundos, estava de volta, pairando sobre a água azul e as margens verdejantes do lago. Começou a procurar pela ilha de contornos peculiares de Guttman.

O primeiro exame a deixou nervosa: não havia sinal do lugar. Infelizmente, fazia sentido. Se os perseguidores não viram mais utilidade no avatar de Liz depois que ela os levara à ilha, então a própria ilha seria dispensável após revelar seus segredos. Que forma melhor de garantir que mais ninguém descobrisse o último esconderijo da tábua de Abraão que destruir a única pista sobre sua localização?

Diante daquilo, Maggie teve de voar baixo sobre a água azul. Sua posição exata era distorcida pela paisagem irregular gerada pelo computador, que, naquela conexão lenta, só era mostrada parcialmente na tela. Porém, finalmente, uma mancha verde apareceu em meio ao azul do lago. Quando o avatar de Guttman se aproximou, ela confirmou que se tratava da versão da Terra de Israel que o pai de Uri criara no coração da Suíça.

Maggie chegou mais perto, já se preparando para a indicação de entrada proibida e a mensagem de erro. No entanto, daquela vez, não houve obstáculo. Nem sinal da barreira eletrônica. Obviamente, fora programada para se ativar só na presença de estranhos. O avatar de Guttman pôde entrar na ilha com a mesma liberdade que Maggie tivera na visita à zona de prostituição horas antes. Sequer foi necessária uma senha.

— Entramos — disse, aliviada por Guttman não ter deixado outra armadilha no caminho.

— O que fazemos agora? — perguntou Uri, curvando-se para a frente, aproveitando o calor do café em suas mãos.

— Agora vamos vasculhar tudo.

Eles não precisaram ir muito longe. A ilha abrigava uma única estrutura, uma espécie de caixa feita de aço e vidro. Lá dentro, havia apenas uma cadeira e uma mesa com um computador. Maggie fez o avatar de Guttman avançar e sentar-se na cadeira. No mesmo instante, um balão surgiu na tela.

Vá para o oeste, meu jovem, e alcance a cidade-modelo próxima ao Mishkan. Lá, vai encontrar o que lhe deixei, no caminho dos antigos labirintos.

— E então, Uri, o que significa isso? — perguntou Maggie, virando-se, na expectativa de encontrar Uri lendo as mesmas palavras.

Ele, contudo, desaparecera como uma das criaturas fantásticas que piscavam na tela.

CAPÍTULO QUARENTA E NOVE

KHAN YUNIS, FAIXA DE GAZA, SEXTA-FEIRA, 2h40

Ele não estava dormindo. Sequer estava deitado. Como se tornara comum naqueles dias, estava sentado, avaliando diferentes cenários em sua cabeça. Ações, reações: sua mente não parava de examinar todas as possibilidades. Muito menos à noite. Eram tantos planos que ele ficava impaciente à espera da oração da manhã. Desejava que o amanhecer viesse logo para que pudesse voltar ao trabalho.

Como estava acordado, pôde ouvir os passos. Por instinto, liberou a trava da pistola e esperou no escuro. Viu a luz de uma vela antes de ouvir uma voz.

— *Psiu*. Salim, sou eu, Marwan.

— Entre, irmão.

Com cautela, o homem mais jovem entrou na ponta dos pés no quarto em que Salim Nazzal se instalara para passar a noite. Ele olhou ao redor, contou três adolescentes, todos dormindo profundamente num único colchão, e decidiu falar ainda mais baixo. Não tinha idéia de que casa era aquela e que família abrira as portas para seu líder naquela noite.

— Salim, eles afirmam que conseguiram alguma coisa. Viram algo em Jerusalém.

— A tábua?

— O filho do sionista. E a mulher americana.

Nazzal travou a pistola. Precisava de tempo para pensar.

— A unidade no local quer saber se deve agir.

— Não era *esse* o objetivo!

— Mas sua orientação foi de que recuperar a tábua era a maior prioridade.

Um dos garotos deitados no colchão se mexeu. Salim esperou até ter certeza de que voltara a dormir.

— Diga-lhes que têm liberdade para agir... — disse, finalmente.

— Certo — respondeu o jovem, já se retirando.

— Marwan! Volte aqui. Diga-lhes que têm liberdade para agir, *mas* somente se isso significar ter a posse da tábua ou descobrir com certeza sua localização. Não há razão para matarmos os dois, Guttman e a americana, se não pudermos pegar a tábua. Entendeu?

— Entendi, Salim.

— Estou falando sério, Marwan — ressaltou, engatilhando a arma mais uma vez, para não deixar dúvidas.

CAPÍTULO CINQÜENTA

JERUSALÉM, SEXTA-FEIRA, 5h23

Ela olhou em volta, procurando Uri entre os rostos em êxtase e as guitarras estridentes, mas ele desaparecera. Maggie se levantou e foi até a entrada. Encontrou-o com uma expressão de preocupação, na porta, prestando atenção à rua.

— Uri, o que houve?

— Não sei. Ouvi alguma coisa, talvez um carro. Precisamos ir embora.

— Tudo bem, mas primeiro você precisa decifrar...

— Maggie, se estiverem atrás de nós, podem nos matar.

— Só me diga o que aquilo significa!

— Pelo amor de Deus, Maggie, não temos tempo.

— Uri, não vou sair daqui antes de você me contar tudo.

Contrariado, ele foi rapidamente até o computador, curvou-se para ler o texto no balão e repetiu em voz alta o enigma deixado pelo pai. Em seguida, disse apenas:

— Muito bem, vamos embora.

A garçonete de piercing aparecera ao lado de Uri e agora lhe sussurrava algo em hebraico, apontando para uma saída nos fundos do bar. Maggie não pôde deixar de notar seus belos olhos castanhos brilhando. Aparentemente alheio ao charme da garota, Uri agradeceu, pegou Maggie pelo braço e partiu.

Depois de empurrar uma porta de emergência, que revelava uma escada estreita de cinco degraus levando ao nível da rua, Maggie lembrou-se de que esquecera o computador ligado, com o avatar de Guttman e sua mensagem na tela. Se alguém os estivesse perseguindo, bastaria que entrassem no lugar, pedissem um café e conectassem um notebook.

Ela deu meia-volta, mas sentiu o pulso torcer, ainda seguro por Uri.

— Me solte. Preciso voltar lá.

— De jeito nenhum.

— O computador ficou ligado. Eles vão ver tudo!

— Azar. Estamos de saída — disse Uri, seguindo em frente, determinado a chegar à rua.

— Me solte! Agora!

Uri recusou-se a soltá-la. Ela seria arrastada pelos degraus estreitos gostando ou não. Maggie começou a puxar o braço dele, como uma criança teimosa que não quer ser levada ao primeiro dia na creche. Porém, Uri era mais forte. Só de imaginar o que teria de fazer, Maggie já se recriminou, mas naquela situação não havia escolha. Ela teve de baixar a cabeça para encontrar o ângulo certo. Assim que conseguiu, bastou um movimento rápido para cravar os dentes na mão de Uri.

Ele urrou de dor, mas deixou apenas a primeira nota escapar, abafando o resto. A tática funcionara: num ato reflexo, Uri soltara o braço, e Maggie saíra correndo de volta para o bar. Seus olhos não paravam, tentando localizar, em meio à fumaça, o computador que acabara de usar. Quando finalmente avistou o brilho, tomou um susto ao reparar que havia uma pessoa grudada na tela, digitando no teclado.

Maggie aproximou-se, mantendo-se nas sombras, até conseguir enxergar quem era: a garota do piercing no nariz. Depois de soltar um suspiro de alívio, ela foi até o computador e, enquanto a jovem começava a dizer como o Second Life era legal, desligou a máquina.

— Ei... — tentou reclamar a garota.

Entretanto, Maggie já desaparecera. Saíra pelos fundos e subira pela escada de pedra até a ruela acima. Ela ficou parada, sozinha, olhando para os dois lados. De repente, uma mão agarrou seu braço, arrastando-a para a direita, depois para a esquerda e por uma ladeira que levava à rua principal onde um Mercedes prateado estava estacionado e pronto para partir. Eles entraram.

— Juro que, se eles não a matarem, eu mesmo cuidarei disso.

— Uri, me desculpe. Eu não podia deixar tudo ali, à vista de qualquer pessoa...

— Eles estavam lá?

— Não que eu tenha visto — respondeu Maggie. Uri balançou a cabeça, sem acreditar na loucura da mulher que acabara se tornando sua parceira. — Sinto muito, sinto de verdade — insistiu ela.

— Não, não sente.

— Para onde estamos indo?

— Não sei. Para longe deles, para longe de Jerusalém. Voltaremos quando as coisas estiverem mais tranqüilas.

Maggie olhou pela janela e, no horizonte, notou os primeiros sinais da luz azulada do amanhecer. Jerusalém mal começava a despertar. Nas ruas, ela só via um ou outro mendigo.

— E quanto à mensagem de seu pai?

— Não me lembro mais.

— Ah, vamos lá. Ele disse: "Vá para o oeste, meu jovem, e alcance a cidade-modelo próxima ao Mishkan". Seja lá o que isso for. "Lá, vai encontrar o que lhe deixei, no caminho dos antigos labirintos." O que acha que significa?

Uri tirou os olhos da rua por um instante para encarar Maggie.

— Tem idéia de quanto ódio estou sentindo por meu pai neste momento? Todos esses joguinhos idiotas que está me obrigando a enfrentar? Como se não bastasse sua loucura já ter causado a morte de minha mãe.

— Eu sei, Uri...

— Você não sabe de nada, Maggie. De nada! Ele provocou a morte de minha mãe e agora eu estou tentando salvar minha vida. E por quê? Por quê? Por causa de uma merda de relíquia bíblica que vai provar que ele e seus amigos malucos de direita sempre estiveram certos! Ele nunca me convenceu a me juntar a eles quando estava vivo, mas, de algum jeito, estou a serviço dele, como uma espécie de discípulo. Agora que ele está morto.

— Esse é o esconderijo? Alguma área controlada por malucos de direita? Algum lugar na Cisjordânia?

— Não. É um lugar muito mais óbvio.

— Você já descobriu? — perguntou Maggie, curiosa.

— Qual é a razão de tudo isso? A tábua só pode estar num lugar.

— Está falando do Monte do Templo?

Maggie não conseguiu conter um sorriso ao pensar na engenhosidade daquilo. Era evidente que ele enterraria a tábua ali. Onde se deveria guardar a escritura de uma casa, se não na própria casa?

— Esse é o Mishkan: o templo, o palácio. É uma referência à área toda. Mas o que quer que tenha deixado não está exatamente no Monte do Templo. Os judeus raramente vão lá. É muito sagrado. Ele a escondeu embaixo do monte.

— Embaixo?

— Alguns anos atrás, meu pai e outros arqueólogos fizeram escavações em túneis que correm paralelamente ao Muro das Lamentações. Não no lado famoso do muro, onde as pessoas rezam e enfiam bilhetes agradecidos para Deus nas fendas, mas num trecho inteiro do muro que estava enterrado sob o resto da cidade. Sob o bairro muçulmano, para ser mais preciso. Todo mundo ficou doido com aquilo.

— Os palestinos?

— Claro. O que meu pai esperava? Os árabes acusaram os judeus de tentarem comprometer as fundações da Cúpula da Rocha. Conhece a grande construção com uma cúpula dourada?

— Conheço, Uri, obrigada pela informação.

— Eles acreditam que foi de lá que Maomé ascendeu ao céu. E aí aparecem os judeus abrindo túneis embaixo do domo. Meus pais e seus amigos ainda conseguiram piorar as coisas. Resolveram que não bastava que os turistas pudessem entrar nos túneis. Não, os turistas precisavam de uma saída na outra extremidade, para não ter de percorrer todo o caminho de volta. Então eles construíram uma saída. Bem no bairro muçulmano.

— Uma provocação.

— Exatamente.

— Então foi isso que ele quis dizer com "antigos labirintos": os túneis. "Vá para o oeste" refere-se ao Muro das Lamentações, que é o Muro Ocidental. Muito esperto. E, logicamente, Jerusalém é a cidade-modelo, o lugar mais sagrado do mundo. Mas o que...

— Ah, merda.

Maggie percebeu Uri subitamente apreensivo com o que via no retrovisor. Ela virou-se e notou um carro com os faróis altos. Fora da cidade, os dois estavam numa estrada sinuosa nas montanhas. Em ambos os lados havia rochas, um cenário interrompido apenas pela presença ocasional de carcaças de automóveis. Veículos militares, segundo a explicação do fuzileiro naval que a acompanhara naquele dia, que já parecia ter acontecido havia dez anos. Eram restos da guerra de 1948 que saudara a criação do Estado de Israel.

— Estão se aproximando, Uri.

— Estou vendo.

— O que vamos fazer?

— Não sei. Me dê um tempo para pensar.

Ele estava atordoado pelo reflexo no retrovisor, que parecia encher o carro inteiro com uma luz de holofote.

Uri acelerou, mas o outro carro o alcançou com facilidade. Mesmo cobrindo os olhos, Maggie não conseguia ver quem estava atrás, nem de que tipo de veículo se tratava.

— Temos como fazer um desvio?

— Não, só se quisermos despencar montanha abaixo.

— Merda. Uri, temos de fazer algo.

— Eu sei, eu sei. — Ele pensou por alguns segundos. — Certo. Na próxima curva, há um mirante. Posso parar lá. Assim que eu chegar perto, você tem de abrir a porta e sair. E se manter abaixada. Tem de fazer isso no momento em que o carro estiver entrando na área do mirante. Não espere que pare completamente. Depois, corra para o precipício. Não se preocupe, há uma pequena plataforma antes da queda. Entendeu?

— Entendi. Mas e quanto a...

— Não se preocupe comigo. Assim que você sair, estarei logo atrás. Fique bem abaixada, entendeu?

— Entendi.

— Muito bem. Está chegando.

Uri começou a pisar no freio. Maggie soltou o cinto de segurança, o que acionou o alerta do carro. Ela esperou o sinal.

Atento ao retrovisor até o último segundo, Uri finalmente jogou o carro na área do mirante e gritou:

— Agora! E fique abaixada!

Maggie abriu a porta e saiu do carro, rolando sobre o asfalto e, depois, correndo agachada até a beira da estrada. Agora, num daqueles instantes em que uma escolha de extrema importância deve ser feita, tinha de decidir se realmente confiava em Uri. Sob a luz suave da manhã, seu instinto lhe dizia que era uma queda acentuada e que pular dali era garantia de morte. No entanto, Uri lhe assegurara que a impressão enganava, que a descida era gradual. Devia acreditar nele? Eles passaram quase todas as últimas 48 horas juntos. Fora Maggie quem encontrara a mãe de Uri morta. Ela lhe contara sobre sua vida na África. E, poucas horas antes, os dois fizeram amor com uma paixão ao mesmo tempo delicada e furiosa.

Por outro lado, quem era ele? Um veterano da inteligência israelense que a apagara com um único golpe, que roubara um carro e que fizera sabe-se lá mais o quê na vida. Como poderia confiar num homem como aquele?

Tudo aquilo passou por sua cabeça no interminável segundo em que ela hesitou sobre a beirada, até que finalmente saltou. Havia uma queda, porém curta, de alguns centímetros; foi como pular o último degrau de uma escada no escuro. Aos tropeços, ela correu até não poder mais ser vista da estrada.

Quando sua respiração parecia mais calma, Maggie olhou em volta e percebeu que estava sozinha. Um segundo depois, ouviu um disparo vindo da estrada e soube, com uma certeza que a deixou arrepiada, que Uri fora atingido.

CAPÍTULO CINQÜENTA E UM

JERUSALÉM, SEXTA-FEIRA, 6h15

Ela ficou completamente parada, preocupada até com o barulho de sua respiração. Seus músculos latejavam; seu rosto tremia. Sentia as lágrimas correndo por sua face, mas o instinto de sobrevivência falou mais alto, forçando seus pés a se manterem imóveis, para que ninguém pudesse ouvir um único estalo de pedra.

Maggie permaneceu naquela posição por longos minutos, de olhos fechados para se concentrar no que chegava a seus ouvidos. Logo depois do disparo, lembrava-se agora, ela escutara uma batida seca e passos sobre o cascalho. Um minuto depois, portas de carro se fechando e um barulho de motor se afastando.

Ela rezara antes, como rezava agora, para que logo ouvisse outro som: talvez de passos em sua direção ou da voz dele chamando da estrada. A voz em sua cabeça se dirigia a Deus, o Pai em que dissera não acreditar mais, o Deus que abandonara oficialmente no colégio de freiras. Pedia que, a despeito do que acontecesse com ela, não deixasse Uri morrer. "Por favor, meu Deus, permita que ele viva."

Como pudera consentir naquilo, que ele a deixasse escapar primeiro? Como pudera ser tão idiota, tão egoísta? Estava claro que não havia plano. Uri simplesmente quisera salvar sua vida: ela sairia do carro e correria; ele garantiria a distração para sua fuga. Os perseguidores apontariam suas armas para ele, enquanto ela rastejaria para longe, salvando a própria pele. Maggie imaginou o corpo de Uri, inerte e ensangüentado, sobre o cascalho. Ela se contorceu só de pensar na cena. Sabia que tinha de ficar quieta, mas não agüentava mais: agora soluçava sem controle pelo homem que estivera em seus braços, cheio de vida, apenas algumas horas antes. Maggie o tivera em seus braços e agora o perdera.

Ainda assim, não se mexia. Seu instinto de sobrevivência a forçava a permanecer ali, na plataforma que não podia ser vista da estrada. Temia que fosse um truque: se subisse de volta, poderia ser vítima de uma emboscada pelos homens que atiraram em Uri. Talvez tivesse imaginado o som do carro indo embora. Estava muito cansada e um pouco tonta. Por isso, permaneceu ali, com o rosto encharcado de lágrimas que escorriam de seus olhos.

Depois de algum tempo, ela finalmente deu um passo cauteloso adiante, temendo produzir qualquer mínimo ruído. Em seguida, outro e mais outro, até conseguir enxergar, ainda que de modo parcial, a estrada acima. Mas não via nada.

Maggie deu mais alguns passos e chegou ao fim da plataforma. Lá embaixo estavam as pedras beges do penhasco. Se houvesse alguém na estrada, certamente conseguiria vê-la naquela posição. Ela, por sua vez, não via nada. Mas, de repente, um carro branco passou em alta velocidade. Maggie se agachou, e o carro seguiu em frente.

Um instante de silêncio. Então ela se levantou e olhou ao redor. Não havia nada na estrada, nem no mirante. Nenhum carro, nem mesmo o Mercedes em que chegaram ali. Principalmente, não havia sinal de Uri.

Maggie não sabia o que sentir. Experimentava certo alívio por não haver um corpo. Seria possível que Uri tivesse escapado, que o som que ouvira fosse de Uri fugindo para um lugar mais seguro?

Ela sabia que aquilo não fazia sentido. Se fosse o caso, ele teria voltado para buscá-la. A opção mais provável veio à sua mente: homens mascarados recolhendo o corpo sem vida de Uri — um pelos braços e outro pelos tornozelos —, jogando-o no porta-malas do Mercedes e fugindo.

Maggie foi ao mirante e examinou o solo. Podia ver marcas de pneu, mas não adiantava. Não era detetive; não fazia idéia do que procurar ali.

De costas para a estrada, pela primeira vez reparou na beleza da vista. O céu estava tingido do azul-claro da manhã; o sol tinha intensidade suficiente para iluminar a paisagem dura e empoeirada. As montanhas, no meio do planalto, eram pontuadas por oliveiras esparsas. Robustas, singelas e de alguma forma obstinadas, as árvores pareciam pequenos homens queimados pelo sol; fortes e impacientes.

Alguma coisa naquela paisagem reforçou sua determinação. Ela encontraria aquela maldita tábua mesmo que fosse a última coisa que fizesse na vida. Faria aquilo por Uri e também pelos pais dele. Quem quer que fosse o responsável, no caso de Uri e no dos pais, não sairia impune daquilo. Ela os deteria. Encontraria os que tentavam impedi-la de encontrar e os desmascararia. Sim, o processo de paz tinha de ser salvo e ela tinha de limpar seu nome, mas, naquele momento, aquelas não eram as prioridades. Maggie faria aquilo por Uri.

Foi então que ela ouviu. Inicialmente, fraca. Ficou impressionada, como na primeira vez, com a beleza da melodia, uma linda seqüência de notas. Aos poucos, a música tornou-se mais alta; estava claro que não era uma gravação ou o rádio de um carro, mas sim vozes humanas emitindo um som que acabava levado pelo vento. Maggie desceu até a plataforma e viu que não havia precipício, apenas um declive. Teria de começar com um salto de alguns metros e depois bastaria tomar cuidado com a descida.

Ela pulou e, novamente, agradeceu a Orli, desta vez pelas botas que calçara no lugar dos sapatos que deixara no apartamento da ex-namorada de Uri. Mesmo assim, não estava com os equipamentos adequados para aquilo. Quando caminhava na direção das vozes, seu pé direito escorregou, e ela torceu o tornozelo. Alguns metros adiante, arranhou o braço num cardo, ao tentar se agarrar a alguma coisa para recuperar o equilíbrio.

Apesar dos obstáculos, Maggie conseguiu abrir caminho e logo viu um terreno plano à sua frente. Também avistou a origem da música, agora um coro muito mais intenso, uma espécie de grito de torcida, entoado por uma multidão se agitando em uníssono.

Hinei ma'tov u'ma'naim, shevet achim gam yachad...

Era o protesto do Abraço em Jerusalém, que continuava poderoso. Maggie nunca ficara tão feliz por ver uma manifestação política, grata pela disposição dos participantes em manter a ação ininterruptamente, como prometeram desde o início. Mesmo àquela hora, pouco depois da alvorada, havia um grupo de ativistas, de mãos dadas ao pé da montanha. Ela não tinha idéia de por que decidiram que aquele ponto específico era o limite de Jerusalém. Mas nem por isso deixava de se sentir aliviada.

— Você é jornalista? — perguntou uma mulher usando óculos imensos, de braços dados com uma adolescente, talvez sua filha, de um lado, e com um homem aparentando ser um rabino, da idade de Maggie, usando um xale de oração cujas franjas caíam sobre seu corpo.

— Ah, não — respondeu Maggie, sem pensar muito e exagerando no sotaque irlandês. — Sou apenas uma visitante.

— Turista?

— Não exatamente, querida. Sou uma peregrina — disse Maggie, numa imitação forçada das freiras dos tempos de colégio.

Ela torceu para que funcionasse.

— Ah, você quer chegar a Belém? — A mulher parecia não acreditar. — Vai caminhando até Belém?

— Ah, não, querida, longe disso!

Àquela altura, o rabino parara de cantar e se juntara à conversa.

— Quer ir a Belém? — perguntou, já se posicionando para indicar o caminho.

— Não, na verdade, estou a caminho de Jerusalém. Mas temo que tenha sido enganada.

— Enganada?

— Por um taxista. Disse que me levaria lá. Ele me deixou na estrada ali... — contou, apontando para a montanha que acabara de descer — Disse que eu gostaria de apreciar a vista. Então simplesmente foi embora. Dá para acreditar? Com meu casaco e todas as minhas coisas.

— Esse motorista era judeu?

Maggie foi pega de surpresa. Que resposta seria adequada? Seria um insulto acusar um judeu daquele ato vergonhoso? Ou seria ainda mais reprovável de sua parte contratar um taxista palestino?

— Sabe que não cheguei a perguntar? Mas sinto que fui incrivelmente ingênua. Achei que estando na Terra Santa...

— Escute, senhora — disse o rabino, que abandonara seu lugar na corrente. — Aonde precisa ir?

— Ah, não quero dar trabalho a um homem de Deus como o senhor.

— Não é trabalho algum. Temos um motorista. — Antes que Maggie pudesse dizer algo, ele já estava com um walkie-talkie na mão. — Avram? *Bo rega* — disse, fitando Maggie e piscando o olho, para repetir que estava tudo sob controle.

Pouco tempo depois, chegou um jipe, todo enlameado. Maggie observou o carro e concluiu que aqueles rebeldes eram muito bem organizados. Ela não se surpreenderia se descobrisse que eles tinham uma frota de veículos como aquele, patrulhando não só as áreas de ocupação do Abraço em Jerusalém, mas de toda a campanha contra Yariv. Se o que lera estivesse correto, grande parte do dinheiro vinha de cristãos evangélicos dos Estados Unidos. Mais uma vez, lembrou-se de que, mesmo que conseguissem acalmar as partes e conduzi-las de volta à mesa de negociação, os defensores da paz enfrentariam enormes obstáculos.

Maggie agradeceu ao rabino e entrou no carro. Um homem corpulento, de pele escura e braços musculosos, vestindo bermudas, era o motorista. Ele franziu a testa como quem esperasse uma orientação.

— Pode me levar à Cidade Velha, por favor?

Em poucos minutos, ela estava de volta à estrada principal, refazendo a viagem que fizera com Uri, subindo pelas curvas sinuosas rumo ao centro de Jerusalém. Seus ouvidos estalavam.

O trânsito àquela hora era mais intenso, mas nada que se aproximasse de um engarrafamento típico.

— Shabat, shabat — disse o motorista, apontando para o cenário que se via pelo pára-brisa.

A cidade começava a se esvaziar para o dia de descanso dos judeus, que chegaria depois daquela noite.

Enquanto o carro subia pela rua Hativat Yerushalayim, ela avistou o longo e compacto muro que marcava o limite ocidental da Cidade Velha. Na verdade, Maggie mal prestava atenção. Com o olhar perdido, só pensava no que poderia haver acontecido a Uri. Teria levado um tiro somente para que ela pudesse escapar? O aperto em seu peito, a sensação de medo, quase a fez perder o controle. Outro erro; outra traição. Com raiva, ela se obrigou a controlar as emoções e, assim, alcançar uma firme determinação: encontraria as pessoas que atiraram em Uri. E faria isso achando a tábua. Sentia que estava perto. O último testamento de Abraão não podia estar muito distante.

CAPÍTULO CINQÜENTA E DOIS

JERUSALÉM, SEXTA-FEIRA, 7h50

O carro passou pelo Portão de Jafa e pouco adiante parou numa pequena praça, um centro comercial marcado por uma loja de lembranças vendendo as porcarias típicas e por alguns albergues decadentes para mochileiros. Teria de andar a partir dali. Ela agradeceu ao motorista, despediu-se e examinou a área. Bem em frente, estava o Centro Sueco de Estudos Cristãos. Perto, havia o Centro de Informação Cristã e logo ao lado o Pensionato da Igreja de Cristo. Uma lembrança vaga das aulas de geografia da irmã Frances veio à cabeça. Maggie se deu conta de que ouvira falar daqueles lugares muito tempo antes. Aquelas eram todas missões — missões para converter os judeus.

Seguindo em frente, havia o que parecia ser uma delegacia central, com uma torre de comunicações repleta de antenas. Ela começou a caminhar na direção do prédio. Pretendia informar o desaparecimento de Uri e contar tudo sobre os tiros. Eles mandariam viaturas ao local e trariam Uri de volta...

Mas, então, ela parou. Também teria de explicar o carro roubado e a razão de estarem sendo perseguidos no meio da noite. E por que Uri usava um uniforme, também roubado, de mensageiro. Ninguém acreditaria numa palavra da história. Como primeira providência, a polícia ligaria para o consulado. E ela podia imaginar a reação de Davis, Miller e Sanchez ao saberem que Maggie Costello passara a noite com Uri Guttman.

Maggie ficou ali, paralisada. Se Uri ainda estivesse vivo, precisaria de sua ajuda. Mas não havia ninguém a quem pudesse recorrer, ninguém que fosse entender ou acreditar no que os dois sabiam. A única esperança era a tábua. Caso a encontrasse, teria as respostas: saberia quem estava por trás dos assassinatos e quem seqüestrara Uri. Se pudesse apenas achar aquela tábua, teria uma moeda de troca. Então bastaria decidir a melhor maneira de usá-la.

Ela observou o ambiente em volta, tentando se situar. Achara aquela cidade sufocante desde que chegara, mas na Cidade Velha a sensação era ainda mais intensa, como se todo o fervor de Jerusalém, a história de sentimentos extremos, estivesse confinado àqueles muros compactos de cor amarelada. Nada mais natural que as pessoas falassem de Jerusalém como se fosse uma espécie de doença mental.

Maggie parou um homem com uma câmera enorme pendurada no pescoço, calçando meias e sandálias, e perguntou onde ficava o Muro das Lamentações. O turista apontou para uma arcada na direção oposta do Portão de Jafa. Ela lembrou que aquele era o caminho que levava ao *souk*.

A sensação era a mesma de descer pela encosta e percorrer o caminho íngreme suavizado pela passagem de milhões de pés ao longo de centenas, se não milhares de anos. Parecia um mercado diferente do que ela conhecera 24 horas antes. Ainda era cedo; quase todas as lojas estavam fechadas, protegidas por portas verdes de metal. Em vez de grandes massas de turistas e compradores, havia apenas um garoto empurrando um carrinho de mão e, de quando em quando, pulando sobre o pequeno pneu preso de modo precário à parte de trás que, ao ser arrastado no chão, funcionava como freio improvisado.

Maggie reparou nos nomes das lojas, visíveis graças à ausência de pessoas. Imaginou o velho Guttman procurando peças naquele lugar, visitando a Sadi Barakat & Filhos, a Negociantes Autorizados ou o pretensioso Museu Oriental, sempre atrás da peculiaridade de algum tesouro ancestral. Como devia ter se emocionado ao entrar na loja de Aweida naquele dia.

Um homem de barba passou num traje preto completo. Seria um rabino ou um padre ortodoxo? Talvez um grego ou um russo. Maggie não tinha idéia — e naquela cidade as duas opções eram possíveis. De outra direção, apareceu um grupo de meninos árabes de uns 8 anos e, caminhando por perto, uma mulher idosa que lia um livro de orações, murmurando encantamentos, como se não pudesse passar 1 único minuto sem adorar o divino.

Enfim, Maggie deparou-se com uma placa singela, em inglês, aparentemente escrita a mão. "Para o Muro das Lamentações", dizia, com uma seta apontando para a direita. Ela seguiu a indicação, descendo alguns degraus até encontrar uma sinalização oficial, com diversos itens:

Você está entrando na praça do Muro das Lamentações.

Visitantes portadores de marca-passo devem informar ao pessoal da segurança...

Havia um detector de metais semelhante aos dos aeroportos, observado por dois policiais israelenses. Uma agente revistou Maggie, sem parar de rir e conversar com os colegas, e logo a orientou a seguir em frente.

Diante de si, ela podia ver a praça em aclive, já cheia de gente, e numa das extremidades as enormes pedras do Muro das Lamentações. Aquilo parecia vir de outro mundo: a escala não era humana. Uma das pedras tinha quase a altura de uma pessoa. As plantas que saíam das fendas eram como pequenas árvores. E tudo remontava a um templo construído naquele local 2.500 anos antes.

Havia pessoas em toda parte. Homens de barba caminhavam a passos largos, como se fossem perder o trem; outros distribuíam gorros; e outros sorriam, como arrecadadores de doações torcendo para que alguns pedestres parassem para conversar. Evitando contato visual, ouviu um adolescente americano ser abordado.

— Ahn... Aaron.

— Olá, Aaron. Meu nome é Levi. Já tem algum lugar para passar a noite de sábado?

— Ahn... talvez. Não tenho certeza ainda.

— Quer passar o shabat com uma família, tomando sopa de galinha, como se estivesse em casa? E talvez orar um pouco no *Kotel*?

A última palavra foi pronunciada como hotel, porém com ênfase na primeira sílaba. O motorista utilizara a mesma palavra. *Kotel*. O Muro.

Agora ela podia ver mais claramente as cadeiras de plástico branco agrupadas diante do Muro. Não havia um padrão. Pelo contrário: dezenas de reuniões e cerimônias aconteciam simultaneamente. Era um cenário de confusão espiritual, mais parecido com uma estação de trem do que qualquer santuário que tivesse visitado.

Depois de percorrer cerca de quatro quintos do muro, ela viu uma divisória que separava a multidão. Não era nada de especial; nada muito diferente dos painéis de madeira que o pai de Maggie usava no jardim. Entretanto, no lado esquerdo, diante das pedras gigantes, a aglomeração era muito maior. Ela se aproximou para tentar entender o significado daquela separação.

Ah. Homens do lado esquerdo, mulheres do direito. Havia outro aviso, dirigido às mulheres. *Você está entrando numa área sagrada. As mulheres devem vestir roupas apropriadas e recatadas.* Mas foi nos homens que reparou. Mesmo naquele horário, havia um grande número deles, vários cobertos com xales preto-e-branco, virados para o Muro. Alguns cobriam a cabeça com os xales, parecendo lutadores de boxe em roupões com capuz, à espera do início da luta. Outros usavam-nos sobre os ombros. Todos aparentavam se balançar para a frente e para trás, pender para um lado e para o outro, de olhos fechados. Maggie tentou se aproximar.

— Você é judia? — perguntou uma mulher matronal de sotaque europeu, sorrindo.

— Não, não sou. Mas estou aqui para me unir à oração a Deus feita por essas boas pessoas — respondeu Maggie, lembrando-se da voz da irmã Olivia, da escola.

A senhora apontou para o lado das mulheres e se afastou. Maggie estimava quanto tempo conseguiria permanecer ali até que alguém a mandasse sair. Precisava descobrir aonde devia ir. Ela viu um policial armado e lhe perguntou pelos túneis do Muro das Lamentações. O homem indicou uma pequena arcada, aparentemente recém-construída no longo, porém muito mais baixo, muro que corria perpendicularmente ao Kotel.

Do lado de fora, havia um grupo de cerca de trinta homens e mulheres, equipados com garrafas d'água e filmadoras. *Perfeito.*

Maggie aguardou atrás e depois seguiu o grupo por sob a arcada, mantendo os olhos baixos, supostamente distraídos com o celular.

— Muito bem, gente. Peço que prestem atenção por um minuto. Obrigado — disse o guia turístico. Americano, quase 30 anos, olhos brilhantes e barba e costeleta no rosto. Ele bateu palmas três vezes e aguardou o silêncio. — Ótimo. Obrigado. Meu nome é Josh. Serei seu guia na visita aos túneis do Muro das Lamentações: uma jornada pela herança ancestral do povo judeu. Se me seguirem por aqui, poderemos começar.

Ele conduziu o grupo a uma espécie de porão, uma câmara de formato arqueado. Ali as pedras eram mais frias e cinzentas do que aquelas a que Maggie se acostumara em Jerusalém. Havia um ruído de ventiladores se esforçando para dispersar o cheiro de mofo escondido da luz.

— Certo. Estão todos aqui? — A voz do guia ecoava nas paredes. — Muito bem. Estamos num lugar que o explorador inglês Charles Warren chamava de Estábulo dos Jumentos. Talvez porque esse espaço tenha sido usado para isso no passado. Ou porque simplesmente se pareça com um estábulo.

Houve alguns risos contidos dos turistas que não estavam ocupados em tirar fotos com seus celulares. Maggie começou a examinar as paredes, ansiosa por verificar se existia algum tipo de abertura, um lugar em que Shimon Guttman pudesse ter escondido sua preciosa descoberta.

— Isso nos dá uma oportunidade para falar um pouco sobre onde nos encontramos. Agora estamos muito perto da área conhecida como Monte do Templo. Como sabem, trata-se de um local muito especial. A tradição diz que neste ponto estava a Pedra Fundamental, da qual o mundo foi literalmente criado, há 5.700 anos. Também o conhecemos como Monte Moriá, onde Abraão foi instado pelo *Ha'shem*, pelo Todo-Poderoso, a sacrificar seu filho Isaac. Foi aqui, também, que Jacó descansou e sonhou com anjos subindo e descendo do céu. E onde ele previu que a Casa de Deus seria construída.

"E, realmente, o templo foi construído neste local, anos mais tarde. E aquilo que vocês estavam vendo, o Kotel, é o Muro Ocidental restante do templo. De que templo falamos? Bem, houve dois. O Primeiro Templo foi erguido pelo rei Salomão há quase 3.000 anos, e o Segundo foi erguido por Ezra cerca de quinhentos anos mais tarde. Depois que o Segundo Templo foi destruído pelos romanos, no ano 70, a única parte que ficou de pé foi o Muro das Lamentações."

Maggie mantinha-se atrás do grupo, examinando cada fenda entre as pedras acinzentadas. "Lá, vai encontrar o que lhe deixei, no caminho dos antigos labirintos", dissera Guttman. Seria uma referência a algo naquele recinto?

— ... muitas pessoas não se dão conta de que a muralha imponente que acabamos de ver do lado de fora, onde todos rezam, não representa todo o Muro das Lamentações. Este continuava na direção norte, estendendo-se por uma distância *quatro vezes* maior. O problema é que, ao longo dos anos, as pessoas construíram ao lado dele e até *por cima* dele. Foram sucessivas camadas de casas, fundações e estruturas de suporte. Até não vermos quase mais nada do muro.

"A boa notícia é que conseguimos cavar um túnel que acompanha todo o comprimento do muro. Agora podemos ver todas essas camadas de história. E apreciar a beleza do verdadeiro muro, um tesouro escondido do povo judeu por pelo menos dois milênios".

Enquanto os homens de bermudas e as mulheres de suéteres amarrados na cintura externavam sua admiração com tudo aquilo, Maggie tentava direcionar seu olho como o facho de uma lanterna. Estaria a pequena tábua de Abraão escondida em algum lugar ali? Ela examinou o chão, imaginando se haveria uma espécie de alçapão, talvez uma escada, que levasse a uma câmara subterrânea. Mas onde?

— Muito bem. Agora vamos seguir a luz que vocês estão vendo ali, até a Passagem Secreta — avisou o guia.

Um adolescente fez um som fantasmagórico. A irmã dele cantou o tema de *Além da imaginação.*

O grupo caminhou em fila indiana por um corredor longo, sob um teto baixo abobadado. Não havia mais iluminação natural, só o brilho alaranjado de lâmpadas embutidas no chão. Maggie tremeu, resultado tanto do choque e do cansaço quanto do frio.

O guia já voltara a falar, num tom mais alto, para ser ouvido em meio ao barulho dos passos. Os ecos obrigavam Maggie, que continuava no fim da fila, a se esforçar para escutar alguma coisa.

— A lenda diz que esta era uma passarela subterrânea usada pelo rei Davi, para que pudesse transitar despercebido entre seu palácio, que estaria a oeste daqui, e o Monte do Templo...

Maggie olhou para cima, reparando nas paredes. Guttman não esconderia nada ali. Como conseguiria ocultar a tábua? Atrás de uma das pedras? Ela ficou preocupada. Se ele tivesse soltado uma das pedras antigas e escondido a tábua atrás, como Maggie poderia encontrá-la? Por onde começaria a procurar?

Enquanto isso, o guia respondia a uma pergunta:

— Por isso é tão sublime estar aqui: poder tocar as mesmas pedras e respirar o mesmo ar que nossos ancestrais tocavam e respiravam. À medida que mergulhamos mais fundo, alcançamos as raízes da existência dos judeus. — Seus olhos cintilavam. — Podemos tocar nossas almas aqui. — Mais uma pausa enquanto abria um sorriso que revelava todos os seus dentes. — Muito bem, vamos seguir em frente.

Maggie estava inquieta. A luz era muito fraca para permitir uma busca adequada. E, se pretendesse acompanhar o grupo, havia pouco tempo para parar ao longo da visita. Pensou em Uri amaldiçoando o pai e seus esquemas elaborados. Levá-los àquele lugar era aceitável, mas não se não houvesse chance de encontrarem a tábua.

De repente, ela se sentiu incomodada. Ao olhar para cima, viu um homem a observando e, em seguida, disfarçando. Teria falado sozinha? Estava tão cansada que não seria surpresa se, em seu desespero, houvesse começado a pensar em voz alta. Ficou envergonhada.

O guia conduziu o grupo em torno de um painel de vidro no chão, revelando que, na verdade, caminhavam sobre uma ponte, diretamente acima de um buraco semelhante a um poço.

— Isto aqui tem apenas 1.300 anos — disse, sorrindo. — Não é a ponte original, mas uma acrescentada mais tarde pelos muçulmanos.

Eles prosseguiram até estarem sob outro teto arqueado. O cheiro de umidade ficava mais forte. Estavam, segundo o guia, passando por uma série de cisternas cujos arcos sustentavam as casas construídas lá em cima.

— Vejam os buracos no teto — disse, sendo atendido por todos. — Eles costumavam baixar baldes através desses buracos e puxá-los cheios de água.

Em vez de ouvir, Maggie analisava duas placas iluminadas, que de modo um pouco descabido listavam os doadores estrangeiros — os Schottenstein e os Zuckerman — que tornaram as escavações possíveis. Ela examinou os nomes, à procura de algum Guttman ou Ehud Ramon ou Vladimir ou Jabotinsky, qualquer coisa que lhe desse uma pista. Aquele lugar era vasto; um labirinto de túneis. Como poderia encontrar alguma coisa ali? Maggie finalmente entendeu a irritação de Uri com o pai: por que ele não fora mais claro?

Agora o guia chamava os turistas para ver o que ele apresentou como o Arco de Wilson. Apontou uma pequena abertura, através da qual se conseguia vislumbrar novamente as pedras retangulares do Muro das Lamentações, bem parecidas com as que eram vistas do lado de fora. No entanto, o panorama era bloqueado por uma "área de oração para mulheres", que, mesmo àquela hora, estava cheia.

Maggie, então, decidiu que bastava. Andar com um grupo de turistas nunca a levaria à tábua. Ela precisava fazer uma busca de verdade, o que significava ficar sozinha. Do modo mais silencioso e discreto possível, caminhou para longe do grupo, até encontrar a primeira passagem.

Era uma escadaria de metal recém-montada em que ela reparara na entrada. Desceu pisando com força para evitar que suas botas produzissem ruídos que certamente a denunciariam. Lá embaixo, Maggie viu uma cavidade retangular, com degraus nas duas extremidades. Uma espécie de piscina.

Vá para o oeste, meu jovem, e alcance a cidade-modelo próxima ao Mishkan. Lá, vai encontrar o que lhe deixei, no caminho dos antigos labirintos.

Não havia nada que relacionasse aquele lugar à pista deixada por Guttman. Maggie avançou, chegando a um espaço mais amplo, onde um grupo de homens de capacete amarelo trabalhavam. Não pôde deixar de reparar que eram árabes. Ela se lembrou da informação no relatório que recebera, ressaltando a ironia no fato de que os assentamentos judeus na Cisjordânia, bem como o muro de segurança de Israel, tão odiado pelos palestinos, quase sempre eram construídos por mãos árabes.

Maggie viu diante de si o trecho recém-revelado do Muro das Lamentações. Leu por alto as informações da placa: cada uma tinha 5 toneladas, bem cortadas, bordas chanfradas e polidas; uma era mais comprida que um ônibus, pesando 570 toneladas, mais do que um 747 com passageiros e bagagens. "Merda". Quando encontraria algo que fizesse sentido?

Ela procurou outra passagem. Só havia uma, e Maggie arriscou, tomando um caminho estreito. Num dos lados, viu um arco fechado com um monte de entulho. Uma placa dizia: Portão de Warren.

Finalmente. Guttman, afinal, não estava brincando. A pista que deixara falava, em inglês, num "caminho dos antigos labirintos". Ela e Uri logo concluíram que se tratava do labirinto de túneis antigos, mas Guttman fora muito mais inteligente. Não eram labirintos, e sim a palavra correspondente em inglês, *warren*. E ali estava ele.

Maggie examinou todos os lados, confiante em que o esconderijo estava prestes a ser descoberto. Porém, tudo que conseguia ver era uma parede de pedras, todas parecendo firmes e irremovíveis. Ela começou a bater e puxar, na esperança de que uma pedra se soltasse, mas nada aconteceu.

Desanimada, ajoelhou-se. Trabalharia metodicamente, começando pela fileira inferior de pedras. Voltou a puxá-las, sentindo sua pele se arranhar ao pressionar as rochas ásperas. A parede era totalmente sólida. Suas mãos se moviam freneticamente pela fileira seguinte e assim sucessivamente. Nada.

Ela se levantou para observar a parede oposta. Talvez o esconderijo estivesse naquele lado. Seus olhos percorreram a parede de cima a baixo. Onde Guttman escondera aquela porcaria?

E então ela viu o homem.

O mesmo que fizera contato visual com ela durante a visita. Agora ele estava de pé, sozinho, na outra ponta daquele caminho estreito. Maggie não sentiu vergonha, mas uma sensação de familiaridade.

Ela já vira aquele rosto. Mas onde? Com a mente confusa devido ao cansaço, buscar uma lembrança era como atravessar águas profundas. Lembrava que fazia pouco tempo. Nos últimos dias. Teria sido no hotel? No consulado? Não. Nada daquilo.

Encontrara aquele homem na boate de Tel Aviv à qual ela e Uri foram para procurar o filho de Baruch Kishon. Maggie o vira na entrada, logo depois de chegarem. Quase sorrira para ele. Afinal, era outra pessoa de 30 e poucos anos, deslocado num lugar repleto de jovens graciosos e deslumbrantes. Ele a seguira naquele dia — e a estava seguindo de novo.

A intenção daquele homem era óbvia. Ele se apoderaria de qualquer coisa que ela descobrisse, para entregar a alguém. Aos homens que mataram a mãe de Uri, Kishon, Aweida e talvez o próprio Uri. Aos homens que, sem dúvida, fariam o mesmo a ela, naquele lugar e naquela hora, numa catacumba de segredos ancestrais.

CAPÍTULO CINQÜENTA E TRÊS

JERUSALÉM, SEXTA-FEIRA, 8h21

Suas pernas tomaram a decisão antes dela. Maggie saiu correndo e passou por um estreitamento da galeria, onde havia possivelmente uma dezena de mulheres em pé, todas segurando livros de oração. As cabeças eram cobertas por chapéus ou redes de crochê, e os rostos indicavam sentimentos profundos. Enquanto Maggie passava por entre elas, percebeu que estavam quase encostadas numa parede da qual pingava água, com os lábios praticamente tocando o líquido. Duas outras mulheres, provavelmente turistas, mantinham-se afastadas. Maggie entreouviu:

— A Pedra Fundamental está bem aqui, do outro lado do muro. Você ouviu o que disseram? Essas gotas são as lágrimas de Deus.

Maggie também se livrou delas. Ao olhar para trás, viu que seu perseguidor agora era acompanhado por outro homem, que levava uma filmadora no pescoço. Com eles se aproximando, ela aumentou a velocidade.

De repente, o caminho transformou-se num túnel longo, estreito e de teto baixo. Maggie continuou correndo, agachada. Quando se virou, notou que os dois estavam mais próximos, mesmo curvados como ela. Em pânico, girou e saiu em disparada, mas logo bateu com a testa numa viga de metal presa ao teto. Ofegante, levou um susto ao ver a parede à sua esquerda acabar: havia uma alcova e lá dentro uma mulher mirrada, toda vestida de preto, segurando um livro de oração. Maggie sentia-se tonta.

O chão sob seus pés também mudou: agora era um quadrado de vidro que revelava algo parecido com uma cisterna ou um salão embaixo. Os homens estavam a cerca de 10 metros dela.

Subitamente, o túnel acabou, dando numa outra cisterna. Enfim ela pôde levantar a cabeça. Estava desesperada para encontrar um caminho fora do trajeto oficial, para despistar aqueles homens. Mas só parecia haver uma passagem por vez. Teria de manter distância deles até alcançar a luz do dia. Quanto tempo ainda levaria?

Quase sem fôlego, chegou a um canto do que aparentava ser um mercado romano enterrado muito tempo atrás. Havia dois pilares e, lá em cima, um pórtico. Ao lado, duas pedras quadradas, uma jogada sobre a outra, como se os operários de dois milênios antes simplesmente tivessem largado as ferramentas e abandonado o trabalho. Maggie ouvia passos fortes atrás de si. Procurou por saídas e encontrou apenas uma.

O caminho voltou a se estreitar, fazendo uma curva de 90 graus em relação ao Muro das Lamentações, que, até aquele momento, permanecera sempre à sua direita. Agora, em vez das pedras polidas e arrumadas, via uma espécie de vale subterrâneo, um cânion de paredes altas como uma catedral, fechando-se em torno dela em ambos os lados. Eram úmidas e feitas de sólidas e estriadas camadas coloridas, como o interior de um bolo.

— Pare! — gritou um dos perseguidores.

Maggie olhou para trás de novo e teve a impressão de que o segundo homem, o que levava a câmera, sacara uma arma e agora a mantinha apontada em sua direção. Soltou um berro e se abaixou. A verdade é que não conseguia enxergar direito; as rochas faziam curvas sem parar.

Depois de algum tempo, deparou-se com uma escada estreita de metal. Praticamente tropeçou no primeiro degrau, contorcendo-se para manter-se de pé. Subiu correndo, ofegando intensamente. Ao chegar ao fim, teve de ficar de lado, pois a passagem era muito apertada. Lá atrás, uma mulher gritou: alguém vira a arma.

Mais à frente, Maggie alcançou um ambiente amplo, algo que lembrava uma cripta romana. Quando seus olhos se ajustaram à pouca luz, ela notou que se tratava de outra piscina, desta vez cheia de uma água turva e parada. Permaneceu ali por um instante, com seus pulmões se esforçando para tirar oxigênio daquele ar úmido e bolorento. Aonde aquela piscina levava? Talvez ao lado de fora, para longe dali. Ela parou na beira, cogitando um mergulho. Era boa nadadora. Talvez pudesse prender a respiração...

No entanto, naquele exato momento, ela ouviu os passos a apenas um ou dois metros, e seu instinto a fez virar-se para o outro lado e passar com dificuldade pela única abertura à sua frente. Então sentiu um enorme alívio. Podia ver a luz do sol. Bastava percorrer um pequeno caminho, atravessar a catraca e sair.

Engolindo todo o ar que podia, piscando diante da luminosidade, percebeu que saíra numa viela cheia de pessoas. Bem diante de onde estava havia uma placa: Capelas da Flagelação e da Condenação. E de dentro de uma capela saiu um monge numa batina marrom, com uma corda em torno da cintura. Ela estava na Via Dolorosa, caminho percorrido por Cristo até a Crucificação.

Se tivesse tempo, Maggie sentiria um momento de conforto católico com a familiaridade de tudo aquilo. Mas não podia se dar ao luxo. À espera dela, na saída, havia dois homens com os rostos escondidos, que se aproximaram e, tranqüilamente, sem dificuldade alguma, a agarraram.

CAPÍTULO CINQÜENTA E QUATRO

JERUSALÉM, SEXTA-FEIRA, 8h32

As mãos cobertas com luvas apertaram seus pulsos com tanta força que pareciam feitas de aço e não de carne. Ela buscou ar para respirar, mas sem emitir som algum: outras mãos puseram um pedaço de tecido — um lenço enrolado — em sua boca. Ninguém disse palavra.

Eles a arrastaram para trás, saindo da rua e retornando aos túneis, longe da vista das pessoas.

— O que estão fazendo? Quem são vocês? — tentou perguntar Maggie, mesmo amordaçada. Embora ciente de que as palavras eram inúteis, acrescentou: — E o que fizeram a Uri?

Dois dos homens à sua frente se adiantaram, como se previssem e quisessem evitar uma reação violenta da parte dela. Estavam certos: instintivamente, Maggie tentou agredi-los. Ela procurou mexer os braços, mas estes foram atados com uma fita adesiva, do tipo usado em embalagens, tão resistente que só pode ser cortada com uma lâmina afiada. As tentativas de gritar apenas fizeram com que se engasgasse com o tecido enfiado em sua boca. Agora ela arquejava ainda mais; seus pulmões tinham de saciar a ânsia por ar pelo nariz. Maggie sentia o coração batendo rápido, devido à intensidade da perseguição, mas também por causa do medo de morrer.

Os dois homens se aproximaram, e ela conseguiu ver as poucas partes de seus rostos que não estavam cobertas. Os olhos do mais alto, à sua esquerda, eram escuros, grandes e vidrados, como um poço congelado no inverno. A impressão que davam era que mesmo a visão de uma mulher cercada por homens mascarados fosse tediosa. Maggie passou a prestar atenção ao parceiro, ou melhor, tentou chamar a atenção dele, em busca de alguma centelha de humanidade. Mas o que viu a deixou horrorizada. Os olhos verdes daquele homem revelavam uma emoção: prazer.

Foi o segundo homem que chegou mais perto, com outro pedaço de tecido preto. Enquanto ele passava as mãos por trás da cabeça dela, com o rosto a poucos centímetros de distância, Maggie chegou a uma conclusão tão clara quanto assustadora. Aquele era o homem que a atacara a algumas centenas de metros dali, numa viela atrás do mercado. Agora percebia, sentindo a venda ser apertada sobre seus olhos e mergulhando na escuridão, que estava praticamente condenada.

Maggie levou um empurrão nas costas e tropeçou para a frente. Alguém segurou seu braço para evitar a queda. Ela parecia caminhar como um bêbado.

Depois de poucos minutos cambaleando, ou talvez muitos, ela notou uma alteração na acústica: não escutava mais o eco das grandes paredes de pedra. A umidade fria do ar também começava a se dissipar, com o cheiro de mofo tornando-se mais fraco. Estaria se enganando, ou realmente percebia, mesmo por trás da venda, uma mudança na luminosidade?

Todos pararam. Maggie ouvia outras vozes, mais longe. Pensou no mundo fora daqueles túneis e imaginou se um dia voltaria a vê-lo.

Houve algumas conversas sussurradas. Maggie esforçou-se para escutá-las, mas não conseguiu. Outro empurrão a fez voltar a tropeçar na superfície irregular. Então teve certeza da mudança de ambiente. Podia ouvir ruídos de rua: pessoas, carros, passos. Os tons por baixo da venda se alteraram, como se alguém estivesse soltando fogos de artifício num céu noturno. Como indício mais forte, ela sentia um calor na pele, o calor do sol.

Embora aquilo não fizesse sentido, Maggie estava aliviada. Afinal de contas, eles não pretendiam matá-la dentro dos túneis. Ela não ficaria apodrecendo numa cisterna abandonada, ouvindo o eco dos murmúrios de mulheres entoando salmos sem parar.

No entanto, ela permaneceu ao ar livre apenas por um ou dois segundos. Sentiu a mesma mão forte que segurara seus pulsos agarrar seu pescoço por trás e forçá-lo para baixo. O homem empurrava com vigor, como se tentasse dobrar seu corpo. Maggie resistiu, mantendo as costas firmes, recusando-se a ceder. Ela sentiu uma certa irritação na mão enquanto o homem empurrava com maior ímpeto. Depois de algum tempo, ele, ou outra pessoa atrás de Maggie, disse uma única palavra:

— Carro.

A resposta era aquela: eles a jogariam no banco de trás de um carro. Maggie cedeu, satisfeita por sua breve resistência. Não era muito, mas acreditou que conseguira alguma coisa. Forçara aqueles homens a quebrar o silêncio mantido desde que a encurralaram na saída dos túneis. Não queriam falar, porém falaram. Ainda que fosse uma única palavra, era um começo. Aquela fora, guardadas as proporções, uma negociação. Eles cederam para garantir a cooperação dela. Mesmo amarrada e amordaçada, Maggie achou que, em termos de negociação, vencera o primeiro assalto.

Parecia haver pelo menos cinco pessoas dentro do carro. Atrás, Maggie era acompanhada por um homem de cada lado. Notava certa tensão vinda do banco do carona. Eles continuavam sem conversar. Nos poucos segundos que levaram para entrar, contudo, Maggie ouvira um diálogo. Podiam ser pessoas na rua, transeuntes. Ou podiam ser os outros membros do grupo de homens mascarados que a perseguiram nos túneis. De uma forma ou de outra, ela não tinha dúvidas quanto à língua que falavam: árabe.

Maggie estimou a duração da viagem em 10 minutos. Mas podia ter sido metade ou três vezes aquilo. Não se tratava apenas da impossibilidade de checar o relógio. Sem ver, perdera toda noção de tempo.

A proximidade daqueles homens a perturbava. Tinha certeza de que um deles era o agressor do mercado. Apertada no banco de trás, sentia suas pernas encostarem nas dos seqüestradores. Queria afastá-los, mas suas mãos estavam atadas. Sentia o nervosismo na pele.

Finalmente, o carro desacelerou e passou por uma lombada, como se chegasse à entrada de um lugar. Maggie ouviu o vidro do motorista baixando e voltando a subir pouco depois. Talvez tivesse mostrado algum documento numa guarita. Teria se confundido em relação ao árabe? Seria aquele, na verdade, um grupo israelense passando pelo Escritório de Coordenação Distrital para levá-la à Cisjordânia? Planejariam fazer ali o que não tinham coragem de fazer oficialmente dentro de Israel?

Novos sons. O carro descera uma rampa e agora parecia estar num ambiente fechado. Talvez um estacionamento subterrâneo. Uma imagem veio à mente de Maggie, deixando-a assustada. Ela viu dois corpos, jogados na penumbra de uma garagem, iluminados levemente pela luz amarelada de uma lâmpada. Os dois corpos, ambos sem vida, pertenciam a ela e a Uri.

O carro parou, e o motor foi desligado. Maggie ouviu as portas de trás se abrindo e logo a mão pesada a segurava e a empurrava para fora. Ela não resistiu: queria sair daquele espaço apertado e sufocante.

Ainda que fosse uma garagem, não permaneceram nela por muito tempo. Aparentemente, o carro estacionara perto de uma porta. Um homem à sua direita arrastou Maggie por uma escada. Poucos passos a mais e passaram por outra porta.

— Muito bem.

Maggie ficou tão surpresa por ouvir outras palavras que acabou não prestando atenção à voz em si. Sabia que era masculina e nada mais. Qual seria a origem? Pensou se seria israelense e, recordando-se do som, achou que podia ser. Porém, em seguida, considerou que podia ser palestina, e sua memória também aceitou a hipótese. Na verdade, podia ser qualquer pessoa, de qualquer lugar, em qualquer língua.

Pouco depois, ela entendeu o que significava a mensagem. Era uma instrução, uma autorização para seguirem em frente. Maggie só sentia as mãos a tocando, algumas nas pernas, outras, quase afetuosas, nas costas. Estava confusa. Sem pensar, tentou gritar, mas só escutou o som abafado pela mordaça. Teve outra ânsia de vômito.

As mãos moviam-se cuidadosamente, apalpando suas pernas e braços, como uma revista no aeroporto. *É claro*, pensou. Estavam procurando a tábua. Neste instante, alguém mexeu nos bolsos de suas calças, tirando o celular e a pequena carteira que levava. Encontrariam sua identidade. A única vez em que ficara tão assustada fora numa falsa blitz no Congo. Naquela ocasião, o que mais temia era descobrirem sua identidade: se soubessem que era diplomata, achariam-na muito valiosa para deixá-la partir. Agora, porém, o temor era infundado: aquelas pessoas já sabiam quem ela era.

Houve uma pausa na revista. Maggie imaginou que estivessem confabulando em silêncio. Talvez houvessem chegado à conclusão de que ela não levava nada e discutissem se deviam libertá-la. Talvez todo aquele pesadelo fosse finalmente...

Um segundo depois, contudo, as mãos voltaram à ação. Desta vez, não houve apalpadelas. Os homens agiram rapidamente, concentrados, numa busca objetiva. Prontamente, tiraram os sapatos de Maggie. Em seguida, abriram a fivela do cinto, soltaram o botão do jeans, puxaram o zíper e tiraram suas calças. Ela emitiu um terrível urro abafado.

Outras mãos cuidavam de sua camisa, com dificuldades para tirá-la, já que Maggie, mesmo de mãos atadas, tentava se proteger. Alguns segundos depois, a fita adesiva foi cortada, mas nem por isso os braços dela ficaram livres. Enquanto duas mãos os seguravam com força para cima, outras duas levantavam a camisa.

Agora Maggie vestia apenas suas roupas íntimas. Queria ser forte o bastante para subjugar aqueles homens com toda sua fúria, mas naquela situação sentia um desejo maior, um desejo de se esconder e se encolher, de desaparecer dali. Quase nua e de olhos vendados, Maggie nunca se sentira tão impotente.

As mãos voltaram a agir, tocando todo o seu corpo, mexendo em suas costas, axilas e cabelo. Houve outra interrupção. *Ainda nada.*

A voz voltou a falar.

— Muito bem.

Primeiro, tiraram seu sutiã. Não foi arrancado, mas na verdade solto com delicadeza, uma paródia de mau gosto de um toque sensual que fez seu estômago se revirar. Ela escutou alguém rasgando a peça, como se esperasse encontrar algo num compartimento escondido.

Faltava um último item: a calcinha que nem era dela, mas emprestada por Orli, como o resto de suas roupas.

Duas mãos masculinas começaram a baixá-la, deixando Maggie completamente exposta. Não adiantou tentar se cobrir; as mãos que seguravam seus pulsos eram muito fortes. Ela permaneceu ali, de pé, despida.

Maggie superou a vontade de chorar. Não podia deixar que vencessem. Negar-lhes as lágrimas era, àquela altura, a única maneira de demonstrar resistência. Mas era uma tarefa difícil. Foi quando sentiu a mão lhe empurrando pelas costas.

Era uma repetição de quando fora jogada dentro do carro: a mão tentando fazê-la se curvar. Então era aquilo? Não uma revista, mas um estupro coletivo? Acabaria daquela forma?

A humilhação foi substituída por uma torrente de raiva. Com uma energia que nunca sentira na vida, Maggie queria socar aqueles homens. Mantê-la presa pelos pulsos tornou-se mais difícil.

No mesmo instante, suas pernas se agitaram, na esperança de acertar um chute em alguém. Ela conseguiu mover a perna direita, mas logo outras mãos a contiveram. Maggie se perguntava por que não a amarravam pelos tornozelos.

A resposta não demorou. Com a reação debelada por mãos que seguravam cada um dos membros de Maggie, um dos homens começou a abrir suas pernas. Aquilo tornava possível a manobra seguinte. Duas mãos se enfiaram entre as pernas; em seguida, as mãos tocaram as nádegas, separando-as ao máximo.

Agora Maggie não emitia mais qualquer tipo de som. O abalo e a vergonha eram muito grandes. Ela apenas tremia, sentindo seu ânus ser aberto para a entrada de um objeto. Não era possível distinguir se era um dedo ou um instrumento médico. Maggie só sentia uma dor profunda.

Ela imaginava tudo como se assistisse à cena. Seu corpo nu exposto àquele grupo de homens mascarados, suas nádegas viradas para cima e seu ânus aberto para a inspeção. Um espasmo involuntário de protesto fez seus músculos se contorcerem. Porém, ela mal podia se mexer.

O objeto foi retirado com brutalidade, arrancando um grito de Maggie, sufocado pela mordaça. Mas a dor se misturava ao alívio. Com certeza, aquilo estava no fim.

Maggie, então, sentiu as mãos virando seu corpo, de modo a deixá-la de frente para os homens. Eles a empurraram, fazendo-a cair numa superfície dura, possivelmente uma mesa. Suas pernas foram afastadas novamente e, através da venda, ela percebeu uma lanterna apontada em sua direção. Pouco depois, dedos invadiram sua vagina. Seu grito de revolta foi abafado pela mordaça. Maggie queria chorar, mas seus olhos estavam secos, como se aquele horror ultrapassasse todos os limites.

Um barulho de porta se abrindo anunciou a chegada de outra pessoa.

— É o suficiente — disse uma voz, a poucos metros de distância.

Em meio à pulsação em sua cabeça, às batidas aceleradas de seu coração e ao esforço para conter as lágrimas, Maggie não conseguiu reconhecer a voz ou sequer dizer se pertencia ao mesmo homem de antes. Até que ele voltou a falar:

— Vistam-na.

Não havia dúvida. Ela reconhecia a voz. Conhecera aquele homem.

CAPÍTULO CINQÜENTA E CINCO

JERUSALÉM, SEXTA-FEIRA, 9h21

— Geralmente não mostram esta parte do prédio às pessoas, Maggie. É uma pena. Talvez devessem fazê-lo.

Enquanto ele falava, Maggie sentia diversas mãos agitadas em torno de si, colocando sua camisa de volta, enfiando suas pernas na calça jeans. Agiam com rapidez, como figurinistas cuidando de uma troca de roupa antes do ato seguinte. O rosto ficou para o fim. Eles tiraram a mordaça — o que resultou num imediato acesso de tosse — e finalmente removeram a venda. Depois, fizeram-na sentar numa cadeira de madeira.

No tempo que seus olhos levaram para se acostumarem à luz, os homens de máscara de esqui deixaram a sala. O ambiente era simples, sem mobília. As paredes brancas estavam sujas. Não havia janelas ou objetos de decoração. Diante de Maggie, uma mesa, talvez a mesma sobre a qual fora jogada momentos antes. Do outro lado, sentado numa cadeira comum, estava ele.

— Tudo o que posso fazer é pedir desculpas pelo que aconteceu, Maggie. Sinceramente. A revista, a invasão. Coisas terríveis. Sabe como isso é chamado nas prisões da minha terra? *Inspeção interna*. O que acha? Mas, como já disse, sinto muito. Não desejo isso ao meu pior inimigo.

Agora que estava diante dele, Maggie sentia-se decepcionada com sua própria reação. Pensara que desejaria atacá-lo, apertar seu pescoço com as mãos, impedi-lo de voltar a respirar. Que desejaria ser capaz de liberar ácido de seus poros para vê-lo dissolver até desaparecer. Mas aqueles sentimentos não se tornaram realidade. Foram ofuscados pela absoluta incredulidade, pela desconcertada incompreensão causada pela presença daquele homem, naquele lugar. Foram superados pela total confusão em que mergulhara.

— O que você quer com isso? — foi tudo que Maggie conseguiu dizer.

— Vamos mais devagar, Maggie. Primeiro, preciso saber a localização da tábua.

— Mas você? Por que você...

— A pergunta é outra: se não está com você, se não está escondida nos lugares mais íntimos de seu corpo, e isso acabei de confirmar com meus próprios olhos, onde está? — perguntou o homem, erguendo a voz, como fizera antes.

— Não sei.

— Ah, vamos lá, Maggie. Sei que descobriu tudo. Espera que eu acredite que não sabe onde está?

— E você espera que eu colabore depois do que seus capangas fizeram comigo? Nunca mais direi uma maldita palavra. — E, num gesto surpreendente para ambos, ela cuspiu no rosto dele.

— Sabe que gosto disso, Maggie, não sabe? Uma mulher de coragem. E que também é interessante sem roupa. É algo que eu chamaria de combinação perfeita.

Maggie não conseguia dizer nada. Enquanto seu corpo ainda se recuperava da humilhação que sofrera naquela sala, sua mente enfrentava os primeiros reflexos daquela violência. Ali estava um homem em que confiara, que ela acreditara estar em busca dos mesmos objetivos.

— Isso quer dizer que você está por trás de tudo? De todas as mortes?

— Nossa política é de nunca discutir detalhes de operações de inteligência. Sabe muito bem disso, Maggie.

Ele sorriu. O sorriso entendido e cúmplice de uma raposa política para outra. O sorriso que Bruce Miller, principal assessor do presidente dos Estados Unidos, já estampara no rosto milhares de vezes.

CAPÍTULO CINQÜENTA E SEIS

JERUSALÉM, SEXTA-FEIRA, 9h34

— Vocês me seguiram? — perguntou Maggie, desapontada com a estupidez de sua pergunta.

— Seguimos você por toda parte. E você sabia.

— Mas a quem está se referindo? Para quem está trabalhando? — Era como se o sangue finalmente estivesse chegando ao cérebro de Maggie. — Você é um traidor, nada mais que isso. Traiu seu país. Traiu seu maldito presidente.

— Maggie, podemos pular a parte da revolta irlandesa? Você, Bono, aquele outro idiota. Qual é o nome dele? Bob Geldof? Todos os benfeitores, corações de manteiga, querendo aparecer com aquele discurso para fazer as pessoas se sentirem culpadas. Não vai funcionar neste caso. — Ele estava inclinado, equilibrando a cadeira nas duas pernas de trás e mastigando seu chiclete de nicotina com mais vigor do que nunca. — Esta não é uma negociação com um comedor de bananas da África. Você tem algo de que eu preciso. E não tem nenhuma carta na manga. Nenhuma. Então me conte, Maggie. Onde está a maldita tábua?

Negociação. A mera citação da palavra bastou para fazê-la voltar à realidade. Ela sempre fora boa no que os psicólogos chamam de "compartimentalização" — isolar um aspecto da vida para poder se concentrar numa tarefa urgente. Agora, de maneira consciente, Maggie tentava se forçar a agir daquela forma novamente. Esquecer o que acabara de acontecer, esquecer até seu asco ao monstro à sua frente, e simplesmente realizar sua tarefa. Negociar.

— Não vou dizer nada até me explicar o que está acontecendo aqui.

— Escute, Maggie. Não quero ser repetitivo. Mas você não tem nada para oferecer. E eu posso forçá-la a revelar o que sabe, se for necessário.

— Ah, é mesmo? O assessor mais próximo do presidente coordenando pessoalmente uma agressão a uma cidadã americana, a uma diplomata veterana dos Estados Unidos. Num ano eleitoral. Isso deve garantir excelentes resultados na votação.

— Ninguém vai acreditar numa palavra do que disser. Uma piranha fracassada que não consegue manter as pernas fechadas, transando primeiro com os africanos e depois com um israelense. Como acha que uma notícia dessas ficaria na primeira página do *Washington Post*?

Sem perceber, Maggie fechou os olhos. Estava se protegendo, instintivamente, como um animal que levanta a guarda contra um ataque iminente. Maggie sabia que Miller tinha razão. Seu erro na África, somado ao relacionamento com Uri, podia acabar de vez com ela. Numa disputa de credibilidade, como a maioria dos escândalos políticos acabava se resolvendo, sempre perderia para Bruce Miller.

— E as donas-de-casa vão adorar um presidente cujo homem de confiança assiste a um bando de mascarados fazer uma inspeção anal numa de suas colegas. Você já está totalmente atolado em merda. Então, por que não me conta alguma coisa, para que talvez eu lhe conte alguma coisa também?

Miller observou Maggie. Havia uma pontinha de um sorriso no rosto dele. Ela sabia que estava diante de um jogador de pôquer em vias de entregar as cartas.

— Como já disse, você é corajosa, Costello. Em outra situação, acho que nos daríamos bem, se é que me entende.

Maggie manteve-se impassível. Quando seu adversário está prestes a mudar de postura, não se deve fazer qualquer movimento que possa distraí-lo. Não se pode quebrar o feitiço.

— Na verdade, não é tão complicado — explicou Miller. Maggie queria respirar aliviada: ele ia falar. Mas seu rosto permaneceu estático. — Precisamos de um acordo de paz, Maggie. E estávamos bem perto. Então, na semana passada, ficamos sabendo que há uma tábua por aí que pode conter o último desejo e o último testamento de Abraão...

— Como?

— Como o quê?

— Como ficaram sabendo?

— O pai de seu namorado. Guttman. Ele ligou para Baruch Kishon, o jornalista israelense, e contou. Não a história inteira, mas o suficiente. Mencionou o comerciante Afif Aweida, mencionou o amigo Ahmed Nour. E, por sorte, nossa Agência de Segurança Nacional estava prestando atenção.

— Por sorte.

— Tudo bem, não foi por sorte. Há anos vigiamos Kishon.

— Kishon? Por que vigiariam Kishon?

— Não tem lido os relatórios, Maggie? Foi Kishon quem revelou a história da conexão Tel Aviv muitos anos atrás.

Maggie culpou Uri por não comentar sobre aquilo. Ele devia saber. Fora o maior incidente diplomático entre Israel e Estados Unidos em décadas: três agentes da CIA faziam jogo duplo, vazando segredos para os israelenses. Desde a revelação do caso, os israelenses insistiam na libertação dos espiões, mas nem os presidentes mais favoráveis a Israel atenderam o pedido.

— Kishon ainda os visitava na cadeia — continuou Miller. — Fazia campanha pela libertação deles. Mantivemos o homem sob vigilância desde aquela época.

— Então, quando você soube o que Guttman havia lhe contado, decidiu matá-lo?

— Ah, não comece com seus sermões para cima de mim. Entendemos na mesma hora o que estava em jogo. Os árabes e os israelenses prontos para fechar o acordo, ou seja, fechar o acordo em relação a Jerusalém, dividir o maldito lugar, e de repente temos o próprio Deus, ou quase isso, dizendo que a cidade pertence aos judeus. O acordo iria para o buraco.

Maggie esforçava-se para manter o ar de tranqüilidade. "Ele viu o texto. Sabe o que diz." Não podia permitir que Miller percebesse que ela não o vira e não sabia o que dizia.

— Estava com medo de que os israelenses abandonassem as negociações ao saberem que Abraão lhes deixara o Monte do Templo?

— Ou aos muçulmanos. Não fazia diferença. Em ambos os casos, o processo de paz estaria arruinado. Tínhamos de nos assegurar de que nenhuma das partes poria as mãos na tábua.

As palavras de Miller garantiram um instante de alívio a Maggie. Ele, afinal, não estava em vantagem. Sabia tanto quanto ela sobre o texto contido na tábua. Maggie tinha de se manter no ataque.

— Então foi você o tempo todo? As mortes de Kishon, Ahmed Nour, Afif Aweida, Guttman, *a mulher* de Guttman. Todos que poderiam conhecer o conteúdo da tábua e que poderiam vir a falar — disse Maggie, sem mencionar Uri, pois não queria pensar no que lhe acontecera.

— Não se empolgue, Costello. Guttman foi morto pelo serviço secreto israelense. Aparentemente, o homem ia apontar uma arma para Yariv. O que mais a segurança poderia fazer?

— E o kibutz no norte? O incêndio? Foi você também?

— Guttman foi um dos principais arqueólogos que trabalharam no local. Achamos que podia estar escondida lá.

Maggie ficou em silêncio por um momento. Olhou para os pulsos; havia marcas vermelhas profundas em ambos. Começou a balançar a cabeça.

— O que é isso agora? — perguntou Miller, irritado. Maggie não respondeu. Em reação, Miller deu um soco na mesa e gritou: — Por que está balançando a cabeça?

Ela ergueu os olhos, satisfeita por tê-lo tirado do sério.

— Porque não consigo acreditar como pôde ser tão incrivelmente estúpido.

— Como tem coragem...

— Fez tudo isso por achar que a divulgação do testamento poderia arruinar o processo de paz? Todas essas mortes, de ambos os lados? — Havia um tom melancólico na voz de Maggie. — Fez tudo isso para *evitar* o colapso do processo de paz? Não pensou, por um segundo, que assassinatos de lado a lado, no estágio mais delicado das negociações, poderiam na verdade arruinar tudo? É inacreditável. Qual é o problema com vocês, americanos? É como o Iraque. Ah, o Iraque é uma ameaça. Então, vamos invadir o Iraque e transformá-lo numa ameaça mil vezes *maior*! E agora cometeram o mesmo erro.

— Você não tem direito de querer me dar lições...

— Tenho todo o direito. Venho percorrendo esse país inteiro, arriscando minha vida, aflita para chegar à origem do que quer que esteja causando essa violência, porque quero ajudar a salvar o processo de paz, porque realmente acredito nele. E, subitamente, descubro que a verdadeira causa dos problemas e da violência que tem destruído tudo não é o Hamas, a Jihad, o Fatah, os colonos ou o Mossad. É você!

Miller se recompusera.

— Sempre soube que era ingênua, Maggie. Até fazia parte de seu charme. Mas isso é demais. Não acha que esses caras começariam uma guerra assim que descobrissem o testamento? É claro que sim. Muitas das mortes que aconteceram esta semana não tiveram participação nossa. Qalqilya. Gaza. O ônibus escolar em Netanya. Ainda que não fizéssemos nada, esses incidentes teriam acontecido por conta própria. A mesma coisa com o Hezbollah e os iranianos perdendo o controle.

Este é o mundo real, mocinha. Quando se está diante de uma doença pronta para se espalhar, é preciso matar o primeiro animal infectado. Do contrário, a doença acabará com o rebanho inteiro.

Aquele era o discurso do homem do campo que Miller empregava, com boa aceitação, nos programas dominicais de entrevista em Washington. O estilo intimidava a imprensa; os jornalistas sentiam-se garotinhos da cidade que nunca precisaram dar duro.

— Então essa era a estratégia? Prejudicar o processo de paz antes que os lunáticos o prejudicassem ainda mais?

— Não há escolhas fáceis neste jogo, Maggie. Já devia saber disso a essa altura.

— E parece que estava funcionando. Até eu entrar em cena e começar a revirar as coisas.

— Ah, não precisa se preocupar com isso.

— Por quê? Se eu não tivesse aparecido, você alcançaria seu objetivo, daria sumiço em todos os que sabiam sobre a tábua. O segredo de Abraão continuaria sendo um segredo. Mas eu me meti, não foi? Determinada, dia e noite, a revelar o que você já havia decidido que devia permanecer escondido. Que idiota eu sou.

— Não há razão para ter esse tipo de reação, Maggie.

— E por que não?

— Porque você fez exatamente o que queríamos. Desde o início.

CAPÍTULO CINQÜENTA E SETE

JERUSALÉM, SEXTA-FEIRA, 9h41

Maggie olhou para o chão. Precisava se acalmar, e aquela parecia ser a melhor maneira. Se olhasse para cima, se olhasse para ele, perderia o controle.

Acabara de acontecer uma mudança de posições, e os dois tinham consciência disso. Agora, ela precisava de algo dele, tanto quanto ele precisava de algo dela. Maggie estava numa posição vulnerável. Se aquela fosse uma negociação relacionada a fronteiras, fontes de água ou mesmo visitas às crianças no fim de semana e uso da casa nos Hamptons, ela saberia disfarçar a situação, esconder a urgência. Porém, até o negociador mais talentoso se torna um imbecil quando tem de agir em seu próprio interesse. Os colegas de Maggie não se cansavam de repetir a história do mediador da ONU que, apesar de haver conquistado um Nobel da Paz, tentara sem sucesso conseguir um aumento de salário.

— O que quer dizer com essa bobagem de que eu fiz exatamente o que vocês queriam?

Miller sorriu. Sabia tão bem quanto Maggie que ela acabara de cometer um erro ao revelar seu interesse.

— Ah, vamos lá, Maggie. Não percamos tempo com isso. Temos trabalho a fazer. Acredite ou não, temos de salvar o processo de paz.

— Como se você se importasse.

— Está de sacanagem? Está de sacanagem comigo? — O sorriso de Miller desaparecera. — O que acha que estávamos fazendo aqui? O objetivo de toda essa operação é *salvar* o processo de paz. Sabemos que as negociações estariam mais mortas que um peru no Dia de Ação de Graças assim que a existência da tábua se tornasse pública. — Ele lançou um olhar de profundo desprezo a Maggie. — Você não entende, não é? Nenhum de vocês, babacas da elite progressista da Costa Leste, ou da Europa, entende. — Miller curvou-se sobre a mesa, os olhos faiscando. — Você adora a parte fácil. As conversas, as reuniões, os planos, as alternativas, as estratégias, as resoluções da ONU, as cerimônias, os cumprimentos na Casa Branca. Adora tudo *isso*. Mas já parou por um maldito segundo para pensar o que torna isso possível? Já pensou no que leva um maníaco sanguinário como Slobodan Milosevic até Dayton para se sentar e negociar um de seus acordos de paz? Já pensou?

"Pois eu lhe digo. São os sacanas cruéis como eu e meus amigos mascarados lá fora. Entendeu? Milosevic não aceitou o acordo porque você piscou seus lindos olhos para ele. E seus irmãos do IRA também não assinaram na linha pontilhada porque você ou alguém parecido com você passou rebolando por eles. Não. Eles assinaram porque alguém como eu ameaçou jogar um megaton de dinamite na cabeça deles caso não o fizessem. E não é só ameaça. Às vezes, jogamos mesmo.

"É claro que deixamos vocês ficarem com os créditos, os prêmios pela paz, os contratos para livros e as entrevistas no programa do Charlie Rose. Deixamos o *New York Times* encher a bola de vocês. Não dou a mínima. Aceito ser o filho do demônio sem problemas. Mas não se engane, senhorita. Não haveria paz sem caras como eu, prontos para iniciar uma guerra.

Maggie respirou fundo antes de falar:

— Então era isso que estavam fazendo aqui? Um pouquinho de guerra para podermos alcançar a paz, era isso...?

— Está certíssima. Era isso mesmo que estávamos fazendo. E funciona. Os dois lados permanecem na mesa...

— Tecnicamente.

— Existem canais alternativos. Portanto, pode acreditar que estão conversando. Além disso, tecnicamente é melhor do que nada. E nada seria exatamente onde estaríamos se essa maldita tábua fosse divulgada. Tenho orgulho do que fizemos.

— Fora eu, todos sabiam disso?

Mais calmo, Miller observava os próprios dedos.

— Pelo contrário. Apenas quem precisava saber. Eu e uma pequena equipe recrutada especificamente para a tarefa. Veteranos das forças especiais.

— O grupo que me pegou no mercado. Eles também cuidaram dos assassinatos?

— Deixo os detalhes operacionais a cargo deles e do comandante.

— E o resto de nós? Ninguém sabia de nada? O secretário de Estado? Sanchez?

— Ninguém sabia. Exceto você.

— Que conversa maluca é essa?

— Devia se orgulhar.

— Me orgulhar?

— Sim, do que fez. Quase conseguiu nos levar à tábua. Exatamente como esperávamos.

— Não estou entendendo.

— Ah, vamos lá, isso aqui não é um seriado de televisão. Você sabe muito bem como as coisas funcionam. Por que acha que mandamos Bonham buscá-la em Washington?

— Para fechar o acordo. Os dois lados estavam quase lá e vocês queriam que eu ajudasse a fechar o acordo — disse Maggie, com a voz trêmula.

— Ah, sim, claro.

— Foi isso que Bonham disse!

— É claro que foi. — Miller fitava Maggie com dureza. — Pense bem, Maggie. Acha que o Departamento de Estado não está cheio de gente como você, diplomatas talentosos que, apesar disso, não conseguiram fazer o trabalho? Especialistas no conflito no Oriente Médio? Por favor, não me diga que não pensou por que, de todas as pessoas à disposição, precisávamos de você. Precisávamos de você por causa do seu... como posso dizer de modo delicado? Por causa do seu talento único.

Maggie sentia-se mais fraca.

— O que está querendo dizer?

— Precisávamos de alguém que se aproximasse de Guttman Júnior. Se alguém podia saber onde o velho desgraçado tinha escondido a tábua, era ele.

— Vocês me trouxeram aqui para... para... — Ela não conseguiu completar a frase.

— Bem, vamos falar francamente, Maggie. Você tinha o currículo perfeito. Como havia se aproximado daquele maluco na África, achamos que, diante das circunstâncias adequadas, faria o mesmo aqui. E foi o que aconteceu. Repito: devia sentir orgulho.

Houve um momento de perplexidade antes de uma sensação estranha que Maggie já sentira antes começar a castigá-la de dentro para fora. Então era aquilo. Fora aquilo desde o início. Maggie se lembrou da voz de Judd Bonham, de como ele a atraíra para aquela empreitada. Pagar um pecado por meio do arrependimento. Ele chegara a falar em redenção. "Esta é sua chance." Sua voz era tranqüila e cheia de razão. Mas, afinal, não houvera nenhuma verdade naquilo. Não queria que Maggie fosse a Jerusalém para corrigir o erro cometido na África, mas para repeti-lo. Ele, Miller e sabe-se lá quem mais recorreram a ela não por causa de seus pontos fortes — toda aquela conversa de ser indispensável, de ser a grande "fechadora" —, mas por causa daquela fraqueza em particular. Todos aqueles elogios. E ela acreditara em cada palavra.

Maggie não passara de uma isca, a forma mais baixa de vida no mundo da espionagem, uma pessoa enviada para conquistar a afeição de Uri Guttman. O fato de que obtivera sucesso a deixava ainda mais enojada. No que aquilo a transformava? Em nada mais que uma puta a serviço do governo americano.

Um impulso arrancou Maggie da cadeira em que se mantivera contida por todo aquele tempo. Ela deu um forte tapa na cara de Miller. Sentindo o golpe, ele levou a mão ao rosto. Depois, com um sorriso malicioso, devolveu o tapa. Enquanto Maggie recuava, apertou um botão embaixo da mesa, fazendo dois homens mascarados entrarem imediatamente na sala.

— Muito bem, Maggie. Isto aqui já foi longe demais. Não que eu não esteja me divertindo. Mas preciso saber onde está a tábua.

— Eu não sei — disse ela, ainda se recuperando do tapa.

— Isso está muito longe de ser o bastante para mim, Maggie. Acho que sabe que tenho alguns amigos que gostaram muito de você. Pode ser que apreciem a oportunidade de conhecê-la um pouco melhor.

— Agora você vai envolver a Casa Branca num caso de estupro?

— Não seríamos envolvidos em nada desse tipo. Divulgaríamos uma declaração lamentando a perda de uma valorosa americana, brutalmente atacada e depois morta por terroristas. Os Estados Unidos não descansariam até que os assassinos fossem levados à justiça. — Maggie sentia seu corpo tremer de ódio, medo e uma tristeza profunda. — Vai prestar atenção agora, Srta. Costello?

CAPÍTULO CINQÜENTA E OITO

JERUSALÉM, SEXTA-FEIRA, 9h52

Era como se respirasse com ajuda de aparelhos. Sentia que estava mergulhando fundo em suas últimas reservas — de prudência, de autocontrole e daquela droga misteriosa que era capaz de produzir quando a situação exigia. Aquela que conseguia, num ato de absoluta força de vontade, atenuar a dor.

Ela ouvia a própria voz, no tom tranqüilo dos momentos de crise.

— Não sei de nada que você já não saiba. Viu tudo que vi. A mensagem de Shimon Guttman que nos levou aos túneis do Muro das Lamentações.

— A mensagem no jogo de computador?

— Sim. Ele não deixou nada mais específico. Se tivesse deixado, você saberia.

Miller fez um leve movimento com a cabeça, quase imperceptível, mas suficiente. Os dois homens mascarados se aproximaram de Maggie e cada um agarrou um de seus braços. Eles levantaram-na da cadeira e, tomando o cuidado de sincronizar os movimentos, realizaram ações idênticas: torceram os braços até que tocassem completamente as costas. Duas chaves de braço. Maggie urrou de dor e deu uma cusparada que atravessou a sala. Aquilo só fez os homens puxarem com mais força, segurando seus pulsos e erguendo seus braços ainda mais. Em seu lado direito, ela sentia o esforço aplicado sobre a articulação do ombro. A dor era tão intensa que se tornava visível: uma vermelhidão borbulhante diante de seus olhos. Maggie achava que aqueles homens arrancariam seus braços a qualquer momento.

De repente, porém, eles pararam. Ela caiu na cadeira como uma boneca de pano.

Miller voltou a falar, sem qualquer alteração na voz, como se tivesse apenas parado para um gole de água e estivesse retomando a conversa.

— E você não encontrou nada enquanto esteve lá hoje de manhã? — perguntou.

Ela precisou de um tempo para abrir os olhos. A vermelhidão continuava lá, assim como a dor, mesmo com o alívio por seu fim. A lembrança daquilo ainda impregnava o sistema nervoso de Maggie. Quando finalmente se forçou a falar, tudo que conseguiu produzir foi um murmúrio.

— Sabe que não achei nada. Vocês me revistaram.

— Não só isso. Meu pessoal vasculhou toda a área dos túneis desde que você nos levou lá. Com holofotes. Nem assim encontraram algo. O que significa que...

— Que o velho não foi direto. Disse que estava lá, mas não estava.

— Ou que Uri a enganou. Deu um jeito de você sair atrás de uma pista falsa para que pudesse buscar sua herança sozinho.

— Talvez.

Mesmo atordoada pelo sofrimento e pela raiva, Maggie considerava a hipótese. Afinal, agora sabia que qualquer tipo de traição era possível. Uri podia ter encenado o tiroteio de manhã, na estrada, e depois ido atrás da tábua por conta própria. Talvez tivesse percebido quem era Maggie antes mesmo dela. Uri servira na inteligência israelense.

Maggie testemunhara sua habilidade para roubar o uniforme e o carro; podia ser apenas a preparação para o momento bem planejado na estrada. Talvez ele houvesse percebido o papel de Maggie logo de início: uma isca a ser evitada. Só ela não percebera nada.

Miller observou-a por um instante e, em seguida, fez uma expressão de arrependimento.

— Apenas por precaução, acho que vou deixar os garotos aqui, para verem se não conseguem ajudá-la a se lembrar de algo. Dar um empurrãozinho em sua memória.

Bastou outro leve gesto para que, imediatamente, os dois homens a tirassem da cadeira. Daquela vez, porém, eles não a ergueram, mas a jogaram no chão. O homem à direita de Maggie apoiou-se num joelho, ao seu lado, e passou o braço ao redor do seu pescoço. Ele já começara a apertar quando ela conseguiu soltar algumas palavras, num impulso.

— Talvez não haja nada a ser descoberto — insinuou, sem ouvir a própria voz.

— Como disse?

Ela tentou repetir as palavras, mas estava sem ar. A pressão em sua traquéia era muito forte. Maggie estava sendo estrangulada.

Miller deu um sinal para que reduzissem a pressão. O braço, contudo, manteve-se ao redor do pescoço de Maggie.

— Pode repetir o que disse?

— Disse que talvez não haja nada a ser descoberto.

— E o que isso significa?

— Talvez não tenhamos descoberto onde Shimon Guttman escondeu a tábua porque ele ainda não o tivesse feito.

— Explique melhor.

Maggie tentou se levantar, mas não tinha forças. Permaneceu ali jogada no chão, cuspindo as palavras.

— As mensagens de Guttman no DVD e no Second Life foram deixadas no sábado. A ligação para Kishon foi no mesmo dia. — Ela ofegava. — E se ele ainda não tivesse cuidado de tudo? Ele *planejava* esconder a tábua nos túneis e, se pudesse, o teria feito. Mas os acontecimentos interferiram. Guttman foi morto. Provavelmente, pretendia fazer o que planejara depois da manifestação pela paz. Só que nunca teve a chance.

Miller prestava atenção.

— Então onde está a tábua agora?

— Essa é a questão. Eu não sei. E se *eu*, que vi suas últimas mensagens e ouvi seu filho contar todas as lembranças da infância, não sei, significa que ninguém sabe. E ninguém saberá.

— A tábua estará perdida.

— Sim.

Miller mexia a cabeça, pensando consigo mesmo, pesando nos prós e nos contras daquela hipótese. Acabou se dando por convencido. Levantou-se da cadeira, começou a andar em volta de Maggie, que continuava largada no chão, e finalmente deu seu veredicto.

CAPÍTULO CINQÜENTA E NOVE

JERUSALÉM, SEXTA-FEIRA, 10h14

Em minutos, o motorista percorreu a curta distância até o hotel. Mas ela não queria entrar. Estivera tão pouco tempo à luz do sol que sentia uma necessidade de absorver aquela luminosidade. Permaneceu parada, de pé, olhando em volta.

A entrada do hotel estava movimentada: táxis parados com o motor ligado, hóspedes entrando e saindo, cheios de malas. Maggie supôs que a maior parte estivesse de partida. Provavelmente os turistas abandonariam Jerusalém depois da turbulência dos últimos dias. Se soubessem a verdade...

De repente, ouviu um grito num megafone. Ao se virar, viu uma perua branca coberta de adesivos e pôsteres laranja, subindo lentamente pela rua Rei Davi. De dentro, alguém berrava palavras de ordem, aparentemente contra Yariv e a iminente entrega do patrimônio israelense. Um minuto depois, uma van juntou-se ao carro, introduzindo um ritmo suave do pop europeu. Pelo jeito, eram os defensores da paz, quase certamente criticando Yariv por recuar nas negociações.

Ela olhou além dos semáforos, para a subida. O consulado ficava logo ali. O lugar onde tudo aquilo tivera início. Maggie lembrou-se de estar sentada no jardim, recém-saída do avião, admirada com os frades do monastério. Aquilo acontecera somente cinco dias antes, embora a sensação fosse mais próxima de cinco anos. Ela e Jim Davis conversaram sobre "fechar o acordo". Um sorriso amargo tomou seu rosto.

Maggie virou à esquerda, afastando-se do hotel. Todo o seu corpo doía, principalmente os braços e o pescoço. Imaginou as marcas em sua pele, até nas partes que não podia ver. Queria ficar um longo tempo numa banheira quente e depois dormir profundamente. Mas não estava pronta para aquilo. Sua mente não a deixaria descansar.

Em vez disso, acabou num parque, quase vazio e com aparência de abandono. A grama mostrava-se irregular nas extremidades, e as armações de metal que sustentavam uma tenda no meio do lugar estavam enferrujadas. Maggie notou que até o piso e os bancos eram feitos daquela mesma pedra de Jerusalém. Era bonita, mas ela achava que a gente da cidade simplesmente se cansara. Devia ser como viver numa cidade com uma fábrica de chocolate. Os turistas adorariam o aroma, enquanto os moradores logo ficariam enjoados.

Maggie sentou-se num banco de pedra e ficou olhando ao redor. Quando Miller a deixara ir, após concluir que não havia mais informações a serem reveladas, sentira alívio, mas não satisfação. Não era apenas a dor, que ainda se fazia presente. Nem a humilhação de ser exposta, até nas partes mais íntimas, como um animal. Nem mesmo a revelação da verdadeira natureza de sua missão em Jerusalém. Não, o que Maggie sentia era algo que, para ela, a maioria das pessoas não entenderia. Talvez somente outro mediador. Era a inquietação corrosiva que vinha quando o outro lado cedia com muita facilidade. Miller se convencera rápido demais e ela não sabia por quê.

As palavras repetiam-se sem parar em sua cabeça, inclusive a última frase, dita enquanto ele saía da sala de interrogatório. Miller avisara que, se Maggie tentasse revelar algo do que acontecera, ele tomaria providências para que o *Washington Post* fosse informado de que a pobre Srta. Costello sofrera um colapso em Jerusalém, que a deixara confusa e irracional, após viver um segundo caso amoroso em meio a uma missão. Depois que um erro prévio a obrigara a abandonar a atividade diplomática, as autoridades lhe deram uma chance. Sua fragilidade, no entanto, frustrara a nova tentativa. No relato de fontes do governo, falando sob condição de anonimato, aparentemente ela não conseguia evitar ter relações íntimas com aqueles com quem devia se envolver apenas profissionalmente. Se Maggie quisesse contestar a história, eles apresentariam fitas e fotografias mostrando-a ao lado de Uri, tarde da noite, bebendo juntos, beijando-se...

Ela sentiu um arrepio e ficou olhando para os próprios pés, calçados em botas que lhe eram totalmente estranhas. Durante toda a sua carreira, Maggie nunca permitira que a condição de mulher fosse sua característica mais decisiva. Obviamente, sabia que sua feminilidade era um elemento nas negociações: às vezes uma desvantagem, às vezes um recurso importante, desde que soubesse jogar. Porém, era apenas um elemento entre tantos outros, como sua origem irlandesa e sua juventude. Aquilo não a definia. Entretanto, Miller a fizera se sentir diferente, o que lhe causava repulsa. Ele a via não como uma mediadora experiente, uma conhecedora capaz da dinâmica humana e uma analista competente das relações internacionais, mas como uma prostituta. Era aquilo que se tornara. Para ele, o caso que vivera na África era o item mais relevante de seu currículo. Ao lado de seus seios e de sua bunda. Maggie estava ali não graças à sua astúcia ou inteligência, ou aos anos que passara em diferentes mesas de negociação, mas para ir para a cama com homens. Subitamente, a agressão que sofrera no *souk* parecia uma questão menor. Agora entendia que começara a ser desonrada desde o momento em que recebera as passagens e entrara no táxi para o aeroporto de Dulles.

Depois do discurso ameaçador, Miller a surpreendera. Sua expressão arrogante e os gestos agressivos deram lugar a algo bem diferente, algo que ela nunca vira antes. Ele curvara a cabeça para um lado e seus olhos pareceram irradiar piedade. A expressão permaneceu em seu rosto por um longo tempo, antes que falasse:

— Às vezes, temos de fazer coisas terríveis, coisas realmente terríveis. Mas as fazemos pelas razões certas.

O que a deixava furiosa era que, sentada naquele parque malcuidado, estava quase concordando com ele. Maggie não era nenhuma pacifista, queimadora de incenso, vendedora de broto de feijão, que considerava toda forma de poder inerentemente maligna e acreditava que todos deviam ser bons uns para os outros. Entendia como o mundo funcionava. Especificamente, entendia, melhor que qualquer outra pessoa, como era importante manter aquela tábua longe das mãos dos combatentes. Miller estava certo em fazer tudo que fosse necessário para encontrá-la antes deles. O presidente queria se reeleger, e aquilo significava que precisava de um tratado de paz entre israelenses e palestinos. Quem se importava se suas razões eram mesquinhas? Pelo menos, as duas nações, presas num abraço de morte por tanto tempo que mal conseguiam imaginar a vida sem a presença da outra, finalmente alcançariam o acordo de que precisavam.

Maggie Costello concordaria com tudo aquilo. Tinha vivido situações como aquela muitas vezes e sabia que não se chegava a acordos de paz graças a surtos de bondade, a um padre convencendo os líderes a fazer a coisa certa ou mesmo a uma jovem e impetuosa morena de Dublin mandando-os parar de se matar. O resultado era alcançado porque os interesses, ou quase sempre os interesses das grandes potências, mudavam. De repente, os poderosos não viam mais utilidade na guerra, e estava tudo acabado.

Portanto, ela sabia como as coisas funcionavam. Se Miller, Davis ou Bonham — era duro saber que provavelmente estavam todos envolvidos naquilo — tivessem falado francamente, explicado o problema e a importância de sua participação, ela haveria concordado. Haveria buscado seu próprio jeito de cuidar daquilo. Em vez disso, não confiaram em Maggie, não quiseram contar o que sabiam. Ela era apenas uma ferramenta, uma peça colocada no tabuleiro com a tarefa única de ir para a cama com alguém.

Estava ficando frio — pelo menos era o que Maggie sentia. Talvez fosse o cansaço. Os planos eram voltar para o hotel, não conversar com ninguém e, depois de dormir, ir direto ao aeroporto. Para onde viajaria? Não fazia a menor idéia.

De volta ao enorme saguão do Citadel, Maggie caminhava de cabeça baixa, tomando o cuidado de não estabelecer contato visual com ninguém. No fundo, achava uma besteira, mas tinha a impressão de que todos sabiam o que lhe acontecera nas últimas horas e não podia suportar a sensação de ser vista.

— Srta. Costello! Olá! — gritou a recepcionista, com o rabo-de-cavalo balançando. Ela agitava um pedaço de papel, enquanto tentava chamar a atenção de Maggie. — Srta. Costello, um minuto, por favor.

— Só para fazê-la calar a boca, Maggie atravessou o saguão de piso polido, torcendo para que ninguém tivesse prestado atenção na cena.

— Srta. Costello, ele disse que era muito urgente. Acabou de sair. Estava aqui há um minuto. Eu avisei...

— Por favor, vá devagar. Quem disse que o quê era urgente?

— O homem que esteve aqui. Eu lhe disse que poderia deixar uma mensagem de voz, mas ele não quis. Só queria deixar isso.

A recepcionista entregou um pedaço de papel a Maggie — uma folha do bloco de anotações do hotel.

Encontre-me num antigo momento. Sei o que temos de fazer.
Vladimir Júnior.

CAPÍTULO SESSENTA

JERUSALÉM, SEXTA-FEIRA, DUAS HORAS ANTES

Não sentia mais a perna latejar. Apenas uma dor ritmada. Imaginou se teria levado um golpe — talvez um soco na coxa — enquanto o jogavam no banco de trás do Mercedes. Ou depois. Não seria capaz de notar.

Finalmente se dera conta cerca de meia hora antes. Talvez uma hora. Precisara de certo tempo para perceber que não estava numa sala escura, mas sim vendado. Por alguns minutos, pensara estar olhando para a parte interna das próprias pálpebras. Então, lembrou-se da bala e imaginou, sinceramente, se não estaria vivendo a consciência da morte.

Seus sentidos voltaram gradualmente. Depois dos olhos, os braços, que pareciam imobilizados. Tentou se lembrar: teria levado tiros nos braços também? Estaria paralítico? Mas não entrou em pânico. Ao contrário, sentiu o coração desacelerar, até o ritmo lento de quando se está à beira da morte. Era como se seu corpo tivesse entrado num estado emergencial de congelamento por se encontrar numa luta pela sobrevivência. Ele sabia de tudo aquilo porque já vivera a situação.

Na primeira ocasião, a dor fora psicológica. Ele estava num tanque, além da fronteira do Líbano, e acabou atingido por uma mina do Hezbollah. O motorista e o atirador morreram na hora. Como comandante, estava na posição mais vulnerável, com a cabeça do lado de fora. No entanto, inesperadamente, aquilo o salvou. Ao descer para dentro do tanque novamente, encontrou os dois companheiros caídos e imóveis. Soube imediatamente que estava numa armadilha mortal. Naquele momento, quando seu coração devia ter se acelerado de medo, seus órgãos entraram num modo ainda mais assustador, porque não se encaixava num estado normal de terror. Tratava-se de uma calma absoluta, uma espécie de prelúdio à morte.

Agora sentia a mesma coisa. Tranqüilamente, recordava o incidente na estrada de Jerusalém. Não devia ter durado mais de 30 segundos. Ao ver o carro atrás, indubitavelmente os seguindo, ele reduzira a velocidade e encostara no mirante, de um jeito que permitiria a Maggie sair sem ser notada. Naquele instante de que dispunha para pensar, tomara a decisão: não importava o que lhe acontecesse, ela tinha de escapar viva.

Assim que Maggie saíra, ele tentara girar o carro e repetir a manobra, para que também pudesse escapar despercebido. Mas a volta mostrara-se inviável e os perseguidores apareceram. Dera um único passo fora do carro quando a bala o atingira na perna. Caíra sem qualquer movimento dramático de filme; parecera apenas uma marionete que tivera os fios cortados.

Então sentiu um novo sinal, vindo dos pulsos. Seus caminhos neurológicos, geralmente super-rápidos, pareciam haver retornado à época dos motores a vapor. As mensagens demoravam uma eternidade para alcançar seu cérebro. Os pulsos diziam que sentiam algo, uma ardência que não vinha só da dor, mas de uma fonte externa. Um aperto. Finalmente se deu conta de que estava amarrado. A cegueira e a imobilidade não eram sinais do desligamento físico anterior à morte. Indicavam algo menos fatal. Ele fora atingido e jogado num carro, não como um cadáver, mas como prisioneiro. Seu coração começou a bater mais rápido.

Ele se agitou e tentou mexer os pulsos. Logo percebeu que, além de presos um ao outro, estavam atados à cadeira em que se sentava. Embora quisesse avaliar a ferida, não conseguia tocá-la e, naquela escuridão, mal podia dizer qual das pernas fora atingida.

Quem o seqüestrara? Ele pensou em homens mascarados e vestidos de preto. Mas podia ser um engano de sua memória. Tentou, então, lembrar-se do que ouvira ao ser jogado para dentro do carro. Um nome: Daoud. Ouvira alguém dizer esse nome, em perguntas, duas vezes. Entretanto, podia ser um sintoma de seu estado delirante, pois Uri achava ter ouvido aquele nome árabe num sotaque claramente americano.

Os pensamentos eram mais claros àquela altura. Uri imaginou o que teria acontecido a Maggie. Concluiu que ela devia ter encontrado uma maneira de voltar direto a Jerusalém e aos túneis. Mas por onde começaria? A pista deixada por seu pai — dentro de um jogo de computador, se isso não fosse mais uma criação de sua mente confusa — apontava apenas para as catacumbas do Muro das Lamentações, o que representava um percurso considerável. Uri conhecia o lugar. Recusara os repetidos pedidos do pai para voltar de Nova York e fazer uma visita, mas lera bastante sobre o muro. Percorrer toda a extensão levava ao menos uma hora.

Ali, no escuro, Uri finalmente tinha uma oportunidade que não lhe surgira desde que atendera a ligação, seis dias antes. Na verdade, ele mesmo evitara aquilo. Mas agora não havia muitas opções além de pensar em seu pai. Ele o surpreendera mais depois de morto do que em vida. Até aquela semana, Uri descreveria o pai como previsível, da forma como todos os ideólogos são previsíveis. Conhecia suas opiniões sobre tudo. Eram inflexíveis e, portanto, na visão de Uri, irremediavelmente estúpidas. Costumava se perguntar, embora nunca em voz alta, se aquela não seria a razão de ter rejeitado a política radical do pai — devido à estética mais do que a questões morais. Teria se tornado um esquerdista apenas para não virar um chato como o pai?

Contudo, nos últimos dias, seu pai provara que Uri estava errado. Havia muitos segredos, inclusive um que, claramente, lhe proporcionara a maior emoção de sua carreira. E aquilo lhe custara a vida.

De todos, o que mais chocava Uri continuava sendo o que lhe fora revelado primeiro, graças a Maggie Costello. Seu pai trocara informações arqueológicas com o inimigo, um palestino, e até lhe dera um pseudônimo israelense, um anagrama. Qual era mesmo o nome? Ehud Ramon? Seu pai podia ter sido um babaca, mas não um idiota.

Então Uri ouviu uma porta se abrindo e, em seguida, o barulho de homens se movimentando. Ele sabia o que vinha depois e, estranhamente, sentia-se preparado. Faria o que lera a respeito de sobreviventes de todas as formas de brutalidade: permaneceria refugiado em sua própria mente.

Ouviu uma voz com sotaque americano, exatamente a que imaginara ter escutado no carro.

— Muito bem, mãos à obra.

Agora Uri sentia a bandagem em sua perna direita ser removida. Talvez estivesse num hospital e fosse receber tratamento. Talvez aqueles homens não fossem torturadores e sim médicos.

Ele estava prestes a falar, a pedir a ajuda daqueles homens, quando sentiu dedos explorando a parte externa de sua ferida. Uri respirou profundamente com a pontada. Um momento depois, foi vítima de uma dor intensa, que o fez urrar como nunca acontecera.

— Engraçado o que um pequeno dedo é capaz de fazer, não acha? — A dor parou por um segundo. — Apenas isso, um pequeno dedo. Basta enfiá-lo bem aqui, no buraco da sua perna, e...

Uri gritou de dor novamente. Ele prometera suportar a tortura, impedir que o vissem sofrendo, mas era impossível disfarçar aquela dor. A ferida era profunda e recente, com todas as terminações nervosas expostas.

— Me deixem em paz, seus malditos, me deixem em paz!

Em seguida, a vermelhidão deu lugar a um branco absoluto. A dor tornou-se ainda mais intensa e desapareceu, como se não pudesse ser sentida. Aquele estado durou alguns segundos, até Uri ouvir uma voz que parecia distante.

— ...na verdade, se eu continuasse apertando, conseguiria encostar em seu osso. Assim.

— O que você quer? Eu não sei de nada!

Mais uma vez, o nada, por breves segundos. Ao fim, Uri entendeu o que acontecia: a dor era tão excruciante que ele perdia e recobrava a consciência.

A partir de então, quando o dedo entrava pela ferida, ele rezava para desmaiar. Esperava em meio à dor, torcendo que o alívio do nada não demorasse a chegar. Ao invés disso, ouviu seu grito novamente, enquanto dois dedos abriam passagem, alargando o buraco, empurrando e cutucando.

— Apenas nos conte o que sabe.

— Você sabe tudo que sei.

Uri ouviu o urro seguinte como se fosse de outra pessoa. Uma voz escondida em algum compartimento interno falou. Essa é sua chance. Obrigue-se a fazer isso. Desligue-se da dor. *Refugie-se em sua mente.*

Ele tentou se lembrar de seus pensamentos antes da entrada dos homens. A engenhosidade do pai na criação do pseudônimo Ehud Ramon. *Pense nisso, pense nisso,* disse a si mesmo. Repetia o nome enquanto seu corpo tremia em agonia. *Ehud Ramon. Ehud Ramon. Ehud, Ehud, Ehud...*

Naquele instante, uma lembrança que permanecera enterrada durante décadas veio à tona. Uma lembrança da história de ninar que adorava na infância, uma que ele obrigava o pai a ler repetidas vezes, sobre um garoto incrivelmente desobediente. Por um segundo, deixando de lado o vermelho e o branco da dor, Uri conseguiu visualizar a capa do livro: *Meu irmão, Ehud.* O que o pai dissera mesmo no vídeo? *Guardei-o num lugar seguro, um lugar que só você e meu irmão conhecem.*

"É óbvio", pensou Uri, esforçando-se para permanecer naquele raciocínio em vez de cair de novo nas profundezas do inferno. Era óbvio. Seu pai não falava de um irmão verdadeiro, mas de um irmão fictício de uma história que supôs que seu filho lembraria imediatamente. E aquilo devia conduzi-lo a outra criação: o mítico Ehud Ramon.

A tortura tornara-se mais intensa; agora usavam algum tipo de instrumento. As perguntas não paravam. Onde está a tábua? Onde? Uri, porém, mantinha-se refugiado. Era um preciosismo típico de seu pai. O professor acabara de ver as palavras ancestrais de Abraão talhadas na pedra. Palavras que falavam de dois filhos: Isaac, patriarca dos judeus, e Ismael, patriarca dos muçulmanos. Dois irmãos, um judeu e um árabe. "Meu irmão", dissera Shimon Guttman. Se pudesse, Uri daria um sorriso. Seu pai, o orador impiedoso, o coração de pedra, usando o clichê mais manjado da esquerda sentimental que entoava músicas e dava as mãos: judeus e árabes são irmãos.

Mesmo naquela situação, tendo o corpo castigado e os sentidos desnorteados por tormentos insuportáveis, ele sentiu uma súbita admiração pelo pai. Era um código brilhante. Existiria algum especialista no mundo capaz de deduzir que, quando um fanático de direita se referia a "meu irmão", estava falando de ninguém menos que o obstinado nacionalista palestino Ahmed Nour?

CAPÍTULO SESSENTA E UM

JERUSALÉM, SEXTA-FEIRA, 11h50

Maggie ficou observando o bilhete e, lentamente, sua expressão se suavizou, até se tornar um sorriso. Ela conhecia um único Vladimir: Vladimir Jabotinsky, mentor e pseudônimo de Shimon Guttman. Vladimir Júnior só podia ser uma pessoa. Com uma sensação de alívio que percorria seu corpo como uma onda de esgotamento, entendeu o que Uri queria dizer. Ele estava vivo. De alguma maneira, sobrevivera ao disparo na estrada. De alguma maneira, resistira às torturas aplicadas pelos capangas de Miller. Agora estava num "antigo momento". Não havia como não sorrir. Uri sabia que ela se lembraria porque os dois conversaram sobre o lugar: *o café que se chamava Momento.*

Assim que abriu a porta, ela o viu, no mesmo lugar em que o encontrara dois dias antes. A única diferença era que, desta vez, Uri olhava para cima, diretamente para Maggie.

— Sabe — disse ela —, geralmente gosto de ir a um lugar diferente no segundo encontro.

Embora tentasse sorrir, ele só conseguia mover alguns músculos do rosto. Ela se sentou a seu lado e lhe deu um beijo demorado. Ficara aliviada ao receber o recado, mas a sensação nem se comparava àquela. Começou a abraçá-lo, porém um grito de dor a deteve.

Uri apontou para a perna, explicando que, sob a calça jeans, havia uma grossa bandagem cobrindo um ferimento feito a bala. Enquanto ele contava a respeito dos tiros e do interrogatório, o rosto de Maggie reagia a cada barbaridade. Uri também contou como, no meio dos trabalhos, seus algozes foram interrompidos por uma ligação. Depois, vestiram-no com roupas novas e levaram-no ao centro da cidade, a 10 minutos dali, onde fora deixado. Não sem uma ameaça:

— Viu o que aconteceu a seus pais. Se não ficar calado, o mesmo acontecerá a você.

Durante todo o tempo, Uri permanecera vendado.

— Uri, esses homens que... Em algum momento, disseram quem eram?

— Não foi necessário.

— Você deduziu?

— Deduzi antes mesmo que começassem a falar em inglês. No início, comunicavam-se em árabe. Chamavam o chefe de Daoud e tudo mais. A pronúncia não era ruim. Mas era igual à minha. — Ele tentou sorrir. — Eles falavam um árabe de agente secreto. Sabe, um sotaque aprendido em sala de aula. O meu é idêntico. Imaginei se seriam israelenses. Falei com eles em hebraico. Não houve resposta. Então cheguei à conclusão. Mais tarde, quando me torturavam, nem tentavam disfarçar mais. Foi aquilo que mais me assustou. — Maggie fez uma cara de quem não entendia. — Quando não se importam que você conheça a identidade deles, só pode significar uma coisa: vão matá-lo. O segredo deles estará em segurança.

Quando Maggie relatou o que lhe acontecera, esforçando-se para não falar dos detalhes físicos, Uri a encarou com uma seriedade que ela não conhecera até então. Seu rosto mostrava raiva e determinação, mas, sobretudo, tristeza. Depois de algum tempo, ele perguntou, em voz baixa:

— Você está bem?

Maggie tentou responder, dizer que estava tudo bem, mas as palavras ficaram presas em sua garganta. Seus olhos também ardiam. Ela não chorara até aquele momento, até Uri lhe fazer aquela pergunta. Ele segurou suas mãos, apertando-as, como se quisesse conter a dor das palavras que Maggie não estava dizendo. E ficou assim por um bom tempo.

Quando, num fiapo de voz, ela lhe falou sobre Miller, Uri demonstrou uma surpresa contida.

— Você entende que isso vai até o topo, não entende? — perguntou Maggie.

— É claro que sim. Forças especiais não determinam suas próprias missões.

Naquele instante, ela voltou a sentir uma preocupação que já se manifestara quando Miller a libertara. Tirou do bolso o pedaço de papel que recebera no hotel com o recado de Uri. No verso, escreveu:

Quando eles o libertaram? Quando receberam a ligação?

Após ficar confuso por um segundo, Uri escreveu uma resposta. Maggie conferiu o relógio na parede do café. Não havia como fazer uma estimativa precisa, mas, se Uri estivesse certo, ele fora libertado poucos minutos depois dela. A ligação devia ser de Miller. *Estamos soltando a mulher, agora deixem-no ir também.*

Maggie puxou o papel para perto de si.

— Uri, preciso comer alguma coisa. O que eles servem aqui? Preciso de algo quente — disse, em voz alta, enquanto escrevia freneticamente.

Eles nos libertaram para nos seguir. Não desistiram. Esperam que nós os levemos até a tábua.

— Bem — disse Uri, lendo o bilhete de Maggie e balançando a cabeça. — Os ovos são razoáveis. O café também. É servido em xícaras grandes. Parecem até tigelas.

Os dois continuaram a conversa sobre amenidades. Também mencionaram o que acontecera, cientes de que soaria estranho não falar do assunto. Porém, do que fariam em seguida, não disseram uma palavra. Não em voz alta.

Havia menos carros na rua naquele horário. Uri explicou que a razão era a proximidade do shabat. Jerusalém estava cada vez mais ortodoxa, o que significava que dirigir da tarde de sexta até o pôr-do-sol de sábado não era bem-visto. Mais uma razão para ficar louco naquela cidade.

Uri parou um táxi. Depois de uma conversa rápida, o motorista aumentou o volume do rádio.

— Muito bem, Vladimir Júnior, o que está acontecendo? — perguntou Maggie, assumindo uma expressão dramática antes de repetir o recado de Uri: — "Sei o que temos de fazer."

Uri explicou que entendera tudo no momento em que a dor se tornara mais intensa. Estava convicto daquilo. Eles o torturavam em busca de informações que ele não tinha. No entanto, quando finalmente se mostraram dispostos a liberá-lo, Uri realmente tinha algo. *Meu irmão*, dissera o pai. De quem mais poderia estar falando?

Ele voltara ao cibercafé, entrara na conta de e-mail do pai e encontrara a mensagem do filho ou filha de Ahmed Nour. *Quem é você? E por que estava em contato com meu pai?* Na pressa, ele e Maggie acabaram se esquecendo daquilo, supondo que Nour Junior, a seu exemplo, também soubesse muito pouco a respeito do pai.

Na segunda oportunidade, porém, Uri respondera e, pouco depois, recebera uma resposta. Tomara o cuidado de dizer pouco; apenas que tinha informações sobre a morte de Ahmed Nour e que desejava compartilhá-las. Os dois filhos de luto, o israelense e o palestino, concordaram em se encontrar no hotel American Colony, localizado no lado oriental, ou seja, árabe, pouco depois da fronteira invisível que dividia Jerusalém. Eles chegariam ao local em poucos minutos.

Maggie já se hospedara no hotel, na última vez em que estivera em Jerusalém. Fazia dez anos, mas ela se lembrava: o lugar era uma lenda. Um ponto de encontro para jornalistas, diplomatas, negociadores informais da paz, diversos idealistas e, pelo que sabia, espiões. Ficavam sentados no pátio coberto, tomando chá de hortelã e trocando informações, durante horas. À noite, era comum ver correspondentes estrangeiros entrando, com os sapatos cheios da poeira de Gaza. Após um dia inteiro assistindo à pobreza do Terceiro Mundo — e, com freqüência, à violência sangrenta também —, estar de volta ao Colony era como retornar a um porto seguro.

Aquela era a sensação depois que os dois pagaram o táxi e entraram. O chão de pedra do saguão, os retratos do mundo antigo, os desenhos nas paredes, as boas-vindas cheias de mesuras dos funcionários. O nome era mais que adequado: aquele lugar podia ter saído diretamente dos anos 1920. Uma lembrança do quarto em que dormira quase uma década antes veio à mente de Maggie. Sobre a escrivaninha, havia uma foto em preto-e-branco do general britânico Allenby entrando em Jerusalém, em 1917. A Israel moderna podia estar bem ali, do lado de fora, mas dentro do hotel era possível encontrar a Palestina de tempos antigos.

Uri não perdeu tempo. Passou pelo saguão e desceu as escadas, mancando acentuadamente. Não era bem uma precaução, pois sabia que estavam sendo seguidos, mas combinara o encontro com Nour na única parte do Colony que os hóspedes raramente freqüentavam. Se houvesse alguém além do filho de Nour por perto, eles saberiam exatamente a proximidade de seus perseguidores.

Como esperado, a piscina estava deserta, cercada apenas por algumas cadeiras de praia. Mesmo com tempo bom, ninguém pegava sol em Jerusalém. Não era uma cidade para aquele tipo de coisa. Só havia uma pessoa no local.

Ao ver Uri se aproximando, seguido por Maggie um ou dois passos atrás, ele se levantou. Contra a forte luz do sol, não se enxergava muito mais que uma silhueta. Porém, ao chegar mais perto, Maggie percebeu que era um homem alto e de cabelos bem curtos, como se fossem raspados. Enquanto seus olhos se ajustavam, ela estimou que ele estivesse na casa dos 30. Tinha olhos verde-claros aguçados. Usava jeans e uma camiseta folgada.

Uri estendeu o braço para um aperto de mão que o palestino aceitou com hesitação. Maggie lembrou-se do famoso cumprimento entre Rabin e Arafat, nos jardins da Casa Branca em 1993, e de como o primeiro-ministro israelense parecera constrangido, com o corpo inteiro retraído numa postura de relutância. Embora a mídia tenha dado bastante destaque ao fato, a grande família dos mediadores reagiu com naturalidade, pois testemunhava aquele tipo de linguagem corporal o tempo todo.

— Só agora me dei conta de que sequer sei seu nome — disse Uri.

— É Mustafá. E você...

— Meu nome é Uri.

Os dois se atropelavam ao falar. Maggie concluiu que era nervosismo e falta de costume: israelenses e palestinos podiam viver a metros de distância, mas raramente faziam coisas simples como conversar.

Um pediu ao outro que prosseguisse. Antes, porém, Uri lembrou-se de pegar algo na mochila: o rádio portátil que arranjara naquela manhã. Ele botou o aparelho num volume bem alto antes de balbuciar uma única palavra como explicação: escutas. Então, continuou de onde parara, apresentando Maggie e finalmente indo ao assunto.

— Mustafá, muito obrigado por ter vindo. Sei que não é fácil.

— Por sorte, tenho residência em Jerusalém. Se precisasse sair de Ramala, seria impossível.

— Bem, como você sabe, nossos pais se conheciam.

Uri explicou como descobrira o anagrama e os e-mails em código. Depois, respirando fundo, como se estivesse se preparando, começou a contar o resto da história: a tábua, o vídeo deixado por seu pai, os túneis e como sabia que estavam perto, embora não perto o suficiente.

— E você acha que meu pai sabia onde essa tábua estava escondida? — perguntou Mustafá.

— Talvez. Depois de meu pai, o seu foi o primeiro a ser assassinado. Alguém achou que ele soubesse de algo.

Mustafá Nour, que até então mantivera o olhar fixo em Uri, agora observava Maggie, como se buscasse uma confirmação. Ela fez que sim com um leve movimento de cabeça.

— Sabe — disse, olhando para os dedos —, sempre me mantive longe da política. Isso era coisa de meu pai.

— Sei como é — comentou Uri.

— Vasculhamos as mensagens e os cadernos. Não achamos nada ligado a isso. Não pudemos verificar o telefone porque havia um código, mas a assistente dele examinou o computador cuidadosamente.

— Ele conversou com você nos últimos dias? Sobre alguma descoberta nova?

— Não. Não conversávamos muito a respeito do trabalho dele.

Uri recostou-se, soltando um suspiro alto. Maggie podia notar que ele estava em vias de desistir. Aquela era sua última grande idéia.

Guardei-o num lugar seguro, um lugar que só você e meu irmão conhecem.

Alguma coisa começou a se mover, lentamente, no cérebro de Maggie. Lembrou-se de como as mensagens de Shimon Guttman funcionavam, exigindo que Uri recordasse de fatos que já eram de seu conhecimento. *Lembra-se do que fizemos, Uri? Espero que sim.* Talvez tivesse feito o mesmo com seu "irmão", Ahmed Nour. Não passara nenhuma informação nova ao colega palestino. Tudo que Nour precisava fazer era se lembrar de algo que já sabia.

— Mustafá — disse Maggie, pondo a mão no braço de Uri, avisando-o de modo ao mesmo tempo gentil e firme que era sua vez —, foi uma surpresa completa descobrir que seu pai conhecia um israelense?

— Sim — respondeu ele, fixando seus olhos verdes em Maggie. Decepcionada, ela já pensava em outras perguntas, quando Mustafá completou: — E não.

— Não?

— Fiquei surpreso quando me contatou pela primeira vez — disse, gesticulando na direção de Uri. — Mas, quanto mais eu pensava no assunto, mais aquilo parecia fazer sentido. Quero dizer que meu pai sabia muito sobre Israel. Era especialista nas línguas desta região. Aliás, inclusive da escrita usada naquelas tábuas antigas. E, logicamente, dominava o hebraico. Entendia muito bem como este país funciona.

— Conhecer o inimigo — observou Uri, antes que Maggie pudesse pisar em seu pé.

Ela balançava a cabeça, incentivando Mustafá, torcendo para que ele não desviasse o olhar para Uri.

— Então ele era um grande especialista. Continue.

— Bem, seria natural que não houvesse aprendido tudo somente em livros. Acho que, provavelmente, passou mais tempo aqui do que nos contava. E talvez tivesse alguém para lhe apresentar os lugares.

— Certo. Alguma vez ele falou de...

— Por exemplo, sei que ele entrou nos túneis, embaixo do Haram al-Sharif. Poucos palestinos fizeram isso. Mas sei que ele foi lá, embora nunca tenha admitido publicamente. Ele era radicalmente contrário. "Os túneis são uma tentativa sionista de comprometer o bairro muçulmano", costumava dizer.

— Mesmo assim, ele visitou o lugar.

— Tinha curiosidade.

— Afinal, era um arqueólogo, não era? — disse Maggie, sorrindo.

— Em todas as horas. Por isso, queria conhecer os túneis.

Maggie imaginou os dois velhos, de extremos ideológicos opostos, um ultra-sionista e um nacionalista palestino, juntando-se a um grupo de turistas para percorrer os antigos túneis que ela conhecera naquela manhã. Seria possível? Poderia Shimon Guttman ter servido de guia para Ahmed Nour, mostrando-lhe os trechos escondidos do Muro das Lamentações? Teria Nour feito o mesmo para Guttman, conduzindo-o por áreas enterradas do passado palestino? Não era surpresa que Guttman quisesse conversar com Nour sobre a tábua. Talvez os dois fossem as duas únicas pessoas naquela terra dividida capazes de ler o que estava escrito — e entender seu verdadeiro significado.

Ela deixou o silêncio se prolongar antes de seguir com as perguntas:

— Mustafá, sei que é difícil, mas precisamos que tente se lembrar. Havia algum outro lugar, qualquer um, que seu pai conhecesse? Um lugar que o ligasse a Shimon Guttman?

— Não consigo me lembrar de nenhum.

Maggie notou a expressão resignada de Uri. "Isto não está dando certo." Ele se levantou.

— Muito bem — disse ela. — Vamos tentar o seguinte. Podemos lhe contar a mensagem exata que Shimon Guttman deixou? Para vermos se faz sentido para você?

Mustafá concordou.

Maggie repetiu a mensagem, palavra por palavra, tudo guardado na memória.

— "Vá para o oeste, meu jovem, e alcance a cidade-modelo próxima ao Mishkan. Lá, vai encontrar o que lhe deixei, no caminho dos antigos labirintos."

Mustafá pediu que Maggie repetisse devagar. De olhos fechados, ouviu pela segunda vez.

— Acho que está falando do Haram al-Sharif, o lugar ao qual você foi. Labirintos são como túneis, certo? E a cidade-modelo é como todos nós falamos de Jerusalém, tanto judeus quanto muçulmanos.

— Certo, mas onde? — disse Uri, externando sua frustração.

— Quando ele diz "vá para o oeste", poderia estar indicando a direção a seguir dentro dos túneis?

— Só existe um caminho, e eu o percorri — respondeu Maggie, sem conseguir conter sua própria irritação.

— Sinto muito.

— Não — disse Maggie depois de se controlar. — Não é culpa sua. Só achamos que talvez soubesse de algo.

Eles começaram a caminhar até o prédio do hotel. Com medo de serem reconhecidos, Maggie e Uri mantiveram a cabeça baixa até chegarem ao saguão e, em seguida, ao estacionamento. Do lado de fora, sob o toldo na entrada, Maggie lembrou-se que mal dera seus pêsames a Mustafá. Por educação, perguntou sobre seu pai: quantos filhos deixara, quantos netos.

— E ele ainda trabalhava? — acrescentou.

— Sim — respondeu Mustafá, mencionando a escavação em Beitin. — Mas não era o sonho de sua vida. Seu verdadeiro sonho ele nunca terá a chance de ver — disse, com os olhos brilhando.

— E qual era esse sonho, Mustafá?

Maggie tinha consciência de que sua cabeça estava virada para um lado, um recurso corporal que os amadores usavam para transmitir a idéia de que se importavam.

— Ele queria construir um Museu da Palestina, um prédio lindo, repleto de obras de arte e esculturas e todas as relíquias arqueológicas que pudesse reunir. A história da Palestina num único lugar.

Aquilo despertou a atenção de Uri.

— Como o Museu de Israel.

— Sim. Na verdade, lembro-me dele falando desse lugar. Disse que um dia teríamos um lugar parecido. Na nossa parte de Jerusalém. Algo para mostrar ao mundo como eram as coisas aqui, para que todos pudessem ver com os próprios olhos.

— Ele disse isso? — perguntou Uri, surpreso.

— Sim — respondeu Mustafá, sorrindo. — Há muito tempo. "Um dia, Mustafá, vamos construir algo como o que eles já têm, algo para mostrar ao mundo a história da *nossa* Jerusalém. Não em termos abstratos, mas ali, para se ver e tocar."

— Meu pai deve ter mostrado a ele — disse Uri, em voz baixa.

— Uri?

Ele olhou rapidamente para Maggie.

— Eu explico no caminho. Mustafá, pode vir conosco?

Um minuto depois, os três estavam dentro de um táxi, atravessando a cidade rumo à região oeste. O sorriso permanecia no rosto de Uri, que balançava a cabeça e repetia sem parar:

— É claro, é claro.

Quando Maggie perguntou aonde estavam indo, ele virou-se para ela e para Mustafá, deixando um grande sorriso tomar conta de seu rosto.

— Graças aos nossos pais, acho que esta jornada está prestes a terminar.

CAPÍTULO SESSENTA E DOIS

JERUSALÉM, SEXTA-FEIRA, 13h11

Uri manteve a animação pela maior parte do caminho. Sentado na frente, ao lado do motorista, em meio à batida techno que saía do rádio, sentia prazer em explicar a pista deixada pelo pai.

— Eu li muito rápido. Achei que "vá para o oeste, meu jovem" referia-se ao Muro Ocidental. Era óbvio. Mas por que meu pai se daria àquele trabalho todo para fazer algo óbvio? Ele queria dizer que eu devia atravessar a cidade e ir para a região oeste de Jerusalém. Até o lugar que "meu irmão", ou seja, seu pai, Mustafá, conhecia. A pista estava na palavra *Mishkan*. Pode se referir ao templo, mas também a outro lugar, a Knesset.

Naquele exato momento, eles passavam diante do parlamento israelense.

— E quanto ao resto, o caminho dos antigos labirintos?

— Não se preocupe, Maggie. Vamos vê-lo assim que estivermos lá. Tenho certeza.

Ele virou-se para o motorista e pediu o celular emprestado. Fizera o mesmo assim que saíram do Colony. Agora, bem como antes, falava com determinação em hebraico. Ao desligar, deu um sorriso. Maggie imaginou se teria ligado para Orli. Talvez ela não fosse tão ex-namorada como Uri garantira.

Maggie estava quase perguntando quando o rosto de Uri ficou mais preocupado. Ele começou a bater com os dedos no console do carro e pediu ao motorista que fosse mais rápido. Quando Maggie quis saber o que havia de errado, Uri disse uma única palavra:

— Shabat.

O carro parou num estacionamento preocupantemente vazio. Uri esforçou-se para sair e ir mancando até os guichês — uma seqüência de janelas fechadas. Ao se aproximarem, Maggie e Mustafá viram Uri gesticulando nervosamente para um segurança na entrada. Como temia, o Museu de Israel estava fechado por causa do shabat.

Diante da insistência, o segurança contrariado entregou um celular a Uri, aparentemente com alguém na linha. A voz de Uri mudou na mesma hora, ficando mais calma, calorosa e até bem-humorada. Maggie não tinha idéia do que estava dizendo, mas podia assegurar que se tratava de uma mulher.

De fato, em poucos minutos apareceu no portão uma mulher jovem e atraente, com um walkie-talkie na mão e uma tarjeta de identificação presa ao paletó azul-escuro. Enquanto ela se aproximava, Uri virou-se para Maggie e Mustafá e sussurrou:

— Somos uma equipe de TV da BBC, entenderam? Maggie, você é a repórter.

A mulher tinha uma expressão de curiosidade, mas não parecia hostil. Maggie não conseguia esconder a admiração ao assistir a Uri cuidando da situação. Ele usou todas as armas com a garota de rabo-de-cavalo: o olhar fixo, o movimento de cabeça para tirar o cabelo da frente dos olhos, até a mão tocando, como que por acaso, o braço da jovem. Era um ataque de charme que ofendia Maggie muito menos do que encantava a funcionária, ao menos a se deduzir da repentina abertura de fechaduras e, finalmente, do portão.

Enquanto os três eram conduzidos para dentro, o segurança balançava a cabeça, sem acreditar naquela infração às regras. A jovem apontava para o relógio como se dissesse "apenas 5 minutos". Maggie olhou para Uri com uma expressão de espanto.

— Assessora de imprensa — explicou Uri. — Disse que nós nos conhecemos alguns anos atrás e que estava triste por ela já ter se esquecido de mim.

— E vocês se conheceram alguns anos atrás?

— Não faço a menor idéia.

Uri se apresentara como diretor de cinema, de alguma forma convencendo a jovem de que ele, Maggie e Mustafá integravam a equipe de um documentário que devia voltar para Londres naquela noite. Precisavam muito de uma última tomada. Tratava-se, segundo a explicação de Uri, de um zoom de longa distância, razão pela qual não havia um operador de câmera no grupo. Na verdade, ele estava lá em cima, perto de umas árvores distantes, um pouco antes de Ein Kerem. O câmera começaria enquadrando Maggie e depois abriria a imagem para mostrar o incrível panorama. Estava em posição naquele instante; a assessora de imprensa podia até ligar para ele se quisesse. A coisa toda levaria apenas 5 minutos, e eles iriam embora.

— E ela engoliu essa besteira?

— Acho que gostou de eu me lembrar dela.

Eles passaram por uma área que lembrava um campus universitário ou um jardim particular. Havia fileiras bem-cuidadas de arbustos, molhados por mangueiras pretas. Por toda parte, podiam ser vistas divertidas esculturas modernas, incluindo uma gigantesca coluna de aço pintada de vermelho, que revelou ser um enorme apito de cachorro. Placas à margem do caminho principal indicavam aos visitantes a direção das galerias, da loja de lembranças e do restaurante. Maggie entendeu por que Nour, cansado da poeira e da sujeira de Ramala, sonhava com um lugar como aquele para a Palestina.

O grupo passou por uma grande estrutura branca montada numa piscina quadrada de pouca profundidade. Era uma forma extraordinária, que lembrava seios modelados de maneira sensual, com o mamilo bem no meio, apontando para o céu. A superfície era coberta por milhares de minúsculos tijolos brancos.

— O Santuário do Livro — disse Uri, animadamente, seguindo em frente. — É lá que guardam os Manuscritos do Mar Morto. Sabia que foram encontrados numa... Como se diz em inglês? Numa urna? Esse é o formato da tampa.

— Então não é um mamilo — comentou Maggie, para ninguém em particular.

Contudo, Mustafá, que caminhava a seu lado, deu um sorriso.

— É bem aqui — disse Uri.

Ele os conduzira para cima, até uma plataforma de pedra, de onde se tinha uma ampla vista de Jerusalém. À sua direita, Maggie enxergava os vários prédios do governo que Uri apontara no caminho e até uma pista de corrida. Do outro lado, bem longe, havia uma densa cobertura de árvores. Maggie imaginou um operador de câmera esperando por um sinal.

No entanto, Uri não olhava naquela direção. Como um passageiro no convés de um navio, apontando para a água do mar, ele gesticulava para baixo, curvando-se sobre a barra de proteção.

Finalmente, Maggie viu do que se tratava. Montada sobre o chão lá embaixo, havia uma cidade em miniatura, com muros, ruas e casas. Tudo era perfeito: os pequenos telhados vermelhos, as fileiras de colunas esculpidas à mão, as árvores minúsculas, os tijolinhos das paredes. Havia jardins, torres e até um coliseu. Maggie ficou confusa. Seria um modelo da Roma antiga? E o que era aquela estrutura que se impunha sobre o resto, de mármore maciço, pelo menos três vezes mais alta do que as outras construções, com a entrada marcada por quatro colunas coríntias, todas com detalhes em ouro no alto, levando a um teto que parecia cintilar por causa dos metais preciosos?

Um segundo depois ela entendeu. Tratava-se de um modelo da antiga Jerusalém e *aquele* era o Templo, com sua vastidão dominante que abrangia tudo, agora nítida como nunca se mostrara. Aquela seria a aparência da cidade dois mil anos antes, quando o templo dos judeus ainda estava de pé. A confusão era compreensível: a referência mais marcante do Monte do Templo, a Cúpula da Rocha, não fora construída — só viria 12 séculos depois. Que visão incrível para as pessoas que moravam ali dois milênios atrás. Como devia ser assustador vislumbrar uma construção tão alta, com muros e colunatas se estendendo tanto, transformando o resto de Jerusalém em pouco mais que um subúrbio.

Vá para o oeste, meu jovem, e alcance a cidade-modelo...

Maggie teve vontade de rir diante da simplicidade da mensagem. Guttman fora ao mesmo tempo engenhoso e óbvio — desde que se soubesse onde procurar. Ele também fora preciso. Se o "irmão" Ahmed Nour estivesse vivo, talvez decidisse ir ali logo de início. Se, por outro lado, tivesse desaparecido, haveria um caminho alternativo até aquele lugar, através do Second Life. Ele tomara todos os cuidados para garantir a segurança do tesouro.

Uri já começara a descer as escadas e logo estava no mesmo nível do modelo. Observando-o andar para lá e para cá, procurando a tábua, Maggie teve uma idéia mais precisa da escala: a maior parte da cidade não chegava à altura de seu joelho.

— Ei, Maggie — gritou Uri, com uma voz diferente. — Acho que vamos precisar de você aqui. Para a tomada. Musta... Mark, se puder descer aqui, para definirmos o ângulo...

Não havia nada além de uma grade baixinha cercando o modelo. A não ser que se levasse em conta um círculo de pedras que formavam uma miniatura de fosso a seu redor. Ambos, porém, podiam ser facilmente vencidos, desde que se tivesse um mínimo de cuidado.

— Vá até ali — disse Uri, apontando para um dos muros externos do vasto jardim do templo.

Atrás desse muro, estava a parte posterior da estrutura propriamente dita. Maggie entendeu sua tarefa: aquele era o Muro das Lamentações e ela caminhava na direção do exato ponto que percorrera, dentro dos túneis, naquela manhã. Eles vasculharam o Monte do Templo do mundo real. Agora fariam o mesmo na versão em miniatura.

— E leve isso — acrescentou Uri, entregando-lhe o celular que pegara emprestado do motorista do táxi e não devolvera. — Já fiz a chamada. Está no viva-voz. Deixe assim para termos uma linha aberta de comunicação. Se acontecer alguma coisa, faça exatamente o que eu disser. Combinado? — Maggie perguntou o que significava tudo aquilo, mas ele apenas balançou a cabeça. — Não temos tempo. Assim que perceberem o que estamos fazendo, vão nos botar para fora.

Maggie passou o mais rápido possível pelo cercado e depois pelo fosso. Sentia-se como Gulliver usando botas altas ou como Alice no País das Maravilhas, enfiando seus pés de gigante entre as casas de anão e os muros minúsculos. O espaço existente mal bastava para que ela ficasse de pé. Ao acelerar as passadas, ouviu o ruído do que temia ser um pórtico de algum tipo de mansão.

Ela virou-se para Uri, que apontava para um ponto específico do muro. Era uma escadaria que levava até uma pequena abertura. Estava alinhada com o centro do templo e, portanto, com o próprio monte. "É óbvio." Era o Portão de Warren, onde ela estivera de manhã, perto de onde vira as mulheres chorando ao sentirem a umidade do muro — as lágrimas de Deus. Logo atrás, a poucos metros de distância, de acordo com as mulheres, estava a Rocha, a Pedra Fundamental, o lugar em que Abraão estivera pronto para matar seu filho. *Lá, vai encontrar o que lhe deixei, no caminho dos antigos labirintos.*

Maggie estava em cima da escadaria, perto o bastante para examinar cada degrau feito à mão. De longe, não era possível ver nada, pois a parede lateral mantinha a escada na sombra. Ela se agachou para enxergar a parte de cima, a superfície plana que levava ao portão. Ao tocá-la, sentiu apenas a poeira. Até naquilo os realizadores do modelo acertaram: era a mesma poeira da Cidade Velha que grudara em seus pés naquela manhã.

Ainda agachada, Maggie continuou espalhando a poeira, até sentir algo. Havia uma fenda, uma lacuna entre a parede lateral da escadaria e o que devia ser a parte de cima. Ela enfiou as unhas para tirar o resto da poeira. A fenda prosseguia.

Maggie puxou com força, e houve um movimento perceptível. Finalmente, o pequeno retângulo cedeu; ela sabia que, depois de tudo por que passara, encontrara a tábua.

Repentinamente, ouviu gritos de mulher, seguidos do barulho retumbante de passos masculinos, avançando como num estouro de manada. Ela mal ficara de pé novamente quando escutou uma única palavra berrada num volume ensurdecedor.

— PARADA!

Posicionados em volta do modelo, estavam seis homens, vestidos de preto e usando máscaras. Cada um deles tinha uma arma automática apontada para a cabeça de Maggie.

CAPÍTULO SESSENTA E TRÊS

JERUSALÉM, SEXTA-FEIRA, 13h32

Seus olhos procuraram por Uri, mas não encontraram qualquer sinal dele. Nem de Mustafá. Ela permaneceu totalmente imóvel.

— Levante os braços. Agora!

Com o celular numa das mãos e a tábua na outra, Maggie obedeceu. Seu coração batia acelerado, movido pela emoção que corria em suas veias, tanto por ter encontrado o que certamente era a tábua quanto pelo medo.

Então ela ouviu uma voz familiar.

— Obrigado, Maggie. Você se superou.

Ele fora o último a chegar, descendo as escadas para se juntar aos homens ao redor do modelo da cidade.

— Estou muito agradecido. Seu país está agradecido.

Maggie teve de mover os olhos para a esquerda para enxergá-lo: Bruce Miller.

— Por que não fazemos isso com calma e tranqüilidade? Você fica bem aí. Um de meus homens se aproxima e pega a tábua. Se tentar alguma coisa idiota, teremos de estourar seus miolos.

Com a pulsação a mil, Maggie mal conseguia pensar direito. Estava completamente encurralada. Que opção tinha além de se entregar a Miller? Depois de tudo que passara ao lado de Uri, não havia como ignorar a realidade. Miller e seu bando de torturadores eram os vencedores.

Nesse instante, ela ouviu outra voz, mais próxima que a de Miller, porém não tão nítida. Precisou de um segundo para compreender de onde vinha.

— Maggie, sou eu, Uri. — O celular, no viva-voz, chiava em sua mão. — Escute bem. Diga a Miller que há uma câmera gravando tudo e transmitindo as imagens ao vivo pela internet.

Ela olhou em volta novamente. Não havia sinal de Uri. Ele devia ter visto os homens chegando e descido a encosta. Talvez estivesse no meio das árvores. Que maluquice era aquela de câmeras e internet? Dar um jeito de despistar uma assessora de imprensa na entrada de um museu era uma coisa; tentar enganar um homem de confiança do presidente era loucura.

Então, Maggie lembrou-se do que passaram na estrada, do momento em que tivera de decidir se confiava ou não em Uri. Ela confiara nele — e fizera a escolha certa.

— Vamos, seja uma boa garota e nos entregue a tábua. Do contrário, meus homens podem querer terminar o que começaram. Não ache que eles não gostaram de examinar seu belo corpinho por dentro e por fora. Mas vou dizer uma coisa. Eles ficaram meio frustrados por só poderem usar as mãos. Que tal se, na próxima vez, se revezarem para explorar seu corpo, pela frente e por trás, e depois pensarem numa maneira de acabar com seu namorado? O que acha?

A voz de Uri voltou:

— Mande-os ligar para o consulado. Devem pedir para alguém acessar www.uriguttman.com e contar o que vê no site.

Maggie hesitou. Havia um plano se materializando em sua mente. Aquele era um lugar público, exposto. Miller não ia querer levá-la à força. Não se pudesse evitar. Por isso, aliás, ainda não avançara.

— Isso é jeito de falar com Bruce Miller, assessor especial do presidente dos Estados Unidos? Sou o conselheiro político do presidente, se não se importa, mocinha. Agora me entregue a tábua.

Maggie sorriu. Não havia nada mais importante para um homem de Washington do que seu título.

Outro estalido anunciou a voz de Uri.

— O que está fazendo, Maggie? Fale para ele da câmera! Mande-o ligar para o consulado!

Ainda não.

— Está falando disso? — perguntou, Maggie, levantando a tábua e segurando-a com toda firmeza possível. — O que esse pequeno objeto pode ter de tão importante para que você ponha seis homens apontando as armas para mim, uma mulher inocente, Maggie Costello, negociadora do Departamento de Estado americano?

— Já conversamos sobre isso, Maggie.

— É apenas um pedaço de argila, Sr. Miller. Pouco maior que um cartão de crédito. O que pode ter de tão importante?

Uri começou a ficar nervoso.

— *Diga a ele!*

— Está blefando, Costello? Está tentando ganhar tempo porque foi enganada? Isso aí em suas mãos é uma tábua falsa? Se for, você não tem nada. Nenhum instrumento de barganha, nenhuma vantagem, nada.

— Ah, estou com a tábua autêntica aqui, Bruce Miller, pode acreditar. O último desejo e o testamento de Abraão, o patriarca. É isso que está procurando, não é?

— *Maggie!* — Uri estava desesperado, mas Maggie ainda não acabara.

— E era por isso que Rachel Guttman tinha de morrer. E Baruch Kishon. E Afif Aweida e Deus sabe lá mais quem. Mandou seus homens matarem essas pessoas só por causa disso, não foi?

— Vamos lá, Maggie, você sabe por que tivemos de nos livrar dessas pessoas. Se não deixássemos essa tábua em mãos seguras, muitos outros morreriam. Milhares de pessoas, talvez milhões.

— Então não tem vergonha de ter matado essas pessoas, mesmo sendo inocentes? Não tem vergonha de ter me atacado e de ter torturado Uri Guttman? Fale honestamente, Bruce Miller. Olhe-me nos olhos e diga.

— Vergonha? Tenho é orgulho.

— Muito bem. Vou lhe entregar a tábua — disse Maggie, lutando para manter a voz firme. Ela já ouvira tudo que precisava ouvir. Mas as armas continuavam apontadas para sua cabeça. — Antes, porém, há uma coisa que precisa saber, Sr. Miller. Acabou de fazer o que pode ser sua aparição mais importante na televisão. Há uma câmera focada em você neste exato momento, transmitindo toda essa conversa pela internet. Ligue para o consulado. Peça para alguém acessar o endereço www.uriguttman.com. Peça para descrever o que encontrar nesse site. Vamos. Se eu estiver mentindo, você logo saberá e aí poderá fazer o que quiser comigo.

Ela observou Miller pegando o celular e dizendo algo em voz baixa. Uri voltou a falar:

— Mande-o acenar para a câmera.

Maggie sentia a confiança na voz de Uri.

— Vamos lá, Bruce Miller, conselheiro político do presidente dos Estados Unidos da América, acene para nós — gritou.

Ela ouviu duas palavras de confirmação saindo da boca do próprio Miller. Foram pronunciadas lentamente, mas de maneira inequívoca:

— Que merda.

Embora não estivesse claro como, Uri não blefara. De fato conseguira filmar Miller. A câmera mantivera-se fixa no rosto dele enquanto se identificava e confessava tudo.

— Isso foi muito inteligente, Srta. Costello. Eu admito. Mas, com todo respeito, quem se importa com um site desconhecido? Ninguém estava assistindo. Já sumiu e nunca mais será visto.

— Na verdade, não é bem assim. Estamos gravando tudo enquanto transmitimos. As pessoas poderão assistir às imagens quantas vezes quiserem.

Aquela era a voz de Uri, só que não vinha mais do celular. Ele subia a ladeira, saindo do meio das árvores, com uma pequena filmadora portátil diante do rosto. A seu lado, estava Mustafá. Maggie não conseguia parar de sorrir diante daquela audácia.

— Neste exato momento, o editor de notícias do Canal 2 está assistindo às imagens. E para quem você acabou de ligar mesmo, Mustafá?

— Al-Jazeera. Escritório de Ramala.

— Estão todos assistindo à cena. E, antes que tenha alguma idéia, Sr. Miller, saiba que esta é apenas a segunda câmera. Está gravando o que chamamos de rolo B. A câmera principal está lá embaixo, fora de vista. Estoure minha cabeça e meu amigo vai captar tudo numa imagem espetacular, em Technicolor.

Maggie podia ver Miller empalidecendo. Ele tentou dar um sorriso forçado, uma de suas expressões mais comuns na TV, mas o resultado foi terrível. Depois de algum tempo, conseguiu balbuciar algumas palavras:

— Quem vai acreditar nessa historinha para boi dormir?

— Ninguém acreditaria, Bruce — admitiu Maggie. — Até você confirmar tudo nos mínimos detalhes. Pelo que seremos eternamente gratos. Sabe, quando esse vídeo chegar ao YouTube, à CNN, à ABC e a todo o resto, creio que nem você será capaz de se livrar da história.

Um celular tocou. Era o de Miller. Ele atendeu e logo sua aparência passou de pálida para quase transparente. Miller se virou, dando as costas para a câmera, embora ainda fosse possível escutar sua voz.

— Sim, Sr. Presidente. Estou ouvindo bem, senhor. Entendo. O senhor também está me vendo. Sim, a tecnologia é uma coisa incrível, senhor. — Ele ficou mudo por uns trinta segundos. — Vou preparar minha carta de demissão imediatamente, senhor. E claro que vou deixar claro que essa era uma operação clandestina, de minha exclusiva iniciativa. Até logo, Sr. Presidente.

Sem dizer mais nada, Miller gesticulou para seus homens. Ainda com as armas em punho, eles lentamente desceram os degraus, afastando-se do modelo da cidade e formando uma espécie de cordão de proteção para a retirada de Miller. Desapareceram em questão de segundos.

Uri baixou a câmera e caminhou para perto de Maggie. Enquanto se abraçavam, ele apontou para as árvores.

— Foi para ele que liguei do carro. Um velho câmera amigo meu que mora em Ein Kerem. Disse para se preparar, esconder-se em algum lugar e pegar a lente mais longa que tivesse. Ah, e para trazer o menor transmissor de microondas que tivesse também. Pelo que ouvi pelo seu celular, acho que foi meu melhor trabalho.

Subitamente, Maggie soltou-se dos braços de Uri, tomada por uma preocupação.

— Isso aí ainda está ligado?

Uri fez que sim.

A razão de sua inquietação era o objeto que tinha nas mãos. Parecia uma bomba, pronta para explodir a qualquer momento. Tantas pessoas acabaram mortas por causa daquilo. Ela e Uri foram perseguidos, agredidos e alvejados. Ninguém que soubesse dos segredos que continha estava seguro.

— Aponte a câmera para mim — disse a Uri. — Agora.

Ele levou o visor ao rosto, ajeitou-se e fez um sinal de positivo.

— Meu nome é Maggie Costello. Sou negociadora e estou em Jerusalém a serviço do governo dos Estados Unidos. Essa tábua — disse, levantando-a do mesmo jeito que Shimon Guttman fizera no vídeo assistido na véspera — tem quase 4.000 anos. Ao longo da última semana, Bruce Miller e uma equipe de operações secretas plantaram escutas, invadiram lugares e cometeram assassinatos por todo este país e fora dele na tentativa de se apossar desse objeto. Vocês ouviram a confissão do Sr. Miller agora há pouco. Ele desejava manter a existência da tábua, e sobretudo de seu conteúdo, em segredo. E a razão é a seguinte.

Nesse momento, ela olhou com atenção para a peça que retirara do esconderijo perto da miniatura do Portão de Warren e mantivera firme em suas mãos desde então. Quando finalmente examinou-a de perto, sentiu uma ponta de decepção. Era muito pequena, e os caracteres gravados, minúsculos. A tábua, feita de argila crua, era menor e mais fina que um maço de cigarros. Ainda assim, seu governo estivera disposto a matar por ela, assim como uma variedade de fanáticos israelenses e palestinos. As palavras gravadas no objeto, milhares de anos antes, teriam potencial para desencadear a guerra das guerras, que jamais se limitaria aos dois lados diretamente envolvidos. E se Abraão houvesse deixado o monte Moriá para Ismael e os israelenses se recusassem a entregá-lo? Todos os muçulmanos do mundo se diriam ludibriados em relação a seu direito de nascença. O choque de civilizações se tornaria assustadoramente real. E se Abraão tivesse deixado o Monte do Templo para os judeus? Os muçulmanos simplesmente aceitariam, abrindo mão do local do qual Maomé partira para os céus? Não importava a mensagem: aquele pedaço de argila só poderia significar vitória para um lado e desastre para o outro.

Ela virou a tábua, em busca de um pequeno pedaço de fita adesiva na parte de baixo, que notara ao tirar a peça do chão. De início, supusera que era parte do esquema de fixação que Shimon Guttman projetara para manter o tesouro escondido nas sombras da cidade-modelo. No entanto, ao levar a tábua para perto dos olhos, Maggie percebeu que não era apenas de fita, embora houvesse uma face adesiva. Era, na verdade, um pequeno envelope plástico transparente, uma versão reduzida do tipo que os agentes de trânsito põem nos pára-brisas para evitar que as multas se molhem. Cuidadosamente, ela descolou o plástico da tábua e de dentro retirou um pedacinho de papel branco contendo três blocos nítidos, ainda que minúsculos, de letras impressas. O primeiro estava em hebraico; o segundo, em árabe; e o terceiro, em inglês.

Maggie passou os olhos pelo parágrafo em inglês e, em seguida, começou a ler em voz alta, para a câmera:

— O texto desta tábua foi ditado a um escriba por Abraão, o patriarca, pouco antes de sua morte em Hebron. Está em escrita cuneiforme, numa língua babilônica antiga. A tradução de suas palavras é a seguinte:

Eu, Abraão, filho de Tera, diante dos juízes, atestei o seguinte: A terra a que levei meu filho para fazer um sacrifício a Ele, o nome onipotente, o monte Moriá, essa terra tornou-se causa de discórdia entre meus dois filhos; que fique registrado que seus nomes são Isaac e Ismael. Por isso, declarei diante dos juízes que esse monte deve ser partilhado em herança da seguinte maneira...

Maggie caiu em silêncio assim que o tiro ecoou. Quando seu corpo tocou o chão, sua mão ainda segurava a tábua firmemente, agarrando-se a ela com determinação, como se fosse sua própria vida.

CAPÍTULO SESSENTA E QUATRO

JERUSALÉM, SEXTA-FEIRA, 13h44

A câmera caiu de suas mãos numa pancada surda. Uri correu até Maggie e agachou-se a seu lado para verificar onde fora atingida. Um segundo depois, ouviu uma bala passar zunindo por seu ouvido. Agora ele também se deitara no chão, tentando se manter em cima de Maggie, para protegê-la dos tiros.

Examinando ao redor, avistou Mustafá, também deitado no chão. Com um leve movimento do dedo, o palestino indicou que Uri olhasse para cima. Lá, bem sobre eles, apoiadas nos parapeitos que davam para a cidade-modelo, estavam os canos de diversas armas, fazendo disparos na direção das árvores à frente. Seriam os homens de Miller, reagrupados? Estariam tentando matar o câmera escondido, como se aquilo pudesse salvar a pele deles e a do chefe?

Houve um ruído vindo das árvores e depois um grito em hebraico:

— *Al tira!*

Não atirem.

Uri ouviu uma resposta vinda de cima:

— *Hadel esh!*

Cessar fogo.

Ele se levantou lentamente. Maggie permanecia imóvel no chão.

Agora, Uri ouvia um clamor de vozes em hebraico, enquanto mais de uma dezena de homens desciam a escada. Polícia israelense. Suas armas semi-automáticas estavam apontadas para as cabeças de dois homens parados na encosta logo abaixo do modelo.

— Identifiquem-se! — berrou o comandante. Não houve resposta. — Identifiquem-se ou vamos atirar!

Seriam palestinos que aprenderam hebraico na cadeia e que estavam ali em algum tipo de missão suicida? Se eles hesitassem mais um único segundo, Uri sabia o que aconteceria. Eles seriam alvejados na cabeça, a única maneira de evitar que ativassem uma bomba.

No entanto, nenhum deles usava roupas pesadas, o indicativo mais comum de homens-bomba. Estavam vestidos normalmente. Na verdade, tinham aparência de israelenses.

— Somos os Defensores de uma Jerusalém Unida — acabou dizendo o mais velho, num hebraico sem sotaque.

Enquanto a polícia os cercava, Uri pôde ver claramente na cabeça de ambos quipás bordados, símbolos inconfundíveis do movimento dos colonos judeus.

— Então eles também estavam atrás de nós — disse. Ao se virar, deparou-se com Maggie sentada, esfregando os olhos. — Maggie! Você está viva!

— Sinto muito. Eu não sabia que era tão medrosa.

— Do que está falando?

— Supostamente sou uma diplomata durona. Não posso desmaiar quando uma pessoa dá um tiro.

A polícia deteve os três — Uri, Maggie e Mustafá — por horas para que prestassem longos e detalhados depoimentos. Durante todo o tempo, eles foram assistidos por um advogado, meio-irmão de Uri, que insistiu em fazer valer o direito dos clientes de manter seus objetos pessoais, incluindo a tábua de argila. Depois da intervenção, a tábua não saiu mais de perto deles. Quanto ao pequeno pedaço de papel, Maggie o escondeu no fundo de um bolso e não se descuidou um segundo.

Quando deixaram a delegacia, depararam-se com uma cena que Maggie e Uri viram muitas vezes na televisão, mas nunca esperaram viver pessoalmente. Centenas de câmeras estavam apontadas para eles, com flashes sendo disparados e luzes por todos os lados.

Mal colocaram os pés do lado de fora do prédio, e um rumor começou em meio à multidão, com dezenas de fotógrafos e repórteres gritando em uníssono:

— Maggie! Maggie! O que ele disse? O que Abraão disse, Maggie? O que a tábua diz?

Uri e Mustafá mantiveram-se ao lado de Maggie, abrindo caminho entre as pessoas, até alcançarem o táxi que os aguardava. O motorista teve de dar duas voltas para se livrar dos furgões e motocicletas que os seguiam antes de chegar ao hotel de Maggie.

Na privacidade de seu quarto, Maggie ligou a televisão. Ela já tinha idéia do que a esperava ao conferir o celular devolvido pela polícia e encontrar um aviso de que a caixa postal estava cheia. Ouviu as primeiras mensagens de voz: BBC, NPR, CNN, Reuters, AP, *New York Times*, todos atrás de uma entrevista o mais cedo possível. O *Daily Mail*, de Londres, ofereceu uma quantia de seis dígitos por um depoimento exclusivo contando a história da jornada solitária de uma mulher em busca da tábua de Abraão. Também havia várias mensagens da Casa Branca.

Enquanto mudava de canal freneticamente, Maggie se via na TV repetidas vezes, mostrando a tábua de argila para a câmera de Uri. A Fox News exibia, aparentemente num replay interminável, o vídeo de Bruce Miller confessando seus numerosos pecados e concluindo com a melhor fala: "Vergonha? Tenho é orgulho." Maggie decidiu ficar na BBC World.

— Estamos com Ernest Freundel, do Museu Britânico, aqui em Londres, uma das poucas pessoas no mundo capazes de ler a escrita cuneiforme em que essa importantíssima tábua foi supostamente escrita. Dr. Freundel, o que acha dessa alegação?

— Bem, geralmente, um relato desse tipo seria tratado com absoluto ceticismo. Mas aparentemente essa tábua foi encontrada e traduzida pelo professor Shimon Guttman, que foi uma das maiores autoridades no assunto. Se ele disse que era autêntica, minha tendência é acreditar em sua avaliação.

— E qual é sua reação à tese de que se trata do último desejo e do testamento do próprio Abraão?

— Bem, serão realizados testes e todos os procedimentos necessários. Mas Guttman não era um homem ingênuo. Também temos de nos lembrar que, se os americanos foram tão longe para se apoderarem da tábua, isso sugere que, no mínimo, estavam convencidos de que era autêntica.

— É um momento emocionante para um pesquisador como o senhor, Dr. Freundel?

— Não posso negar que daria quase qualquer coisa para ter a chance de ver essa tábua ou segurá-la em minhas mãos. Nunca tive uma oportunidade como essa. Sem dúvida, é algo de inestimável relevância.

Com Maggie encolhida na ponta da cama, Uri se aproximou, carregando um laptop. Ele mostrou uma seqüência de sites: *Al-Ahram*, *Washington Post*, *Guardian*, *Times of India*, *China Daily*. Todos destacavam o mesmo assunto. Finalmente, Uri revelou a página principal do site do *Haaretz*.

Um mundo em estado de apreensão: israelenses e palestinos esperam pela palavra de Abraão.

Abaixo, havia uma matéria sobre os acontecimentos daquela tarde no Museu de Israel. O texto informava que a polícia israelense prendera o líder dos colonos Akiva Shapira, suspeito de chefiar os Defensores de uma Jerusalém Unida. Além disso, segundo o porta-voz da polícia, havia também evidências de que Uri Guttman e Maggie Costello estiveram na mira de um radical islâmico ligado ao militante procurado Salim Nazzal.

Maggie não parava de clicar. Colunas e matérias sem fim discutiam quais podiam ou não podiam ser as palavras de Abraão. Havia clamores de todos os lados de que devia ser uma farsa; principalmente, para a direita israelense, se Abraão legasse o Monte do Templo aos muçulmanos, e especialmente, para os radicais palestinos, se Abraão deixasse o Haram al-Sharif para os judeus. Os blogs estavam tomados por teorias da conspiração afirmando que o momento da revelação da tábua era uma coincidência difícil de acreditar.

— Maggie, você vai ter que revelar a verdade toda, o texto completo do testamento. Não há como esperar mais.

Maggie voltou a prestar atenção na TV. A imagem mostrava o primeiro-ministro britânico, na porta de sua residência em Downing Street, declarando que a História aguardava com ansiedade. Ela suspirou.

— Eu sei, Uri. Só preciso decidir quem deve ser o mensageiro.

Ao pensar naquilo tudo, como voltaria a fazer por muitos anos, percebeu que o erro mais importante de Bruce Miller consistia num trecho do que dissera: "Existem canais alternativos. Portanto, pode acreditar que estão conversando." Aquelas foram suas palavras. Outras pessoas provavelmente se esqueceriam daquilo, mas não Maggie ou qualquer mediador. Canais alternativos eram muito intrigantes para serem esquecidos. Mesmo sob a pressão da revista corporal e da violência imposta pelos homens de Miller, a referência não saíra de sua cabeça.

Talvez não devesse ficar surpresa. Era comum que mesmo os inimigos mais implacáveis mantivessem um canal de comunicação, fosse por meio de um grande empresário de confiança, de um amigo pessoal do primeiro-ministro ou de um governo estrangeiro. Obviamente, israelenses e palestinos teriam garantido uma maneira de prosseguir com as negociações.

Ela voltou a pensar no assunto, deitada na cama do hotel, permitindo-se vagar por alguns minutos num sono cansado. Sonhou com um passeio pelas ruas de Jerusalém, não em seu próprio corpo, mas como o avatar criado por sua irmã no Second Life. Passava por cima do domo dourado da Cúpula da Rocha, sobrevoando o Muro das Lamentações. Os homens lá embaixo, com suas barbas, paletós pretos e xales de oração a observavam de boca aberta...

Maggie acordou de supetão e sentiu a testa úmida de suor. Seria possível? Ela pegou o laptop e, rapidamente, entrou no Second Life, assumindo a identidade do alter ego de Shimon Guttman, Saeb Nastayib. Teletransportou-se para a sala de reuniões na Universidade de Harvard. "Tomara que ainda estejam lá."

Atendendo a seu desejo, lá estavam os avatares que encontrara antes: Yaakov Yariv e Khalil al-Shafi. Ela se aproximou, clicou em *Chat* e digitou uma mensagem bem simples: *Tenho a informação que o mundo está esperando.*

A resposta demorou um pouco, por razões que ela entenderia mais tarde. Os gabinetes de Yariv e de Al-Shafi deixavam avatares em "animação suspensa" na sala de reuniões de Harvard só para marcar presença. Assim, mantinham o canal aberto e garantiam que um lado permanecesse sempre disponível ao outro, 24 horas por dia. Amir Tal, o assessor pessoal do primeiro-ministro israelense, costumava entrar a cada hora durante o dia e várias vezes durante a noite. Seus colegas palestinos faziam o mesmo. A idéia viera de Al-Shafi: ele lera a respeito de simulações via internet do processo de paz no Oriente Médio enquanto estivera preso. Assim que fora solto, tomou parte em uma, assumindo o papel de Khalil al-Shafi. Logo percebeu que bastaria que um membro do alto escalão israelense participasse para que tivessem um canal alternativo. Não havia necessidade de vôos noturnos até Oslo ou de fins de semana furtivos em cabanas de madeira na Escandinávia. Aqueles diálogos podiam acontecer em plena luz do dia e ser facilmente negados. Se alguém perguntasse o que se passava, "Yaakov Yariv" e "Khalil al-Shafi" diriam que eram apenas estudantes americanos, participando de um jogo.

A primeira reação veio de Al-Shafi. Maggie pediu que ele telefonasse para ela, com o intuito de conferir sua identidade, e não demorou a ouvir a voz familiar na linha. Ela combinou um encontro com um dos assessores mais próximos de Al-Shafi dentro de uma hora.

Em seguida, conseguiu um acerto similar com Amir Tal.

Eles se reuniram na luxuosa casa de um empresário americano em Jerusalém Ocidental. Cansada demais para formalidades, Maggie foi direto ao assunto.

— Como sabem, estou com a tábua em meu poder. Hoje, estive a ponto de revelar seu conteúdo integral diante de uma câmera, porque temi que, se não o fizesse, se algo me acontecesse, o último testamento de Abraão se perderia para sempre. Mas agora está em segurança.

Maggie também explicou que ainda não lhes mostraria a tábua — aquilo teria de esperar o encontro dos líderes em pessoa. Em vez disso, ela lhes apresentou a tradução feita por Guttman, lendo a versão em inglês em voz alta. Depois, entregou-lhes o papel para que pudessem reler as palavras, em suas próprias línguas. Os dois ficaram pálidos.

— É claro que vocês terão oportunidade de verificar a autenticidade da tábua e dessas traduções assim que passarmos à próxima etapa — disse Maggie, com toda tranqüilidade, esperando lhes dar o tempo necessário para absorver o que acabavam de ler.

— E qual é a próxima etapa, Srta. Costello? — perguntou o palestino.

Ela explicou que caberia aos dois líderes revelar ao mundo a decisão de Abraão. Não seria correto que ela, uma estranha, fizesse o anúncio. Eles deveriam convocar uma coletiva de imprensa conjunta, para o dia seguinte, logo depois do shabat dos judeus. Uri Guttman e Mustafá Nour estariam ao lado, representando seus falecidos pais, enquanto Yariv e Al-Shafi cuidassem do anúncio.

Maggie assistiu à coletiva pela televisão. Teria sido divertido estar lá, mas ela não queria criar outro circo da mídia, como na delegacia. Além do mais, seu lugar era nos bastidores. Para que aquilo funcionasse, as palavras tinham de vir de Yariv e Al-Shafi, de ninguém mais.

Ela imaginava como os dois fariam o discurso. Yariv falaria primeiro, em hebraico, e Al-Shafi depois, em árabe, para que, finalmente, um intérprete traduzisse tudo ao inglês? Ou seria ao contrário? No fim, eles pensaram em algo muito melhor.

Al-Shafi começou, em inglês, apresentando a peça como a tábua ditada por Abraão, o patriarca. Em seguida, leu o texto:

> *Eu, Abraão, filho de Tera, diante dos juízes, atestei o seguinte. A terra a que levei meu filho para fazer um sacrifício a Ele, o nome onipotente, o monte Moriá, essa terra tornou-se causa de discórdia entre meus dois filhos.*

Então ele interrompeu a leitura, e Yaakov Yariv prosseguiu, também em inglês:

> *Que fique registrado que seus nomes são Isaac e Ismael. Por isso, declarei diante dos juízes que esse monte deve ser partilhado em herança da seguinte maneira...*

Como oradores experientes, os dois fizeram uma pausa, para logo continuarem juntos, com suas vozes em perfeita harmonia:

> *Que seja dividido entre meus dois filhos e seus descendentes da forma como escolherem. Porém, que fique claro para ambos que o mon-*

te não pertence a nenhum dos dois, mas aos dois juntos, hoje e por toda a eternidade. Que a eles seja confiada sua guarda e sua custódia, para que o protejam em nome do Onipotente, o único Senhor que reina soberano sobre tudo e sobre todos. Juramentado com o selo de Abraão, filho de Tera, e testemunhado por seus filhos, em Hebron, na presente data.

EPÍLOGO

JERUSALÉM, DOIS DIAS DEPOIS

Toda a papelada estava em seu colo, dentro de uma elegante pasta preta. Ela acreditava que menos era sempre mais numa negociação: um bloco em branco bastava. Apenas na fase final, faziam-se necessárias pilhas de documentos, geralmente mapas. Mas eles não estavam nessa fase. Ainda não.

Observou a sala e a grande mesa de madeira que sobressaía diante dela, com a elegância esmaecida característica daquele prédio, da mesma época do hotel American Colony, um resquício do grandioso passado imperial e dos delírios de quase um século antes. Mais uma vez, olhou para o relógio. Chegara 20 minutos adiantada. Em 5 minutos, aquilo teria início.

A carga dramática da coletiva de imprensa tivera um efeito mais poderoso do que o previsto por qualquer um. A televisão, como uma mídia emotiva, e a visão daqueles dois velhos de guerra entoando as palavras de seu ancestral em comum foram irresistíveis. As redes de notícias transmitiram ininterruptamente — sempre falando de Abraão — e apagaram qualquer sinal de cobertura dos atos anteriores de violência. Os analistas já se perguntavam se a paz não era realmente o destino ancestral do Oriente Médio, um destino do qual a região fora privada de modo desonesto. A *Time* estampou em sua capa uma imagem de Abraão da época do Renascimento, com um título simples: O Apaziguador.

Um Amir Tal eufórico e seu colega palestino conversaram com Maggie pelo telefone, pouco antes da meia-noite, perguntando o que ela queria em agradecimento por proporcionar a seus chefes uma extraordinária tábua de salvação política ao permitir que levassem o crédito por uma descoberta que lhes garantiria uma autoridade imensurável e duradoura.

— Quero apenas que as duas partes retomem as negociações, frente a frente, imediatamente — respondera ela.

Nada de representantes: os dois líderes numa sala, acompanhados de um único mediador.

A tábua significava que não havia mais desculpas para não se resolver o único problema remanescente: a situação do Monte do Templo. Eles deveriam ter um acordo definitivo de paz pronto para ser assinado no prazo de uma semana. Um acordo que fosse aceito por seus povos e que tivesse a bênção de Abraão.

Os dois assessores apresentaram uma versão provisória do acordo. Maggie fez valer sua posição.

— Tenho mais uma exigência.

— E qual seria, Srta. Costello?

— Bem, tem a ver com a identidade do mediador.

Aquilo acontecera dois dias antes. Ela passara as 48 horas seguintes à ligação se preparando. Leu cada registro de cada instante das negociações até ali, cada documento oficial preparado por ambos os lados, e por vezes solicitou traduções de textos-chave usados internamente pelas equipes israelense e palestina. Também comprou roupas novas.

Em meio a tudo, reservou-se um momento a sós com Uri. Depois da coletiva na TV — o abraço entre Mustafá e Uri fora um dos destaques — eles se encontraram no Someone to Run With, o bar onde os dois usaram o computador antes de fugir, com medo de estarem sendo seguidos por Miller.

— Continuamos sendo as pessoas mais velhas por aqui — disse Maggie, com um sorriso.

Os dois perguntaram quais eram os planos do outro. As respostas foram vagas. Uri disse que precisava resolver algumas coisas em Jerusalém: a casa da família, a papelada do pai.

— Seu pai lhe fez uma última surpresa, não é mesmo?

— Sabe, isso é engraçado. O mundo inteiro anda em polvorosa por causa dessa tábua. Por tudo que significa. Mas para mim o mais incrível é que meu pai tenha ido tão longe para mantê-la em segurança. Apesar do que ela diz.

— Ele era um pesquisador.

— Não era só isso. Lembra-se do que ele disse à minha mãe, várias vezes? Que isso ia mudar tudo? Talvez tenha conseguido mudá-lo.

Um pouco constrangida, Maggie trocou de assunto. Estava intrigada com Bruce Miller e por que ele fora enviado a Jerusalém. Contou a Uri que Miller já esperava que dormissem juntos, que ela não passara de uma armadilha — palavra pronunciada com certa hesitação. Contou, ainda, que se sentia profundamente envergonhada, que aquilo a deixava enojada.

Ele ouvia tudo com uma expressão séria.

— Você não sabia que era uma armadilha, sabia, Maggie? Não foi sua culpa. Não se pode chamar de armadilha quando não se sabe de nada. E eu fui o responsável por entrar em sua vida. Além disso, você é muito mais que uma armadilha.

Os dois se abraçaram, demoradamente, e depois, como adolescentes tímidos numa colônia de férias, trocaram e-mails. Eles não tinham mais endereços de verdade. Quando Maggie começou a se despedir, Uri pôs um dedo em seus lábios.

— Não diga adeus. Diga *l'hitraot*. Quer dizer "até a próxima vez que nos encontrarmos". E vamos nos encontrar. Em breve.

E então os dois se beijaram, até terem certeza de que não era uma promessa vã.

O som de um carrilhão indicava que eram 10 horas. O relógio, certamente, fora um presente de despedida dos britânicos responsáveis pela construção daquela Casa de Governo durante seu mandato na região. Maggie ouviu uma súbita barulheira do lado de fora: carros parando e uma multidão de repórteres gritando perguntas e disparando flashes. Um minuto depois, a confusão se repetiu. Pela última vez, Maggie arrumou os papéis sobre a mesa.

Logo ouviu ruídos de passos em corredores separados. Maggie conseguia ver os líderes israelense e palestino se aproximando da sala, vindos de lados opostos, ambos desacompanhados. Ela respirou fundo.

Depois de cumprimentá-los, esperou que também apertassem as mãos e indicou que tomassem seus lugares à mesa.

— Obrigada, cavalheiros — disse Maggie, lançando um sorriso cordial a ambos.

Era um sorriso sincero. Era o sorriso de uma mulher que, no fim da história, voltara ao seu lugar de direito.

Ela limpou a garganta.

— Podemos começar?

AGRADECIMENTOS

Dizem que escrever é uma atividade solitária, mas isso não é totalmente verdadeiro. Escritores confiam em pessoas dispostas a compartilhar seu tempo e sabedoria com os outros. Pessoalmente, sinto um enorme prazer em poder agradecer a algumas delas neste espaço.

John Curtis, curador do Departamento do Oriente Próximo Antigo no Museu Britânico e um dos primeiros a alertar para a pilhagem da herança iraquiana depois da invasão do país em 2003, explicou-me pacientemente todos os detalhes dessa trágica seqüência de acontecimentos. Irving Finkel, seu colega no museu, foi gentil o bastante para me instruir nos costumes do período abraâmico e no nobre campo da escrita cuneiforme babilônica, assunto em que talvez seja a maior autoridade mundial. Os exemplos de escrita cuneiforme que aparecem neste livro foram feitos à mão por ele. Algumas das experiências de Shimon Guttman como pesquisador se inspiram nas do próprio Dr. Finkel. Sou profundamente grato tanto por seus ensinamentos quanto por seu apoio entusiástico a este projeto.

Informações sobre o impressionante comércio internacional de antiguidades roubadas me chegaram pelas mãos da advogada Karen Sanig, do escritório londrino Mishcon de Reya, e do ex-investigador de polícia Richard Ellis, criador do Esquadrão de Arte e Antiguidades da Scotland Yard. Tenho incrível admiração pela determinação de ambos em combater um tipo de crime que busca privar a civilização de alguns de seus maiores tesouros. Também sou grato ao Dr. Rupert L. Chapman III, ex-secretário-executivo da Palestine Exploration Foundation, e a Edward Fox, cujo livro *Palestine Twilight* explica magnificamente o peso político da arqueologia no Oriente Médio. Os funcionários da British Airways Cargo no aeroporto de Heathrow e da HM Revenue & Customs não poderiam ter sido mais solícitos.

Fui apresentado ao Second Life pelos meus colegas do jornal *Guardian* Aleks Krotoski e Victor Keegan. Vic fez o papel de Virgílio ao me guiar pelos segredos daquele misterioso submundo. Como sempre, Tom Cordiner e Steven Thurgood estavam prontos para partilhar seus infindáveis conhecimentos sobre qualquer assunto ligado à informática.

Em relação ao Oriente Médio, especificamente, tenho dívidas com centenas de pessoas, entre israelenses e palestinos, que conheci enquanto estudava ou escrevia sobre a região, durante duas décadas. Muitas de suas histórias servem de base para esta. Agradeço em especial ao Dr. Meron Medzini; a Aryeh Banner, da Western Wall Heritage Foundation; a Chris Stevens, do Departamento de Estado americano; a Doug Krikler; e a meu velho amigo Marshall Yam, que deu idéias fundamentais quando eu ainda começava a desenvolver a história. Meus pais, Michael e Sara Freedland, e meu padrasto, Michael Peters, leram versões preliminares do livro, transmitindo valiosos conselhos ao longo do caminho.

Na HarperCollins, Jane Johnson é o tipo de editora que todos os escritores procuram: olho clínico, entusiasmada, exigente e dona do admirável hábito de estar sempre certa. Ela e Sarah Hodgson formam uma equipe incrivelmente competente.

Três pessoas merecem agradecimentos em particular. Jonathan Cummings não só consegue desencavar as informações mais obscuras numa velocidade absurda, como também se tornou um querido amigo e co-conspirador. Jonny Geller é o padrinho do projeto como um todo, tendo acreditado nele desde o início, ajustando-o com doses regulares de conselhos inteligentes. Já disse e vou repetir: ele é o melhor agente nesse ramo, além de um amigo exemplar. Nada disso teria se concretizado sem sua participação.

Finalmente, minha esposa, Sarah. Sua empolgação com esta história nunca diminuiu, mesmo quando o trabalho me mantinha preso à escrivaninha por longas horas. Leu o original com cuidado e olhar crítico, sugerindo inúmeras mudanças. Sarah é uma fonte permanente de apoio, bom humor e amor. Como este livro, minha história tem uma heroína — ela.

Este livro foi composto na tipologia Palatino, em corpo 10,5/17, impresso em papel off-white 80g/m², no Sistema Cameron da Divisão Gráfica da Distribuidora Record.